HEYNE <

Das Buch

Fasziniert beobachte ich, wie seine Arm- und Rückenmuskulatur unter dem dünnen Shirt arbeitet, als er geschickt den Reifen befestigt. Er ist wirklich ein großer Kerl. Sein Rücken ist extrem breit, verläuft aber in einem ausgeprägten V bis zu seinen schmalen Hüften. Sein Hemd ist ein Stück hinaufgerutscht, sodass ich einen Streifen Haut sehen kann. Nicht jedoch den Bund von Unterwäsche. Vielleicht trägt er ja keine. Gott, wäre das scharf! Hastig reiße ich mich von dem Anblick los. Nachher spürt er noch, dass ich ihn anstarre, und denkt sich seinen Teil! Mit einem anderen Mann zu flirten ist keine gute Idee. Sollte Lance jemals davon erfahren … Ich schaudere, aber nicht aus Wohlbehagen. Sig richtet sich auf und wendet sich mit seinem absolut umwerfenden Grinsen zu mir um. »Das sollte eigentlich reichen.« Er klopft sich die Hände ab. »Alles abgeschlossen?« Ich nicke. Ich will mich nicht von seinem Charme einwickeln lassen, aber – Herrgott! Es ist verdammt schwer.

Die Autorin

Michelle Leighton wurde in Ohio geboren und lebt heute im Süden der USA, wo sie den Sommer über am Meer verbringt und im Winter regelmäßig den Schnee vermisst. Leighton verfügt bereits seit ihrer frühen Kindheit über eine lebendige Fantasie und fand erst im Schreiben einen adäquaten Weg, ihren lebhaften Ideen Ausdruck zu verleihen.

Lieferbare Titel

Addicted to You – Atemlos
Addicted to You – Schwerelos
Addicted to You – Bedingungslos
The Wild Ones – Verführung
The Wild Ones – Verlangen
The Wild Ones – Verheißung
Erkenne mich

M. Leighton

ALL *the* PRETTY LIES

LIEBE MICH

Roman

Aus dem Amerikanischen
von Kerstin Winter

WILHELM HEYNE VERLAG
MÜNCHEN

Die Originalausgabe erschien 2014 unter dem Titel *All Things Pretty*
bei CreateSpace Independent Publishing Platform.

Dieses Buch ist auch als E-Book erhältlich.

MIX
Papier aus verantwortungsvollen Quellen
FSC® C014496
FSC
www.fsc.org

Verlagsgruppe Random House FSC®-N001967.

Taschenbucherstausgabe 04/2017

Printed in Germany
Redaktion: Antje Nissen
Umschlaggestaltung: Nele Schütz Design, München
unter Verwendung von shutterstock/kostudio
Satz: KompetenzCenter, Mönchengladbach
Druck und Bindung: GGP Media GmbH, Pößneck

ISBN 978-3-453-41927-8
www.heyne.de

Für Euch, die Ihr Eure große Liebe gefunden habt
und dafür alles andere aufgeben würdet.
Ihr besitzt den größten Schatz,
den man sich vorstellen kann!

Wahre Liebe verläuft nie reibungslos.

William Shakespeare

Für Kevin
Meine Inspiration
Mein Mann
Mein Sig
Ich danke Gott für jeden Tag,
den ich neben Dir aufwachen darf.

ERSTER TEIL

1. Kapitel

TOMMI

Das Ende des Kreuzschlüssels rutscht von der Radmutter, und meine Finger schrammen über den heißen Asphalt. Schon wieder. Ich widerstehe dem Drang, mir den pochenden Mittelfinger in den Mund zu stecken, und verkneife mir einen Kraftausdruck. *Nicht fluchen! Nicht fluchen!* In letzter Zeit komme ich mir vor wie ein gut dressierter Hund. Ich benehme mich anständig, ziehe mich anständig an, rede anständig. Ich wahre den Schein. Das muss ich tun. Lance will es so. Und ich brauche Lance, also spiele ich mit.

Ich wische mir mit dem Handrücken über die feuchte Stirn und versuche es erneut. *Nur noch eine Radmutter, nur noch diese eine.* Ich stemme meine gesamten achtundfünfzig Kilo auf das Radkreuz und seufze erleichtert, als das sture Gewinde nachgibt. Ich löse es ganz, ziehe das Rad mit dem platten Reifen ab und lehne es an die hintere Stoßstange meines Wagens. Dann klopfe ich mir die Hände ab und begutachte meine Nägel. Zum Glück ist keiner abgebrochen. Derart ungepflegt zum Drink zu erscheinen – ein Unding!

Mühsam hieve ich den Ersatzreifen aus der Vertiefung unter der Abdeckung im Kofferraum und lasse ihn auf den Asphalt plumpsen, um ihn an seinen Platz zu rollen. Normalerweise wäre das alles kein Problem ... wenn mein Ersatzreifen nicht auch platt gewesen wäre.

Das darf doch nicht wahr sein!

»Oh, nein!«, stöhne ich frustriert.

Hektisch werfe ich einen Blick auf meine Uhr. Nie im Leben schaffe ich es jetzt noch nach Hause, um mich umzuziehen und rechtzeitig im Hotel zu sein. Aber wenn ich in dieser Aufmachung dort antanze, werde ich mir einiges anhören müssen. Eigentlich weiß ich ja, dass ich nicht in Hotpants und Tanktop herumlaufen sollte, aber manchmal kann ich der Versuchung einfach nicht widerstehen, ein ganz kleines bisschen ich selbst zu sein. Das Ich, das ich einmal gewesen bin. Das Ich, das ich unter allem anderen eigentlich noch immer bin.

»Tja, Tommi, warum hast du auch die Hilfe nicht angenommen, als sie dir angeboten wurde«, brummele ich und schließe die Augen.

Wenn man mutterseelenallein mitten im Nirgendwo eine Autopanne hat, ist es nicht das Schlechteste, lange blonde Haare zu haben. Blondinen ziehen erstaunlich viele Männer an, die einer holden Maid in Nöten zur Hilfe eilen wollen, und dieses Mal war es nicht anders. Doch habe ich sie alle mit einem höflichen Danke wieder fortgeschickt. Die meisten waren mir irgendwie nicht geheuer, und schließlich stecke ich ja tatsächlich mutterseelenallein mitten im Nirgendwo fest. Tja. Und hier stehe ich nun und komme nicht weiter. Heldenlos, hilflos und frustriert.

»Noch ist nicht alles verloren«, sagt eine tiefe angenehme Stimme hinter mir amüsiert.

Ich stoße einen kleinen Schrei aus und fahre herum. Hinter mir – dicht hinter mir! – steht ein dunkler, gut aussehender, sehr großer Mann. Unwillkürlich weiche ich zurück und stolpere über den platten Reifen. Mein mühsam antrainiertes hochklassiges Auftreten geht den sprichwörtlichen Bach runter, als ich wild mit den Armen rudernd mein Gleichgewicht zu halten versuche.

»Verfickte Scheiße!«, entfährt es mir.

Zwei große starke Hände packen meine Oberarme und bewahren mich vor dem entwürdigenden Sturz. Die Berührung jagt mir einen Stromstoß durch den Körper, und das leise rauchige Lachen des Mannes verursacht mir prompt eine Gänsehaut. »Halb Traumfrau, halb Bierkutscher. Ganz nach meinem Geschmack.«

O Gott, denke ich peinlich berührt. Doch als ich endlich dazu komme, mir meinen Retter genauer anzusehen, gerät der Grund dafür in Vergessenheit.

Vor mir steht der wohl atemberaubendste Mann, der mir je begegnet ist. Sanfte schokobraune Augen, die in der untergehenden Sonne leuchten, von langen schwarzen Wimpern wie von Federn umrahmt, und ein Lächeln, das meine Knie in Pudding verwandelt. *Grundgütiger*! Und ich muss zu ihm aufschauen, was eine Menge sagt, denn ich bin mit meinen ein Meter fünfundsiebzig nicht gerade klein.

»Entschuldige d-die Ausdrucksweise«, stammele ich. »Du hast mich erschreckt.« Bevor ich weiß, was ich tue, lege ich meine Finger um seine sehnigen Unterarme und spüre, wie seine Muskeln sich spannen, als er nachfasst, um mich festzuhalten. Ein paar Sekunden lang stehen wir einfach nur da. Ich weiß, dass ich zurückweichen, mich losmachen, Empörung vorgeben oder sonst etwas tun sollte, aber ich kann nicht. So unklug es sein mag, ich tue nichts, weil ich nicht will, dass er mich loslässt.

»Du brauchst dich nicht zu entschuldigen. Ich stehe auf Frauen, die schmutzige Dinge sagen.«

»*Das* nennst du schmutzig?«, protestiere ich schwach.

Er zieht fragend eine schwarze Augenbraue hoch, und erst jetzt wird mir klar, wie sich das angehört haben muss. »Du kannst es also noch besser? Schmutziger?«

Obwohl es ohnehin schon drückend heiß ist, schießt mir das Blut in die Wangen. Ich werde *rot*! Es muss ewig her sein, dass mir das passiert ist. Ich habe in meinem Leben schon so vieles gesehen und getan, dass ich gedacht hätte, nichts könne mich mehr in Verlegenheit bringen, aber das ist wohl ein Irrtum. Ausgerechnet ein Fremder – zugegeben ein rattenscharfer Fremder – bringt mich mit einer albernen Bemerkung zum Glühen.

Bebend hole ich Luft, ringe mir ein Lächeln ab und löse behutsam meine Finger, als mir mit einiger Verzögerung klar wird, was ich hier eigentlich tue. Dieser Kerl könnte mir durchaus Böses wollen, aber mir läuft bei seinem Anblick förmlich das Wasser im Mund zusammen.

Er sieht einfach zu appetitlich aus.

Ich kneife die Augen zusammen. *Herrgott. Hör auf. Hör auf. Hör auf!*

»Alles in Ordnung?«, fragt der Fremde, und seine Stimme klingt plötzlich besorgt.

Blickkontakt vermeiden!

Ich öffne meine Augen einen Spalt, schaue absichtlich auf mein schmutziges Tanktop herab und streiche es glatt. Mir wird bewusst, dass ich zwischen seiner beeindruckenden Gestalt und dem offenen Kofferraum förmlich eingeklemmt bin, und ich weiche hastig zur Seite aus.

»Ja, alles okay. Ich, ähm … es ist ziemlich warm heute,

und ich wollte meinen Reifen wechseln. Mir ist, ähm … bloß heiß. Und ich bin erschöpft …«

Rückwärts bewege ich mich um mein Auto herum. Meine Tasche und mein Handy sind nur ein paar Schritte entfernt, falls ich sie brauchen sollte.

Der Fremde stößt den Ersatzreifen mit der Stiefelspitze an. »Dann hoffe ich nur, dass das hier der ist, den du gerade abmontiert hast.«

Ach, verflixt! Wie konnte ich vergessen, in was für einer misslichen Lage ich mich befinde? Ich habe *zwei* Platten!

Hilflos sehe ich zu, wie er um den Wagen herumschlendert und den zweiten platten Reifen entdeckt. »Ich bin übrigens Sig«, sagt er, verschränkt die Arme vor der Brust und tritt einen Schritt zurück. »Tja, wie es aussieht, brauchst du jemanden, der dich abschleppt.«

Abschleppen! *Na klar*! Ich stürze zur Fahrerseite und beuge mich hinein, um mein Handy zu holen, wobei mir nur allzu bewusst ist, dass meine knappe Jeansshorts noch weiter aufwärts rutscht, als ich mich nach meiner Tasche strecke. Hastig richte ich mich wieder auf und wedele mit meinem iPhone. Dass der Fremde inzwischen genüsslich meine Beine betrachtet, entgeht mir nicht. »Einen Abschleppwagen. Genau. Den rufe ich jetzt an.«

Doch statt nach einem Pannendienst zu suchen, starre ich blind auf das Display. Meine Lage ist schlimmer, als dieser Mann ahnt. Wenn mein Wagen abgeschleppt wird, muss ich mir ein Taxi rufen, das mich in die Stadt bringt, und dann verliere ich noch mehr Zeit, während ich warte. Mich zu Hause umzuziehen ist nicht mehr drin, daher werde ich mir irgendwo ein paar passende Klamotten kaufen müssen, um es überhaupt noch zu der Verabredung zu schaffen. Aber wie man es dreht und wendet, ich kann nur verlieren. Ich komme zu spät und bin ohne Auto unterwegs. Lance wird toben.

Lange gebräunte Finger legen sich um meine. Der Fremde beugt sich herab, bis sein Gesicht in meinem Blickfeld auftaucht. »Brauchst du Hilfe? Deswegen habe ich ja schließlich angehalten. Und nur deshalb, okay?«

Sein Blick wirkt aufrichtig, aber seine Augen funkeln schelmisch. Vermutlich sieht man mir mein Misstrauen an. Und plötzlich komme ich mir dumm vor. Ich bin mir sicher, dass er es ernst meint und mir wirklich nur helfen will. Also blicke ich in seine wunderschönen Augen und tue das Undenkbare.

Ich nehme an.

»Ich könnte tatsächlich Hilfe gebrauchen.«

»Sieht ganz danach aus. Was kann ich tun? Dich mitnehmen? Mit dir warten, bis der Abschleppwagen kommt?« Eine kurze Pause. Ein spitzbübisches Grinsen. »Dir eine starke, unfassbar attraktive Schulter zum Ausheulen anbieten?«

Unwillkürlich muss ich lächeln. »Und ich hatte schon gedacht, ritterliche Egomanen seien ausgestorben!«

»Keinesfalls. Sie sind quicklebendig, Schätzchen«, erwidert er mit einem Augenzwinkern. Er spricht das »Schätzchen« auf die typische, sehr männliche Südstaatenart aus, und ich muss prompt ein Schaudern unterdrücken. »Also – wohin willst du?«

Ich werfe einen Blick zu dem schwarzen Truck, der hinter meinem Wagen parkt. Das Problem mit den Reifen scheint mich stärker beschäftigt zu haben, als ich dachte, da ich die Kiste nicht habe kommen hören. »Bist du sicher, dass es dir nichts ausmacht? Ich habe tatsächlich einen dringenden Termin, aber ich muss vorher noch einen superschnellen Stopp einlegen. Meinst du, das ginge?«

»Solange es wirklich ein Quickie ist«, sagt er anzüglich.

»Ein so schneller Quickie, dass dir davon schwindelig wird.«

»Mir ist bereits schwindelig«, kontert er mit einem Grinsen, das Schmetterlinge in meinem Bauch aufscheucht. »Aber ich hab's nicht eilig, also nimm dir alle Zeit, die du brauchst.« Wieder spüre ich, wie mir das Blut in die Wangen steigt. Was, zum Geier, stellt der Kerl bloß mit mir an?

Ich öffne die Autotür und setze mich hinters Steuer, um alle Fenster hochzufahren, bevor ich meine Tasche nehme, aussteige und abschließe. Als ich mich umwende, hat der rattenscharfe Fremde alias Sig bereits meinen Ersatzreifen in den Kofferraum gehievt und ist nun dabei, den platten wieder an der Achse zu befestigen, vermutlich, damit sich der Wagen besser abschleppen lässt.

Fasziniert beobachte ich, wie seine Arm- und Rückenmuskulatur unter dem dünnen Shirt arbeitet, als er geschickt den Reifen befestigt. Er ist wirklich ein großer Kerl. Sein Rücken ist extrem breit, verläuft aber in einem ausgeprägten V bis zu seinen schmalen Hüften. Sein Hemd ist ein Stück hinaufgerutscht, sodass ich einen Streifen Haut sehen kann. Nicht jedoch den Bund von Unterwäsche. Vielleicht trägt er ja keine.

Gott, wäre das scharf!

Hastig reiße ich mich von dem Anblick los. *Nachher spürt er noch, dass ich ihn anstarre, und denkt sich seinen Teil!* Mit einem anderen Mann zu flirten ist keine gute Idee. Sollte Lance jemals davon erfahren …

Ich schaudere, aber nicht aus Wohlbehagen.

Sig richtet sich auf und wendet sich mit seinem absolut umwerfenden Grinsen zu mir um. »Das sollte eigentlich reichen.« Er klopft sich die Hände ab. »Alles abgeschlossen?«

Ich nicke. Ich will mich nicht von seinem Charme einwickeln lassen, aber – Herrgott! Es ist verdammt schwer.

»In diesem Fall steht Eure Kutsche bereit, holde Maid«, sagt er und deutet mit einer großen Geste zu seinem Auto. »Oder vielmehr der Truck, denn das ist die einzige Kiste, in die ein Kerl wie ich reinpasst.«

»Wie groß bist du eigentlich?«, frage ich, als er mir die Beifahrertür öffnet.

»Eins achtundneunzig.«

»Wow! Eins achtundneunzig?«, wiederhole ich beeindruckt.

»Jep. Fast zwei Meter geballte Pracht.«

»Und Bescheidenheit.«

»Auch das.« Grinsend wirft er die Tür zu.

Ich sehe meinem Retter nach, als er um die Motorhaube zur Fahrerseite herumgeht, und seufze verträumt. Der Kerl gefällt mir – leider. Sehr gut sogar. Inklusive Schmetterlingen im Bauch und weichen Knien. Ich bin bloß froh, dass ich ihn nach diesem Tag nie wiedersehen muss, denn ich bin mir ziemlich sicher, dass er mir gefährlich werden könnte. Und das wäre eine Katastrophe.

2. *Kapitel*

SIG

»Habe ich eben richtig gehört, dass du dich Tommi genannt hast?«, frage ich, als ich zurück auf den Highway fahre.

»Ja.«

Verdammt, wenn das nicht sexy ist. Eine Wahnsinnstraumfrau mit einem Männernamen? Grundgütiger!

»Ist das eine Abkürzung?«

»Nein. Ich heiße einfach Tommi.«

Tommi mit den blonden Locken. Tommi mit den Smaragdaugen. Tommi mit einem Hintern, bei dem es mir in den Finger juckt, ihn zu packen und an mich zu ziehen.

»Also – wohin Einfach-Tommi?«

Sie nennt mir die Adresse einer Boutique in einer schicken Gegend. In Anbetracht der Tatsache, dass sie einen liebesapfelroten Maserati fährt, überrascht mich das Viertel nicht allzu sehr.

Obwohl ich höllisch neugierig bin, frage ich sie nicht, was sie vorhat. Ich will sie nicht drängen, denn dass sie sich im Augenblick nicht wohlfühlt, ist nicht zu übersehen.

Und mir ist klar, dass ich diese Frau nervös mache. Nicht, dass sie fürchtet, ich könne ihr etwas antun oder sie auch nur blöd anmachen. Aber sie hat ganz offensichtlich ein Problem damit, dass sie sich von mir angezogen fühlt, und ich *weiß*, dass sie es spürt! Denn … *Heilige Scheiße*! Die Spannung zwischen uns ist so stark, dass ich sie fast schmecken kann.

Wenn ich ehrlich bin, gefällt es mir, dass ich sie nervös mache. Es ist hübsch anzusehen, wie sie sich windet, meinem Blick auszuweichen versucht und immer wieder an der Unterlippe nagt, bevor sie mir antwortet. Sie wirkt auf mich, als wolle sie so schnell wie möglich wieder aussteigen – aber nicht, weil es ihr eigener Wunsch ist, sondern weil sie es für das Beste hält. Eigentlich würde sie vermutlich ganz gerne mit mir flirten. Doch sie hält sich zurück.

Tja. Vielleicht bin ich aber auch nur der selbstgefällige Egomane, als den sie mich eben bezeichnet hat, und all das ist Wunschdenken.

Aber das glaube ich nicht.

Keine Ahnung, warum sie denkt, sich in meiner Gegenwart auf eine bestimmte Art verhalten zu müssen. Es sei denn, sie zieht für jeden eine Show ab, was mich umso neugieriger auf sie macht. Kaum zu glauben: Ich kenne sie erst seit zehn Minuten und bin bereits fasziniert! Ja, das könnte wirklich spannend werden.

»Okay, Tommi, wie bist du so drauf?«

Ihr Kopf fährt herum, und sie starrt mich an. Wenn ich nicht fahren müsste, würde ich ihren Blick festhalten, bis sie zu Wachs in meinen Händen würde.

»Was meinst du damit?«

Ich zucke die Achseln. »Keine Ahnung. Was magst du? Was kannst du nicht ausstehen? Was treibt dich an? Was fürchtest du mehr als alles andere?«

Auf eine meiner Fragen hat sie eine prompte Antwort in ihrem Kopf, ich weiß bloß nicht, auf welche. Man sieht es ihrer Miene an, bevor sie wieder wegsieht. Natürlich erzählt sie es mir nicht, und eigentlich habe ich das auch gar nicht erwartet. Ich wollte einfach nur fragen. Warum? Vielleicht, um ihre Reaktion zu sehen.

»Bist du immer so neugierig?«, fragt sie. Sie starrt durch die Windschutzscheibe, scheint aber kaum etwas wahrzunehmen.

»Immer.«

Ihre Mundwinkel zucken. »Wenigstens bist du ehrlich.«

»Gnadenlos sogar.«

Aber anstatt mit mir zu schäkern, nimmt Tommi ihr Telefon in die Hand und hält es hoch. »Ich rufe jetzt lieber den Pannendienst an.«

Ich schweige, während sie eine Nummer wählt und dem Abschlepp-Unternehmen anschließend die nötigen Angaben durchgibt.

Viel zu schnell kommen wir bei der Schickimicki-Boutique an – dabei bin ich extra unter dem Geschwindigkeitslimit geblieben.

Ich biege auf den Parkplatz ein, stelle den Wagen ab und wende mich Tommi zu. Sie sitzt da, als sei sie fluchtbereit: Ihre Hand liegt bereits auf dem Türgriff, und ihre Augen sind geweitet.

»Ich bin in ein paar Minuten zurück. Und du bist dir sicher, dass es dir nichts ausmacht zu warten?«

»Ganz sicher.«

»Manche Männer tun so, als würde Warten ihnen körperliche Schmerzen bereiten.«

»Auf dich zu warten stört mich nicht.«

In ihren Augen zündet ein winziger Funke. »Nicht einmal, wenn es wehtut?«

Ich muss lachen. »Schon gar nicht, wenn es wehtut.«

»Na, denn. Danke. Ganz im Ernst«, sagt sie und lächelt bezaubernd.

Jetzt würde ich sie gerne küssen. Unter anderem.

»Kein Problem.«

Sie steigt aus und wirft die Tür zu. Ich schaue ihr nach. Es ist schön anzusehen, wie sich ihr rundes Hinterteil bei jedem Schritt in der knappen Shorts bewegt. Ihre Beine sind so endlos lang, dass mein bestes Stück unwillkürlich zuckt, als ich mir vorstelle, wie sie sie um meine Hüften schlingt und sich an mich schmiegt.

Heilige Scheiße!

Ich höre Radio und genieße die seichte Brise, die durch das offene Fenster hereinweht, als sie aus dem Seitenausgang des Geschäfts tritt. Fassungslos bleibt mir der Mund offen stehen.

Ihre Haare sind gewollt unordentlich aufgesteckt, nur ein paar einzelne Locken fallen ihr auf die Schultern. Sie trägt ein hautenges rotes Kleid, das an einer Seite fast bis zur Hüfte geschlitzt ist, sodass es ihre Weltklassebeine perfekt in Szene setzt. Der Fummel enthüllt gerade so viel von ihrer sanft gebräunten Haut, dass man sofort niederknien möchte. Und genau das will ich auch. Niederknien, meine ich.

Beinahe mit heraushängender Zunge beobachte ich, wie sie in winzigen Schritten auf die Beifahrertür zusteuert. Als sie sie öffnet, weht ein appetitlicher Duft ins Auto – sexy und würzig, aber dennoch sanft. Alles, was sie in meiner Gegenwart *nich*t zu sein versucht, aber längst ist, ob sie es nun will oder nicht.

Zögernd steht sie vor der geöffneten Tür und blickt auf die Schwelle. Schließlich greift sie nach dem Saum ihres

Kleids und zieht ihn ein klein wenig hinauf, während sie mit der anderen Hand den Türgriff innen packt. Endlich kapiere ich, dass sie überlegt, wie sie einsteigen soll, ohne das Kleid zu zerreißen oder undamenhaft viel Haut zu zeigen. Herrlich. Die Frau ist ein einziger Widerspruch.

»Warte«, sage ich, steige aus und gehe um den Truck herum. Sie wendet sich mir zu, und als ich auf sie herabsehe, wird mir bewusst, dass ich sie will. Okay, das wusste ich vorher schon, aber nun wird mir klar, wie *sehr* ich sie will. Verdammt sehr nämlich!

Sie blickt fast schüchtern und höllisch sexy zu mir auf. Ihre Augen ... *Mein Gott*! Sünde und Unschuld zugleich, der Blick wie der eines gefangenen Vögelchens aus tiefgründigen Smaragden, die von dicken schwarzen Wimpern eingerahmt werden. Als wüsste sie, was mir durch den Kopf geht, blickt sie weg und beißt sich wieder auf die Lippe. Diese Lippen ... dunkelrot geschminkt und nass glänzend, als wäre sie mit der Zunge darübergefahren ...

Wie aufs Stichwort, schießt ihre Zungenspitze hervor, und ich muss ein Stöhnen unterdrücken.

»Brauchst du Hilfe?«, frage ich zum zweiten Mal an diesem Tag.

Und plötzlich lacht sie, ein sattes, kehliges Lachen, und vor meinem inneren Auge sehe ich sie im Regen tanzen – nackt und frei. »Das wird ja langsam zur Gewohnheit.«

»Muss ja nicht schlecht sein.«

»Aber vielleicht gefährlich«, murmelt sie, und das Vibrieren ihrer Stimme jagt mir ein Prickeln durch den Körper.

»Ach, hin und wieder ist ein bisschen Gefahr nicht falsch.«

Ihr Lächeln wird plötzlich traurig, aber sie erwidert

nichts. Ich trete einen Schritt näher. Sie weicht nicht zurück, öffnet jedoch ganz leicht die Lippen, und ich frage mich, was sie wohl erwartet – dass ich sie küsse?

Langsam beuge ich mich vor und lege ihr meine Hände um die schmale Taille. »Halt dich an meinen Schultern fest.«

Eine Tüte in der einen Hand (in der sich wahrscheinlich das Top und die Shorts befinden) und ein winziges Täschchen in der anderen, gehorcht sie, und ich hebe sie hoch und setze sie auf die Kante des Beifahrersitzes, bis sie zurückrutschen und die Beine in den Fußraum schwingen kann. Fast erwartungsvoll sehen wir einander an. Ich bin mir nicht sicher, was sie von mir will, aber ich weiß verdammt noch mal genau, was *ich* tun will. Doch bevor ich auf dumme Ideen kommen kann, werfe ich rasch die Autotür zu und hole tief Luft.

Es ist nicht meine Art, mich zurückzuhalten, und warum ich es bei dieser Frau tue, ist mir ein Rätsel. Vielleicht liegt es daran, dass ich das Gefühl habe, sie bräuchte nicht nur Pannenhilfe, sondern Rettung ganz anderer Art.

Ich steige ein und drehe den Zündschlüssel. Als ich schalte, sehe ich Tommis helles Blondhaar am Rand meines Gesichtsfelds auftauchen und wende den Kopf. Ihr Bein ist bis zum Oberschenkel entblößt, und sie beugt sich vor, um das Riemchen ihrer silbernen Glitzersandalen zu richten. Als sie sich wieder aufrichtet, bemerkt sie meinen Blick.

»Ihr Jungs solltet froh sein, dass ihr nicht solche Schuhe tragen müsst«, sagt sie.

»Unbedingt. An uns sähen die sowieso nicht so gut aus«, erwidere ich mit einem halben Grinsen.

»Ach, ich weiß nicht. Du hast bestimmt tolle Beine.« Sie

mustert meinen Unterkörper, wendet sich dann aber hastig ab, als hätte sie sich mit ihrer Bemerkung irgendwie verraten. Tja, und vielleicht hat sie das sogar. Denn nun weiß ich, dass nicht ich der Grund für ihre Nervosität bin, sondern dieses Prickeln zwischen uns.

»Da könntest du recht haben. Und wenn du sie mal sehen willst, brauchst du nur ein Wort zu sagen.«

Sie lächelt wieder, bleibt aber stumm und nestelt an ihrem Täschchen, um mich nicht mehr ansehen zu müssen.

»Also – wohin fahren wir jetzt?«

»Hotel Magnifique.«

»Nett«, sage ich. Auch ich kenne den Laden. Die Lady ist offensichtlich an die edleren Dinge des Lebens gewöhnt.

Wir legen die kurze Entfernung schweigend zurück. Jedes Mal, wenn sie auf die Uhr schaut, scheint die Spannung anzusteigen. Erst als wir unter dem Vordach des Hotels zum Stehen kommen, sieht Tommi mich wieder an.

»Noch einmal vielen, vielen Dank für deine Hilfe. Ich weiß nicht, was ich getan hätte, wenn du nicht aufgetaucht wärst.«

»Es war mir ein Vergnügen«, erwidere ich und meine es ernst.

Der Hotelboy öffnet ihr die Tür, und sie will gerade aussteigen, als ich sie am Handgelenk packe. »Warte. Vergiss deine Sachen nicht.« Mit dem Kopf deute ich auf die Tüte im Fußraum.

»Oh, vielen Dank.« Aber sie wirkt ganz und gar nicht dankbar. Tatsächlich macht sie auf mich plötzlich den Eindruck, als hätte ich sie gebeten, eine Handgranate einzustecken. Doch sie bückt sich, nimmt die Tüte, schenkt mir noch ein rasches Lächeln und steigt aus. »Danke, Sig.«

Ich nicke und sehe ihr nach. Anmutig steuert sie auf den Hoteleingang zu. Plötzlich macht sie einen kurzen Schritt zur Seite und stopft die Tüte in einen Mülleimer.

Nanu? Was soll denn das?

Dann ist sie verschwunden. Ich fahre wieder an. Als ich in den Verkehr einfädele, bin ich entschlossen, Tommi wiederzusehen. Schließlich muss ich herausfinden, wie sie mich ansieht, wenn ich sie zum ersten Mal küsse.

3. Kapitel

TOMMI

Ich setze ein Lächeln auf, während ich der Empfangsdame zum Tisch folge, an dem Lance bereits auf mich wartet. Ich habe einen Knoten im Magen. Es fühlt sich an, als könne jeder sehen, dass ich die vergangene Stunde in Gegenwart eines Mannes verbracht habe, von dem ich mich nahezu krankhaft stark angezogen fühle. Ich rufe mich für diesen albernen Gedanken zur Ordnung und hole tief Luft, um mich zu beruhigen.

»Da bist du ja«, sagt Lance, als ich näher komme. Seine stahlblauen Augen blicken hart. Härter als üblich. Er ist nicht glücklich, das ist nicht zu übersehen. »Ich dachte schon, du würdest gar nicht mehr auftauchen.«

Als würde das jemals geschehen. Ich bin ja nicht dumm.

»Ich hatte auf dem Weg hierher eine Autopanne.« Viel mehr darf er nicht wissen.

Er zieht die Stirn in Falten. »Mit dem brandneuen Auto?«

»Der Reifen war platt.«

»Und warum hast du nicht angerufen?«

Ich setze mich, lasse mir von ihm den Stuhl an den Tisch schieben und warte, bis er auch wieder Platz nimmt, bevor ich antworte. So habe ich ein wenig Zeit, mich zu sammeln, denn ich muss ruhig bleiben, wenn ich nicht die Wahrheit sage. Das habe ich durch pure Notwendigkeit gelernt, genauso wie das Lügen selbst. Zum Glück habe ich es in dieser Disziplin zu wahrer Meisterschaft gebracht: Ich kann ganze Märchen so glaubhaft formulieren, dass man sie mir als Wahrheit abkauft. Lügen sind für mein Leben so essenziell geworden wie Wasser oder Schlaf oder Luft. Und ich bin darauf ungefähr genauso stolz wie auf den Rest meines bisherigen Werdegangs – nämlich gar nicht.

»Ich brauchte keine Hilfe. Ich weiß, wie man einen Reifen wechselt. Das Problem war nur, dass auch der Ersatzreifen platt war. Deswegen bin ich zu spät.«

Erschreckt schnappe ich nach Luft, als seine Hand blitzschnell vorschießt und mein Handgelenk packt. Im ersten Moment befürchte ich, dass er meine Lüge durchschaut hat. Doch dann mache ich mir klar, dass er nichts wissen kann.

Bleib ganz ruhig!

Lächelnd sehe ich ihn an, als sei nichts gewesen, und warte ab. Wenn ich jetzt zu stammeln beginne, mache ich mich nur unglaubwürdig.

»Meine Freundin hat es nicht nötig, sich am Straßenrand die Hände schmutzig zu machen und Reifen zu wechseln. Du hättest mich anrufen sollen.«

»Als ich bemerkte, dass der Ersatzreifen auch platt war, war es schon so spät, dass es für dich sehr umständlich geworden wäre, mich abzuholen. Vor allem, wenn ich ebenso gut einen Abschleppdienst rufen und zu dir kommen konnte. Und genau das habe ich getan.«

Indem ich es so klingen lasse, als seien er und sein Wohlergehen meine oberste Priorität, verschaffe ich mir Bonuspunkte. Alles, was Lance Tonins Ego schmeichelt, ist mir von Nutzen.

Seine Verärgerung lässt spürbar nach. »Ich muss dir unbedingt jemanden Vollzeit zur Seite stellen.«

Mein Magen krampft sich zusammen. Bloß nicht. Bloß keinen Bodyguard, der mich rund um die Uhr überwacht und Lance über jeden meiner Schritte, über jedes Wort und jeden Klamottenwechsel Bericht erstattet.

»Das wird nicht nötig sein. So was wie heute ist ja die Ausnahme. Deswegen musst du niemanden von wichtigen Aufgaben abziehen.«

»Das bist du mir aber wert, Baby. Du *bist* eine wichtige Aufgabe.« Ich lächle, als er meine Hand an die Lippen hebt und die Finger küsst. »Ist das Kleid neu?«

»Ja. Ich weiß doch, wie sehr du mich in Rot magst.« Lance ist ein Mann, der will, dass ich sein Geld ausgebe, solange das Ergebnis dem entspricht, was er für richtig hält. Er wird regelmäßig wütend, wenn er mich in Sachen erwischt, die er als ordinär bezeichnet … und die ihn an seine Mutter erinnern. In seinen Augen sind abgewetzte Jeans oder Shorts oder auch nur sportlichere Kleidung unterste Schublade, daher erwartet er von mir, dass ich mich wie die Frauen anziehe, die er als Kind im Fernsehen sah, wenn er den Geräuschen seiner Mutter und ihrer Freier im Nebenzimmer entkommen wollte. Lance ist der festen Überzeugung, dass man sich Stil aneignen kann, indem man vorgibt, welchen zu haben.

Aber er irrt sich gewaltig.

Zum Glück tritt in diesem Augenblick eine Kellnerin an unseren Tisch, um unsere Bestellung aufzunehmen, und beendet das unangenehme Gespräch.

4. Kapitel

SIG

Ich traue meinen Augen nicht.

Als ich Tommi entdecke und erkenne, bei wem sie sitzt, bleibe ich wie angewurzelt stehen.

Heilige Scheiße! Das ist Lance Tonin. Drogen-Dealer. Krimineller. Arschloch in jeder Hinsicht.

Das darf doch wohl nicht wahr sein.

Warum, zum Henker, sollte eine Frau wie Tommi ihre Zeit mit einem solchen Kerl vergeuden? Es heißt, er sei ein totaler Kotzbrocken, gemein bis zum Anschlag, echter Abschaum. Die Drecksarbeit erledigen bei ihm oft Kinder: Obdachlose Mädchen, Nutten, unterprivilegierte Jungs, die leicht zu ködern sind. Vor einiger Zeit haben wir zwei seiner Opfer geschnappt. Den einen nahmen wir hops, als er eine geringe Menge Koks verscherbeln wollte, den anderen mit einem Pfund Badesalz. Lance macht hauptsächlich in Koks, versucht sich aber hier und da auch an anderen Substanzen.

Beide Kids waren hundertprozentig loyal und verweigerten die Aussage. Beide hatten gerade erst ihren Highschool-Abschluss gemacht. Sie waren im selben Jahrgang gewesen wie der Sohn von einem Handlanger Tonins, wodurch wir überhaupt erst die Verbindung zu Tonin geknüpft haben. Beide Jungs landeten in Jugendhaft. Beide sind inzwischen tot. Der eine hat sich erhängt, der andere eine Überdosis Pillen eingeworfen. Wir wissen nicht, nach welchen Kriterien Tonin sich die Kinder aussucht oder mit was er sie lockt, aber er tut es. Dennoch ist das Problem ja nicht, dass wir von Tonins Beteiligung *wissen* – wir müssen sie ihm *beweisen*.

Aber die beiden waren nur kleine Fische. Um Lance Tonin festnageln zu können, müssen wir herausfinden, wo er seine Ware zwischenlagert. Wir brauchen große Mengen, damit eine Anklage Bestand hat und die Staatsanwaltschaft dafür sorgen kann, dass er für lange, lange Zeit aus dem Verkehr gezogen wird.

Ich spiele mit Tommis Handy, das sie auf dem Beifahrersitz vergessen hat. Wahrscheinlich hat sie es in der Hast, aus meinem Wagen zu steigen, verloren. Jedenfalls verstehe ich jetzt, warum sie es so eilig hatte und so nervös gewesen ist. Und warum sie nicht mit mir gesehen werden wollte.

Als ich vorhin das Handy entdeckte, hatte ich mit der Absicht, es ihr zurückzugeben, den Wagen rasch gewendet, aber nun, da ich weiß, mit wem sie verkehrt, bin ich mir nicht mehr sicher, ob ich das tun sollte. Vielleicht bietet sich hier eine Gelegenheit der anderen Art.

Meine Abteilung ist nun schon seit vier Jahren hinter Tonin her, doch niemand ist bisher nah genug an ihn herangekommen, um herauszufinden, wie sein Unternehmen aufgebaut ist. Aber haben wir jemals daran gedacht, uns durch eine Hintertür einzuschleichen? Durch eine Hintertür in Gestalt einer blonden Traumfrau?

Allein der Gedanke, Tommi auf diese Art auszunutzen, verursacht mir ein schlechtes Gewissen. Das wäre natürlich extrem mies. Aber andererseits sitzt *sie* hier mit einem stadtbekannten Verbrecher. Sie *muss* wissen, dass sie das automatisch auch ins Fadenkreuz rückt. Wer sich in solchen Kreisen bewegt, muss auch die Konsequenzen tragen.

Genau wie meine Brüder will ich es zum Detective bringen, aber vor allem will ich als verdeckter Ermittler arbeiten. Natürlich braucht so was Zeit, das weiß ich, man muss es sich erarbeiten. Aber falls ich eine Chance hätte, bei einem wie Tonin in den engeren Kreis zu gelangen, dann *müssen* meine Vorgesetzten mich fast schon undercover gehen lassen. Es wäre zumindest den Versuch wert.

Ich stecke das Handy wieder ein, mache kehrt und verlasse das Hotel. Ich muss darüber schlafen. Und vielleicht erst einmal mit meinem Captain reden. Aber im Augenblick scheint mir das hier wie ein echtes Geschenk.

5. Kapitel

TOMMI

Erst als Lance mich kurz nach zwei Uhr morgens in eine Limousine verfrachtet, fällt mir auf, dass mein Handy verschwunden ist. Das ist an sich schon eine dumme Geschichte, weil Lance es nicht ausstehen kann, wenn ich nicht erreichbar bin. In diesem Fall ist es allerdings noch problematischer, da ich genau weiß, dass ich das Telefon aus dem Maserati mitgenommen habe, und ich bin so gut wie sicher, dass ich es ebenfalls noch hatte, als ich aus der Boutique kam. Was bedeutet, dass es nur an einem Ort sein kann.

Bei Sig. Im Auto.

Allein der Gedanke, dass Lance das herausfinden könnte, jagt meinen Puls in die Höhe. Dass er mir körperlich etwas antun würde, muss ich nicht fürchten. Okay, ich war schon mit Schlägern zusammen und würde ihm durchaus zutrauen, gewalttätig zu werden, aber er steht zu sehr auf mein Äußeres, als dass er das Risiko eingehen würde, es zu ruinieren. Im Übrigen weiß er sehr gut, wie er mich fügsam machen kann, und genau deshalb darf er auch nicht erfahren, was heute passiert ist.

Nervös trommele ich mit den Fingern auf den Sitz neben mir. Als Bruce, der Fahrer, mich vor meinem Haus absetzt, stürme ich hinein, laufe schnurstracks zum Zimmer meines

Bruders, öffne die Tür so leise, wie ich kann, und schleiche auf Zehenspitzen zu seinem Bett. Ich nehme das Telefon vom Nachttisch, schleiche rückwärts hinaus, haste in mein Zimmer und schließe die Tür, während ich bete, dass Sig mein Handy bereits gefunden und an sich genommen hat.

Ich wähle meine eigene Nummer und lausche dem Tuten. Meine Besorgnis wächst mit jedem Klingeln, das unbeantwortet bleibt. Als sich die Mailbox meldet, lege ich auf und drücke die Wahlwiederholung. »Bitte, lieber Gott! Bitte lass es ihn eingesteckt haben!«, flüstere ich, der Panik nah. Noch dreimal wiederhole ich die Prozedur, um die Dringlichkeit zu unterstreichen und damit er drangeht, nur um endlich seine Ruhe zu haben. Doch nichts geschieht.

»Bitte, du hast nicht auf lautlos gestellt, bitte nicht«, wispere ich. »Das hast du nicht.«

Als ich beim sechsten Versuch gerade wieder auflegen will, höre ich endlich eine tiefe, verschlafene Stimme. »Hallo?«

Die Erleichterung durchströmt mich mit einer solchen Macht, dass meine Knie nachzugeben drohen. »Sig? Bist du das?«

»Einfach-Tommi«, murmelt er mit einem Lächeln in der Stimme, das ein kleines Feuerwerk in meiner Magengrube zündet.

»Tut mir leid, dass ich dich geweckt habe. Aber ich habe gerade gemerkt, dass ich mein Handy nicht finden kann, und bin in Panik geraten.«

»Und ich habe mich schon gefragt, wie ich es dir zurückgeben soll.«

»Ich könnte morgen vorbeikommen und es holen«, sage ich.

»Sobald dein Wagen wieder einsatzbereit ist?«

O Gott – das Auto!

Nur mühsam unterdrücke ich ein frustriertes Stöhnen. Ich brauche das Handy eher. Der Pannenservice macht bestimmt nicht vor acht Uhr auf – wenn überhaupt –, und dann muss ich erst noch zwei Reifen dorthin schaffen. Und aufziehen. Aber ich soll auch um neun bei Lance sein, und bin ich das nicht, ruft er mich an. Und wenn er mich nicht erreicht, kommt er mich holen. Und wenn er mich holen kommt und ich ihm sage, dass ich mein Handy nicht habe, wird er mir anbieten, mich zu meinem Wagen zu bringen, um es zu holen, doch es wird nicht dort sein. Weil ein atemberaubender Fremder es hat.

Argh!

Aus Gewohnheit verbeiße ich mir einen Fluch – immer ganz die Lady für Lance. Sicher müsste ich nicht so streng mit mir sein, wenn er nicht in meiner Nähe ist, aber wer weiß, ob mir dann nicht irgendwann mal ein Ausrutscher passiert, und dann würde Lance ausrasten. Und wenn Lance ausrastet, stößt er Drohungen aus. Und es gibt da etwas, womit er mir wirklich drohen kann.

Und so drehen wir uns endlos im Kreis.

»Ich brauche mein Handy noch früher«, sage ich, »aber ich kann mir ein Taxi nehmen und dich treffen, wo immer du willst. Nur bitte so früh wie möglich.«

Eine lange Pause entsteht, und ich habe schon fast den Verdacht, dass er wieder eingeschlafen ist. Doch dann meldet er sich wieder zu Wort. »Ich habe morgen früh etwas zu erledigen, aber danach können wir uns treffen. Sagen wir um acht im Daily Grind?«

Ich kenne das Café. Es ist kein Etablissement, das Lance

je betreten würde, daher habe ich keine Probleme, mich dort blicken zu lassen. »Wunderbar. Und vielen Dank. Es tut mir wirklich leid, dass ich dir solche Umstände mache.«

»Ach was, kein Problem, wirklich nicht. Auf diese Art kann ich dich wiedersehen.«

Unwillkürlich muss ich lächeln. »Schlaf gut, Sig.«

»Schlaf du auch gut, Einfach-Tommi.«

»Moment!«, sage ich hastig, bevor er auflegt. »Sig?«

»Hm?«

»Geh nicht noch mal an mein Handy, okay?«

»Kapiert«, sagt er, dann ist die Leitung tot.

Ich bringe das Telefon zurück ins Zimmer meines Bruders und beginne mein abendliches Ritual. Ich ziehe meinen Schlafanzug an (den ich mir selbst ausgesucht habe), wasche mir das Gesicht und putze mir die Zähne. Ich liebe diesen Moment kurz vor dem Schlafengehen, denn er bedeutet, dass ich einen weiteren Tag in der Hölle überstanden habe und meinem Ziel einen Schritt näher gekommen bin.

Als ich ins Bett krieche, sind meine Gedanken so wirr, dass ich selbst im Schlaf kaum zur Ruhe komme. Ich träume von schokoladenbraunen Augen und einem atemberaubenden Lächeln, doch ich träume auch von den eisernen Fesseln, mit denen ein Teufel mich an sich gekettet hat.

6. Kapitel

SIG

Ich gehe in Uniform zur Arbeit, nehme aber eine Tasche mit, in der sich Zivilkleidung befindet. Wenn der Morgen so verläuft, wie ich es mir erhoffe, werde ich sie brauchen. Noch bevor meine Schicht beginnt, schließe ich meine Sachen im Spind ein und begebe mich unverzüglich zum Büro meines Vorgesetzten. Auf mein Klopfen reagiert er mit einem sonoren »Herein«, ohne auch nur den Kopf zu heben.

Ich werde mich wohl nie daran gewöhnen, einen Chef zu haben, der wie die stämmige Version von Denzel Washington aussieht und eine Stimme wie Barry White hat. Er ist fast so groß wie ich, und hätte ich eine andere Statur, würde er mich vielleicht sogar ein wenig einschüchtern.

Ich trete ein, bleibe steif vor seinem Schreibtisch stehen und warte, bis er endlich zu mir aufsieht. »Was gibt's, Locke?«

»Sir. Gestern habe ich auf dem Highway angehalten, um einer Frau bei einer Reifenpanne zu helfen. Wir haben uns auf Anhieb gut verstanden und sogar ein bisschen geflirtet. Ich habe sie ein Stück mitgenommen, weil ihr Ersatzreifen ebenfalls platt war.«

Skeptisch zieht er die Brauen zusammen. »Sagen Sie, habe ich je den Eindruck erweckt, als hätte ich auch nur ansatzweise Interesse an Ihrem Liebesleben?«

Ich muss lachen. »Nein, Sir.«

»Soll das bedeuten, Sie wollen auf etwas hinaus?«

»Ja, Sir.«

Er macht eine kurbelnde Geste, als wolle er mich antreiben. »Dann kommen Sie endlich zur Sache. Ich habe zu tun.«

»Diese Frau … sie ist Lance Tonins Freundin.«

Jetzt habe ich seine volle Aufmerksamkeit. Er legt den Stift beiseite und betrachtet mich einen Moment lang schweigend. »Und?«

»Hören Sie, Sie wissen, dass ich undercover arbeiten will. Ich sehe ein, dass ich genau wie jeder andere erst meinen Dienst machen muss, aber das hier ist eine Chance, die Sie sich nicht entgehen lassen können.«

»Tatsächlich?« Er lehnt sich auf seinem Stuhl zurück und verschränkt die Arme vor seiner mächtigen Brust.

»Sir, ich weiß doch, wie lange wir schon hinter Tonin her sind. Und ich weiß auch, wie schwer es ist, herauszufinden, wie seine Geschäfte funktionieren, selbst wenn wir mit Insidern arbeiten. Aber vielleicht sind wir es bisher falsch angegangen. Vielleicht besteht die Lösung nicht darin, *ihm* näher zu kommen.«

»Sondern uns stattdessen an Tonins *Freundin* heranzumachen?«

»Ja, Sir, das meine ich«, erwidere ich zuversichtlich. »Und selbst wenn sie ihm treu ergeben ist, kann ich vielleicht über sie etwas Nützliches herausfinden. Vielleicht wird sie ihn nicht wissentlich ans Messer liefern, aber …«

»Und wie genau gedenken Sie, in seine Organisation zu kommen?«

»Na ja, ich weiß, dass wir schon jemanden eingeschleust haben …«

»Aha? Und woher wissen Sie das?«

Ich zucke die Achseln. »Ich halte eben meine Ohren offen.« Ich grinse. Der Spruch ärgert ihn, das weiß ich genau, aber natürlich würde ich nicht im Traum daran denken, einen meiner Brüder zu verraten.

Und er lässt es darauf beruhen. Zumindest im Augenblick. »Ich soll also die Stellung unseres Mannes gefährden, indem ich von ihm verlange, dass er Sie einschleust und mit dieser Frau zusammenbringt?«

»Nein, nein, er soll mich keinesfalls für irgendwas vorschlagen, das viel Vertrauen erfordert. Irgendeine lächerliche Aufgabe, irgendein Kleinkram, das würde reichen. Mir geht es nur darum, ein bisschen Zeit mit ihr zu verbringen, verstehen Sie? Ich weiß, dass ich das hinkriege, Sir. Ich spüre es.«

»Sie spüren es, ja? Kann es nicht sein, dass Sie vor allem Ihr Ego spüren?«

»Vielleicht auch ein bisschen, aber diese Frau und ich verstehen uns wirklich gut. Falls es nicht klappt, verschwinde ich wieder, und nichts ist passiert.«

»Niemand, der für Lance Tonin arbeitet, verschwindet aus eigenem Willen einfach so wieder. Man ist auf Gedeih und Verderb in seinem Unternehmen und kommt höchstens mit den Füßen zuerst wieder raus. Wir müssten Sie sehr vorsichtig abziehen.«

»Na schön, *falls* es schiefgeht. Wird es aber nicht.«

Prüfend betrachtet er mich eine lange Weile, und sein Blick scheint in mich zu dringen, als suche er nach Anzeichen, dass unter dem Namensschild auf meiner linken Brust auch tatsächlich ein Locke steckt, wie er ihn von meinem Vater und meinen Brüdern kennt. Unwillkürlich richte ich mich ein wenig auf. Ich *bin* ein Locke! Durch und durch. Und ich habe keinerlei Probleme damit, es auch unter Beweis zu stellen.

»Ich denke darüber nach.«

Ich werfe einen Blick auf die Uhr. »Sir, ich will ja nicht drängen, aber ich müsste es ziemlich schnell wissen. Ich treffe mich in einer halben Stunde mit ihr, um ihr ihr Telefon zurückzugeben. Und wenn ich so angezogen aufkreuze …«

Dieses Mal braucht er keine Bedenkzeit. »Gehen Sie in Zivil hin. Und dann kommen Sie direkt zu mir zurück und sagen mir, ob Sie noch immer der Meinung sind, Sie könnten auf diese Weise die Organisation unterwandern.«

»Ja, Sir«, sage ich.

Doch er hat den Kopf bereits wieder gesenkt.

7. Kapitel

TOMMI

Ich gebe mir größte Mühe, nicht unruhig herumzurutschen, aber es fällt mir schwer. Allein meine Anwesenheit hier fühlt sich für mich an, als würde ich mit Dynamit spielen. Natürlich liegt das einerseits an der Sorge um mein Handy und der Angst, dass Lance herausfinden könnte, was wirklich geschehen ist. Aber da ist auch noch Sig selbst. Aus irgendeinem Grund hat er mich aus der Bahn geworfen, und ich kann nicht genau benennen, woran es liegt.

Den ganzen Morgen denke ich schon darüber nach. Inzwischen bin ich fast überzeugt, dass ich mich gestern nur deshalb so stark von ihm angezogen fühlte, weil ich derart aufgewühlt war. Deshalb werde ich gleich mein Handy in Empfang nehmen und anschließend die ganze Sache ad acta legen. Was immer es ist, das mich so durcheinanderbringt (falls heute überhaupt noch etwas davon zu spüren ist) – in zehn Minuten hat es sich ohnehin erledigt. Denn dann ist er aus meinem Leben verschwunden. Und nichts ist passiert.

Als ich den Kopf hebe und mich wie beiläufig im Café umschaue, muss ich allerdings einsehen, dass ich mich gründlich geirrt habe. Sobald ich die große Gestalt erblicke, die sich an den Tischen vorbeischiebt, zieht sich mein Magen zusammen. Und als er mich entdeckt und mir zuzwinkert, flattern die Schmetterlinge auf, als sei er meine erste große Liebe und würde mich jeden Moment fragen, ob ich mit ihm zum Schulball gehe.

Sehr vorsichtig stelle ich meine Tasse ab und verschränke die bebenden Hände im Schoß. *Cool bleiben, Tommi, bleib ganz cool … und bring dich ja nicht in Schwierigkeiten.*

Er trägt eine ausgeblichene Jeans, die sich an seine starken Beine schmiegt, und sein Hemd, dessen Ärmel er aufgekrempelt hat, spannt sich über den breiten Schultern. Sein Haar ist noch feucht von der Dusche, und sein Gesicht sogar noch attraktiver, als ich es in Erinnerung hatte. Das hätte ich nicht für möglich gehalten.

Lächelnd zieht Sig sich einen Stuhl hervor und lässt sich darauf nieder, und ich muss mir eingestehen, dass ich seine Wirkung auf mich total unterschätzt habe. Sein Lächeln prickelt auf meinen bebenden Lippen und abwärts in Regionen, die seit einer Ewigkeit keine solche Sehnsucht mehr empfunden haben.

Das ist ganz und gar nicht gut.

Doch bevor ich wirklich Angst bekommen kann, rufe ich mir in Erinnerung, dass ich ihn ja nicht mehr wiedersehen muss. Und wenn ich ihn nie mehr wiedersehen muss, kann er auch kein Problem darstellen, oder?

Eben. Kann er nicht.

Er stellt eine braune Papiertüte auf den Tisch, und ich schiebe ihm den Kaffee hin, den ich für ihn bestellt habe. »Für mich?«, fragt er mit seiner tiefen Stimme.

»Für dich.«

Tapfer nimmt er einen Schluck von dem brühheißen Getränk, und während ich noch staune, dass seine Zunge sich nicht abschält, packt er einen riesigen Burger aus. »Hmmm, danke. Dabei war ich mir sicher, dass du gar nicht noch attraktiver werden könntest.«

Ich spüre, wie mir die Röte ins Gesicht steigt. »Ich nehme an, du magst Sahne und Zucker?«

»Ich mag Kaffee. In welcher Form auch immer.«

»Sogar zum Burger?«

»Vor allem zum Burger.« Herzhaft beißt er hinein. Es überrascht mich nicht, dass ein Drittel weg ist, als er die Hände wieder senkt. Na ja, groß, wie er ist, hat er sicher auch großen Hunger. Flüchtig überlege ich, ob sein Appetit in jeder Hinsicht so … so gesund ist.

Ich ziehe scharf die Luft ein, als mir bewusst wird, in welche Richtung meine Gedanken laufen, und beiße mir auf die Unterlippe, um mich mit dem Schmerz abzulenken. Normalerweise funktioniert das immer, doch als Sigs Blick auf meinen Mund fällt und er langsamer kaut, kann ich nur noch daran denken, wie es wohl wäre, wenn er mich küsste. Jetzt und hier. Bevor wir getrennte Wege gehen und uns nie wiedersehen.

»Hast du Hunger?« Seine Stimme ist tief, hypnotisch, sein Blick wandert aufwärts, begegnet meinem, hält ihn fest.

»Ich habe schon gefrühstückt, danke.«

Sein Blick lässt meinen nicht los, als er den nächsten Bissen nimmt und kaut. Schweigend sitzen wir einander gegenüber und sehen uns an, und ich bin mir sicher, dass wir beide Ähnliches denken. Dummerweise ist das gefährlich. Sehr, sehr gefährlich sogar.

Mit großer Anstrengung blicke ich weg. »Isst du morgens immer schon so viel?«

»Tja, ich habe nun mal großen Appetit – was soll man da machen?«

Am liebsten würde ich aufstöhnen, als er im Grunde ausspricht, was ich eben gedacht habe. Dafür scheint er ein echtes Talent zu haben. »Du bist ja auch ein großer Junge.«

Sobald ich die Worte gesagt habe, wünsche ich mir, ich hätte den Mund gehalten. Warum musste ich das auch kommentieren?

»Ja, groß bin ich, aber ein Junge? An mir ist nichts mehr jungenhaft.« Sein Grinsen ist so schelmisch, so stolz, so … männlich, dass ich unwillkürlich lachen muss. Ich verdrehe die Augen.

»Klar. Ich hatte ganz vergessen, wie bescheiden du bist.«

»Ich werde versuchen, dich regelmäßig daran zu erinnern.«

Das reißt mich unsanft in die Realität zurück. Für uns kann es kein »regelmäßig« geben. Für uns kann es gar nichts geben. Wegen Lance. »Ich will nicht unhöflich sein, aber du hast das Telefon doch dabei, oder?«

Sig zieht das Handy aus seiner Tasche. Ich greife mit beiden Händen danach und versuche zu ignorieren, dass seine Körperwärme daran haftet. Stattdessen konzentriere ich mich ganz darauf, welche Schwierigkeiten mir diese Sache hätte bereiten können. Ich muss unbedingt besser aufpassen.

»Vielen, vielen Dank.«

»Hör mal, ich stehe ja auch auf Smartphones und Sicherheit und all den Kram, aber du scheinst mir etwas … erleichterter zu sein, als der Durchschnittsbürger es wäre. Ich meine, es ist ja nur ein Handy. Ist alles okay?«

»Ja, ja. Ich … bin einfach ziemlich abhängig von dem Ding, das ist alles.«

»Die Arbeit?«

»Ach, eigentlich … eher Alltag.«

Sig zerknüllt die Papiertüte in seinen großen Händen. Sein Blick wird ernst. »Dein Freund?«

Ich weiß nicht, warum es mich überrascht, dass er es gemerkt hat. Seine schokobraunen Augen scheinen alles zu sehen.

Ich schlucke. »Ja.«

Zu meinem allergrößten Erstaunen grinst er. »Fein.«

Das hatte ich nicht erwartet. »Fein?«

»Ja, fein. Denn mit so was kann ich umgehen. Dann muss ich kein schlechtes Gewissen haben. Ich könnte mich nicht mehr im Spiegel ansehen, wenn ich eine Familie zerstöre, aber feste Freunde sind schlicht Konkurrenz.«

Ich lächle höflich. »Ich weiß den Gedanken dahinter durchaus zu schätzen, aber danke, ich bin nicht interessiert.« Das klang doch fast überzeugend. Leider nur fast.

»Du lügst.«

»Nein, tue ich nicht.«

Doch natürlich tue ich das. Und gewöhnlich sogar sehr gut. Gewöhnlich.

Eine lange Weile sieht Sig mich prüfend an, während er geistesabwesend mit dem Kaffeebecher spielt. Schließlich beugt er sich vor, stützt die Ellenbogen auf und legt den Kopf schief. »Ich glaub' dir kein Wort.«

»Solltest du aber.«

»Es gibt etwas zwischen uns, Tommi. Ob du es nun zugeben willst oder nicht.«

»Da ist nichts! Da kann nichts sein.«

Er entspannt sich und lehnt sich gemütlich zurück. »Wir werden sehen.«

»Nein, werden wir nicht. Wir zwei werden uns wohl kaum je wieder begegnen.«

»Wie wär's, wenn wir das dem Schicksal überließen?«

Ich habe kein Problem damit einzuwilligen, denn auch das Schicksal wird daran nichts ändern. Sollte ich ihn jemals auch nur von Weitem sehen, werde ich sofort Reißaus nehmen. Sig ist ein Risiko, das ich nicht eingehen darf.

»Das Schicksal ist ein grausames Weib, hast du das nicht gewusst?«

»Nein, das war Mutter Natur. Das Schicksal ist männlich. Und auf meiner Seite. Glaub's mir.«

Ich erhebe mich und schiebe mir den Riemen meiner Handtasche über die Schulter. »Tja. War nett mit dir, Sig. Und vielen Dank noch mal.«

Er kommt ebenfalls auf die Füße. »Bis zum nächsten Mal.«

Ohne noch etwas zu erwidern, gehe ich an den Tischen entlang auf den Ausgang zu. Ich spüre seinen Blick im Rücken und vermisse die Glut seiner Augen schon jetzt.

8. Kapitel

SIG

Zurück auf dem Revier begebe ich mich unverzüglich zu Captain Brevards Büro. An der Tür klopfe ich und trete ein. »Ich bin dran, Sir. Sie müssen mir das Okay geben.«

»Locke, ich …«

»Vertrauen Sie mir. Ich kriege das hin.«

Seine scharfen Augen bohren sich in mich. Unter Brevards Blick winden sich selbst gestandene Kerle, aber weil ich mir so sicher bin, zucke ich mit keiner Wimper.

»Also gut. Sie bekommen Ihre Chance. Ich kontaktiere Finch, damit wir alles vorbereiten können. Aber ich sage Ihnen, Junge, wenn Sie auch nur …«

»Ich weiß, Sir. Sie brauchen mich nicht zu warnen. Ich baue keinen Mist. Das verspreche ich.«

Er seufzt. »Hören Sie, Locke, ich weiß, dass Sie schon in Uniform aus dem Mutterleib gekrochen sind, aber als verdeckter Ermittler zu arbeiten ist eine ganz andere Geschichte. Sind Sie dazu schon bereit? Für eine Weile jeden Kontakt zu Ihrer Familie abzubrechen? In der falschen Gegend zu wohnen und mit dem Abschaum der Gesellschaft zu paktieren? Vorzugeben, eine von den Personen zu sein, die von der Straße zu schaffen Sie sich geschworen haben?«

»Wie Sie gerade sagten, Sir, ich bin schon dazu geboren.

Geben Sie mir einfach die nötigen Eckdaten, und wir bringen diesen Mistkerl zur Strecke.«

»Ich mag Ihr Selbstbewusstsein. Übertreiben Sie es nur nicht damit. Selbstüberschätzung hat schon erfahrenere Männer als Sie das Leben gekostet.«

»Okay, Cap. Ich hab's kapiert.«

»Das will ich doch hoffen«, erwidert er einen Hauch resigniert.

Ich schenke ihm ein Lächeln. Ich habe nicht gelogen, als ich sagte, dass ich dazu geboren wurde. Das hier ist meine Bestimmung, dessen bin ich mir sicher. Und ich werde diese Chance verdammt noch mal nutzen.

9. Kapitel

TOMMI

Drei Wochen später

»Ich habe dir doch gesagt, dass ich jemanden abstelle, der auf dich aufpassen soll, wenn ich nicht in deiner Nähe bin. Ich verstehe also nicht, warum dich das jetzt so überrascht.«

Ich sehe Lance' Miene an, dass er mich verdächtigt, etwas zu tun, das ich nicht tun sollte – was stimmt –, und aus diesem Grund keinen Bewacher will, der mir auf Schritt und Tritt folgt – was ebenfalls stimmt. Aber ich muss ihn unbedingt von dieser Idee abbringen, denn ein Bodyguard würde all meine Pläne zunichtemachen.

»Ich weiß, dass du den inneren Kreis so klein wie möglich halten willst. Und ich weiß, wie sehr du jeden Einzelnen schätzt.« Von wegen! »Ich möchte einfach nicht das Gefühl haben, dich oder andere von wichtigen Geschäften abzuhalten. Ich bin schließlich kein hilfloses Weibchen.« Obwohl es genau das ist, was ich in seinen Augen sein sollte.

Lance lächelt sein typisch gönnerhaftes Lächeln, mit dem er mir zu verstehen gibt, ich sei nur ein ungezogenes kleines Mädchen, das seine Geduld auf die Probe stellt. Fehlt nur noch, dass er mit der Zunge schnalzt, den Kopf schüttelt und seufzend *Tommi, Tommi, Tommi* sagt.

»Sei du ruhig ein hilfloses Weibchen. Ich will nicht, dass du Risiken eingehst, hart arbeitest oder dir die Finger schmutzig machen musst. Dafür bist du nicht geschaffen.«

Unfug. Er will mich nicht so haben, aber tatsächlich bin ich exakt dafür geschaffen. Die Tatsache, dass er das nicht erkennt, zeigt mir nur, was für eine gute Schauspielerin ich bin. Und was für eine gute Lügnerin. Aber das wusste ich ja auch schon vorher.

»Ich gehe kein Risiko ein, glaub mir. Ich verspreche dir, sofort anzurufen, wann immer ich Hilfe brauche. Dann kannst du mir jemanden schicken.«

»Ab jetzt musst du nicht mehr anrufen. Der einzige Lebenszweck des Neuen ist es, dich zu beschützen und da zu sein, wenn ich es nicht kann.«

Meine Lippen beben von der Anstrengung, mein freundliches Lächeln aufrechtzuhalten. »Also gut. W-wann wird er sich mir vorstellen? Hoffentlich ist er nicht allzu furchterregend.« Ich mache große Augen, wie man es von einem braven hilflosen Ding erwartet, und könnte kotzen.

Lance küsst mich auf die Schulter. »Du brauchst keinen meiner Leute zu fürchten, Baby. Wenn einer dir je ein Haar krümmen sollte oder dich in Gefahr bringt, ist er innerhalb einer Stunde tot.«

Etwas dick aufgetragen, dessen bin ich mir sicher, aber die Botschaft kommt dennoch an. Der neue Kerl, wer immer er ist, tut mir jetzt schon leid. Wenn Lance letztendlich erfährt, was die ganze Zeit gelaufen ist, ohne dass jedoch der Babysitter es mitbekommen hat, dann steckt er wahrscheinlich in großen Schwierigkeiten.

»Na gut, dann bin ich ja beruhigt.«

»Schön. Er ist gleich hier.«

Ich muss mich beherrschen, um nicht nervös mit meinem Haar zu spielen oder die Hände zu ringen. Ich versuche stets, äußerlich ruhig zu wirken, selbst wenn in meinem Inneren Aufruhr herrscht. Was in Lance' Gegenwart sehr oft der Fall ist. »Woher kommt dieser Neue denn?« Ich lasse die Frage beiläufig klingen, aber ich bin tatsächlich neugierig. Ich muss so viel wie möglich über diesen Mann erfahren. Wenn ich ihn besser kenne als er mich, bin ich definitiv im Vorteil.

»Er ist ein Cousin von Finch. Sie haben an der Westküste zusammengearbeitet. Er hat drüben bei einer Organisation eingetrieben, kann also anpacken. Als Sicherheitsmann bestens geeignet.«

»Hast du ihn überprüfen lassen?«

Lance' Kopf ruckt hoch, und sein eisiger Blick begegnet meinem. »Natürlich. Für wie dumm hältst du mich denn?«

»Ich halte dich nicht für dumm. Ich bin nur nervös.«

Lance lässt mich los, und ich kann wieder atmen. Nur mühsam gelingt es mir, ein Schaudern zu unterdrücken.

»Zweifele mich nie wieder an.«

»So war es nicht gemeint. Ich tu's nicht wieder.«

Schweigend wendet er sich ab und tippt etwas in sein Smartphone. Knappe drei Minuten später klopft es an der Tür, und Barber, Lance' rechte Hand, tritt ein. Als ich sehe, wer ihm dicht auf den Fersen folgt, bleibt mir eine Sekunde lang der Mund offen stehen. In voller Größe und ganzer Pracht betritt niemand anderes als Sig den Raum – *mein* Sig.

Wie gelähmt stehe ich da und versuche, meine Atmung zu kontrollieren. Ich empfinde Angst. Nackte Angst. Wenn er sich anmerken lässt, dass wir einander kennen, oder – Gott behüte! – bereits erzählt hat, was vor drei Wochen auf dem Highway geschehen ist, bin ich geliefert. Lance wird toben. Weil ich ihn angelogen habe. Weil ich mit einem anderen Mann ein Kleid kaufen war. Und weil ich alles Mögliche getan habe, um es vor ihm zu verbergen.

Aber neben der Angst empfinde ich noch etwas. Das Atmen fällt mir plötzlich schwer, aber aus einem ganz anderen Grund, als es in Lance' Gegenwart oft der Fall ist. Meine Haut fühlt sich warm und ein wenig feucht an, als sei ich durch Wasserdampf gegangen, und ich bin sofort scharf auf ihn. *O Gott*! In den vergangenen Tagen habe ich mir erfolgreich einreden können, dass meine Erinnerung ihn verklärt haben muss, aber nun sehe ich mit eigenen Augen, dass das ganz und gar nicht der Fall ist. Was. Für. Ein. Kerl!

Er wirkt größer als vor drei Wochen, vielleicht weil er von Kopf bis Fuß in Schwarz gekleidet ist. Jeans und T-Shirt sitzen perfekt, das Sakko schient maßgeschneidert … Er sieht aus wie ein Model für Mafia-Mode. Seine dunklen Augen funkeln, als er meinem Blick begegnet, aber er sagt nichts. Ich ebenfalls nicht.

»Randall, das ist meine Lady – Tommi. Tommi, das ist Slade Randall.«

Sigs erste Worte erstaunen mich nicht. In diesen Kreisen ist es nicht unüblich, sich einen Spitznamen zuzulegen.

»Man nennt mich Sig. Wie die Pistole«, sagt er mit einem knappen Nicken, und seine tiefe Stimme streichelt mich quer durch den Raum. »Ich verrate meinen Namen nicht vielen Leuten. Und lass mich noch seltener so ansprechen.«

Obwohl er mich ansieht, weiß ich, dass die Bemerkung an Lance gerichtet ist. Fast schnappe ich nach Luft über seine Dreistigkeit. Unwillkürlich blicke ich zu Lance. Seine Kiefermuskeln verspannen sich, und ich wappne mich innerlich gegen seinen Zorn, doch nichts geschieht. »Sig also«, sagt Lance ähnlich knapp. »Es interessiert mich nicht, wie du dich nennst, solange du deinen Job erledigst.«

»Darum brauchst du dir keine Sorgen zu machen.«

»Gut, denn du fängst direkt an. Tommi will zu einer Freundin, die eine Baby-Party veranstaltet. Du fährst sie. Nimm den Maserati. Du bist da, wo sie ist. Keine Fragen, keine Ausreden. Lass sie nicht aus den Augen.«

Oh, verdammt. »Das ist nicht nötig«, sage ich hastig. »Bestimmt würde Sig« – ich mache absichtlich eine kurze Pause vor seinem Namen, als würde ich ihn *nicht* allzu gut kennen – »lieber im Auto warten, als einer Truppe kreischender Mädels zuzusehen, die Strampler bewundern und Spielchen machen, bei denen man Babypuppen wickeln muss.« Ich setze eine Miene auf, die ich insgeheim mein »Schnurrgesicht« getauft habe, schlendere zu Lance, lege ihm einen Arm um die Schultern und fahre ihm mit dem Zeigefinger über die Wange. »Aber wenn du mir nicht glaubst und das gerne miterleben möchtest, würde ich mich sehr freuen, es dir mal zu zeigen.«

Die Pupillen in Lance' blauen Augen weiten sich, und mein Magen beginnt zu brennen. Ich weiß genau, was dieser Blick bedeuten würde, wenn wir alleine wären. Das ist der Grund, warum ich ihn niemals necke. Ich habe andere Möglichkeiten gefunden, ihn zufriedenzustellen, und es gibt keinen Grund, daran etwas zu ändern. Im Moment jedoch sind wir nicht allein, weswegen ich nichts zu befürchten habe.

»Ein andermal. Aber wenn du willst, dass er im Wagen bleibt, meinetwegen. Lass nur dein Handy an.« Der letzte Satz hat einen warnenden Unterton. Vor ein paar Tagen erwähnte ich beiläufig, dass ich mein Handy im Wagen vergessen hatte, als er abgeschleppt worden war. Er ist immer noch nicht darüber hinweg, dass ich mehrere Stunden nicht für ihn erreichbar gewesen bin – selbst wenn er es zu dem Zeitpunkt gar nicht versucht hat.

»Selbstverständlich.« Ich nehme meine Tasche. »Wir sehen uns später.« Ich gebe ihm ein züchtiges Küsschen auf die Wange, wende mich um und stolziere davon. Mit ein bisschen Glück lenkt ihn mein schwingender Hintern in dem engen Bleistiftrock davon ab, sich weitere Gedanken zu machen, wohin ich gehe und was ich vorhabe.

Als ich an Sig vorbeirausche, begegnen sich unsere Blicke. Er setzt sich in Bewegung und öffnet mir die Tür, und ich bedanke mich mit einem Nicken und ignoriere das Prickeln auf meiner Haut, als meine Schulter ihn beim Vorübergehen streift.

Keiner von uns sagt etwas, während wir das Penthouse verlassen, zum Fahrstuhl gehen und anschließend hinunterfahren. In der Lobby wendet er sich mir halb zu. »Warte am Bordstein. Ich sammele dich auf.«

»Schlüssel brauchst du keine?«

Er hält einen einzelnen Schlüssel hoch und schüttelt ihn wie ein Glöckchen. Ich dachte eigentlich, ich hätte die einzigen zu meinem Wagen, aber anscheinend hat Lance noch ein Extraset anfertigen lassen, bevor er mir das Auto schenkte. Sieht ihm ähnlich.

Sig zwinkert mir zu, wendet sich ab und marschiert zur Tür, die zur Tiefgarage führt. Bevor ich mich wieder in Bewegung setze, gönne ich mir ein paar Sekunden, um seine große schlanke Gestalt und seinen selbstsicheren Gang zu bewundern. Herrgott, allein dem Mann nachzustarren ist wie eine süße Sünde.

Am Ausgang wartet schon der Portier. »Ms. Lawrence. Soll ich Ihnen einen Wagen holen lassen?«

»Nein, danke, Gerald.«

Der Mann neigt den Kopf mit dem ergrauenden Haar, und Lachfältchen erscheinen am Rand seiner freundlichen nussbraunen Augen. Obwohl ich ziemlich sicher bin, dass er ahnt, worin Lance' Geschäfte bestehen, hat er niemals den Eindruck erweckt, als blicke er auf mich herab. Da gibt es ganz andere. Die meisten versuchen, es sich nicht anmerken zu lassen, aber dass sie der Meinung sind, ich sei nicht besser als Lance, ist ziemlich offensichtlich. Und in gewisser Hinsicht bin ich es auch nicht, aber es wurmt mich sehr, dass jemand mich in eine Schublade steckt, ohne etwas über mich zu wissen. Kaum jemand kennt mich wirklich. Und nur wenige kennen die Wahrheit.

»Wird ein heißer Tag heute.«

Ich schaue in den Himmel, als ich durch die Tür gehe, die er mir aufhält. Kein Wölkchen ist zu sehen, und die Sonne brennt schon jetzt gnadenlos herab. »Sieht aus, als könnten Sie recht haben.«

Warmer, feuchter Wind streicht mir über die Wangen und zupft an meiner Hochsteckfrisur, während ich am Bordstein stehe, die Augen schließe und warte. Auf meinen Fahrer. Auf meinen Gefängniswärter. Auf meinen potenziellen Untergang.

Und schon höre ich das tiefe, satte Brummen des teuren Motors, als sich der Wagen nähert. Ich schlage die Augen auf und beobachte, wie Sig aussteigt, um meinen Wagen herumgeht und mir die Tür zur Rückbank öffnet. Ich widersetze mich nicht. Ich halte den Mund, bis wir allein sind.

»Danke«, sage ich und ducke mich ins klimatisierte

Innere. Ich schaue Sig nicht an, als er die Tür schließt, und halte den Blick gesenkt, als er um das Auto zurück zur Fahrertür geht. Aber es ist schwer. *Verdammt* schwer. Er zieht mich magisch an. Ich kann einfach nicht dagegen an.

Er setzt sich wieder hinters Steuer und begegnet meinem Blick im Rückspiegel. »Wohin?«

Ich gebe ihm die Adresse eines Wohnhauses von gehobenem Standard, in dem sich direkt hinter der Lobby ein schickes, schön dunkles Internetcafé befindet. Ohne Fragen zu stellen, fährt er an, reiht sich in den Verkehr ein und biegt an der nächsten Ampel rechts ab.

Ich schnalze mit dem Fingernagel gegen den Riemen meiner Tasche, während ich darauf warte, dass er etwas sagt. Als nichts kommt, ergreife ich das Wort. »Du hast mir nichts davon gesagt, dass du Lance kennst.«

»Du hast mir auch nicht gesagt, dass du ihn kennst.«

Ein Punkt für ihn.

»Ich, ähm, gehe davon aus, dass du ihm nichts von, na ja …«

Wieder begegnen sich unsere Blicke im Rückspiegel. Seiner ist amüsiert. »Von der Rettungsaktion auf dem Highway gesagt habe? Oder dass ich seine Freundin küssen wollte, bevor ich noch wusste, wer sie war?«

Ich stoße geräuschvoll den Atem aus. Ich wusste, dass zwischen uns eine starke Anziehungskraft besteht. Ich bin ja nicht dumm. Oder aus Stahl. Aber bei seinen Worten sehe ich plötzlich vor meinem inneren Auge, wie er mich in seine starken Arme zieht und mit seinem aufregenden Mund verschlingt. *Heiliger Strohsack*! Unruhig rutsche ich auf meinem Sitz umher.

»D-die Rettungsaktion meine ich.«

Sig lacht sein leises, tiefes Lachen. »Ja, dachte ich mir schon. Und die Antwort lautet Nein. Ich habe ihm nicht gesagt, dass ich dir auf dem Highway begegnet bin. Oder dass ich mir gewünscht hätte, du wärst Single.«

Genüsslich betrachtet er mein Gesicht im Rückspiegel. Das Dumme ist, dass seine Augen selbst gespiegelt und aus diesem Abstand dieselbe Wirkung haben, als stünde er mir direkt gegenüber. Tatsächlich kommt es mir sogar ein bisschen unanständig vor, dass er mich auf diese Art ansieht. Als beobachtete er mich heimlich wie ein Voyeur.

Mir wird heiß.

Fest beiße ich mir auf die Unterlippe und wende den Blick ab. Verdammt, ich spiele hier mit dem Feuer. Als ich Sig vor drei Wochen begegnete, wusste ich auf den ersten Blick, dass er ein Problem für mich darstellen könnte, aber da ich davon ausging, ihn nie wiederzusehen, hatte ich mir keine großen Sorgen darum gemacht. Und ich war sogar erleichtert – zumindest in gewisser Hinsicht –, dass ich mich nicht damit beschäftigen musste. Aber nun … nun ist er hier. Wieder zurück in meinem Leben. Eine verbotene Frucht, die mir sogar noch verlockender vorkommt als vor drei Wochen. Wenn das überhaupt möglich ist.

»Und? Wo willst du wirklich hin?«, fragt er ruhig.

Mein Blick schießt zum Rückspiegel, und ich versuche, meinen Schock hinter einer neutralen Miene zu verbergen. »Zu einer Baby-Party. Das hat Lance dir doch schon gesagt.«

»Nein, ich meine, wohin du wirklich willst.«

»Zu einer Baby-Party«, sage ich betont.

Er zuckt die Achseln. »Wenn du auf der Story bestehen willst …«

Ich ziehe die Brauen zusammen. »Das ist keine Story. Sondern die Wahrheit.«

Natürlich nicht. Es ist gelogen. Aber ich kann diesem Burschen schließlich nicht einfach alles erzählen. Obwohl ich ihm gewissermaßen vertrauen *muss*, da er ein Druckmittel gegen mich in der Hand hat.

»Gut. Wie du meinst.«

Jetzt reicht es mir. »Hör mal, ich weiß ja nicht, worauf du hinauswillst, aber mir gefällt die Andeutung nicht.«

»Normalerweise kann ich den Leuten ganz gut hinter die Stirn blicken, und ich dachte, du lügst. Mein Fehler, tut mir leid.«

Gut aussehend, charmant UND einfühlsam? Der Kerl muss weg!

Ich beschließe, nicht mehr darauf einzugehen. Es hat keinen Sinn, mich mit ihm zu zanken, wenn *ich* letztlich diejenige bin, die hier etwas zu verlieren hat, nicht er.

»Einfach-Tommi«, setzt er nach einer Weile wieder an. Bei dem Klang meines Namens aus seinem Mund schließe ich beinahe genießerisch die Augen. Seine Stimme ist eine Liebkosung, die meine Wangen streichelt, fast wie die warme, feuchte Brise, die ich vorhin am Straßenrand gespürt habe. Mein Blick driftet automatisch wieder zum Rückspiegel, wo die schokobraunen Augen auf mich warten. »Du siehst wunderschön aus.«

Ich fahre mir mit der Zunge über die plötzlich trockenen Lippen und versuche ein Lächeln. Zwar weiß ich, dass es nicht echt wirkt, aber etwas Besseres kriege ich in der stickigen Luft des Autos, die sich zu verdichten scheint, einfach nicht mehr hin. »Danke.«

Eigentlich müsste ich ihm sagen, dass seine Bemerkung

unangemessen sei und er mich nicht so ansehe dürfe, aber ich kann nicht. Sein unverhohlen lustvoller, fast animalisch hungriger Blick tut mir einfach zu gut.

Ich wende mich ab und betrachte vorbeiziehende Autos und Gebäude, während meine Gedanken bei Menschen sind, die ihre Gefühle ausleben dürfen und sie nicht unterdrücken müssen. Ich weiß nicht, wie viel Zeit verstrichen ist, als er wieder spricht, aber fast wären mir seine Worte entgangen. »Du kannst mir vertrauen, Tommi.«

Ich hebe den Blick und sehe ihm direkt in die atemberaubenden Augen. »Ich traue niemandem.«

Dieser knappe Satz enthält mehr Wahrheit als alles, was ich in den vergangenen Jahren von mir gegeben habe.

10. Kapitel

SIG

Ich bewundere Tommis appetitlichen Hintern, während sie den Gehweg überquert und in dem Gebäude verschwindet. Zum Glück gibt es direkt vor dem Haus Parkplätze, sodass ich den Wagen rasch abstellen und aussteigen kann. Ihre Anweisung, hier auf sie zu warten, sie würde bald zurückkehren, macht mich umso neugieriger. Warum will sie mich um keinen Preis dabeihaben? Vielleicht ist es nichts, vielleicht hat sie einfach etwas dagegen, unter Beobachtung zu stehen. Aber es könnte auch mehr dahinterstecken. Und ich will es herausfinden.

Ich schließe den Wagen ab, trabe zur Tür und nicke beim Eintreten dem Portier zu. In der Eingangshalle bleibe ich einen Moment lang stehen, um mich an das diffuse Licht zu gewöhnen. Weiter hinten entdecke ich ein Schild, das diskret auf eine Bar verweist, und ich setze mich wieder in Bewegung. Von dort aus kann ich die Lobby sicher gut im Blick behalten.

Etwas Buntes in einem Mülleimer zieht meinen Blick auf sich, als ich vorübergehe. Es sieht dem Babygeschenk für die Freundin, mit dem Tommi gekommen ist, verdächtig ähnlich. Zwar kann ich das unmöglich genau sagen, ohne in diesem Eimer zu wühlen und unerwünschte Aufmerksamkeit zu erregen, aber meine Instinkte schalten auf erhöhte Alarmbereitschaft.

Am Eingang der Bar blicke ich mich nach einem Tisch um, der nah genug an der Tür ist, um mir einen guten Blick auf die Lobby zu gewähren und die mysteriöse Tommi abpassen zu können, wenn sie wieder herunterkommt. Vielleicht ist sie ja in Begleitung.

Doch dann stellt sich heraus, dass ich gar nicht warten muss – und dass ich recht hatte, was den Wahrheitsgehalt ihrer Aussagen betrifft. Tommi hat etwas vor. Eine Baby-Party ist es nicht. Denn sie sitzt hier, in der Bar.

Selbst wenn sie nicht blond wäre und keine grüne Bluse tragen würde, die ihre Smaragdaugen zum Leuchten bringt, hätte ich sie sofort gesehen. Sie zieht mich an. Wie ein Magnet, wie die Schwerkraft. Oder die Versuchung. Obwohl ihr Geschmack, was Männer angeht, ziemlich kriminell ist (okay, schlechter Scherz), und sie von dem, womit Lance sein Geld verdient, zumindest Kenntnis haben muss, übt sie eine ungeheure Faszination auf mich aus. Ich kann das Gefühl nicht abschütteln, dass mehr an dieser Frau ist. Das ergibt zwar eigentlich keinen Sinn, aber das muss es auch nicht. Wer in einem Haus voller Polizisten aufwächst, lernt schnell, dass man sein Bauchgefühl niemals ignorieren darf.

Es ist mir immer schon leichtgefallen, Menschen zu durchschauen, und sobald die Sprache auf diese Baby-Party kam, hatte ich den Eindruck, dass Tommi Lance gegenüber nicht ganz ehrlich war. Ihr schockierter Gesichtsausdruck auf meine Frage, wohin sie wirklich wolle, bestätigte es mir. Irgendetwas stimmt da nicht. Und ich will unbedingt wissen, was es ist.

Ich lasse mich auf einen Stuhl direkt hinter einer Säule

am Eingang der Bar nieder und warte ein paar Sekunden, bevor ich mich so weit aufrichte, dass ich Tommi im Blick habe. Sie sitzt in einer Ecke, allein, fast als wolle sie sich verstecken. Im Grunde wie ich. Vor ihr liegt ein kleines Tablet, auf das sich ihre gesamte Aufmerksamkeit konzentriert. Von ihrer Umgebung scheint sie nichts mehr wahrzunehmen.

Die Kellnerin kommt, und ich bestelle eine Cola, gebe ihr einen Zehner und richte meine Aufmerksamkeit wieder auf die wunderschöne platinblonde Frau am anderen Ende des Raums. Einundvierzig Minuten lang beobachte ich sie. Nur ab und zu hebt sie den Kopf, streckt sich und blickt sich nervös um, ehe sie sich wieder ihrem Bildschirm widmet. Was immer sie tut – erwischt werden möchte sie dabei nicht. Keine Ahnung, ob Lance weiß, wo wir uns befinden. Hat sie ihm eine Adresse genannt? *Gibt* es überhaupt eine schwangere Freundin? Noch interessanter finde ich allerdings, dass sie Lance hintergeht. Was für die schöne Einfach-Tommi drei mögliche Schlüsse zulässt: Sie ist entweder a) dümmer, als ich dachte, b) schlauer, als ich dachte, oder c) lebensmüde. Und ich bin wild entschlossen herauszufinden, welche der drei Optionen zutrifft.

Als sie nach gut einer Stunde das Tablet zusammenklappt und ihre Sachen packt, verschwinde ich unbemerkt und kehre zum Auto zurück. Ich sitze bei offenem Fenster hinterm Steuer, als sie aus dem Gebäude tritt. Ich lasse den Motor an, und sie dreht den Kopf in meine Richtung. Ein Lächeln erscheint auf ihren Lippen, erstirbt aber sofort wieder, als habe sie gar nicht lächeln wollen. Und doch hat sie.

Steif kommt sie auf den Wagen zu. In letzter Sekunde steige ich aus und öffne ihr die Tür zur Rückbank. Sie zögert einen Moment lang. »Du musst mir nicht ständig die Tür aufhalten.«

»Aber sicher muss ich das.«

»Du bist nicht mein Chauffeur.«

Ich zucke die Achseln. »Nein, aber ich stamme aus dem Süden. So werden wir Männer dort erzogen.«

Einen Moment lang betrachtet sie mich prüfend, dann steigt sie anmutig ein. Ich werfe die Tür hinter ihr zu.

Sobald ich wieder hinterm Steuer sitze, suche ich ihren Blick im Rückspiegel. »Wohin jetzt?«

»Zurück zu Lance.«

Wir fahren eine Weile schweigend. Immer wieder blicke ich in den Rückspiegel, aber sie starrt mit ausdrucksloser Miene durchs Fenster. Ich würde nur allzu gerne wissen, was in ihrem Kopf vorgeht, denn dass sich dort einiges abspielt, ist klar. Wenn ich raten müsste, würde ich sagen, dass der Verstand dieser Frau permanent auf Hochtouren läuft.

»Wie war die Baby-Party?«

Ihr Blick huscht zu meinem, und sie zieht die Brauen zusammen. »Bitte?«

»Die Baby-Party. Wie ist es gelaufen?«

»Oh, ach ja. Gut.« Sie seufzt. »Sie kriegt einen Jungen und hat Unmengen an Geschenken bekommen. Strampler, Windeln, einen Kinderwagen, eine Babyschaukel, Fläschchen, Wickeltasche, eine kleine Babywanne. Sie wird nicht mehr viel kaufen müssen.«

Sie zuckt nicht einmal mit der Wimper, während sie die Liste der Geschenke herunterrattert – als sei sie tatsächlich dort gewesen. Ich bin beeindruckt. Diese Frau ist eine Weltklasselügnerin. Die Frage ist nur: Wieso lügt sie überhaupt?

»Nett.«

Für den Rest der Fahrt sagt keiner von uns mehr ein Wort.

Als wir bei Lance' Haus ankommen, lasse ich sie am Haupteingang aussteigen, fahre den Wagen dann zur Garageneinfahrt und parke. Allein fahre ich mit dem Fahrstuhl hinauf zum Penthouse. Ich kann die gereizten Stimmen hören, sobald ich die beiden Schläger passiere, die im Vorraum Wache schieben.

»Es ist nur zu deiner Sicherheit«, sagt Tonin gerade. »Wenn du nichts zu verbergen hast, dann sollte es kein Problem darstellen.«

»Was soll ich denn deiner Meinung nach anstellen, wenn du nicht dabei bist?«

Ein dritter Schläger führt mich durch den gedämpft beleuchteten Vorraum, dessen Marmor-Ausstattung kalt und dunkel auf mich wirkt, als würde ständig Dämmerung herrschen. Aber vielleicht kommt es mir auch einfach nur zwielichtig vor, weil der Penthouse-Besitzer ein zwielichtiger Typ ist. Schläger Nummer drei bringt mich in ein ebenso tristes Wohnzimmer. Alles ist in Schwarz, Weiß und Grau gehalten. Die einzigen Farbtupfer neben Tonins gerötetem, pockennarbigem Gesicht sind Tommis erhitzte Wangen und ihre smaragdfarbene Bluse.

»Ich gehe davon aus, dass du genau das tust, was du mir erzählst. Denn du weißt sehr gut, was geschehen wird, wenn ich je herausfinde, dass du mich belügst.«

»Ja, das weiß ich durchaus. Warum also lässt du mich beschatten?«

»Du wirst nicht beschattet. Du wirst beschützt. Das ist ein kleiner Unterschied.«

»Fühlt sich aber nicht so an. Es fühlt sich an wie ein Eingriff in meine Privatsphäre.«

»Du brauchst in meiner Gegenwart keine Privatsphäre. Ich liebe dich. Ich will nur dein Bestes.«

Von jemandem wie Tonin das Wort »Liebe« zu hören ist ungefähr so stimmig wie Mike Tyson im Ghandi-Kostüm. Lance Tonin ist ein Mensch, der nichts und niemanden liebt – außer Geld. Statussymbole. Und Macht. Und sein Gesichtsausdruck macht mir klar, dass ich richtigliege: Das hier hat mit Liebe nichts zu tun. Auch nicht mit echter Besorgnis. Vielleicht mit einer Art von Besessenheit, aber keine Liebe.

»Hier geht es auch nicht in erster Linie um mich, sondern um Travis. Wie wird sich das auf seinen Alltag auswirken?«

»Na schön, dann wird Sig also einen gewissen Abstand einhalten, wenn Travis bei dir ist, aber er wird dennoch in deiner Nähe bleiben. In diesem Punkt lasse ich nicht mit mir reden.«

Tommi steht stocksteif da – der personifizierte Unwille. Man sieht ihr an, dass sie noch etwas sagen will, es sich aber verbeißt. Aus Angst? Vielleicht, aber eigentlich glaube ich das nicht. Sie wirkt nicht ängstlich. Eher … sauer. Aber warum schlägt sie dann nicht richtig Krach? Nun, wer weiß, wie kompliziert das Verhältnis der beiden ist. Und wahrscheinlich sollte es mich überhaupt nicht kümmern. Schließlich bin ich hier, um Tonin zur Strecke zu bringen, was immer dazu nötig ist. Andererseits … vielleicht ist Tommi ja genau das, was dazu nötig *ist*, also sollte ich alles über sie herausfinden, was es zu finden gibt.

Rede ich mir zumindest ein.

Ja, ich würde sie nur allzu gerne besser kennenlernen, ihr

nahekommen, ein Gefühl für sie entwickeln. Sie fasziniert mich wirklich, aber zum Glück bin ich kein Mensch, der wegen einer Frau den Kopf verliert. Das sogenannte schwache Geschlecht macht höllisch viel Spaß, und ich stehe unbedingt auf ihre schönen Körper, aber wenn es um Herzensdinge geht, halte ich mich lieber zurück. Die Liebe bringt einen nur in Schwierigkeiten, und dieses Wissen ist in einer Situation wie dieser nützlich. Es besteht null Gefahr, dass ich mein Herz verlieren könnte.

Wütend schiebt Tommi den Riemen ihrer Tasche über die Schulter und rauscht an mir vorbei. »Mach schon«, fährt sie mich an.

Ich werfe Tonin einen Blick zu, und er nickt knapp. Seine ohnehin schon dünnen Lippen sind zu einer Linie zusammengepresst, und seine Kiefermuskeln arbeiten. »Verlier sie nicht aus den Augen.«

Ich erwidere das knappe Nicken. »Kein Problem.«

Ich hole Tommi ein, als sie gerade den Fahrstuhl betritt. Schnell strecke ich eine Hand aus, um zu verhindern, dass die Tür sich schließt, und muss grinsen, als sie entnervt die Augen verdreht.

»Ich kann an dieser Situation nichts Lustiges finden.«

»Lustig? Nein, lustig finde ich sie auch nicht. Aber deine Augen sprühen Feuer und deine Wangen glühen, als wärst du gerade gev-… ähm, geküsst worden. Du siehst höllisch sexy aus. Und Frauen, die höllisch sexy aussehen, muss ich einfach angrinsen.«

Das scheint sie erst recht wütend zu machen, woraufhin ich am liebsten noch breiter grinsen würde. Ich rücke näher an sie heran und halte ihr meinen Arm hin. »Willst du zuschlagen? Manchmal fühlt man sich danach besser.«

Ihre Augen schleudern Blitze, und ich glaube schon, dass nun eine Schimpftirade auf mich niedergeht, doch es geschieht nichts. Stattdessen ballt sie die Faust, holt aus und landet einen anständigen Hieb auf meinem Deltamuskel.

Ich nicke ihr zu. »Nicht schlecht für eine Frau.«

»Darf ich noch mal?«, presst sie durch zusammengebissene Zähne hervor. »Unter die Gürtellinie? Mit dem Knie?« Der Gedanke scheint ihr zu gefallen.

»So sehr es mich freut, dass du bei mir ›unter die Gürtellinie‹ denkst, so ist es nicht ganz das, wonach mir der Sinn steht.«

Ihre starre Haltung entspannt sich etwas. »Träum weiter.«

»Aber ja, unbedingt. Welcher Mann würde das bei einer Traumfrau wie dir nicht tun?«

Sie neigt den Kopf zur Seite und betrachtet mich prüfend. »Lance ist ein sehr eifersüchtiger Mensch, wie du weißt. Hast du keine Angst vor seiner Reaktion, wenn er erfahren würde, wie du mit mir sprichst?«

»Männer sind schon immer hohe Risiken eingegangen, um die Liebe einer schönen Frau zu gewinnen.«

Plötzlich schleicht sich Traurigkeit in ihren Blick. »Aber es ist nicht die Liebe, hinter der du her bist, nicht wahr, Sig?«

»Du denn?«

Sie lässt sich einen Moment Zeit, bevor sie antwortet. »Sind wir das nicht alle?«

Bevor ich etwas erwidern kann, gleitet die Tür zur Seite, und sie verlässt den Fahrstuhl, langsamer jedoch, als sie ihn oben betreten hat. Schweigend gehen wir durch die Garage. Ich warte ab, bis sie per Knopfdruck den Wagen entriegelt hat, dann beuge ich mich rasch vor, um ihr die Tür zu öffnen, sodass sie zwischen dem Auto und mir gefangen ist.

»Kann ich dir etwas sagen?«, frage ich sie leise. Mein Schwanz zuckt unwillkürlich, als der Blick aus ihren großen Augen auf meine Lippen fällt und dort verweilt. Sie nickt. »Ich verspreche dir, dass du von meiner Gegenwart nichts merken wirst. Ich folge dir einfach unauffällig, okay?«

Sie schaut mir wieder in die Augen und nickt erneut. »Bitte enttäusch mich nicht«, sagt sie leise und so ernsthaft, als ging es ihr um viel mehr als nur die Frage, ob ich ihr lästig sein könnte oder nicht. Und prompt habe ich ein schlechtes Gewissen. Denn wenn ich mein Ziel erreicht habe, wird sie am Ende schließlich nicht nur enttäuscht worden sein, sondern in der einen oder anderen Hinsicht auch einen Haufen Ärger bekommen.

Ich verscheuche den Gedanken. Mit solchen Überlegungen *darf* ich mich nicht aufhalten. »Baby, ich habe noch keine Frau enttäuscht«, sage ich so rotzig, wie man es von mir gewohnt ist.

Sie zieht einen Mundwinkel zu einem freudlosen Lächeln hoch. »Bisher hat mich noch jeder Mann enttäuscht.«

Und damit lässt sie sich auf den Fahrersitz nieder, senkt den Blick und wartet, dass ich die Tür für sie schließe.

Wer, zum Teufel, ist diese Frau? Und wer hat sie so tief verletzt?

11. Kapitel

TOMMI

Ich werfe einen Blick in den Rückspiegel und mustere Sig, der hinter mir fährt. Sein attraktives Gesicht ist zum Teil von einer sexy Sonnenbrille verborgen, er lehnt sich leicht nach rechts, ein Handgelenk liegt lässig auf dem Lenkrad seines Trucks. Er wirkt tief entspannt. Kompetent. Sexy.

Sexy, sexy, sexy. Warum taucht dieses Wort ständig in meinem Kopf auf?

Na ja, weil er es ist. Alles an ihm ist sexy. Sein Lächeln, seine Stimme, sein Blick, sein Gang, sein Körper. Selbst sein blöder Truck. Irgendwie schafft er es, dass sogar die Kiste sexy aussieht – wie ein hoch aufgebocktes Bike auf vier Monsterreifen.

Sei nicht albern!

Ich reiße mich gerade noch rechtzeitig los, um auf die Bremse zu steigen, ehe ich auf den Toyota vor mir auffahre. Ich verkneife mir einen Fluch und strecke unwillkürlich Arme und Beine durch, als mein Wagen quietschend zum Halten kommt. Die kleine alte Dame vor mir biegt in aller Seelenruhe links ab, und ich stoße den Atem aus und werfe einen Blick in den Rückspiegel. Sig grinst unverschämt selbstzufrieden, als wüsste er, was mich abgelenkt hat. Sein

Grinsen ist ärgerlich, aber gleichzeitig auch so aufregend, dass es in meinem Magen zu prickeln beginnt.

Es wird leichter werden, ihn zu ignorieren, sobald ich Travis aufgesammelt habe. Er steht am Bordstein, und ich halte genau vor ihm und beuge mich über den Beifahrersitz, um ihm die Tür zu öffnen. »Tut mir leid, dass ich etwas zu spät bin«, sage ich, als er einsteigt.

»Egal«, erwidert er und zieht den Schirm seiner Kappe tiefer ins Gesicht. Auch ohne diese vielsagende Geste weiß ich, dass er aufgewühlt ist. Ich komme nie zu spät. Darauf achte ich extrem, denn Travis reagiert sehr sensibel auf Störungen in seinem Tagesablauf.

»Hast du deine Medikamente genommen?«

Travis' Kopf fährt zu mir herum. Seine Augen sind genauso grün wie meine. »Ich nehm immer meine Medikamente. Frag doch nicht so'n Schrott.«

Ich nehme keinen Anstoß an seiner Schroffheit. Nach der Schule ist er immer so. Es strengt ihn höllisch an, sich »normal zu geben«, wie er es nennt. Die Symptome, die Asperger erzeugt, scheinen sich verstärkt zu haben, seit Lance mehr von meinen Nächten beansprucht. Dummerweise kann ich im Augenblick nichts dagegen tun. Was bedeutet, dass auch Travis nicht aus der Nummer herauskann. Wenigstens noch nicht.

Ein Themenwechsel ist angebracht. »Rate mal, was es heute Abend zu essen gibt.«

Travis wendet sich ab und schaut achselzuckend aus dem Fenster.

»Eins deiner vier Leibgerichte.«

»Egal. Bin sowieso nicht da.«

»Aha? Und wo bist du?«

»Ich geh zu Trip.«

Die Alarmglocken in meinem Kopf schrillen los. »Wieso bist du eigentlich immer dann mit Trip verabredet, wenn ich nicht mit Lance verabredet bin?«

Er zuckt wieder die Achseln. »Er hat angerufen und gefragt, ob ich rüberkomme.«

Trip ist ein Freund von Lance. Zu Anfang war ich ungeheuer glücklich, dass Travis freiwillig unter Leute ging, und dachte nicht einmal daran, diese Freundschaft infrage zu stellen. Doch inzwischen bin ich zu dem Schluss gekommen, dass Trip meinem Bruder nicht bekommt. Zumal ich herausgefunden habe, dass der Kerl vorbestraft ist – also genau das, was Travis in seinem Leben ganz sicher nicht gebrauchen kann.

Vermutlich hätte ich diese Freundschaft schon im Keim ersticken müssen, denn nun, da Travis an Trip gewöhnt ist, fürchte ich mich davor, sie ihm auszureden. Travis hat schon einmal einen Zusammenbruch erlitten, und der hat uns letztlich fast alles gekostet, was wir noch hatten. Was, zugegeben, ohnehin nicht mehr besonders viel gewesen war.

Ich schlucke ein Seufzen herunter. Noch ein Punkt auf der langen, langen Liste der Dinge, die ich bereue.

»Travis, wenn er –«

»Fang gar nicht erst damit an, *Tommi*«, unterbricht er mich barsch, meidet aber den Blickkontakt – wie immer, wenn er ein schlechtes Gewissen hat.

»Ich mache mir Sorgen um dich, Travis«, sage ich so ruhig wie möglich.

»Mach dir lieber Sorgen um dich selbst. Du hast genug Probleme für zwei.«

Womit er recht hat. Nur begreift Travis nicht, wie die

Dinge liegen. Wir zwei stehen gegen den Rest der Welt, und diese Welt gönnt uns keinen Zentimeter an Boden. Travis kennt die Fakten, aber ich glaube kaum, dass er versteht, welche Konsequenzen sich daraus ergeben haben, und ich habe nicht vor, ihn aufzuklären. Er kann keine zusätzliche Last auf seinen Schultern gebrauchen. Zumal es nichts gäbe, was er dagegen tun könnte. Nein, ich bin diejenige, die das stemmen muss, und so ist es auch am besten. Was geschehen ist, ist geschehen. Ich kann mir nur immer wieder vornehmen, in Zukunft klüger zu handeln.

Und genau das tue ich.

Ich plane inzwischen jeden Schritt, jedes Wort, jeden Atemzug. Ich habe ein Ziel, und das werde ich erreichen. Weil ich keinen anderen Ausweg sehe.

Ich biege links ab in unsere Straße. Zum ersten Mal, seit mein Bruder eingestiegen ist, blicke ich in den Rückspiegel. Sig folgt uns in einigem Abstand. Obwohl ich es zum Kotzen finde, dass man mir hinterherspioniert, empfinde ich seine Anwesenheit als seltsam tröstend, auch wenn er mir in einem anderen Auto folgt. Und *dass* mich seine Nähe tröstet, ist vielleicht die beunruhigendste Erkenntnis seit Langem.

12. Kapitel

SIG

Ich stelle den Wagen in diskretem Abstand auf der anderen Straßenseite ab. Ich will Tommi nicht auf die Nerven gehen, aber wenigstens im Augenblick werde ich tun, wofür Tonin mich engagiert hat. Außerdem bin ich selbst neugierig, was sie vorhat.

Aus dem Auto betrachte ich das weiße Schindelhäuschen, das höchstens siebzig bis neunzig Quadratmeter groß sein kann. Wie die anderen Gebäude in dieser Gegend wirkt es schäbig und heruntergekommen. Die Platten der Auffahrt sind geborsten, und in den Rissen und Spalten ist hellbraunes Zeug zu sehen, was den Schluss nahelegt, dass der Weg vor nicht allzu langer Zeit mit starkem Unkrautvernichter behandelt worden ist.

Wenn ich nicht selbst in eineinhalb Blocks Entfernung eingezogen wäre, hätte ich sie mir nie und nimmer in einer solchen Umgebung vorstellen können. Dieses Viertel ist das, was man unter zweifelhafter Gegend versteht, und es schockiert mich regelrecht, dass sie es wagt, ein Auto wie ihres, das hier lächerlich fehl am Platz wirkt, vor dem Haus zu parken. Allerdings dürften die meisten hier wissen, wer sie ist. Und wem der Maserati gehört.

Viel stand nicht in ihrer dünnen Akte. Tommi Lawrence.

Kein Zweitname. Vierundzwanzig Jahre alt. Vor sechs Jahren mit jämmerlichen Noten von der Highschool abgegangen. Bekam erst mit neunzehn einen Führerschein. Kein College, keine Jobs, keine Vorstrafen. Vater abgetaucht, Mutter bezieht eine Arbeitsunfähigkeitsrente. Ein Bruder, eine Schwester. Sonst nicht viel. Oh, und sie lässt sich von einem Arschloch von Dealer vögeln. Stimmt ja, da war ja noch was.

Allein der Gedanke von ihr und Tonin zusammen verursacht mir Übelkeit. Dass sie die Hure eines Dealers sein soll, kommt mir unfassbar vor. Ich bin noch immer nicht ganz davon überzeugt, dass das wirklich die ganze Geschichte ist. Nicht nur, dass sie ihn belügt, sie verbirgt auch etwas vor ihm, was über ihre Abneigung ihm gegenüber hinausgeht. Zumindest glaube ich, dass sie ihn nicht mag. Könnte natürlich auch sein, dass mein Ego sich das alles nur einbildet.

Gegen sechs Uhr beginnt mein Magen zu knurren. Dass der Duft nach italienischer Küche durch mein offenes Fenster dringt, macht es nicht besser. Ich will gerade Tonin anrufen und nachfragen, wie lange ich vor Tommis Haustür ausharren soll, als ein Junge aus dem Haus kommt. Er ist derselbe, den sie vorhin von der Highschool abgeholt hat. Jetzt macht er allerdings einen ziemlich finsteren Eindruck. Er trägt schwarze Jeans und ein schwarzes Sweatshirt, dessen Kapuze er über die Baseballkappe gezogen hat. Er hält den Kopf gesenkt, den Blick auf den Boden geheftet. Komischer Bursche.

Ich sehe ihm nach, bis er an der Kreuzung nach links abbiegt und aus meinem Sichtfeld verschwindet. Als ich mich wieder Tommis Haus zuwende, kommt sie gerade mit einem abgedeckten Teller in der Hand über den Gehweg auf mich zu. Sie hat sich umgezogen und trägt nun eine enge hellbraune Hose und ein Ringeltop mit Spaghetti-Trägern. Sie ist barfuß, was ich in dieser Gegend für ziemlich unklug halte.

Als sie sich an der Fahrerseite gegen die Tür lehnt, nehme ich ihren Duft wahr. Sie streckt den Arm mit dem Teller durchs Fenster und fährt damit unter meiner Nase hin und her, um mich zu necken. Ich atme tief ein, mir läuft sofort das Wasser im Mund zusammen. Sie grinst, aber es ist eher ein müdes Lächeln. »Fahr nach Hause. Ich geh nicht mehr weg.« Ich erwidere nichts, als sie kehrtmacht und zum Haus zurückgeht, und wieder kann ich meinen Blick nicht von ihrem prächtigen, runden Hinterteil abwenden. Als mir gerade in den Sinn kommt, dass sich unter ihrer engen Hose nichts abzeichnet, wirft sie mir über die Schulter einen Blick zu. »Ich hoffe, du magst Lasagne.«

Ich neige leicht den Kopf. Sie schüttelt das lange blonde Haar und setzt ihren Weg über die Straße fort. Übrigens mag ich Lasagne nicht nur, ich bin absolut verrückt danach. Und diese hier riecht köstlich. Tommi mit dem Körper eines Pornostars und dem Namen einer Rotzgöre mausert sich glatt zu einer regelrechten Traumfrau.

Wenn sie bloß nicht mit einem Verbrecher zusammen wäre.

Ich starte den Truck und fahre die zweiminütige Strecke zu meiner neuen Adresse. Das Haus hat die Größe eines Schuhkartons und ist ziemlich schäbig, aber man kann es hier drin aushalten, seit ich eine Putzfrau eingestellt habe, die es in Schuss hält. Nun stehen nur noch überall Kartons herum, sodass es so aussieht, als sei ich erst vor Kurzem von der Westküste quer über den Kontinent hierhergezogen.

Ich hole mir ein Bier aus dem Kühlschrank, lasse mich an meinem kleinen Tisch nieder, suche mir eine Plastikgabel aus der Kiste mit Küchenutensilien, und mache mich über die Nudeln her.

Zu meiner neuen Undercover-Identität gehört natürlich ein falscher Name, doch ich nenne mich weiterhin Sig – nur Sig. Da ich mich bereits Tommi vorgestellt hatte, musste ich meinen Namen irgendwie einbringen. Und den Truck ebenfalls, da sie den auch schon gesehen hatte. Fahrgestellnummer und Kennzeichen sind natürlich offiziell beim Straßenverkehrsamt geändert worden, und während unsere Profis bei der Arbeit waren, erfanden sie für die Akte zu meinen Fingerabdrücken auch gleich noch eine stattliche Liste an Verkehrsverstößen und kleinerer Haftstrafen. Hauptsächlich wegen Körperverletzung, wie es sich für einen Kartellschläger gehört.

Ich könnte heute Abend ein paar Kartons auspacken, aber ich würde lieber wieder zu Tommi hinübergehen und nachschauen, ob sie wirklich zu Hause bleibt oder etwas anderes vorhat. Leider ist es vollkommen sinnlos, jemanden auf dem Revier zu bitten zurückzuverfolgen, auf welchen Seiten sie vorhin online unterwegs war, da sie an einem öffentlichen Hotspot ins Netz gegangen ist. Weswegen sie es vermutlich getan hat. Die Frage ist nur: Warum? Warum macht sie sich diese ganze Mühe? Was hat sie zu verbergen?

Ich bin fertig mit dem Essen, entsorge den Pappteller und die leere Flasche Heineken im Müll und schließe ab. Während ich durch mein Viertel schlendere, rufe ich mir scharf in Erinnerung, dass Tommi der Schlüssel zu Tonins Organisation ist – und nicht meine Priorität. Ich darf nicht zulassen, dass meine Neugier oder Tommi selbst mich von meinem Ziel abbringen. Dennoch schlage ich die Richtung zu ihrem Haus ein. Denn das gehört zu meinem Job.

Zumindest rede ich mir das ein.

* * *

Zwei Wochen lang beschatte ich Tommi. Manchmal weiß sie, dass ich in der Nähe bin, manchmal nicht. Ich folge ihr, wenn sie ihren Bruder zur Schule fährt. Ich folge ihr, wenn sie zu Tonin fährt. Manchmal kommt sie rasch wieder raus und macht ein paar Besorgungen, manchmal bleibt sie Stunden bei ihm. Was sie dort drinnen tun, kann ich nur raten. Tatsächlich kann ich es sogar ziemlich gut erraten. Einige von den Bildern, die vor meinem inneren Auge auftauchen, sind höllisch appetitanregend, andere möchte ich sofort wieder vergessen. Und jedes Mal, wenn ich darüber nachdenke, muss ich mich fragen, warum eine Frau wie sie sich überhaupt mit einem Kerl wie *ihm* einlässt.

Tag für Tag beobachte ich die beiden zusammen. Sie wirkt nie glücklich oder auch nur wirklich angetan von seiner Gegenwart – jedenfalls nicht, wenn man hinter ihr oberflächliches Lächeln blickt. Wenn ich ihr nicht schon vorher begegnet wäre, würde ich es vielleicht gar nicht merken, aber so weiß ich es. Und ich weiß auch noch, wie nervös sie war, weil sie zu spät kommen würde und noch »Straßenkleidung« trug. Es sind Kleinigkeiten wie diese, die mir zunehmend auffallen, und ich frage mich, was er tut, um sie zu halten. Und warum sie sich derart bemüht, bei ihm zu bleiben.

Dennoch hat er sie nicht komplett in der Hand. Mindestens dreimal die Woche folge ich Tommi zu einem Anlass, bei dem ich mich angeblich nicht wohlfühlen würde – wie sie behauptet –, oder zu einer Lokalität, die ich aus irgendeinem Grund nicht betreten kann. Immer befindet sich in der Nähe der Adresse ein Hot-Spot oder ein Internet-Café, und an jedem dieser Tage hat sie eine schicke Tasche dabei, in dem ein Tablet Platz findet.

Obwohl weder mein echter Job noch meine Stelle bei Tonin es erfordert, beobachte ich manchmal auch nachts ihr Haus, wenn sie nicht gerade mit ihrem widerwärtigen Kerl unterwegs ist. An diesen Abenden geht ihr Bruder immer weg, während sie zu Hause bleibt, um … was auch immer zu tun. Hin und wieder überlege ich, ob ich mit irgendeiner Ausrede rübergehen und bei ihr anklopfen soll, aber mir ist bewusst, dass sie noch nicht bereit ist, mir genügend Vertrauen entgegenzubringen. Und ich kann es mir nicht leisten, schon jetzt auf sie zu verzichten. Also warte ich. Beobachte ich.

An den Abenden, die sie mit Lance unterwegs ist, beobachte ich, wie sie gestylt in sein Auto steigt und von ihm herumgezeigt wird wie ein edles Rennpferd. Es fällt mir immer schwerer, mir das anzusehen. Sie hat etwas Besseres verdient, denn sie *ist* etwas Besseres als er. Aber ich bin mir nicht sicher, dass sie es weiß. Ich schon. Man muss nicht besonders scharfsinnig sein, um zu bemerken, dass diese Frau etwas ganz Besonderes ist. Und dass sie sich an Tonin verschwendet.

13. Kapitel

TOMMI

Ich schließe die Haustür ab, wende mich um und blicke wie jeden Morgen zur anderen Straßenseite hinüber. Dort sitzt wie immer Sig in seinem Truck bei heruntergelassenem Fenster und wartet auf mich. Ich schenke ihm ein Lächeln, das immer häufiger von ganz allein kommt. Und mir ernsthafte Sorgen bereitet. Er winkt mir salutierend zu, und ich schüttele nachsichtig den Kopf. Er grinst spitzbübisch.

Wie er mir versprochen hat, hält er Abstand. Er mischt sich nie ein, drängt sich nie auf. Manchmal ertappe ich mich dabei, dass ich mir wünschte, er würde wieder meinen Chauffeur spielen, statt mir immer nur zu folgen. Jeden Tag beobachte ich ihn stundenlang in meinem Rückspiegel, und oft überlege ich, worüber wir wohl reden würden, wenn wir diese Zeit zusammen verbrächten.

Leider kann ich ihn schlecht bitten, mich zu fahren. Das wäre wohl zu verdächtig. Eine ganz andere Geschichte wäre es dagegen, wenn der Vorschlag von ihm käme, denn schließlich ist er derjenige, der für meine Sicherheit zuständig ist. Aber das hat er bisher nicht getan. Im Augenblick scheint er zufrieden zu sein, mich zu beobachten und zu warten. Und mich in den Wahnsinn zu treiben.

Ich würde gerne wissen, ob er etwas Ähnliches empfindet

wie ich. Manchmal kann ich seinen Blick regelrecht spüren. Ja, natürlich, er behält mich ganz offen im Auge, dafür wird er ja bezahlt. Aber manchmal geschieht etwas mit seinem Blick, manchmal schaut er mich anders an – voller Begierde, regelrecht hungrig. Vielleicht interpretiere ich das auch nur hinein, da ich mich selbst immer rastloser, immer unzufriedener fühle.

Sig fasziniert mich auf mehreren Ebenen. Er wirkt stark und zupackend, lächelt und flirtet aber dennoch gerne und oft. Im Gegensatz zu den meisten Menschen scheint er keine Angst vor Lance zu haben, was mich umso neugieriger macht, wer er wirklich ist und was er alles schon erlebt hat. Die größte Sorge allerdings bereitet mir, dass ich ihn näher kennenlernen will. Schon jetzt geistert er viel zu oft in meinem Kopf herum, und wenn ich mehr über ihn in Erfahrung bringe, wird es garantiert nicht besser. Im Übrigen würde das noch ganz andere Probleme aufwerfen.

Denn so gerne ich ihn in meiner Nähe hätte, so unbedingt muss ich auch Verschiedenes vor ihm verbergen. Und das wird sich auch nicht ändern. Es gibt Grenzen, die er nicht überschreiten darf, und daher ist unser gegenwärtiges Arrangement im Grunde ideal. Je besser wir uns kennenlernen, umso größer das Risiko für mich und meinen Plan. Und auch wenn ich mich danach sehne, mehr von ihm zu erfahren – mehr von ihm zu *spüren* –, ist der Status quo für mich das Beste.

Wenn es sich doch auch nur so anfühlen würde.

Heute ist einer der seltenen Abende, die ich zu Hause bleiben kann. So unauffällig wie möglich spähe ich durch die Vorhänge, doch Sig ist noch nicht fort. Obwohl er nicht ins

Haus sehen kann – oder jedenfalls nicht gut – und die Schlafzimmer hinten liegen, wage ich es nicht, meine abendlichen Pflichten zu erledigen, bevor er abgefahren ist. Sobald ich also höre, wie der Motor draußen anspringt und das Geräusch kurz darauf in der Ferne verklingt, springe ich auf, und fange mit den Vorbereitungen an.

Das ist übrigens der Teil an der ganzen Geschichte mit Sig, der mir am wenigsten gefällt: An den Abenden, die ich zu Hause bin, befürchte ich stets, dass Sig plötzlich an meine Tür klopft und eingelassen werden will. Was soll ich dann nur sagen? Verschwinde? Aber wenn ich ihn reinlasse …

Nein. Das darf nicht sein.

Ich schiebe den Gedanken weit von mir. Ich muss mir nicht noch mehr Ärger aufhalsen. Davon habe ich längst genug.

Ich stoße den Atem aus, den ich praktisch schon den ganzen Tag lang angehalten habe – wie immer ist die Erleichterung, nicht auch noch den Abend mit Lance zu verbringen, ungeheuer groß –, und mache mich auf den Weg ins Hinterzimmer. Leise öffne ich die Tür und schalte die Deckenlampe an.

Wenn ich tagsüber zu viel mit Lance zu tun hatte (und zu wenig mit Sig), ist das hier für mich der schönste Teil des Tages. Obwohl wir die Rollen getauscht haben und ich nun diejenige bin, die sich kümmert, bin ich gerne mit meiner Mutter zusammen, wie einseitig der Kontakt auch sein mag. Es erinnert mich an bessere Zeiten, und »bessere Zeiten« sind es auch, um die ich mit allem, was mir zur Verfügung steht, kämpfe. Für Travis.

»Momma. Essenszeit«, sage ich leise, als ich eintrete. »Und danach wird gebadet.«

Keine Reaktion, als ich das Wägelchen mit dem Tablett und der Bettpfanne hineinrolle, nichts außer dem gelegentlichen, seltsam gurgelnden Laut, an den ich schon seit Jahren gewohnt bin. Meine Mutter hat keine Ahnung, dass sie überhaupt noch existiert, aber ich behandele und pflege sie, als sei das anders. Ich fürchte mich vor dem Tag, an dem ich das nicht mehr tun kann und sie in fremde Obhut geben muss. Meistens versuche ich, nicht daran zu denken, denn es macht mich nicht nur unsagbar traurig, sondern verursacht mir auch Schuldgefühle. So schwierig unser Dasein war, als sie noch für sich selbst sorgen konnte, so liebe ich sie doch und will sie nicht verlieren. Und Travis würde das nicht verkraften. Doch gleichzeitig bedeutet sie eine enorme Verantwortung, die ich manchmal nicht mehr stemmen zu können glaube. Die Last ist einfach zu groß. Dann aber wieder gibt es Momente, in denen es mich tröstet, bei ihr zu sein, auch wenn sie nie auch nur ein Wort sagt.

Ich drücke einen Knopf, um das Kopfteil ihres Betts aufzustellen. Lance glaubt, dieses teure Luxusbett mit der viskoelastischen Matratze für mich gekauft zu haben, und so soll es auch bleiben. Ich lege Momma eine Serviette über die magere Brust und setze mich mit dem Teller in der Hand auf die Bettkante. Die Augen meiner Mutter, grün wie die ihrer Kinder, starren blicklos auf die Wand gegenüber, als ich sie mit Kartoffelbrei füttere. Ihre zitternden Lippen reiben aufeinander, und sie schluckt mühsam. Ich wische ihr das Kinn ab, bevor ich ihr den nächsten Löffel gebe.

»Travis ist wieder zu Trip gegangen«, erzähle ich ihr und seufze. Sie grunzt. Oder stöhnt. Ich weiß es nicht genau. Und ich weiß auch nicht, was es bedeuten soll, falls es überhaupt etwas bedeutet. »Irgendwie gefällt es mir nicht, dass er immer dort ist. Er sagt, sie spielen nur irgendwelche Computerspiele, aber ich weiß nicht …«

Ich gebe meiner Mutter noch einen Happen, dann halte ich ihr einen Strohhalm an die Lippen. »Trink einen Schluck, Momma«, sage ich, doch erst, als ich ihre Unterlippe mit dem Halm kitzele, nimmt sie ihn und beginnt durstig zu saugen.

Wieder steigt mein schlechtes Gewissen auf. Da ich nun rund um die Uhr bewacht werde, ist es für mich am Tag schwerer geworden, nach ihr zu sehen. Ich werde mir für die Zukunft eine Ausrede ausdenken müssen, warum ich hin und wieder bei mir zu Hause vorbeifahren muss.

Sie grunzt wieder und schiebt den Strohhalm mit der Zunge aus ihrem Mund. Lächelnd blicke ich in das vertraute, aber seltsam ausdruckslose Gesicht. »Was heißt das, Momma? Dass du noch Hunger hast?«

Sobald meine Mutter zu Ende gegessen hat, mache ich mich daran, sie zu waschen, ihr die Zähne zu putzen und die Bettwäsche zu wechseln. Während ich ihre Haut eincreme, untersuche ich sie sorgfältig auf Druckstellen; da sie nicht aufstehen kann, befürchte ich ständig, dass sie sich wundliegt. Doch offensichtlich bewegt sie sich selbst im Liegen ausreichend, um die gefürchteten Druckgeschwüre zu verhindern.

Als ich ihr das frische Nachthemd über den Kopf ziehen will, hält sie ihre Arme hoch wie ein kleines Kind. Die Geste ist, oberflächlich betrachtet, vielleicht unbedeutend, trifft mich jedoch tief. Ich schließe die Augen und lasse den Schmerz über all die Verluste, die meine Familie in den vergangenen Jahren erlitten hat, einen Moment lang zu. Scharf fährt er durch mein Inneres und reißt kleine Fetzen Narbengewebe weg, und bevor ich mich erneut dagegen abschotte, mache ich ihn mir in jeder Faser bewusst. Der Schmerz hilft mir, mich auf mein Ziel zu konzentrieren.

Tränen steigen mir in die Augen, doch als ich an Travis denke, legt sich mein innerer Aufruhr. Er ist meine oberste Priorität, und alles, was ich tue, tue ich für ihn. Eines Tages wird mein Plan Früchte tragen. Bis dahin beiße ich die Zähne zusammen und mache weiter.

Ich habe keine andere Wahl.

14. Kapitel

SIG

Es ist dunkel draußen, und ich gehe durch die kleine Straße und durch zwei Gärten, bis ich an die Rückseite von Tommis Haus gelange. Es fällt mir immer schwerer, sie allein zu lassen. Ob am Abend oder wenn ich sie bei Lance absetze – ich werde gierig. *Ich* will Zeit mit ihr verbringen, ich will sie kennenlernen – Tommi, wie sie wirklich ist. Die Frau, die mit den Augen lächelt, die mich im Rückspiegel beobachtet, wenn ich ihr hinterherfahre, die Frau, die mich sehnsüchtig ansieht, wenn sie glaubt, dass ich es nicht bemerke.

Viele, viele Abende frage ich mich jetzt schon, was sie tut, wenn sie allein zu Hause ist. Sobald ihr Bruder gegangen ist, kommt sie zum Auto und bringt mir eine warme Mahlzeit, eine Dose mit Keksen oder eine andere Köstlichkeit, wünscht mir einen schönen Abend und schickt mich nach Hause. Und wie ein braver Angestellter kehre ich zu meiner neuen Adresse zurück und mache Feierabend, bis ich am nächsten Morgen aufwache und meinen Dienst erneut antrete.

Aber nicht heute. Heute will ich wissen, was sie tut, wenn sie nicht mit Lance oder ihrem Bruder beschäftigt ist.

Alles ist still. Licht brennt nur in der Küche und in einem anderen Zimmer, das nach hinten geht. Und obwohl die

Vorhänge zugezogen sind, kann ich eine Gestalt erkennen, die ich gemessen an Größe, Körperbau und den geschmeidigen Bewegungen für Tommi halte.

Die Gestalt huscht hin und her, bückt und streckt sich, greift nach Gegenständen und richtet sich wieder auf. Ich habe keine Ahnung, was sie da tut, also blicke ich mich vorsichtig um, trete näher ans Fenster und blicke durch einen winzigen Spalt zwischen den Vorhängen.

Es ist Tommi, wie ich vermutet habe. Sie wringt einen Waschlappen aus und dreht sich dann nach links. Ihre Schultern arbeiten, dann lehnt sie sich zurück in mein Sichtfeld, und ich kann sehen, dass sie die Lippen bewegt. Offenbar spricht sie mit jemandem, aber obwohl ich gedämpft das Timbre ihrer Stimme höre, kann ich kein Wort verstehen. Doch eine andere Stimme nehme ich auch nicht wahr.

Ab und zu lächelt sie, aber es ist ein trauriges Lächeln, ein niedergeschlagenes. Sie hievt einen Wäschekorb hoch, und ihre Schultern hängen herab, als befände sich in dem Korb die ganze Last der Welt. Langsam kommt sie auf das Fenster zu, und um sie nicht aus den Augen zu verlieren, drücke ich meine Wange an die Scheibe. Sie bückt sich, und in diesem Augenblick sehe ich die Frau im Bett. Ich kann nicht viel mehr als ihr Profil erkennen, aber das platinblonde Haar, Nase und Mund könnten die ihrer Schwester sein. Ich sehe genauer hin. Oder eher ihrer Mutter.

Tommi beugt sich vor und küsst die Frau auf die Wange. Dann richtet sie sich auf, lächelt und streichelt ihr liebevoll das Gesicht, bevor sie den Raum verlässt. An der Tür schaltet sie das Deckenlicht aus.

Meine Gedanken wandern zu Tommis Akte. Ich hatte gelesen, dass ihre Mutter von Sozialhilfe lebt, mir aber keine großen Gedanken darüber gemacht. Doch das ist eine ganz andere Art von Erwerbsunfähigkeit, als ich gedacht hatte. Anscheinend ist ihre Mutter pflegebedürftig, und zwar stark pflegebedürftig. Wie es aber im Augenblick aussieht, kümmert sich Tommi selbst um sie. Warum? Warum tut sie das, wenn Lance – dessen bin ich mir sicher – ihr doch eine professionelle Pflegekraft finanzieren würde?

Ich weiche zurück, um ihr von außen um das Haus herum zu folgen. Sie geht an der Küche vorbei und verschwindet in einer Kammer ohne Fenster, vermutlich die Waschküche. Fünf oder sechs Minuten lang bleibt sie dort, dann kommt sie mit leeren Händen wieder heraus.

In der Küche holt sie sich einen Joghurt und eine Flasche Wasser aus dem Kühlschrank und geht nach vorne. Ich umrunde das Haus im Schatten der Büsche und halte mich von den Fenstern fern, bis ich das charakteristische blaue Flackern eines Fernsehers sehe. Die Vorhänge des Wohnzimmers sind zugezogen, aber so dünn, dass sie kaum etwas verbergen. Wenn im Inneren allerdings kein Licht wäre, könnte man von der Straße aus nichts sehen.

Ich jedoch stehe in ihrem Garten. Ich beobachte, wie sie sich auf der Couch niederlässt, die Füße anzieht, sich eine Decke über die Beine legt und den Joghurt zu löffeln beginnt. Sogar im dämmrigen Licht des Fernsehers kann ich sehen, wie sie sich mit der Zunge über die Lippen fährt, und mir läuft förmlich das Wasser im Mund zusammen, als ich mir vorstelle, wie *ich* über ihre Lippen lecken und den Joghurt auf ihrer kühlen Zunge schmecken würde. Vermutlich kann sich nicht einmal die raffinierteste Sorte mit Einfach-Tommis Eigengeschmack messen.

Ich unterdrücke ein Stöhnen.

Nach ungefähr einer halben Stunde ist sie auf der Couch eingeschlafen. Ganz offensichtlich hat sie es ernst gemeint, als sie sagte, sie würde nicht mehr ausgehen. So gerne ich sie noch weiter beobachten würde, so bin ich doch zu rastlos. Ich gehe nach Hause, um meinen Truck zu holen. Vielleicht fahre ich unter dem Vorwand, Bericht zu erstatten, was Tommi die vergangenen zwei Wochen getrieben hat, bei Tonin vorbei. Mal sehen, was *er* so treibt.

Was ich jedoch mitkriege, als ich dort ankomme, ist zwar nicht besonders wertvoll für meine Ermittlungen, kotzt mich aber gewaltig an.

15. Kapitel

TOMMI

Ich streiche die schwarze, ärmellose Bluse und den schmalen schwarzen Minirock glatt und werfe einen letzten Blick in den Spiegel. Ich sehne mich nach einer bequem geschnittenen Jeans und einem weiten T-Shirt, aber den Luxus werde ich mir heute wohl nicht mehr erlauben können. In Anbetracht der Tatsache, dass ich seit Wochen einen Schatten habe, geht das vielleicht auch so lange nicht mehr, bis all das hier vorbei ist.

Ich trete an Travis' Tür und klopfe wieder. »Wenn wir jetzt nicht fahren, kommst du zu spät. Also los.«

Mir ist klar, dass er müde ist. Es war fast halb zwei, als er gestern nach Hause kam, und obwohl ich sicher im Recht gewesen wäre, habe ich mir die Standpauke gespart. Ich war einfach nur froh, dass er gesund und munter zurück war und ich ihn weder bei der Polizei noch in einem Krankenhaus abholen musste. Diese Angst schwingt immer mit, wenn er abends unterwegs ist, aber da mir die Hände gebunden sind, habe ich gelernt, damit zu leben.

Endlich kommt Travis aus seinem Zimmer, wie immer die Kapuze über den Kopf und den Schirm der Kappe tief ins Gesicht gezogen. Auch heute Morgen weicht er meinem Blick aus, huscht wortlos an mir vorbei und öffnet die Eingangstür.

Ich trete nach ihm hinaus und blicke automatisch als Erstes zu Sigs üblichem Parkplatz. Doch da steht niemand.

Ich bin erstaunt und enttäuscht. Sehr enttäuscht sogar, viel mehr, als ich sein dürfte, und eigentlich dürfte ich es überhaupt nicht sein. Im Gegenteil: Ich sollte mich freuen, dass ich ein paar Augenblicke für mich habe. Aber so ist es eben nicht. Ich habe mich längst an ihn gewöhnt. Es gefällt mir, ihn zuverlässig jeden Morgen vor meinem Haus zu sehen, und zum ersten Mal seit Jahren fühle ich mich nicht mehr ganz so einsam. Obwohl es meinen Bruder gibt, meine Mutter und Lance mit seinen Handlangern, hat mich das Gefühl, allein zu sein, nie wirklich verlassen. Vielleicht, weil ich eine Einzelkämpferin bin, wenn es auch außer mir keiner weiß.

Ich setze Travis ab und schere wieder in den Verkehr ein. Und da ist er! Sig! Wie immer am Steuer seines fetten, beeindruckenden Trucks. Ich muss mir ein Lächeln verkneifen, als er mir knapp zunickt. Ich weiß nicht, ob er sehen kann, dass ich ihn im Rückspiegel beobachte, oder ob er es spürt, wie ich ihn oft spüre. Aber *dass* ich zu ihm rübersehe, scheint er definitiv zu wissen.

Sogar aus dieser Entfernung kann ich das Funkeln in seinen Augen sehen. Es ist immer da, als würde er ständig an einen ganz privaten Witz denken. Er ist der erste von Lance' Leuten, der überhaupt einen Hauch Persönlichkeit erkennen lässt. Die meisten, die für ihn arbeiten, geben sich hart, kalt und unnahbar. Sig dagegen ist genau das Gegenteil von hart, kalt und unnahbar.

Ich betrachte seine große Hand auf dem Lenkrad. Ich habe sie aus nächster Nähe gesehen, als er mir damals am Straßenrand geholfen hat. Lange Finger, breite Handflächen – vermutlich kann er damit viel Schaden anrichten, falls es nötig wäre. Aber ich wette, dass diese Hände auch ungeheuer sanft sein können. Zum Beispiel, wenn sie einen Frauenkörper berühren. Ich kann mich noch sehr gut erinnern, wie sie sich anfühlten, als er mich um die Taille packte und in seinen Wagen hob. Und wie er sie nur langsam fortzog, als sei er unwillig, mich so bald schon wieder loszulassen.

Dummerweise tut es mir überhaupt nicht gut, über so etwas nachzudenken. Damals war er eine verbotene Frucht, jetzt ist er regelrecht gefährlich. Er kann alles verderben. Andere Menschen könnten Schaden nehmen, er eingeschlossen, und das ist ein Risiko, dass ich keinesfalls eingehen kann, so verführerisch der Mann auch sein mag.

Ich versage mir jeden weiteren Blick in den Rückspiegel, bis ich in die Tiefgarage fahre und feststelle, dass Sig nicht länger hinter mir ist. Ich steige aus und gehe zur Tür, die zur Lobby führt. Als ich nach der Klinke greifen will, legen sich warme Finger über meine – genau die warmen Finger, an die ich nur Minuten zuvor noch sehr intensiv gedacht habe –, und ich spüre seine große Gestalt hinter mir. Ich halte inne und blicke über die Schulter zu ihm auf. Er nimmt seine Hand nicht weg.

Seine dunklen Augen blicken eindringlich, obwohl ein kleines Grinsen an seinen Mundwinkeln zupft. Genau das beschreibt diesen Mann nahezu perfekt: Er ist lässig und lustig und flirtet gerne, strahlt jedoch gleichzeitig eine Intensität aus, die mich ganz zu vereinnahmen droht. Seine Nähe raubt mir den Atem und wirft mich immer wieder aufs Neue aus der Bahn.

»Guten Morgen«, sagt er samtig.

Ich erwidere nichts, sondern schenke ihm nur ein Lächeln. Wir beide stehen absolut still da.

»Ich hoffe, du hast gut geschlafen.«

»Hab ich. Danke.«

Er betrachtet mich. Ich betrachte ihn. Ich weiß, dass ich mich in Bewegung setzen müsste. Und doch tue ich es nicht. Ich mag es, wenn er mir so nah kommt, ich mag seinen frischen, männlichen Duft, ich mag die goldenen Sprenkel in seinen Augen, die aus seinen Pupillen zu bersten scheinen wie Lava aus einem aktiven Vulkan.

»Danke noch mal für den Schokoladenkuchen gestern Abend. Als ich ins Bett ging, konnte ich ihn noch immer auf der Zunge schmecken.«

O Gott, warum klingt das so anzüglich?

»Freut mich, dass er dir geschmeckt hat.«

»Absolut köstlich. Allein bei dem Gedanken läuft mir das Wasser im Mund zusammen.«

Mir stockt der Atem. Aus diesem Grund sollte ich froh sein, dass ich keinen engeren Kontakt mit ihm habe. Erst zwei Minuten sind vergangen, und schon muss ich fürchten, durch spontane Selbstentzündung in Flammen aufzugehen.

Kontrolliert atme ich aus. Sein Blick richtet sich auf meinen Mund. Er fährt sich mit der Zunge über die Unterlippe, als wünschte er sich, meine zu kosten. Und ich wünschte, er täte es.

Er beugt sich vor, und seine Bartstoppeln schaben sinnlich über meine Wange, als er seinen Mund nah an mein Ohr bringt. »Du musst atmen, Tommi. Vergiss nicht zu atmen.«

Ohne es zu bemerken, habe ich mich umgedreht. Ich

drücke mich gegen die Wand neben der Tür, meine Hand liegt noch immer auf der Klinke, seine auf meiner. Der kühle Beton in meinem Rücken bildet einen starken Kontrast zu der Wärme, die von Sig ausgeht. Er berührt mich nicht, aber es könnte ebenso gut so sein. Ich spüre praktisch jede harte Kontur seines Körpers, als würde meine Haut nach ihm greifen und ihn ertasten.

Und dann, ehe die Spannung unerträglich wird und mich dazu verleiten könnte, etwas zu tun, was ich bereuen würde, zieht er sich ganz plötzlich zurück. Sanft dreht er unsere Hände, bis seine zuunterst liegt und er die Klinke packen und die Tür öffnen kann, und er hält sie für mich auf, ohne seinen Blick von mir zu nehmen, als ich mir über das Haar streiche und Bluse und Rock richte. Mit gesenktem Kopf betrete ich das Gebäude und spüre seinen Blick in meinem Rücken.

Schweigend fahren wir mit dem Fahrstuhl hinauf. Die Atmosphäre in der engen Kabine ist so aufgeladen, dass ich es fast zischen und knistern höre. Als sich die Fahrstuhltür öffnet, wage ich es kaum, Dane und Gerard, den beiden Wachleuten, in die Augen zu sehen. Ich fürchte, dass man mir ansehen kann, was ich fühle und was unten in der Garage gewesen ist. Obwohl ja eigentlich gar nichts gewesen *ist*.

Ich hole tief Luft und setze mich in Bewegung. Ich betrete das Penthouse und bleibe im Durchgang zum Wohnzimmer stehen, als ich das Paar auf der Couch entdecke.

Lance liegt ausgestreckt auf dem Rücken. Ein Mädchen kniet zwischen seinen Beinen und hat eine Hand in seiner Hose. Ich räuspere mich laut, und er reckt den Hals, um hinter sich zu blicken. Als er mich sieht, huscht ein laszives

Lächeln über seine Lippen, das mir alles sagt, was ich wissen muss.

Ich hatte mich schon gefragt, warum er nicht gesagt hat, was für heute geplant ist. Jetzt weiß ich es. Ich würde nur gerne wissen, ob die Kleine gerade erst hergekommen oder schon seit vergangener Nacht hier ist.

»Da ist sie ja«, sagt Lance und meint mich damit. Er zupft an der dunklen Mähne auf seinem Bauch, und ein sehr hübsches Mädchen, höchstens achtzehn oder neunzehn, hebt den Kopf und lächelt mich an.

»Endlich«, sagt sie und beginnt, ihr Oberteil aufzuknöpfen.

Lance bellt ein »Alle raus!« in die Runde, aber ich weiß, dass ich nicht damit gemeint bin.

Ich schaue nicht zurück, spüre aber beinahe das Brennen von Sigs Blick zwischen meinen Schulterblättern. Die Demütigung treibt mir das Blut in die Wangen. Die meisten von Lance' Leuten kennen seine … Vorlieben, aber Sig nicht. Bisher hat er mich noch nie nach oben gebracht. Er hat keine Ahnung, was für ein Mann Lance wirklich ist. Oder was ich durch ihn geworden bin.

Ein Stich Reue, ein Stich Trauer über einen Verlust – der Verlust dessen, was zwischen mir und Sig hätte sein können, wenn die Dinge anders lägen – durchfährt mich scharf. Ein Mann wie Sig wird niemals mir gehören. Obwohl er für Lance arbeitet, weiß ich instinktiv, dass er ein guter Mensch ist. Wieso ich mir so sicher bin? Keine Ahnung. Vielleicht weil er mir am Highway half, obwohl er nicht wusste, wer ich war. Weil er so hilfsbereit und freundlich war, obwohl er keine Gegenleistung erwarten konnte. Woran es auch liegen mag – mein Bauchgefühl sagt mir, dass dieser Mann viel zu bieten hat. Viel Gutes. Weswegen ich ihn nicht verdient habe. Und das hier ist der Beweis. Der Beweis für das, was aus mir geworden ist. Ich schlucke die für mich untypische Gefühlswallung herunter, straffe die Schultern und betrete das Wohnzimmer. Ich habe schon vor Jahren damit aufgehört, mich bei Szenen wie diesen zu zieren. Dass ich plötzlich moralische Anwandlungen bekomme, kann nur eine Erklärung haben. Weswegen es umso wichtiger ist, einen möglichst großen emotionalen Abstand zu Sig einzuhalten, und ihn nie, nie, nie in mein Herz zu lassen. Er ist nicht gut für mich und meinen Plan. Er kann mir nur schaden. Er wird uns beiden schaden.

Und ich bin schon zu weit gekommen, um das Risiko einzugehen.

16. Kapitel

SIG

Ich bin hin und her gerissen. Mein bestes Stück weiß nicht, ob es anschwellen oder zusammenschrumpfen soll.

Der Gedanke daran, wie Tommi von einer anderen Frau entkleidet wird, macht mich total an. Ein schlanker Finger mit lackiertem Nagel, der über ihre Nippel fährt, rubinrote Lippen, die ihren Bauchnabel küssen … die Bilder, die vor meinem inneren Auge aufsteigen, sind so heiß, dass ich augenblicklich steinhart werde. *Herr im Himmel*!

Aber.

Der Gedanke daran, dass Tonins Hände, Tonins Lippen sie berühren, macht mich dagegen fuchsteufelswild. So wild, dass ich dem Mann am liebsten unverzüglich meine Faust ins Gesicht rammen möchte. Der Mistkerl hat sie doch gar nicht verdient. Ich weiß, dass sie freiwillig mit ihm zusammen ist, aber ich kann mir nicht vorstellen, dass sie es wäre, wenn sie eine andere zumutbare Option besäße.

Ich kehre in die Lobby zurück und schreibe Finch, dem anderen verdeckten Ermittler, eine SMS. Er agiert im Moment unter dem Namen Hop, und ich mime seinen Cousin, deswegen können wir durchaus miteinander kommunizieren, ohne Misstrauen zu erregen. Und nachdem ich Tommi oben bei *ihm* habe zurücklassen müssen, kann ich nicht einfach nur noch abwarten. Ich *muss* etwas tun.

Tonin ist mit zwei Bräuten beschäftigt. Kann ich dir helfen?

Finch reagiert nicht sofort. Vielleicht muss er erst bei seinem Boss nachfragen, einem von Tonins bessergestellten Handlangern. Nach ein paar Minuten kommt die Antwort.

Nicht jetzt, Mann. Kehre gerade das Lager aus.

Lager?

Keine Ahnung, was es damit auf sich hat. Ich überlege, was Finch bisher an Informationen hat liefern können, was im Grunde so gut wie nichts war, weil er sich in Tonins Truppe erst noch beweisen muss, und ich kann mich an kein Lager erinnern. Vielleicht wurde es erst kürzlich in Betrieb genommen. Aber falls dem so ist – wozu braucht Lance Tonin ein Lagerhaus? Drogendealer horten ihr Zeug schließlich nicht. Was sie dagegen tatsächlich brauchen, ist ein Ort, wo Lieferungen zwischengelagert werden können. Entweder geht es also darum, oder Tonin versucht sich in irgendeinem anderen illegalen Geschäft. Und ich bin nicht wählerisch, was die Gründe betrifft, um diesen Mistkerl zur Strecke zu bringen. Ich nehme alles!

Also muss ich versuchen, mehr über dieses Lagerhaus herauszufinden. Vielleicht weiß Tommi ja etwas.

Tommi.

Shit.

Statt im Truck sitzen zu bleiben oder mich wie beiläufig mit ein paar nützlichen Leuten in diesem Gebäude bekannt zu machen, kehre ich nach oben zurück, um dort zu warten. Vielleicht kriege ich ja etwas raus.

* * *

Wieder blicke ich auf die Uhr. Den ganzen Tag schon sitze ich mit dem Rudel Loser, mit dem Tonin sich umgibt, in seinem Penthouse. Scheint normal zu sein, dass diese Vollpfosten in den drei Personalräumen herumlungern, während Tonin sich mit »seinen Mädchen«, wie es hier heißt, in seinem Privatquartier vergnügt.

In den vergangenen zwei Stunden habe ich mit Henson und Stiff *Call of Duty* und mit Jakes, Jimmy und Joman (die drei Js, wie die Arschlöcher genannt werden) Karten gespielt und außerdem ein spätes Frühstück und zwei Mittagessen mit Barber vertilgt, Tonins Vertrautem, der hier anscheinend Dienstältester ist. Seit ich hier bin, hat der Kerl nicht einen Tropfen Alkohol zu sich genommen, keinmal seine Krawatte gelockert und keinen von uns länger als für einen Fünf-Minuten-Trip zum Klo aus den Augen gelassen. Im Hinblick auf die Gruppenzusammengehörigkeit war es vermutlich ein höchst produktiver Tag; zumindest habe ich die anderen näher kennengelernt. Aber gleichzeitig hat es mich Nerven und Kraft gekostet, mir Sorgen um Tommi zu machen und immer wieder nur allzu lebhafte Bilder aus meinem Kopf verdrängen zu müssen.

Um halb drei, als ich gerade den Rest Salami und Käse

auf Crackern mit unaussprechlichem Namen wegputze, taucht Tommi in der Küche auf. Sobald ich sie im Türrahmen entdecke, sind all meine Sinne in Alarmbereitschaft. Auf den ersten Blick sieht sie ganz genau so aus wie heute Morgen, als wir herkamen: Platinblondes Haar, das ihr in einer glänzenden Welle über den Rücken fällt, schwarzer Rock und schwarzes Top, geheimnisvolle Smokey-Eyes, helles Lipgloss. Doch als ich genauer hinsehe, erkenne ich, wie blass sie trotz ihrer leichten Sonnenbräune wirkt, und wie stumpf und leblos ihre Augen blicken. Ihre Nase ist nicht gerötet, sie scheint also nicht geweint zu haben, aber so niedergeschlagen, wie sie wirkt, hätte es mich nicht überrascht. Nun, vielleicht ist sie auch nur müde. Jedenfalls sieht sie nicht so befriedigt aus, wie man es sein sollte, wenn man den ganzen Tag aufregende Dinge im Bett gemacht hat … was mir wiederum bestätigt, dass sie es nicht wirklich freiwillig getan hat.

Anscheinend ist sie daran gewöhnt. Zumindest zu einem gewissen Grad. Doch als ihr Blick für einen Sekundenbruchteil meinem begegnet, bevor sie sich hastig abwendet, dämmert mir, dass es ihr am liebsten gewesen wäre, wenn ich nichts davon erfahren hätte.

»Ich hole jetzt Travis ab«, sagt sie, aber keinesfalls zu mir, sondern zu Barber. »Einer von deinen Leuten kann Lance' Begleitung später nach Hause fahren. Sie bleibt nämlich vorerst noch hier, während er mich heute Abend zum Essen abholt.« Ihre Stimme ist leise, und wieder wirft sie mir fast verstohlen einen Blick zu. »Ich brauche Sig heute nicht.«

Ihre Worte erhärten meinen Verdacht. Sie schämt sich. Und sie kann mir nicht in die Augen sehen. Oder will es nicht.

Und dann macht sie kehrt und geht hinaus. Keiner sagt etwas, bis das Klacken ihrer Absätze auf dem Marmorboden verklingt. Ich werfe Barber einen Blick zu. Er neigt den Kopf in ihre Richtung. »Was sie will, zählt nicht. Lance hat gesagt, sie wird rund um die Uhr beschattet. Halt einfach Abstand.«

Ich nicke, erhebe mich und gebe Tommi eine Minute Vorsprung, bevor ich den Fahrstuhl nach unten in die Garage nehme, um ihr nachzufahren. Ich gehe nicht davon aus, dass sie bei meinem Truck auf mich wartet, aber genau das tut sie. Mit gesenktem Kopf und gekreuzten Fußknöcheln lehnt sie an meiner Fahrerseite. Ich stelle mich neben sie und warte ab.

Nachdem mindestens zwei Minuten verstrichen sind, setzt sie zum Sprechen an. »Du kennst mich nicht.«

Ich habe keine Lust, um das eigentliche Thema herumzuschleichen. »Nein. Aber ich weiß, dass du etwas Besseres verdienst als das da.« Ich deute mit meinem Daumen zur Decke, in Richtung Penthouse.

»Ich wünschte, es wäre so. Aber das Leben hat die dumme Angewohnheit, einem die Wahlmöglichkeiten zu beschneiden.«

Ich wende mich ihr zu und lehne mich mit der Hüfte gegen die Karosserie meines Trucks. »Keine Situation ist derart verfahren.«

Endlich schaut sie auf. Ihr Blick wirkt gequält. »Ich wünschte, es wäre so«, wiederholt sie.

Ihre Traurigkeit berührt mich. Ich strecke vorsichtig meine Hand aus und streichle ihr mit der Rückseite meiner Finger über die Wange. Ihre Lippen öffnen sich bebend.

Ich denke nicht mehr nach, ich geb's zu. Es ist total bescheuert, sich als Undercover-Agent einschleusen zu lassen, zu prahlen, dass man damit umgehen könne, und dann alles zu riskieren, indem man mit der Freundin des bösen Buben rummacht. Und doch stehe ich hier und mache mit ihr rum. Zum Glück gehört sie unmittelbar zu meiner Mission. Ich brauche ihre Hilfe, wenn ich mein Ziel erreichen will. Und das hier kann mich ein großes Stück weiterbringen.

Zumindest rede ich mir das – mal wieder – ein.

Ich schiebe die Hand an ihrem Hals entlang in ihr dichtes Haar, spüre die Wärme ihrer Haut. Wild pocht ihr Puls an meiner Handinnenfläche.

Sie will das hier, sie will es genauso sehr wie ich. Seit Wochen, seit ich angehalten habe, um der schönen blonden Frau mit der Reifenpanne zu helfen, baut sich die Spannung zwischen uns auf.

Langsam neige ich den Kopf. Langsam genug, dass einer von uns die Sache noch aufhalten kann. Aber keiner tut es. Und als meine Lippen sich zum ersten Mal auf ihre legen, weiß ich, dass es nicht das letzte Mal sein kann.

Ihr Mund ist weich und warm und nachgiebig. Willig. Ich dränge mich nicht auf. Sie weicht nicht zurück. Wir treffen uns in der Mitte.

Sie seufzt, und ihr heißer Atem strömt in meinen Mund. Es fällt mir schwer, mich von ihr zu lösen, aber ich tue es dennoch. Mein Gesicht ist nur wenige Zentimeter von ihrem entfernt. Ihre Lider öffnen sich flatternd. Grüne Seen, die mich anlocken, mich wie eine Sirene verführen, mich in ihre unergründlichen Tiefen ziehen … Ich bin verloren.

»Bitte lass mich dich zu deinem Bruder bringen.« Ich weiß nicht, warum ich es ihr anbiete. Oder warum ich es tatsächlich will.

Prüfend sieht sie mir eine Weile in die Augen. »Nein«, sagt sie schließlich.

»Warum denn nicht? Ich kann gut mit Teenies umgehen.«

»Travis ist nicht wie die anderen Jungen in seinem Alter.«

»Ich bin mir nicht sicher, ob es eine Norm für Jungen in diesem Alter gibt.«

»Er, ähm, hat eine Autismus-Spektrum-Störung. Asperger. Er kommt im Alltag ziemlich gut klar, aber …«

Verdammt und zugenäht. Diese Frau überrascht mich immer wieder. Abgesehen davon, dass sie mit Lance und dessen Gespielin im Penthouse rummachen muss, kümmert sie sich nebenbei auch noch um ihren autistischen Bruder. Und doch beklagt sie sich nicht, redet nicht einmal darüber. Sie trägt einfach die ganze Last allein und verbirgt alles hinter einem höflichen Lächeln. »Lass es mich versuchen.«

Sie sieht durch ihre Wimpern zu mir auf, und ich glaube, Unentschlossenheit in ihrem Blick zu erkennen – als sei sie schon einmal enttäuscht worden. Vermutlich durch Tonin, das Arschloch. »Er redet nicht besonders viel.«

»Ich mag die Stillen.«

Sie seufzt wieder, was mich an den Kuss von eben erinnert und mich in meiner Entschlossenheit stärkt. »Warum? Warum willst du das tun?«

Eine der wichtigsten Regeln für verdeckte Ermittler mit falschen Identitäten lautet, dass man sich bei allen Lügen so nah wie möglich an der Wahrheit entlangbewegen muss, um authentisch zu bleiben. Also antworte ich ehrlich. »Weiß ich nicht. Ich will es einfach.«

Noch immer unentschlossen, beißt sie sich auf ihre Unterlippe, und ohne darüber nachzudenken, hebe ich die Hand und befreie sie mit meinem Daumen. Nassglänzend und gut durchblutet lockt mich die pralle Haut, und prompt möchte ich sie wieder küssen.

»Du fährst uns nur nach Hause?«

»Ich fahre euch nur nach Hause«, bestätige ich leise,

»Also schön.« Sie schlägt mit der Hand an die Wagentür. »Dann lass mich einsteigen.« Ein Lächeln umspielt ihre Mundwinkel, und ich bin verdammt dankbar dafür. Abgesehen von ihrer inzwischen üblichen Begrüßung am Morgen bekomme ich kaum ein echtes Lächeln zu sehen. Ein höfliches, ja, ein aufgesetztes ebenfalls, aber ein aufrichtiges? Viel zu selten.

Ich drücke die elektrische Fernsteuerung, um den Truck zu öffnen. Sie wendet sich um, zieht die Tür auf, rafft ihren Rock ein wenig und klettert durch die Fahrerseite hinein. Ein paar Sekunden lang sehe ich nur viel Bein und ihr rundes Hinterteil, das noch genauso appetitlich wirkt, wie ich es in Erinnerung hatte. Das Bild von ihr, wie sie sich am Straßenrand durch ihr Autofenster beugt, um ihre Tasche zu holen, ist unauslöschlich in meinem Bewusstsein gespeichert.

Ich habe das plötzliche Bedürfnis, mich vorzubeugen und hineinzubeißen wie in einen saftigen Apfel, aber ich reiße mich zusammen. Stattdessen schaue ich genüsslich zu und warte, bis sie sich auf der Beifahrerseite eingerichtet hat, bevor ich ebenfalls einsteige und mich hinters Steuer setze. Dennoch kann ich nicht anders, als sie anzugrinsen, als ich den Wagen starte.

»Was?«, fragt sie mit einem kleinen Stirnrunzeln.

»Du bist einfach so verdammt sexy«, sage ich und lege den Rückwärtsgang ein.

Dieses Mal erwidert sie das Grinsen sogar. Nicht besonders breit, nur ein kleines bisschen, aber es ist ein echtes

Grinsen. Sie lehnt ihren Kopf zurück und hält meinen Blick fest. »Danke«, sagt sie mit ihrer Samtstimme.

»Ich weiß nicht so genau, ob das wirklich ein Kompliment war«, gestehe ich. »Das macht die Sache hier so verdammt schwer.«

Instinktiv weiß ich, dass diese Fahrt, um ihren Bruder abzuholen, einen Schritt voran bedeutet. Einen wichtigen Schritt voran. Und sie, dessen bin ich mir sicher, weiß das auch.

Wir betrachten einander einen kurzen Augenblick und denken wahrscheinlich beide, dass dies hier eine ganz schlechte Idee ist. Und dass wir es dennoch wagen werden.

17. Kapitel

TOMMI

Wir reden nicht auf dem Weg zur Schule. Sig pfeift leise zu einem Countrysong im Radio mit dem passenden Titel *Bottoms Up*, wodurch ich Zeit habe, über das, was ich hier tue, nachzudenken. Dummerweise ist es ein ziemlich gutes Gefühl, mit Sig zusammen zu sein. Natürlich sollte ich es nicht tun. Denn es kann verdammt böse ausgehen. Und es *wird* verdammt böse ausgehen, wenn wir es nicht bei dieser noch harmlosen Fahrt belassen.

Mir fällt durchaus auf, dass er mir ab und zu einen Blick zuwirft, aber ich sehe stur geradeaus. Das eine Mal, das ich nicht aufpasse und zu ihm hinüberschaue, erwischt er mich dabei und grinst. »Worüber denkst du nach?«

Natürlich lüge ich. Zu lügen ist einer der wenigen Verteidigungsmechanismen, die mir geblieben sind. »Dass Travis dieses Auto lieben wird.«

Sigs Lächeln wird breiter. »Glaub ich dir nicht.«

Ich sage nichts. Leugne es nicht.

Zu meiner Überraschung streckt Sig den Arm aus, nimmt meine Hand und schiebt seine Finger in meine. »Irgendwann wirst du schon begreifen, dass du mir vertrauen kannst.«

Ich schenke ihm dasselbe höfliche, gezwungene Lächeln, das Lance meistens zu sehen bekommt. Ich weiß, dass auch

Sig lügt. Sein Kommentar war von einem kleinen Zögern begleitet, als würde er sich wünschen, dass es wahr wäre, obwohl er weiß, dass es nicht sein kann. Das schockiert mich nicht. Jeder lügt. Vor allem Leute, die für Lance arbeiten. Kriminelle und ihre Handlanger tun es aus Gewohnheit. Deswegen vertraue ich niemandem. Niemals.

Travis trottet gerade die Betontreppe herab, als wir am Straßenrand halten. Der Sonderpädagoge, der für ihn zuständig ist, steht an der Tür und schaut ihm nach. Als er mich erblickt, winkt er. Ich winke zurück.

Ohne Begeisterung schlurft mein Bruder über den Gehweg. Sein Rucksack hängt von einer Schulter herab, der Kopf ist gesenkt, die Kappe tief ins Gesicht gezogen. Für jemanden mit Asperger-Syndrom ist eine solche Haltung nichts Ungewöhnliches, aber ich spüre, dass heute etwas anders ist. Irgendwas stimmt nicht. Das Problem ist nur, dass mir bei Travis in vieler Hinsicht die Hände gebunden sind. Unternehme ich etwas, ist es falsch, unternehme ich nichts, ebenfalls. Wie man es macht, ist es verkehrt.

Ich lasse das Fenster herunter. »Travis.«

Sein Kopf bewegt sich kaum, und ich ahne mehr, als dass ich sehe, dass sein Blick unter dem Schirm der Kappe aufwärts wandert. Seine Schritte stocken, als er mich erkennt. Kein Wunder – er muss sich fragen, warum ich in diesem Auto sitze und wem es gehört.

Ich steige aus und öffne die schmale hintere Tür zur Rückbank. »Cooles Ding, was?«, frage ich und deute mit dem Kopf ins Innere.

Während Travis näher kommt, wandert sein Blick staunend über die glänzende schwarze Karosserie, die wuchtigen Reifen mit dem tiefen Profil, die Stufen an der Seite.

Der Truck ist wirklich beeindruckend, und ich kenne Travis gut genug, um zu wissen, dass er ihn großartig findet.

»Ja. Ziemlich fett«, murmelt er, was bei Travis das Äquivalent zur Begeisterung ist. »Und was bist du für einer?«, fragt er Sig, als er sich auf der kleinen Sitzbank niederlässt.

»Man nennt mich Sig. Und du?« Sig dreht sich mit seinem charmanten Lächeln auf seinem Sitz um und hält Travis die Hand hin. »War'n Witz, Mann. Du bist Travis, der auf fette Trucks steht.«

Widerstrebend nimmt Travis die Hand, lässt aber sofort wieder los, als würde diese Geste guter Erziehung ihm körperliches Unwohlsein verursachen. Was bei Travis durchaus der Fall sein kann.

»Arbeitest du für Lance?«

»Jep. Security.«

»Was willst du hier? Wenn du meine Schwester fickst, bringt er dich wahrscheinlich um.«

Obwohl ich ein Flackern in Sigs Augen erkennen kann, lässt er sich nichts weiter anmerken. »Ich soll auf sie aufpassen.«

»Wieso? Ist sie in Gefahr?« Seine Augen weiten sich, und er wirft mir einen Blick zu. »Ist was passiert? Hast du Ärger?«

»Nein, Travis. Gott – *nein*! Lance ist einfach nur übervorsichtig. Ich hatte vor einer Weile eine Reifenpanne auf dem Highway, und er ist ausgerastet, weil ich den Reifen selbst wechseln wollte.«

»Oh, klar. Dass du dir bloß keinen Fingernagel abbrichst«, bemerkt er höhnisch. Travis kennt zwar die Beziehung zwischen mir und Lance nicht, hat aber anscheinend die Grundlagen begriffen.

»Tja, darauf läuft es wohl hinaus. Du weißt ja, wie wichtig es ihm ist, dass ich nett aussehe.«

»Jeans sind der Feind«, sagt er mit einer Stimme, die ganz nach Lance klingt.

Ich muss lachen. »Das war ziemlich gut.«

»Absolut«, stimmt Sig mir zu. »Das war zum Verwechseln ähnlich.«

»Arschlöcher sind leicht nachzuahmen.«

Sig wirft mir einen raschen Blick zu, aber ich drücke nur Travis' Tür ins Schloss und steige wieder ein, damit wir losfahren können. Ein paar Minuten bleibt es still im Auto, bis Sig anfängt, über ein Computerspiel zu sprechen, und sich die Unterhaltung in eine Richtung bewegt, bei der ich nicht einmal im Ansatz mitreden könnte. Also höre ich nur zu und freue mich über den Hauch von Lebhaftigkeit in Travis' Stimme. Es gibt kaum etwas, das er so gerne tut, wie spielen – vielleicht, weil er sich am Computer am ehesten normal fühlen kann.

Als wir zu Hause ankommen, fährt Sig zum ersten Mal ganz bis zur Auffahrt hoch, bevor er den Motor ausschaltet.

»Kommst du mit rein, und wir spielen 'ne Runde?«, fragt Travis, als er seine Tasche nimmt und nach dem Türgriff greift.

»Nein!«, rufe ich alarmiert und spüre, wie beide Augenpaare mich verwundert anblicken, als ich aussteige und Travis' Tür von außen öffne. »Ich meine, wir haben einen ganz normalen Wochentag, Travis, du musst morgen wieder in die Schule. Bring deine Sachen rein, ja? Ich komme sofort nach.«

Ich bedenke Travis mit einem mahnenden Blick. Er presst die Lippen zusammen, sagt aber nichts, sondern dreht sich um und schlurft zur Tür.

Als er im Haus verschwunden ist, wende ich mich an Sig. »Danke fürs Bringen. Ich … Travis … Das hat ihm gutgetan. Vielen Dank. Trotzdem solltest du jetzt wieder fahren. Da er ja jetzt den Truck kennt, könnte er denken, dass … na ja, ich weiß auch nicht. Aber wenn du die halbe Nacht hier stehst …«

»Warum nicht? Ich würde wirklich gerne ein Stündchen mit Travis spielen. Ich kann sogar eine Weile bei ihm bleiben, wenn du mit Tonin unterwegs bist. Es sei denn natürlich, es gibt noch jemanden, den das stören könnte.«

»Nein, nein, darum geht es nicht. Es sind ja nur Travis und ich hier. Aber er ist nicht ganz einfach, was sein Zuhause angeht. Er mag … na ja, er mag es, wenn es still ist.«

»Nur Travis und du?«, wiederholt er.

»Ja, klar.«

Sig schaut mich an, als wolle er noch etwas hinzufügen, tut es aber nicht. Ich bete darum, dass er keine weiteren Einwände erhebt. Mir ist klar, dass er nur nett sein möchte, und ich will ihm nicht auf die Zehen treten. Aber wenn es nicht anders geht, werde ich es tun. Ich habe meine Prioritäten, und Travis ist die oberste. Wozu gehört, dass ich alle Geheimnisse wahren werde, deren Aufdeckung ihn möglicherweise gefährden könnte.

»Kommt Lance eigentlich jemals her?«

»Ja, manchmal, aber nur, um mich abzuholen. Er weiß von Travis.«

»Und du bist *jede* Nacht hier? So wie in letzter Zeit?«

Ich weiß, was er mich wirklich fragt. Ich schlucke und kämpfe gegen die aufsteigende Röte an. »Ja, ich bin hier. Mit Travis.«

Sig schüttelt langsam den Kopf. »Während er seine Nächte mit einer anderen verbringt.«

Ich hole tief Luft und nicke. »Ja.«

»Tja, wenn du deine Meinung mal ändern solltest, ich wohne nicht weit von hier.«

»Ernsthaft?« Unerwartet durchströmt mich ein warmes Gefühl, als sei die Versuchung persönlich nebenan eingezogen und ich könnte ihr sinnliches Feuer bis in mein Inneres spüren. Fast wünsche ich mir, er hätte es mir nicht gesagt. Ich schaudere. »Wollte Lance, dass du in diese Gegend ziehst?«

»Nein. Das war reiner Zufall. Sofern man an so was glaubt.«

»Tust du das nicht?«

»Nein, überhaupt nicht. Ich glaube an Schicksal.«

Seine dunkelbraunen Augen fixieren meine, und sie locken mich, mich auf ihn einzulassen, ihm zu vertrauen – mich von ihm einwickeln zu lassen, daher weiche ich zurück. Ich weiß, was passiert, wenn man sich einfangen lässt. Man sitzt in der Falle. Und niemals entsteht etwas Gutes daraus. Niemals.

»Ich glaube daran, die richtige Wahl zu treffen.«

»Und Lance Tonin ist deiner Ansicht nach die richtige Wahl?«

»Für mich? Im Augenblick? Ja.«

»Bis etwas Besseres vorbeikommt?«

»So ungefähr.«

Sig beugt sich über den Sitz zu mir. »Ich bin etwas Besseres.«

»Ach ja?«

»Ach ja.«

Prüfend starre ich ihm in die Augen. Was meint er wirklich? Was für ein Spiel spielt er? Was hat er vor? Aber ich sehe nichts außer Begierde. Sie schimmert unter dem Schokobraun wie ein polierter Penny, verborgen zwar, aber erkennbar. Plötzlich frage ich mich, ob er sie überhaupt zu verbergen *versucht*.

»Danke noch mal fürs Bringen«, sage ich und schließe die Tür hinter mir. Erst als ich schon längst im Haus bin und im Schlafzimmer an der Wand lehne, höre ich, wie Sig den Truck startet. Ich rege mich nicht, bis das Geräusch des Motors in der Ferne verklingt.

18. Kapitel

SIG

Sie ist mein. Sie weiß es vielleicht noch nicht, ich aber schon. Es ist nur eine Frage der Zeit. Wenn ich so weitermache wie bisher, gehört sie mir.

Ich überlege, was ich durch sie alles in Erfahrung bringen kann, wenn ich sie erst einmal am Haken habe. Falls es mir gelingt, ihr klarzumachen, was sie zu gewinnen hat, wenn Tonin aus ihrem Leben verschwindet, dann können wir ihn vielleicht gemeinsam zur Strecke bringen. Mein Gott, was für ein Coup das wäre! Meine Karriere würde sprunghaft steigen. Ich würde die Aufträge kriegen, die ich am liebsten will. Und Tommi wäre frei.

Warum habe ich dann ein schlechtes Gewissen?

Weil das kontraproduktiv ist, beschließe ich, nicht genauer darüber nachzudenken.

Eine knappe Stunde später recherchiere ich über die sichere Verbindung, die das Revier mir in dieser Bruchbude eingerichtet hat, zu Lagerhäusern in der Nähe von Finchs gegenwärtigem Standort, als mein Handy klingelt. Barbers Nummer erscheint auf dem Display.

»Sig«, melde ich mich barsch.

»Wo zum Teufel bist du?«

»Zu Hause. Wieso?«

»Warum bist du nicht bei Tommi? Dein Job ist es, sie nicht aus den Augen zu lassen. Und dafür wirst du gut bezahlt.«

»Sie hat mich weggeschickt. Im Übrigen ist sie nur kurz mit ihrem Bruder zu Hause, dann geht sie mit Tonin essen. Ich dachte nicht, dass –«

»Du wirst nicht fürs Denken bezahlt. Du wirst dafür bezahlt, dass du auf sie aufpasst. Also schaff deinen Hintern rüber.«

Woher wissen die, dass ich nicht schon drüben bin?

»Sie will mich wegen Travis nicht im Haus haben und –«

»Wag es ja nicht, auch nur einen Fuß ins Haus zu setzen, falls sie nicht gerade in Gefahr ist. Sonst legt Tonin dich um. Du hast von draußen ein Auge auf sie, wie du es bisher gemacht hast.«

Also haben sie mich überprüft. Oder Tommi. Oder uns beide.

»Bin unterwegs«, fauche ich und lege auf. Ich bin es gewohnt, von meinem Captain Befehle entgegenzunehmen, ebenfalls von ein paar Vorgesetzten, die ich respektiere, und manchmal sogar von meinem Vater. Aber es geht mir gegen den Strich, springen zu müssen, weil ein Arschloch wie Barber oder Tonin es so wollen. Dennoch tue ich es, was bleibt mir auch anderes übrig? Das macht unseren Sieg am Ende nur umso schöner.

Ich schließe ab und bin auf dem Weg zu meinem Truck, als ich einen Wagen herankommen sehe, der mir verdammt bekannt vorkommt. Im Vorbeifahren nickt mein älterer Bruder Steven mir kaum merklich zu. Selbst aus der Entfernung kann ich die Besorgnis in seinen pechschwarzen Augen sehen.

Unsere Mutter starb, als ich noch klein war, und als unser Vater mit dem Kummer nicht zurechtkam, sprang Steven ein und übernahm für mich und meine anderen beiden Geschwister Scout und Sloane die Rolle des Ersatzvaters. Vielleicht hatte es mit seinem Charakter zu tun, vielleicht konnte er auf diese Art am besten mit der Trauer umgehen, vielleicht lag es auch an seinem Alter – ich habe keine Ahnung. Jedenfalls ist er seit dem Tag ihres Todes praktisch nicht mehr entspannt und locker gewesen.

Ich reagiere nicht auf sein Nicken, sondern sehe ihm – falls man mich beobachtet – mit einem misstrauischen Stirnrunzeln nach, wie es wohl die meisten Kleinkriminellen tun würden. Dass Cops durch eine Gegend wie diese patrouillieren, kommt häufiger vor, und da Tommi Lance' Freundin ist, schauen sie hier vielleicht sogar öfter vorbei. Dennoch ist Steven ein ziemlich großes Risiko eingegangen. Natürlich weiß ich, warum er es getan hat. Es macht ihn wahnsinnig, dass er nicht mehr auf mich aufpassen kann. Steven ist immer schon ein Kontrollfreak gewesen, aber seit man ihn befördert hat, ist alles nur noch schlimmer geworden. Die Macht ist ihm definitiv zu Kopf gestiegen. Dabei müsste ihm inzwischen klar sein, dass ich keinen Aufpasser mehr brauche. Ich muss ihn unbedingt mit einem Tritt in die Eier daran erinnern, sobald ich diesen Fall hier abgeschlossen habe. Dann kann er mir ein Bier ausgeben, und ich erzähle ihm, wie ich einen bedeutenden Drogenboss hochgenommen habe.

Der Gedanke entlockt mir ein Lächeln. Es ist eine liebgewonnene Angewohnheit von mir, meinen Bruder zu triezen, wann immer ich kann. Meistens ist das ein großer Spaß, denn er lässt sich wunderbar ärgern.

Ich setze mich in den Truck, fahre die kurze Distanz bis zu Tommis Haus und parke auf der Straßenseite gegenüber. Von hier aus habe ich einen recht guten Blick auf den Vorgarten. Ich beobachte, wie Tommi etwas zum Mülleimer bringt – vielleicht die Reste vom Abendessen? – und ungefähr eine halbe Stunde später drei Garnituren Bettwäsche zum Trocknen auf die Leine hängt. Drei. Wieder denke ich an die Frau im Hinterzimmer. Wie liebevoll Tommi sich um sie gekümmert hat.

Kurz darauf verschwindet sie wieder im Haus. Warum mag sie mich wohl bei einer so simplen Frage, wer noch bei ihr wohnt, angelogen haben? Aber bevor ich darüber nachdenken kann, taucht sie wieder auf. Diesmal in Begleitung von Travis, den sie buchstäblich am Arm mit sich schleift. Sie lacht und sagt etwas zu ihm, das ich nicht verstehen kann.

Tommi trägt Shorts, enge schwarze Shorts, die ihre Hüften noch schmaler, ihre Beine noch länger wirken lassen. Dazu ein gestreiftes Tanktop, das ihre üppigen Brüste betont, wie nur *echte* üppige Brüste betont werden können. Zum ersten Mal seit jenem Tag auf dem Highway sehe ich sie in so legerer Freizeitkleidung. Meistens zieht sie sich glamouröser an, edler, aber besonders wohlzufühlen scheint sie sich in solchen Sachen nicht. Mir kommt es so vor, als ob sie für Tonin eine Frau spielt, die er in ihr sehen will, obwohl sie diese Person gar nicht ist.

Travis hat inzwischen aufgehört, sich zu wehren, und geht in den Garten. Während Tommi etwas aus dem kleinen Geräteschuppen holt, zieht er seinen Kapuzenpulli aus. Tatsächlich erscheint sogar ein kleines Lächeln auf seinem Gesicht, als sie mit einem Frisbee in der Hand zurückkehrt.

Zunächst werfen sie die Scheibe einfach nur locker hin und her, Travis eher halbherzig. Doch dann scheint er Spaß daran zu finden, und die beiden spielen ernsthaft.

Tommi beißt sich konzentriert auf die Lippe und schleudert das Frisbee so fest sie kann – ihr ganzer Körper verdreht sich dabei –, und Travis muss einen Satz zur Seite machen, um es zu erwischen. Durch das offene Autofenster höre ich Tommis fröhliches, helles Lachen, das unbeschwert und fast kindlich klingt. Sie scheint die Zeit mit ihrem Bruder wirklich zu genießen, doch ich schätze, sie freut sich vor allem, dass Travis sich tatsächlich an dem Spiel beteiligt – was für Menschen mit Asperger nicht selbstverständlich ist, wie ich gelesen habe.

Travis stellt sich breitbeinig hin und schleudert das Frisbee zurück. Es fliegt hoch und weit, und Tommi läuft rückwärts, um es fangen zu können, sobald es tief genug sinkt. Erst jetzt sehe ich den Gartenschlauch, der im Rasen liegt, und unwillkürlich beuge ich mich vor, als könne ich sie auffangen, als sich schon ihr Fuß darin verfängt und sie das Gleichgewicht verliert. Erschreckt schreit sie auf und rudert mit den Armen, doch es ist zu spät. Sie stürzt, macht eine Rolle rückwärts und bleibt im Gras liegen. Ein paar Sekunden lang fürchte ich, dass sie sich wehgetan hat, doch dann setzt sie sich wieder auf. Ihr Gesicht ist knallrot vor Lachen, und sie wirft den Kopf zurück und entblößt ihren schönen Hals. Ich wünsche mir von ganzem Herzen, in diesem Moment bei ihr sein zu können. Ich möchte sie auch so erleben, wie anscheinend sonst nur Travis sie erleben darf. So unverstellt und ganz sie selbst.

Fast eine Stunde lang spielen die beiden Frisbee, bis Tommi auf die Uhr blickt und mit dem Kopf in Richtung

Haus deutet. Vermutlich muss sie sich für ihr Date mit dem Verbrecher zurechtmachen. Oder sich um die Frau im hinteren Zimmer kümmern, falls sie das nicht schon getan hat, sobald sie nach Hause gekommen ist. Und während sie zu Travis aufschließt und ihm eine Hand auf die Schulter legt, drückt ihre ganze Körperhaltung Bedauern aus. Dies ist es, was ihr wichtig ist: Travis!

Warum also hat sie sich mit Tonin eingelassen?

Mir will einfach kein Grund einfallen. Wahrscheinlich ist es komplizierter, als ich mir vorstellen kann, und wer weiß schon, wie viele Faktoren hier zusammenspielen. Nun, vielleicht erzählt sie es mir ja freiwillig. Dazu muss sie mir allerdings erst einmal vertrauen.

Um fünf Minuten vor sieben fährt eine Limousine auf ihre Zufahrt. Niemand steigt aus, bis Tommi aus dem Haus kommt, und dann achte ich nicht mehr darauf, welcher von Tonins Handlangern gefahren ist: *Sie* ist alles, was ich wahrnehme.

Ihr Haar ist zu einem lockeren Zopf zusammengefasst, den sie über einer Schulter nach vorne geholt hat. Er ist bewusst unordentlich, als hätte jemand damit gespielt, und zarte Strähnen fallen ihr ins Gesicht. Unfassbar sexy sieht es aus, und das trägerlose schwarze Minikleid tut ein Übriges. *Verdammt*!

Das glatte verführerische Material fällt von ihren Brüsten bis zur Oberschenkelmitte. Es sitzt locker, schmiegt sich aber dennoch so an ihren Körper, dass ich jede Rundung erkennen kann, als sie auf den Wagen zugeht. Es ist beinahe, als liebkose der Stoff Hüften und Hinterteil, und wieder frage ich mich, ob sie überhaupt Unterwäsche trägt.

Gott, ist der Gedanke scharf … bis mir einfällt, dass sie

sich für Tonin so anzieht, und plötzlich steigt Zorn in mir auf. Was für eine Verschwendung. Der Mistkerl hat keine Frau wie sie verdient, und mir will ums Verrecken nicht in den Kopf, was in aller Welt sie mit ihm will.

Der Fahrer (den ich nun bewusst wahrnehme) öffnet die Tür zur Rückbank, und eine Hand taucht auf, die nach Tommis greift. Tonins zweifellos. Ich presse die Kiefer zusammen und verdränge den Gedanken, dass diese Hand sie im Halbdunkel der Limousine begrapscht.

Ich folge dem Wagen, sobald er anfährt. Eigentlich würde ich am liebsten nach Hause fahren. Ich muss mir diesen Mist nicht ansehen. Aber andererseits *will* ich hinterherfahren, *will* ich mir das ansehen. Und nachdem ich sie geküsst habe, nachdem ich sie mit ihrem Bruder erlebt habe und seitdem ich weiß, dass sie eine enorme Last mit sich herumschleppt, bin ich entschlossener denn je herauszufinden, warum sie bei Tonin bleibt. Ich bin mir *so* sicher, dass sie es nicht aus freien Stücken tun kann. Aber ich brauche einen Beweis. Ich will *wissen*, dass seine Berührung sie anwidert, dass sie sich wünscht, irgendwo anders zu sein, nur nicht bei ihm. Und ich bete zu Gott, dass ich einen Beweis entdecke. Ich kann mich einfach nicht irren, was sie betrifft. So wie sie sich um Travis kümmert, um die Frau, die wahrscheinlich ihre Mutter ist – so wie sie auf mich reagiert hat … ich kann mich doch nicht irren, oder?

Tonin fährt mit ihr zu einem superschicken Restaurant, bei dem man den Tisch Monate im Voraus bestellen muss. Geld öffnet eben Türen, egal wie schmutzig es ist. Wenn ich halbwegs in der Nähe bleiben will, kann ich mich nur an die Bar setzen. Das Dumme an der Geschichte ist bloß, dass ich nichts trinken darf, da ich noch fahren muss.

Was würde ich darum geben, mir ein paar Kurze hinter die Binde zu gießen, um die Anspannung loszuwerden!

Keine Ahnung, warum ich plötzlich so sauer bin. Interessiert mich auch nicht. Ich sehe zu, dass ich Tommi im Auge behalte, und denke nicht mehr darüber nach.

Als sie ein paar Minuten nach neun den Laden endlich wieder verlassen, laufe ich hinaus zu meinem Truck, der ein Stück die Straße entlang im Parkverbot steht. Ich widerstehe dem Wunsch, den Strafzettel, der auf mich wartet, zu zerknüllen, und stecke ihn stattdessen in mein Handschuhfach. Ich reiche ihn später im Präsidium ein. Sollen die doch zahlen, verdammt noch mal.

Als Nächstes folge ich den beiden zu einem exklusiven Club, der bekannt dafür ist, seinen Gästen … wenig Vorschriften zu machen. Ich weiß, dass ich keinerlei Chancen habe, an dem Türsteher vorbeizukommen, ohne eine Marke oder ein Mitglied, das mich mit reinnimmt, also warte ich, bis Barber aus dem schwarzen SUV aussteigt, der Tonin überallhin folgt.

»Von hier draußen kann ich sie wohl kaum im Auge behalten, nicht wahr?«, sage ich mit einem schiefen Grinsen und hoffe, dass er mir meine Zerknirschung abkauft. Schließlich hat er mich vorhin am Telefon zusammengefaltet, und nun gebe ich mir eben alle Mühe, meinen Job gewissenhafter auszuführen.

Er starrt mich mit seinen seltsam ausdruckslosen Augen an, dann nickt er einmal kurz und wendet sich um. Ich folge ihm zum Eingang, wo die beiden Edel-Türsteher uns durchnicken, ohne mit der Wimper zu zucken. Wundert mich ganz und gar nicht, dass Tonin und seine Spießgesellen hier bekannt sind.

Das Interieur des Clubs ist – schwarz. Schwarz so weit das Auge reicht. Wände, Decke, Marmorboden, Granitbar – alles schwarz. Selbst die Bühne, Mittelpunkt des Raums, ist schwarz und so glänzend wie die Stange, die in der Mitte daraus hervorragt. Eine Frau tanzt gerade an dieser Stange. Ihre roten Haare reichen ihr bis zum Hintern, der genau wie ihre Titten zu mächtig für ihren restlichen Körper wirkt. Mir gefällt die Natürlichkeit Tommis besser. Klar, die Tänzerin ist ziemlich scharf, aber im Augenblick nicht das, wonach mir der Sinn steht.

Das Mädchen schlingt ein Bein um die Stange, presst sich gegen das Metall und reibt ihre Nippel daran. Ich weiß nicht, was genau diesen Eindruck erweckt, aber ihr Strip hat eindeutig Klasse. Vielleicht ist sie ja ein Naturtalent, aber ich schätze, dass man in diesem Etablissement kein Mädchen findet, das gewöhnlich oder vielleicht sogar etwas billig wirkt. Die Frauen hier sind vor allem teuer.

Die Bühne ist umgeben von schwarzen Samtsesseln und einzelnen kleinen Tischen. An zwei Seiten befinden sich Türen, an einer Wand eine Art Galerie oder Balkon. Der Raum dort oben hat getönte Scheiben, aber ich erkenne dennoch, dass auch dort eine Stange von der Decke ragt. Wahrscheinlich handelt es sich um einen privaten Vorführraum.

In diesem Moment entdecke ich Tommi, die vor Tonin durch eine Tür geht, hinter der eine Treppe nach oben führt. Tja, ich denke, ich weiß, wohin sie wollen.

Ich werde schon wieder sauer, als Barber mir auf den Arm klopft. Er deutet auf die Bar, die sich an der linken Seite erstreckt. Ich nicke und folge ihm, und wir setzen uns zu zwei Männern, die man mir noch nicht vorgestellt hat, obwohl ich sie schon einmal gesehen habe. Wahrscheinlich handelt es sich um engere Vertraute Tonins. Wie Barber, nur eine Stufe tiefer.

Ich lasse mich auf einen Hocker nieder und schaue mir die Kellnerinnen an, die hüftschwingend zwischen den Tischen hin und her gehen. Alle tragen schwarze Satinminis und Paillettentops, die wie ärmellose Smokingjacken aussehen. Alle sehen ausgesprochen gut aus, alle haben Traumfiguren, alle duften nach teurem Parfüm statt nach schalem Zigarettenqualm. In diesem Laden gibt es nur Eins-a-Muschis, da bin ich mir sicher.

Für Tonin eben nur das Beste.

Die Bitterkeit meiner inneren Stimme kann selbst ich heraushören. Deswegen bestelle ich auch einen Whiskey zu meiner Cola, als Barber eine auffordernde Geste macht.

Mein Blick wandert immer wieder zur Galerie hinauf. Dass ich nicht weiß, was da oben läuft, macht mich wahnsinnig. Ich fahre beinahe vom Hocker auf, als ich sehe, wie sich ein hübscher nackter Hintern an die getönte Scheibe presst. Die Frau ist blond. Mein Herz droht für eine Sekunde auszusetzen, als Tonin seine Hände links und rechts neben ihren Kopf gegen die Scheibe stemmt und sie küsst. Diesen Mist kann ich mir nicht mehr ansehen! Es geht einfach nicht.

Aber dann wird mir bewusst, dass es sich nicht um Tommi handelt. *Gott sei Dank*! Die Frau dort an der Scheibe ist nicht groß genug. Allerdings ist meine Erleichterung nur kurzlebig. Ich weiß noch immer nicht, was er da oben mit ihr anstellt. Ich weiß nur, dass sie mich braucht. Dass ich sie retten muss. Und zwar nicht nur an diesem Abend. Sondern an jedem.

Vier Whiskeys später wird mir klar, dass ich meine innere

Unruhe nicht mit Alkohol betäuben kann. Ich *muss* wissen, was da oben vor sich geht.

Barber gegenüber behaupte ich, dass ich zum Klo muss. Die dezenten Damen- und Herren-Schildchen leuchten über einem Durchgang, der direkt neben der Treppe zur Galerie liegt. Diese Treppe muss ich irgendwie hinaufschleichen. Schon dränge ich mich durch die Menge darauf zu und sperre die warnende Stimme in meinem Kopf aus. Natürlich weiß ich, dass das eine ganz dumme Idee ist. Ja, ich soll mich an Tommi heranmachen, um Tonin zur Strecke zu bringen, aber es dürfte mich nicht so fertigmachen, weil ich es gerade nicht kann. Meine Vernunft mahnt, dass ich gefährlich nah daran bin, meinen Job mit Privatvergnügen zu mischen, aber Herz und Bauch kontern, das sei ihnen herzlich egal.

Ich werfe einen Blick zurück, aber Barber beobachtet mich nicht. Er und die beiden anderen begutachten eine Kellnerin, die bei ihnen steht, auf sie einredet und schon fast auf Barbers Schoß klettert, was ihn allerdings kaum zu interessieren scheint. Ich drehe mich wieder um.

Nachdem ich mich vergewissert habe, dass niemand sonst mich beobachtet, halte ich am Zugang, öffne die Tür zur Treppe, schlüpfe hindurch und mache sie sofort wieder zu. Im Treppenhaus ist es dunkel. Als ich nach oben blicke, wird mir bewusst, dass ich mich fast an einem Punkt befinde, an dem es kein Zurück mehr gibt. Und mir wird ebenfalls bewusst, dass es mich nicht kümmert. Falls man mich erwischt, denke ich mir schon irgendetwas aus, mir fällt immer etwas ein. Wenn man undercover arbeitet, muss man extrem schnell schalten können, und mit diesem Talent bin ich zur Welt gekommen.

Die Musik aus dem Club dringt noch immer gedämpft an meine Ohren. Aber hier höre ich auch Gelächter und Stöhnen. Es kommt von oben, und unwillkürlich knirsche ich mit den Zähnen.

Ich steige die Stufen hinauf, bleibe oben stehen und sehe nach links und rechts. Die Treppe endet an einem kleinen Vorraum, und mir gegenüber befindet sich eine weitere Tür, die offen steht und den Blick auf ein kleines Bad mit großem Schminkspiegel und Waschbecken freigibt.

Ein neuer Song setzt ein, *Don't tell them,* sehr sexy, und unter anderen Umständen hätte ich ihn nur allzu gern in Tommis Gegenwart gehört. Aber nicht heute Abend. Nicht auf diese Art.

Ich schiebe mich um das Geländer am Treppenabsatz und drücke mich an die Wand, um seitlich in die Galerie zu blicken. Mir fällt die Kinnlade herab, und mit offenem Mund sehe ich dem Geschehen zu.

Die Galerie hat ebenfalls eine Bühne wie unten, nur kleiner. Tommi steht mit durchgebogenem Rücken an der Stange, die Augen geschlossen, die Finger in den Haaren einer Brünetten, die anscheinend einen ihrer Nippel leckt. Tonin sitzt auf einer Couch links von der Bühne und sieht den beiden zu, während eine Blonde – wahrscheinlich die, die ich eben von unten gesehen habe – ihm den Schwanz lutscht. Tonins Hand liegt auf ihrem Hinterkopf und drückt ihn rhythmisch auf und ab.

Das also ist es, was er mag. Das ist es, was sie für ihn tut. Obwohl ich es hasse, dass er sie anstarrt, dass er sie vermutlich zwingt, Dinge zu tun, die sie nicht tun will, hoffe ich beinahe, dass er nur darauf steht, ihr zuzusehen, anstatt sie mit seinen dreckigen Fingern selbst anzufassen. Vielleicht muss sie das tun, um von ihm zu bekommen, was immer sie braucht. Denn dass es da etwas geben muss, dessen bin ich mir sicher. Im Augenblick scheint Tonin sie vor etwas … zu bewahren. Aber wer bewahrt sie vor ihm? Oder vor sich selbst?

Ich kann nicht verhindern, dass mein Blick immer wieder zur Bühne zurückkehrt. Die Brünette arbeitet sich langsam an Tommis Bauch herab und hat ihren runden Hintern umfasst, den ich schon so oft bewundert habe. Tommis Lider sind geschlossen, und sie bewegt sich leicht zu der sinnlichen Melodie, aber das heißt nicht unbedingt, dass sie mag, was geschieht. In meinen Augen wirkt sie, als hätte sie auf Standby geschaltet – als sei sie woanders und ließe die Liebkosung der anderen Frau einfach über sich ergehen. Wieder frage ich mich, ob Tonin das hier von ihr verlangt. Oder vielleicht tut sie es ja auch, um zu verhindern, dass er sie vögelt. Verdammt, wenn dem so ist, dann kann ich es ihr nicht verübeln. Ich würde mich den ganzen Tag von einer scharfen Braut lecken lassen, wenn ich mir dadurch Tonin vom Leib halten könnte. Selbstverständlich würde ich mich in jedem Fall den ganzen Tag von einer scharfen Braut lecken lassen, aber darum geht es hier ja nicht.

Die Brünette zieht Tommi den Spitzenslip von der Hüfte, und mein Blick wandert wieder über den goldgebräunten Bauch aufwärts zu den milchigblassen Brüsten, die in jeder Hinsicht perfekt sind. Sie sind voll und fest und werden von rosa Brustwarzen gekrönt, die genau die richtige Größe haben und im Augenblick steinhart wie Kiesel sind.

Mein Schwanz regt sich in meiner Jeans, und ich weiß, dass ich zurück nach unten gehen sollte. Tonin würde sicher ausrasten, wenn er mich hier oben erwischt, aber ich kann meinen Blick nicht von Tommi abwenden. Sie ist das aufregendste und schönste Wesen, das ich je gesehen habe. Ihre Haut ist makellos, ihr Körper ein Traum, sie ist perfekt.

Endlich reiße ich meinen Blick von ihren Brüsten los und schaue ihr ins Gesicht. Ihre Augen sind inzwischen offen. Und auf mich gerichtet.

19. Kapitel

TOMMI

In meinem Kopf ist Sig so real. Das Wummern der Musik sperrt die Wirklichkeit aus, und so spüre ich seine Hände auf meinem Körper, seinen Mund auf meiner Brust, sein Haar zwischen meinen Fingern. In der Stille meines Verstands, in meiner Fantasie kann ich überall sein, kann ich bei jedem sein, und ich habe Sig gewählt. Ohnehin ist er in letzter Zeit ständig in meinem Bewusstsein, ob ich es will oder nicht.

Hitze breitet sich von meinen Nippeln über meinen Bauch bis zu meinem Nabel aus. Finger zupfen an meinem Spitzenslip, und ich wünsche mir mehr als alles andere, mich gehen lassen zu können und mich seiner Berührung hinzugeben.

Nur ist es nicht real. Nicht das, was in meinem Kopf geschieht. Es ist nur ein Traum, dunstiges Gefilde, in das ich mich begebe, wenn ich vor dem flüchte, was mit mir geschieht. Das tue ich schon fast mein ganzes Leben lang, und es hat immer funktioniert. Bis jetzt. Ich weiß, dass ich nicht Sig vor mir sehen werde, wenn ich die Augen öffne. Ich bin allein in einem Raum voller Menschen, die mich nicht kennen und die etwas von mir wollen, was ich nicht geben will.

Widerwillig öffne ich meine Lider und entdecke ein Augenpaar, das im Halbdunkel fast so schwarz wie Onyx aussieht – ein Augenpaar, von dem ich träume, seit ich es zum ersten Mal in der hellen Sonne funkeln sah. Ein paar Sekunden lang weiß ich nicht, ob ich nicht noch in meiner Traumwelt bin.

Steht Sig wirklich dort an der Tür und beobachtet mich? Ich weiß es nicht.

Sein Blick verschlingt mich, taucht durch die Fenster meiner Pupillen tief in meine Seele, und ich spüre, wie er mich dort berührt.

Es ist wie eine Liebkosung, als sein Blick sich von meinen Augen löst und auf meine Lippen senkt. Ich befeuchte sie, weil sie plötzlich brennen und sich nach einem Kuss sehnen. Sein Blick wandert weiter abwärts über meinen Hals und mein Schlüsselbein zu meinen Brüsten. Meine Brustwarzen prickeln und richten sich auf, meine Bauchmuskeln ziehen sich zusammen, und als es weiter abwärts geht, ist mir, als würde er mich noch mehr entblößen, und ich spüre, wie sich heiße Nässe zwischen meinen Schenkeln sammelt.

Ich keuche auf. Ich bin hin und her gerissen zwischen meiner Einbildung und der Realität. Und erst als Sigs Blick zu meinen Augen zurückkehrt und das Feuer darin meine Nerven in Brand setzt, begreife ich, dass er tatsächlich dort steht. Er steht wirklich dort im Eingang und sieht zu, wie eine andere Frau mich anfasst, damit Lance kommen kann. Er weiß ja nicht, dass ich mich nur nach einer einzigen Berührung sehne – der seinen nämlich, Sigs.

Hastig wende ich den Blick ab. Ich muss dem Drang, mich zu bedecken, widerstehen. Ich will Lance' Aufmerksamkeit nicht auf Sig ziehen, denn anderenfalls wird dieser

Abend böse ausgehen. Also zupfe ich sanft an Felicias Haar, damit sie aufhört, und sie richtet sich auf. »Ich muss mal eben ins Bad«, sage ich.

Sie lächelt und nickt, packt die Stange hinter mir, schwingt sich, ganz der Profi, herum und beginnt zu tanzen. Ich werfe Lance einen Blick zu und halte einen Finger hoch, aber er legt nur den Kopf zurück und schließt die Augen, während Amber ihn nun schneller bearbeitet.

Nur in High Heels und Höschen und mit hoch erhobenem Kopf, damit man mir meine Befangenheit nicht anmerkt, durchquere ich den Raum. Ich rufe mir in Erinnerung, dass mich niemand hier kennt – nicht wirklich jedenfalls. Mag sein, dass manch einer glaubt, über mich Bescheid zu wissen und urteilen zu können, aber das ist nicht wahr. Niemand weiß, was für ein Leben ich führe, was darin eine Rolle spielt und warum ich tue, was ich tue. Und ich wünsche niemandem, in eine Situation wie meine zu geraten und die Entscheidungen treffen zu müssen, die ich getroffen habe.

Mein Gesicht glüht, als ich an Sig vorbei in den Flur trete und in die Toilette flüchte. Ich weiß, dass er mir folgen wird. Man sieht ihm an, dass er wütend ist. Sein Zorn überlagert seinen Selbsterhaltungstrieb, daher muss ich für ihn mitdenken.

Er tritt hinter mir ein und schließt die Tür. Ich halte schützend die Arme vor die Brust, als ich mich umdrehe, und bin überrascht, wie dicht er vor mir steht.

»Warum?«, zischt er. »Warum lässt du dir so etwas antun? Du bist etwas Besseres! Besser als er allemal.«

»Wenn ich so etwas wie hier mache, wenn ich ihn zusehen lasse, dann lässt er die Finger von mir. So ist unsere

Abmachung. Er kann seine Nutten behalten oder mich haben. Beides geht nicht.«

»Er … er fasst dich nicht an? Du lässt dich nicht …?«

»Nein. Ich könnte mich nicht mehr im Spiegel ansehen. Außerdem sind es nicht seine Hände, die ich spüren will.«

Zwei lange Sekunden mustert er mich schwer atmend, dann liegt sein Mund heiß und drängend auf meinem. Seine Finger greifen in meinen Zopf und ziehen meinen Kopf zur Seite, als seine Zunge in meinen Mund dringt. Ich schmecke Whiskey und eine Süße, die Sig eigen zu sein scheint, und mir wird bewusst, dass ich ausgehungert bin. Vollkommen ausgehungert. Hiernach. Nach ihm.

Er küsst mich mit einer Wildheit, die in mir den Wunsch weckt, alle Vorsicht fahren zu lassen und mich hemmungslos hinzugeben, und einen Moment lang tue ich es sogar.

Ich bohre meine Fingernägel in seinen Bizeps, öffne die gepanzerte Tür zu meinem Inneren und lasse ihn ein, lasse ihn an einen Ort, den bisher kaum jemand kennt. Hier verstecke ich mich, hier verberge ich mein wahres Ich und all meine Emotionen, Ängste und Sehnsüchte.

Sig schlingt seine Arme um mich. Eine Hand knetet mein Hinterteil, die andere streicht unablässig über meine nackte Haut. Als seine Lippen sich von meinen lösen und über mein Kinn abwärts wandern, biege ich mich ihm entgegen, um seinen Mund möglichst überall zu spüren, um ihm Zugang zu jedem Zentimeter Haut zu verschaffen.

»Wenn du da gleich wieder reingehst, denkst du an mich«, knurrt er heiser und beißt mir ins Kinn, in den Hals, noch ein Stück tiefer. »An meine Hände, meine Lippen, meine Zunge.«

Mir ist heiß, ich ringe nach Luft, ich brenne. Als sein Mund sich über meinen Nippel legt, unterdrücke ich das Keuchen, so gut ich kann. »Das habe ich schon. Ich habe die ganze Zeit nur an dich gedacht.«

»Aber jetzt weißt du es«, sagt er an meiner Brust, während er mit Zunge und Zähnen zupft, leckt, saugt und knabbert. »Jetzt weißt du, wie es sich anfühlt. Und wie es sein wird, wenn du endlich nackt und ungeduldig unter mir liegst.«

Ich keuche, und mir wird schwindelig, als seine Hand an meinem Bauch entlangstreicht, in mein Höschen fährt, und ein Finger in mich dringt, sodass ich mich unwillkürlich auf die Zehenspitzen stelle.

»O Gott«, flüstere ich. Meine Muskeln ziehen sich zusammen, und jede Kontraktion durchfährt mich wie ein Stromstoß.

Sig stößt seinen Finger in mich, hart und schnell, dann langsam und tief, und immer wieder hält er inne, um mit dem Daumen über meinen Kitzler zu fahren. »Fühl mich. Nur *mich.*«

Es ist alles zu viel – sein Mund, seine Hände, seine Hitze. Als er einen zweiten Finger in mich stößt, erbebt mein ganzer Körper ein letztes Mal, dann setzen die Lustwellen ein. Es ist der erste Orgasmus, den mir ein anderer Mensch verschafft. Ja, natürlich bin ich schon gekommen, ein paarmal sogar vor den Augen eines anderen. Und natürlich habe ich es auch schon vorgetäuscht. Unzählige Male sogar. Aber noch nie hat ein anderer Mann mich so weit gebracht, und noch nie, nie, nie hat es sich angefühlt wie jetzt.

Mein ganzer Körper brennt und prickelt, aber auf wunderbar köstliche Art. Es kommt mir vor, als schwebte ich über dem Boden; und ich spüre nichts außer tiefer Befriedigung und Sigs köstlichen Küssen, die sich wieder meinem Mund nähern.

Noch immer sind seine Finger in mir, noch immer bewegt er sie genüsslich, sodass die Wellen nur langsam abebben. Mit Mühe gelingt es mir, die Laute, die sich tief in meiner Kehle bilden, zu unterdrücken, aber darüber hinaus bin ich wie gelähmt. Ihm ausgeliefert. Und es gefällt mir.

Bis mir wieder einfällt, wo wir uns befinden. Und wer außerhalb dieses kleinen Raums auf mich wartet.

Als ich wieder atmen kann, lege ich meine Hände an Sigs Gesicht und schaue ihm in die Augen. Sie wirken dunkler als je zuvor. Wild. Leidenschaftlich. Besitzergreifend.

»Du darfst hier nicht sein. Hier bei mir«, bringe ich hervor. »Lance bringt dich um, wenn er davon erfährt.«

»Das soll er mal versuchen.«

»Sig, du kennst ihn nicht. Du darfst kein solches Risiko eingehen.«

»Ich weiß, auf was ich mich einlasse. Und ich kann damit umgehen. Im Übrigen bist du es wert.«

»Und wenn dir was passiert?«

Sig zuckt die Achseln.

»Ich bin es also wert? Selbst wenn es wehtut?«

»*Vor allem* wenn es wehtut.«

Seine Miene macht mir klar, dass ihn nichts, was ich sage, davon abbringen wird. Er will mich retten, und das um jeden Preis. Und deshalb muss ich *ihn* retten. »Bitte, Sig. Du musst gehen.«

Er zieht die Brauen zusammen. »Ich mache mir wegen Lance keine Sorgen und um mich auch nicht. Ich mache mir Sorgen um *dich*.«

»Das brauchst du nicht. Ich kann auf mich selbst aufpassen.«

»So sieht es aber nicht für mich aus. Was, zum Henker, hast du mit ihm zu schaffen?«

Er urteilt über mich – sein zorniger Blick verrät es mir. Er versteht es eben nicht. Niemand versteht es.

Und daher mache ich dicht. Beinahe ohne es zu wollen. Ich trete den Rückzug in die einzige sichere Zone an, die mir bekannt ist: Einsamkeit. »Ich habe meine Gründe«, sage ich leise, wende den Blick ab und schaue zu Boden.

»Und die wären?«

»Das geht dich nichts an.«

»Tu das nicht«, sagt er plötzlich sanft, streicht mir das Haar über die Schulter zurück und legt seine Hand an meinen Puls.

»Was?«

»Mich ausschließen. Ich will dir helfen.«

»Das kannst du nicht.«

»Vielleicht ja doch. Aber es gibt nur eine Möglichkeit, es herauszufinden.«

Daraufhin schaue ich erneut auf. Seine schokoladenfarbenen Augen sind warm und einladend. »Ich soll dir vertrauen, stimmt's?«

»Ja. Warum ist das so schwer?«

»Das würdest du nicht verstehen.«

»Wer weiß? Lass es doch drauf ankommen.«

»Verzeih mir, Sig, aber ich … ich kann einfach nicht.«

»Du kannst nicht, oder du willst nicht?«

»Gibt es da einen Unterschied?«

»Einen großen sogar.«

»Dann such dir was aus. Die Tatsachen bleiben bestehen.«

Ich hole tief Luft, lege ihm eine Hand flach auf die Brust und schiebe ihn behutsam von mir. »Wenn du mich jetzt entschuldigen würdest. Ich muss zurück. Bevor dir durch meine Schuld noch etwas geschieht.«

»Mir kann nichts durch deine Schuld geschehen. Du hast mich nicht gezwungen, dir hinterherzulaufen.«

Ich halte inne. Die Wärme seines Körpers sickert durch meine Hand und breitet sich zögernd in mir aus. »Warum tust du es dann? Mir hinterherlaufen, meine ich.«

»Das ist mein Job, oder etwa nicht?« Seine Antwort ist nach dem, was gerade zwischen uns geschehen ist, wie eine Ohrfeige. Mein Rückzugsort, mein einsames, sicheres Versteck, kommt mir plötzlich begehrenswerter denn je vor. Bis er erneut das Wort ergreift. »Jedenfalls ist es die Antwort, die ich dir geben sollte. Nur stimmt sie nicht.«

»Und … was ist dann die Wahrheit?«

»Dass ich nicht aufhören kann, an dich zu denken. Ich ertrage den Gedanken nicht, dass er dich anfasst und du zu seinem Vergnügen Dinge tun musst, die du nicht tun willst. Die einzigen Hände, die dich anfassen sollten, sind diese hier.« Er hält sie hoch. »Meine.«

Ich weiß nicht, wie ich darauf reagieren soll. Einerseits durchfährt mich reine Freude – so scheint ihm doch etwas an mir zu liegen. Andererseits habe ich mir schon lange abgewöhnt, anderen zu vertrauen.

»Versuch einfach, nicht daran zu denken. Das tue ich auch so.«

Wieder zieht er die Brauen zusammen, und mir wird klar, dass ich zu viel gesagt habe. Ich darf nicht solche Eingeständnisse machen.

»Warum es dann überhaupt tun?«, fragt er, wie ich es

befürchtet habe, aber ich sage nichts, sondern halte nur seinem Blick stand. »Das geht mich nichts an, stimmt's?«

Frustriert tritt er einen Schritt zurück und fährt sich mit der Hand durch sein dunkles, wirres Haar. Mein Körper beginnt erneut zu prickeln, als ich daran denke, wie meine Hände seine Haare durchwühlt haben, als seine Finger in mich eingedrungen sind.

»So leicht gebe ich nicht auf«, sagt er tonlos.

»Das solltest du aber.«

»Ach ja? Und das willst du? Das willst du wirklich? Wünschst du dir nicht, dass dir jemand zu Hilfe kommt? Um dich zu retten? Um dich aus dem ganzen Schlamassel herauszuholen?«

»Manche Menschen können nicht gerettet werden.«

»Mag sein, aber du gehörst nicht dazu. Ich weigere mich einfach, das zu glauben.«

»Ich … ich muss jetzt gehen«, sage ich erneut und schiebe mich an ihm vorbei. Befangen kreuze ich die Arme vor der Brust. Obwohl sich die Temperatur nicht geändert hat, ist mir plötzlich kalt in meiner Nacktheit. Und ich fühle mich verletzlicher denn je.

»Sehen wir uns morgen?«

Ich wende mich nicht mehr zu ihm um, sondern nicke nur, während ich vorsichtig die Tür öffne und hinausschlüpfe.

Draußen halte ich fast genau dort inne, wo Sig gestanden hat, richte mich auf und straffe die Schultern. Ich rufe mir in Erinnerung, warum ich das hier tue und warum ich es tun muss, setze ein devotes Lächeln auf und kehre zurück, um meine Pflicht zu tun. Es ist ja nur noch für eine Weile.

20. Kapitel

SIG

Ich habe mit niemandem mehr gesprochen, seit ich gestern Abend durch den Club gestürmt bin und Barber mitgeteilt habe, dass ich abhaue. Ich habe nicht gesagt, wieso; ich bin ihm keine Erklärung schuldig. Wenn es ihm nicht passt, hat er Pech gehabt. Er hat mir nicht zu sagen, wie ich meinen Job zu erledigen habe. Ich passe auf Tommi auf, bis ich Tonin zu Fall bringen und sie von ihm befreien kann. Sie ist Teil meiner Mission, auch wenn niemand im Revier ahnt, in welchem Ausmaß sie darin verwickelt ist. Dienen und beschützen – das Leitmotiv der Polizei. Das ist es, was wir tun müssen. Was *ich* tun muss. Und Tommi muss beschützt werden, ob sie es sich nun eingestehen will oder nicht.

Nachdem ich aus meinem fast leeren Kühlschrank einen übrig gebliebenen Cheeseburger und zwei Stücke Pizza vertilgt habe, koche ich mir eine Kanne Kaffee, kippe in einen Thermobecher, was immer hineinpasst, und bin auch schon wieder weg. Als ich bei Tommi ankomme, deutet nichts darauf hin, dass schon jemand wach ist. Oder sich überhaupt jemand im Haus befindet. Aber ihr Auto steht ohnehin noch in Tonins Garage. Falls sie es nicht gestern Nacht noch geholt hat und heute Morgen schon früh davongefahren ist.

Allerdings glaube ich das nicht. Ich schätze, sie ist zu Hause und braucht mich.

Damit ich sie fahre, füge ich korrigierend hinzu.

Um acht öffnet sich die Eingangstür und Travis kommt heraus. Er trägt wie immer die Kapuze über die Kappe gezogen und bewegt sich so enthusiastisch, wie ein Jugendlicher sich eben bewegt, wenn er gerade aus dem warmen Bett gescheucht wurde und zur Schule muss.

Ein paar Sekunden später tritt auch Tommi auf die winzige Veranda, zieht die Tür hinter sich zu und dreht probeweise am Knauf, um sich zu vergewissern, dass abgeschlossen ist. Sie sieht frisch und wunderschön aus, nichts deutet auf eine Nacht wie die vergangene hin, und natürlich ist sie makellos gekleidet. Sie schaut nicht auf, als sie und Travis den Weg zur Straße hinabgehen, daher kann ich sie ungestört beobachten.

Sie trägt eine hellbraune Hose aus teuer aussehendem Material und eine tief ausgeschnittene orange-rosafarbene Bluse, die sie in den Bund gesteckt hat, sodass ihre kurvige Figur dezent betont wird – der fleischgewordene Bibliothekarinnen-Traum aller Männer. Und doch muss ich unwillkürlich an ihre abgeschnittenen Jeans und das Tanktop denken. Sie fehlen mir. Mehr, als sie es wohl sollten, und aus Gründen, über die ich besser nicht genauer nachdenke.

»Wohin fahren wir, wenn wir Travis an der Schule abgesetzt haben? Zu einem politischen Spendenaufruf?«

Sie erwidert nichts. Ohne mich eines Blickes zu würdigen, hält sie Travis die Tür auf und steigt anschließend neben mir ein. Ihr Bruder dagegen ist heute Morgen ausnahmsweise weniger zurückhaltend.

»*La-hance* will, dass sie sich so anzieht«, sagt er mit höhnischem Unterton.

»Travis!«, erwidert sie scharf, scheint es jedoch zu bereuen, denn ihr Ton wird etwas weicher, als sie hinzufügt: »Hast du deine Brotdose aus der Küche mitgenommen?«

Travis seufzt frustriert und klopft als Antwort auf seinen Rucksack.

»Ich müsste dir damit nicht auf die Nerven gehen, wenn du deine Tasche einfach abends in der Küche lässt«, sagt sie ein wenig verteidigend. »Dann kann ich dir dein Essen einpacken und bräuchte dich nicht ständig danach zu fragen.«

Travis erwidert nichts.

»Heute Abend gibt es Hähnchenauflauf. Nimm dir also nichts vor«, fährt sie fort. Als er nur grunzt, fügt sie hinzu: »Hast du verstanden?«

Travis nickt, starrt aber weiterhin düster aus dem Fenster. Anscheinend ist sein Part der Unterhaltung offiziell beendet.

Ich warte eine Weile, ehe ich das Wort ergreife. »Eigentlich wollte ich damit nur sagen, dass du großartig aussiehst. Etwas streng vielleicht, aber dennoch«, füge ich mit einem raschen Seitenblick hinzu.

»Danke«, murmelt sie, den Blick stur geradeaus gerichtet.

Nun ist es an mir zu seufzen. Die beiden scheinen heute Morgen nicht in Plauderlaune zu sein, also schalte ich das Radio ein, drehe die Lautstärke auf und singe die Songs, die ich kenne, mit – gnadenlos laut. Wann immer ich einen Blick in den Rückspiegel werfe, scheint Travis Mühe zu haben, sich das Grinsen zu verbeißen, aber bei Tommi wirkt es leider nicht so wie erhofft.

Als wir Travis absetzen, fällt mir auf, wie Tommi ihm nachsieht. Ängstlich. Verunsichert. Was bereitet ihr Sorgen? Was erzählt sie mir nicht?

Jede Menge, wie ich befürchte. Diese Frau scheint nur aus Rätseln und Geheimnissen zu bestehen, aber ich bin entschlossen, ein paar davon aufzudecken, und glücklicherweise bin ich ziemlich gut darin, Rätsel zu lösen. Ich brauche nur noch ein paar Hinweise, und mit etwas Geduld und viel Fingerspitzengefühl werde ich sie ihr schon entlocken. Ich kann nämlich verdammt überzeugend sein, wenn ich es darauf anlege.

Tommi schweigt auf der Fahrt zu Tonins Penthouse. Das Unausgesprochene sitzt zwischen uns wie ein dicker grüner Elefant.

Leider kann ich mich mit verstörender Klarheit daran erinnern, wie sie gestern Abend ausgesehen, wie sie sich in meinen Armen, unter meinen Händen, an meinem Körper angefühlt hat. Ihr Duft, ihr Geschmack … *verdammt!* Ich will mehr, viel mehr. Und sie will es auch, ich weiß es, aber ein Haufen Mist hält sie davon ab. Genau genommen sollte auch mich eine ganze Menge davon abhalten. Aber ich bin überzeugt, dass mehr Nähe ihr Vertrauen in mich stärken würde, was wiederum dem übergeordneten Ziel dient, Tonin zur Strecke zu bringen. Wodurch Tommis Leben sich entscheidend verbessern würde.

Je länger ich darüber nachdenke, umso sicherer bin ich mir, dass Tonin etwas gegen sie in der Hand hat. Vielleicht versorgt er sie auch mit etwas, das sie unbedingt braucht. Was auch immer es ist, ich werde sie von ihm befreien. Wenn sie mir nur vertrauen würde.

Als ich schließlich in die Garage fahre und auf dem Parkplatz direkt neben ihrem Wagen halte, greife ich nach ihrer Hand, bevor sie den Türgriff packen kann. »Verbring den Tag heute mit mir. Nicht, weil ich dir ohnehin folge, sondern weil du dich dafür entscheidest.«

In ihren Augen lese ich Angst, Trauer … und Bedauern. »Ich … ich kann nicht.«

»Du kannst. Wenn du willst.«

»Ich habe einen Termin in einem Spa.«

Sie hat nicht gesagt, dass sie nicht will, nur, dass sie schon etwas anderes geplant hat. »Dann sag ihn ab.«

»Wenn Lance das erfährt …«

»Wird er nicht.«

»Du kennst ihn nicht. Du weißt nicht, wie lang sein Arm reicht. Du spielst mit dem Feuer.«

»Mir egal.«

»Mir aber nicht.«

Ein paar Sekunden lang herrscht Schweigen. Ich streiche ihr mit dem Daumen über den Handrücken. »Hör auf, dir ständig Sorgen um mich zu machen.«

Sie blickt auf unsere Hände herab. »Mir wäre es auch lieber, wenn es mich nicht kümmern würde«, sagt sie so leise, dass ich sie fast nicht verstehen kann. Behutsam löst sie ihre Hand aus meiner. »Wir gehen jetzt besser hoch. Um zehn habe ich den Termin.«

Nach gestern Abend steht es außer Frage, dass ich mit ihr hinaufgehe. Ganz hinauf sogar. Und als wir knapp zwei Stunden später mit dem Fahrstuhl wieder hinabfahren, steht es ebenfalls außer Frage, dass sie wieder in meinen Truck steigt.

Wir sprechen kein einziges Wort, bis Tommi vor dem Spa aus meinem Auto aussteigt. Sie schenkt mir das höfliche

Lächeln, das ich insgeheim ihr »Lance-Lächeln« getauft habe. Unaufrichtig bis zum Anschlag.

»Holst du mich um zwei ab?«

Ich nicke. »Mach ich.«

Vier Stunden in einem Spa? Was für Anwendungen hat sie denn geplant, verflucht noch mal?

Aber eigentlich kenne ich die Antwort schon. Sie hat eine ihrer großen Handtaschen dabei, in denen sie normalerweise ihren Mini-Computer transportiert. Was bedeutet, dass der Laden eine Hintertür hat und sich in der Nähe ein Internetcafé oder ein Wi-Fi-Spot befindet. Darauf würde ich ein Jahresgehalt wetten.

Ich sehe mich in der Umgebung genauer um. Auf derselben Straßenseite liegen mindestens zwei Lokalitäten, die nicht nur WLAN, sondern auch eine gewisse Privatsphäre bieten. Ich versuche, mich in den Verstand einer Frau hineinzuversetzen, die an einen gefährlichen Kriminellen gebunden ist und etwas vorhat, bei dem sie nicht erwischt werden will. Wohin würde sie am ehesten gehen?

Wenn ich sie wäre, würde ich einen echten Termin machen und mich tatsächlich in dem Spa verwöhnen lassen. Anschließend kann man sich sehr viel unauffälliger davonschleichen, um das zu tun, was niemand mitbekommen soll. Falls jemand im Spa anriefe, würde man ihm sagen, dass sie einen Termin um zehn Uhr hat und nicht gestört werden will. Falls sie eine Stunde länger braucht, lassen sich zahlreiche Entschuldigungen finden: Sie ist in der Sauna eingeschlafen, sie hat beim Plaudern mit einer anderen Kundin die Zeit vergessen, was auch immer. Wer weiß, ob Lance überhaupt je nachfragt. Frauen trödeln ganz gerne, das muss er wissen. Und sie lügt sehr überzeugend, was bei einem

Kerl mit einem derart mächtigen Ego wie Tonin ein Leichtes sein dürfte.

Ja, ich wette, das ist ihr Plan! Nur um mich zu vergewissern, dass ich richtig gefolgert habe und sie schon so gut kenne, um mich in sie hineinversetzen zu können, warte ich bis halb eins. Dann überquere ich die Straße, umrunde das Gebäude und drücke mich in die Gasse zwischen zwei Häuserreihen. Verborgen von einem Müllcontainer, lehne ich mich an die Ecke und warte gespannt.

Zehn Minuten vor eins erscheint Tommis Blondschopf in der Tür, die nach hinten hinausgeht. So entspannt, als sei sie hier zu Hause, schlendert sie die Straße entlang und verschwindet ein paar Meter weiter in einem anderen Gebäude.

Vermutlich hat sie den Leuten im Spa gesagt, sie müsse nur eine Kleinigkeit besorgen. Es würde mich nicht wundern, wenn sie etwas dagelassen hat, damit es einen Grund gibt, zurückzukehren und durch den Haupteingang wieder hinauszugehen, wo ich eigentlich auf sie warten würde. Verdammt, die Frau ist raffiniert.

Ich kehre auf die vordere Seite des Häuserblocks zurück und schlendere zu dem Café, in dem sie verschwunden ist. Es wäre nicht abwegig, wenn ich früher zurückgekehrt wäre und nun beschlossen hätte, noch rasch einen Kaffee zu trinken, daher mache ich mir keine Mühe, meine Ankunft zu verbergen.

Während ich zur Theke gehe, um zu bestellen, blicke ich mich wie beiläufig um. Ich tue so, als betrachte ich die Karte, während ich mir den Laden aus den Augenwinkeln genauer ansehe. Ein paar Tische stehen in einem Gang, der zu den Toiletten und vermutlich zum Hinterausgang führt und von hier aus nicht vollständig einsehbar ist, und ich würde darauf wetten, dass sie sich genau dort hingesetzt hat.

Als mein Kaffee fertig ist, mache ich einen Abstecher zum Milch-und-Zucker-Stand, ehe ich zum Truck zurückkehre. Ohne hinzusehen, greife ich nach einer Serviette, die ich in den Müll fallen lasse, nur um unauffällig einen Blick in den Gang zu werfen. Ihr platinblonder Schopf, der sich über den Tisch beugt, ist ebenso unverkennbar wie ihr Gesicht im Schein des Displays.

Was zum Henker macht sie da?

In der kommenden Stunde denke ich eingehend darüber nach, während ich darauf warte, dass sie hinter der Gebäudereihe zum Spa zurückkehrt, um schließlich durch die Vordertür wieder herauszukommen, was auch tatsächlich geschieht. Als sie ins Freie tritt, liegt ein breites Lächeln auf ihrem Gesicht, und sie winkt jemandem im Spa zum Abschied zu. Sie ist gut drauf. Sie ist sehr gut drauf.

Ich halte ihr die Tür auf, und sie strahlt mich an, als sie an mir vorbei in den Truck steigt. Ich werfe die Tür hinter ihr ins Schloss und umrunde die Motorhaube, um auf meiner Seite einzusteigen.

»War's schön bei deinem Termin?«

»Und wie.«

Sieht ganz so aus.

»Wohin jetzt?« Ich hoffe inständig, dass sie nicht Tonins Adresse nennt.

»Zur Schule. Ich muss gleich Travis abholen.«

Den gesamten Weg zur Schule bleiben ihre Mundwinkel oben. Sie wirkt richtiggehend glücklich, was mich noch neugieriger macht. Sogar Travis fällt ihre Stimmung auf.

»Was ist denn mit dir los?«, fragt er übellaunig, nachdem er eingestiegen ist.

»Nichts. Wieso?«

Er mustert sie so misstrauisch, als würde er sie kaum wiedererkennen. »Du bist nie so, wenn du mit diesem Arschloch zusammen warst. Eigentlich bist du überhaupt nicht mehr so.«

»Wie ist denn ›so‹?«, fragt sie mit einem halben Lachen.

»Fröhlich.«

Ihre Miene fällt ein wenig in sich zusammen. »Ich war nicht bei Lance.«

Travis zieht die Brauen zusammen, dann blickt er verstohlen zu mir. Ich kann beinahe sehen, wie sein Verstand Schlüsse zieht, dann nickt er einmal kurz und gibt einen grunzenden Laut von sich. Es wäre schön, wenn das, was er denkt, zutreffen würde, aber leider ist dem nicht so. Nicht ich bin für ihre strahlende Laune verantwortlich.

»Ich wünschte bloß, dass du mit ihm Schluss machen könntest«, murmelt Travis. »Wenn ich nicht wäre …«

Tommi fährt herum und legt ihre Hand auf Travis' Knie. »Hör auf damit. Das hat nichts mit dir zu tun!«

Sie gibt sich alle Mühe, Überzeugung in ihre Stimme zu legen, aber man kann Travis ansehen, dass er ihr ungefähr genauso sehr glaubt wie ich – nämlich gar nicht. Aber nun weiß ich, dass sie zumindest teilweise wegen Travis mit Tonin zusammen ist. Ich muss nur noch herausfinden, *warum* Travis eine Rolle spielt – und aus welchen Gründen sie diesen Mistkerl sonst noch erträgt.

Travis wendet sich in seinem Sitz ab, drückt seinen Rucksack fester an sich und spielt mit dem blauen Reißverschluss.

Offenbar hat er keine Absicht, sich noch länger am Gespräch zu beteiligen.

Ein paar Minuten später lasse ich Tommi und Travis vor ihrem Haus hinaus und setze zurück, um wie immer auf der anderen Straßenseite zu parken. Kurz darauf piept mein Handy. Barber teilt mir eine Planänderung mit: Ich soll Tommi um acht wieder zu Tonin bringen. Ich presse die Kiefer aufeinander. Eigentlich will ich gar nicht wissen, was er heute mit ihr vorhat.

Nachdem ich eine Antwort geschickt habe, gebe ich auf meinem Telefon einen Sicherheitscode ein und schicke meiner Kontaktperson auf dem Präsidium eine Nachricht. Ich fordere einen gesicherten USB-Stick an, falls es mir gelingen sollte, an Tommis Laptop zu gelangen. Außerdem bitte ich darum, alles, was sich zu Tommi und ihrer Familie finden lässt, in eine codierte Datei auf den Server zu packen, sodass ich sie mir ansehen kann, sobald ich eine Möglichkeit habe, mich dort einzuloggen. Unsere Abteilung hat alle möglichen Vorkehrungen getroffen, um sichere Kommunikationswege zu schaffen: Firewalls, Anonymisierungssoftware, verschlüsselte Dateien, sichere Netzwerke und anderen technischen Kram, den ich zwar nicht kapiere, wohl aber zu benutzen weiß. Mein Bruder prahlte nach seinem ersten Undercover-Einsatz gerne mit diesen Spielereien, sodass ich schon lange darüber Bescheid weiß.

Ich schicke die Nachricht ab und lösche sie direkt wieder. Zwar kann sie ohnehin keiner lesen, aber ich will kein Risiko eingehen. Falls jemand sie doch findet, sieht es so aus, als hätte ich auf einer Website, die für zwei Dollar neunundneunzig pro Nummer Pornos verscherbelt, Nacktbilder angefordert. Selbst wenn sich also irgendwer in mein Handy hacken sollte, gäbe es nichts Verdächtiges zu entdecken. Denn Männer wie Tonin dürfen keinesfalls unterschätzt werden. Zweifellos steht jemand auf seiner Lohnliste, der sich bestens mit Computern auskennt, und Tonin wird genau wissen, was seine Leute so alles treiben. Ich bin sicher, dass Tommi eben aus diesem Grund das, was sie mit ihrem Laptop tut, nicht von zu Hause aus tun will.

Später bestelle ich mir wieder einmal eine Pizza und fahre nach Hause, um einen Happen zu essen, bevor ich Tommi wieder zu Tonin fahren muss. Es geht mir quer, dass ich sie nicht davon abhalten kann. Oder ihr helfen kann. Wenn sie mich ließe, könnte ich es vermutlich. Nur leider wäre ich dann meine Insiderposition bei Tonin los.

Verdammt noch mal.

Ich bin extrem mies gelaunt, als ich um halb acht wieder vor Tommis Haus parke. Und meine Stimmung wird noch mieser, als sie aus ihrer Haustür tritt. Ihr Haar ergießt sich in glänzenden Wellen über ihren Rücken, und ihre weinroten Lippen passen zu den lackierten Nägeln. Sie trägt eine hautenge schwarze Lederhose, ein verführerisches silbernes Top, das eine Schulter freilässt, und High Heels, die sie noch größer machen, als sie ohnehin schon ist. Sie hat sich angezogen, wie *er* es mag, um an diesem Abend *sein* Spielzeug zu sein, und *ich* muss sie dorthin fahren!

Ich öffne ihr die Autotür und nehme ihre Hand, um ihr hineinzuhelfen. Ich sage nichts und sie ebenfalls nicht, bis ich hinterm Steuer sitze. Bevor ich den Wagen starte, seufze ich absichtlich tief und wende mich ihr zu. »Du siehst fantastisch aus.«

Ihr »Danke« ist kaum zu hören. Ihre Laune scheint der meinen zu entsprechen.

»Ich würde mir wünschen, dass ich dich woanders hinfahren könnte. Egal wohin.«

Ich glaube, sie ein »Ich auch« murmeln zu hören, aber ich bin mir nicht sicher. Ihre Stimme ist zu leise und zu … düster.

Auf dem Weg in die Stadt ist außer dem Motor und dem Radio nichts zu hören. In der Garage mache ich den Wagen aus, und wir sitzen eine Weile schweigend in der Stille. Dann greift sie nach dem Türgriff, und ich hole tief Luft, um auszusteigen und sie hinaufzubringen. Doch sie öffnet die Tür nicht. Es dauert ein paar Sekunden, bis ich ihre Stimme höre.

»Selbst wenn es wehtut?«

Ich schaue sie an. Sie sieht so verzweifelt, so verloren aus. Gott, wenn ich ihr das nur ersparen könnte!

Aber ich kann nicht.

Noch nicht jedenfalls.

Ich versuche ein Grinsen, aber ich weiß, dass es nur eine jämmerliche Parodie ist. »Vor allem wenn es wehtut.«

Während wir im Fahrstuhl hinauffahren, kommt mir in den Sinn, dass ich mir niemals hätte träumen lassen, in eine solche Situation zu geraten. Ja, es tut weh. Es tut mir um sie weh. Tommi ist die Leidtragende, aber *mich* macht es wahnsinnig. Und regelrecht krank.

Ich beobachte, wie die Zahlen der Stockwerke aufleuchten und wir uns unaufhaltsam auf den Ort zubewegen, an dem wir beide nicht sein wollen. Es ist die reine Hilflosigkeit, die mich dazu bringt, mich plötzlich umzuwenden, Tommi gegen die Fahrstuhlwand zu drücken und meinen Mund auf ihren zu pressen, als wollte ich sie kennzeichnen, als wollte ich mich ihr so tief einprägen, dass sie für den Rest des Abends nichts anderes mehr spüren kann.

»Nur mich«, sage ich atemlos, als ich mich ein winziges Stück von ihr löse. »Fühl nur mich. Hörst du?«

»Ja«, erwidert sie gepresst.

Ich trete den Rückzug an, als die Tür sich auch schon öffnet. Tommi tritt hinaus, aber ich folge ihr nicht. Nur wenige Schritte von mir entfernt bleibt sie stehen und regt sich nicht mehr, bis die Tür wieder zugleitet und der Fahrstuhl mich nach unten bringt.

Sie ist allein. Allein mit einem Monster.

21. Kapitel

TOMMI

Eine weitere Woche verstreicht. Ich bin jetzt öfter mit Sig zusammen. Ohne dass wir darüber gesprochen haben, fährt er mich meistens, wohin ich will. Oder wohin ich muss. Er setzt mich nicht mehr einfach bei Lance ab, sondern bringt mich bis zum Penthouse hinauf, und unsere Blicke klammern sich aneinander, solange wir es wagen. Allerdings bleibt er nie oben, und darüber bin ich froh. Was immer auch im Penthouse geschieht, ich will nicht, dass er etwas damit zu tun hat. Wenn ich das Penthouse wieder verlasse, will ich in der Lage sein, ihm in seine schönen schokoladenfarbenen Augen zu sehen, und nicht meinen Blick voller Scham abwenden müssen.

So gut wie immer wartet er im Truck auf mich, wenn ich die Garage betrete. Zu welcher Tageszeit es auch sein mag oder wie lange es her ist, seit wir uns getrennt haben – er ist da. Wortlos hilft er mir auf den Beifahrersitz, wortlos schließt er die Tür und geht um das Auto herum, um auf der Fahrerseite einzusteigen. Und bevor er auf die Straße hinausfährt, greift er nach meiner Hand und hält sie fest, bis er sie wieder loslassen muss.

Jeden Tag fällt es mir schwerer, ihn zu verlassen, ihm nachzusehen, wenn er davongeht oder davonfährt, es zuzulassen, dass sich die Fahrstuhltür zwischen uns schließt. Und heute ist es fast unerträglich.

Mir droht sich der Magen umzudrehen, als ich den ersten Schritt auf das Wohnzimmer zugehe, in dem Lance auf mich wartet. Das hier ist noch nie leicht für mich gewesen, aber so stark wie heute hat mich der Widerwille noch nie gepackt. Sig ist schuld. Weil er die Dinge in vieler Hinsicht besser macht, erscheinen die schlimmen Seiten … na ja, schlimmer.

Meine Beine wollen mich nicht mehr tragen. Der Gedanke daran, dass mich jemand anfasst, jemand küsst, ist kaum auszuhalten. Es muss an Sig liegen. An *seiner* Berührung, an *seinem* Kuss. Seit ich weiß, wie er sich anfühlt, seit ich weiß, wie es sein kann, ist das, was ich tun muss, in meinem Bewusstsein zweitrangig geworden, und das ist nicht gut. Ich wusste von vornherein, dass Sig mich in größte Schwierigkeiten bringen würde. Ich kann es mir nicht leisten, vom Kurs abzukommen. Ich bin die einzige Chance, die Travis hat.

»Tommi? Alles okay?«, fragt Sammy, einer der Männer, die den Penthouse-Lift abwechselnd bewachen.

Mir kommt eine Idee. Schon spinnt mein Verstand eine Lüge zusammen, die mir die ideale Ausrede verschafft, nach Hause zurückzukehren, um durchzuatmen und wieder einen klaren Kopf zu bekommen. Ich muss mich unbedingt auf meine Prioritäten besinnen. »Ich … ich bin mir nicht sicher. Ich fühle mich nicht besonders.«

Sammy ist sofort bei mir und hilft mir in einen der edlen Queen-Anne-Sessel, die die Fahrstuhltür flankieren. Ich beuge mich vor und lasse den Kopf auf meine Knie sinken, sodass das Blut, das aus meinem Schädel gewichen ist, wieder zurückkehren kann.

Ich höre Gemurmel, dann Schritte, dann legt mir jemand eine Hand auf den Rücken. »Was ist los?«, fragt Lance mit seiner nasalen Stimme.

Ich hebe den Kopf, blicke ihm in die wachsamen blauen Augen und frage mich, wie um alles in der Welt ich weitermachen soll – angewidert von dem Mann, den ich *brauche*, und zunehmend angezogen von einem, von dem ich mich unbedingt fernhalten sollte.

Die Antwort ist einfach – ich kann es nicht. Ich kann nicht weitermachen, solange Sig um mich herum ist. Seine Anwesenheit macht alles schwerer und schwerer. Daher muss ich mir überlegen, wie ich ihn mir vom Hals schaffe, damit ich weiterhin tun kann, was ich tun muss. »Ich fühle mich nicht besonders gut.«

Lance tritt rasch einen Schritt zurück, als hätte ich ihm mitgeteilt, dass ich Ebola habe. »Du siehst auch nicht besonders gut aus.«

Ich lache humorlos. »Oh, vielen Dank auch.«

»Du weißt, wie ich das meine.«

Ich nicke, ausnahmsweise dankbar, dass mein Widerwille sich körperlich auswirkt und so meiner Ausrede mehr Glaubwürdigkeit verleiht.

»Vielleicht sollte ich heute mal zu Hause bleiben«, schlage ich vor und weiß schon jetzt, dass Lance begeistert einwilligen wird. Er will nur makelloses Vorzeigespielzeug, kein Mädchen, um das er sich eventuell kümmern muss.

»Das wäre wahrscheinlich das Beste.«

»Vielleicht fühle ich mich bis zur Party heute Abend schon etwas besser …«

»Ach was, kurier dich aus. Ich werde den Deal wohl auch ohne deine bezaubernde Gegenwart abschließen können.«

»Davon gehe ich aus. Ich will dich nur nicht im Stich lassen. Ich weiß, wie wichtig die Sache für dich ist.«

»Nicht wichtiger als du.«

Lüge. Ich bin Teil des Geschäfts. Ich bin ein Gesicht, das es repräsentiert.

Ich wische mir mit dem Handrücken über die Stirn, die tatsächlich feucht geworden ist, und erhebe mich, wobei ich mir effektvoll die Hand in die Magengegend presse. »Okay. Wenn ich mich bis morgen früh nicht besser fühle, rufe ich an. Andernfalls bin ich um zehn wieder hier.«

Er tätschelt mir den Oberarm, als sei ich eine alte Frau, und schenkt mir ein gepresstes Lächeln. »Wenn du etwas brauchst, lass es Sig wissen. Er bleibt in deiner Nähe.«

»Nein!«, entfährt es mir, und schnell füge ich etwas ruhiger hinzu: »Das ist nicht nötig. Ich komme bestimmt ohne Hilfe klar. Aber falls es etwas geben sollte, melde ich mich bei ihm. Das kann problemlos bis zu seiner Ankunft warten.«

»Wie auch immer. Er wird dennoch in der Nähe bleiben. Wenn auch nur für meinen Seelenfrieden.« Lance' Tonfall duldet keinen Widerspruch.

Ich presse die Lippen zusammen. Je energischer ich mich wehre, umso mehr Misstrauen errege ich, also kein Wort mehr dazu. »Du bist zu gut zu mir.«

Kotz.

»Gute Besserung.«

Damit schiebt er mich praktisch auf den Fahrstuhl zu, und ich bin frei.

Ich fahre hinunter und halte nach Sig Ausschau, während ich zu meinem Auto gehe, aber ich kann ihn nicht entdecken, und ich achte darauf, den Bereich, in dem sein Truck vorhin geparkt war, zu meiden. Ich habe keine Ahnung, was er tut, wenn ich bei Lance bin, aber wie es aussieht, ist er momentan nicht in der Nähe.

Ich nutze meine plötzliche Freiheit voll aus und fahre direkt zu einem meiner Lieblings-Internetcafés, das auf der anderen Seite der Stadt neben einer Boutique liegt, in der ich wirklich gerne einkaufe, was immer eine gute Tarnung ist. Die nächsten eineinhalb Stunden sitze ich an meinem Computer, anschließend gehe ich in den Laden und suche mir aufs Geratewohl ein Kleid und ein Paar passende Schuhe aus. Falls Lance irgendwie herausfindet, dass ich nicht direkt nach Hause gefahren bin, kann ich ihm sagen, dass ich frische Luft gebraucht hätte und letztlich hier gelandet wäre. Ich habe einen Kassenzettel, um es zu beweisen. Und ein neues Outfit. Alles nachvollziehbar.

Hoffe ich zumindest.

Eine leise Stimme in meinem Kopf mahnt nicht zum ersten Mal, dass man mich eines Tages erwischen wird, aber ich verdränge sie rasch an den Rand meines Bewusstseins. Angst würde mich hemmen, und das darf ich nicht zulassen. Deshalb muss ich meine Pläne kühn und entschlossen verfolgen, ohne mir etwas anmerken zu lassen.

Als ich nach Hause zurückkehre, stelle ich mit Erstaunen fest, dass kein Auto vor meiner Tür oder an der Straße parkt. Sig ist bestimmt nicht glücklich darüber, dass ich ihn abgehängt habe, aber ich sollte mir nicht zu viele Gedanken darüber machen. Ich muss an mich denken.

Dennoch habe ich ein schlechtes Gewissen. Ich weiß, dass er den Tag heute gerne mit mir verbracht hätte. Mein Problem ist, dass auch ich den Tag gerne mit ihm verbracht hätte. Sehr viel lieber, als ich die Dinge tun wollte, die ich tun muss. Und genau das ist es ja, was das Problem erst aufgeworfen hat.

Ich bringe meine Einkaufstüten hinein und ziehe mir etwas Bequemeres an, dann gehe ich zu meiner Mutter. Sie hat sich im Bett auf die Seite gedreht. Ein Bein ragt über die Matratze hinaus.

»Hey, Momma. Bist du unruhig heute?« Ich trete an das Kopfende und schiebe meine Arme unter ihre Achseln. »Komm, ich werde dich ein Stück hochhieven. Hilfst du mir mit den Beinen?«

Ich bekomme keine Antwort, aber manchmal versteht der noch lebendige Teil ihres Hirns, um was ich sie bitte, und sie tut es. »Eins … zwei … drei … und los!«, sage ich, als ich sie zu mir ziehe.

Ihre Füße scharren unter der Decke, und sie versucht es offenbar tatsächlich, aber sehr hilfreich ist es nicht. Ich muss zweimal neu ansetzen, bis sie wieder dort liegt, wo sie liegen muss. Doch obwohl ich anschließend um Atem ringe, bin ich guter Dinge. Wann immer ich einen winzigen Rest von der Frau, die mich aufgezogen hat, sehen kann, wann immer etwas darauf hindeutet, dass noch Leben in ihr ist, schöpfe ich neue Hoffnung. Hoffnung, dass sie vielleicht eines Tages – irgendwie! – doch wieder gesund werden kann.

Ich füttere sie, gebe ihr zu trinken und entschuldige mich dabei immer wieder, dass ich sie in den vergangenen Wochen derart vernachlässigt habe.

»Ich weiß, dass ich öfter und regelmäßiger nach dir sehen muss. Glaub mir bitte, Momma, dass ich dich nie so lange allein lassen würde, wenn ich anders könnte. Aber du weißt das, oder? Das Blöde ist nur, dass Lance jemanden abgestellt hat, der mir überallhin folgt, und ich will nicht riskieren, dass er von dir erfährt. Dann könnte er vielleicht auch von allem anderen erfahren, und das darf niemals geschehen.«

Plötzlich empfinde ich die Last auf meinen Schultern als erdrückend. Die Schuldgefühle wegen alldem, was ich getan habe und noch tun muss, drohen mich zu ersticken. Hastig wische ich mir eine Träne von der Wange. »Wenn du reden könntest, würdest du mir sagen, dass ich das Richtige tue, das weiß ich. Du willst doch auch, dass ich für Travis sorge, oder?«

Die leeren grünen Augen meiner Mutter blicken in meine. Etwas muss darin vor sich gehen; ich denke nur nicht, dass dieses »Etwas« noch irgendwie greifbar ist. Sie grunzt wieder, und ihre Lippen bewegen sich. Hat sie noch Durst, oder will sie mir vielleicht etwas sagen? Ich habe keine Ahnung, möchte aber glauben, dass sie mir tatsächlich Mut zu machen versucht, wenn sie es denn könnte. Tief in meinem Inneren hoffe ich jedoch, dass sie keine Ahnung von dem hat, was ich ihr erzähle. Denn wenn der Zeitpunkt kommt, die Flucht zu ergreifen, wird die Tatsache, dass sie in ihrem Zustand nichts mitbekommt, meinem Schuldgefühl vielleicht die Spitze nehmen können.

Doch auch diesen Gedanken darf ich nicht in mir aufsteigen lassen. Nicht jetzt. Er würde mich nur lähmen.

Ich bin inzwischen seit fast zwei Stunden zu Hause, aber Sig ist noch nicht aufgetaucht. Das sieht ihm gar nicht ähnlich. Er scheint seinen Job sehr ernst zu nehmen, und nach heute Morgen – und vor allem nach der Nacht in der Bar – hätte ich gedacht, dass er sich erst recht nicht abschütteln lassen würde.

Während ich im Wohnzimmer auf und ab gehe und immer wieder durch die Vorhänge nach dem Truck Ausschau halte, regt sich langsam ein Hauch Angst in mir. Und weitere Schuldgefühle.

Was, wenn Lance herausgefunden hat, dass Sig mir vorhin nicht gefolgt ist, weil ich mich einfach so davongemacht habe? Wenn Lance ihn in einem Anfall von Wut gefeuert hat? Oder schlimmer noch – wenn Lance herausgefunden hat, dass sich zwischen Sig und mir etwas tut, und Sig nun in echten Schwierigkeiten steckt?

Allein der Gedanke, dass Sig durch meine Schuld etwas zugestoßen ist, bereitet mir Übelkeit. Unruhig ringe ich die Hände und nehme meine Wanderung wieder auf.

Nach einer weiteren halben Stunde halte ich es nicht mehr aus. Ich steige in mein Auto und fahre los, um Sigs Haus zu suchen. Wenn er dort ist, wird der Truck davor stehen. In dieser Gegend gibt es nicht viele Garagen.

Am Stoppschild biege ich links ab, wie Sig es immer tut, und rolle langsam die Straße entlang. Am nächsten Stoppschild biege ich erneut links ab. Kein Truck weit und breit. Auch an der nächsten Kreuzung biege ich links ab, wodurch ich wieder auf die Straße zu meinem Haus gelange. Erster Block, kein Sig.

Ich fahre zum ersten Stoppschild, biege wieder links ab. Am nächsten fahre ich rechts, statt links und schaue mir jeden Vorgarten an. Auch hier kein Truck.

Ich will am nächsten Stoppschild gerade links abbiegen, als ich weiter vorn das hintere Ende eines schwarzen Trucks aus einer Auffahrt ragen sehe. Ich gebe Gas, überquere die Straße und halte hinter einem Wagen, der exakt so aussieht wie Sigs.

Ich blicke mich um, obwohl ich keine Ahnung habe, wonach ich suche. Dennoch habe ich irgendwie das Gefühl, etwas Verbotenes zu tun. Was absoluter Quatsch ist. Es ist ja nicht so, als würde ich das Terrain sondieren, um später einzubrechen, wie ich es ein-, zweimal in meiner verkorksten Jugend getan habe.

Ich schiebe den Hebel auf Parken, schalte den Motor aus und gehe zur Haustür. Ich habe gerade die Hand gehoben, um zu klopfen, als die Tür aufschwingt und ich einem sehr distanziert wirkenden Sig gegenüberstehe.

Wir sehen einander an, und einen Moment lang sagen wir beide kein Wort. Seine sattbraunen Augen sind tiefgründig und einladend, seine Züge kräftig, gleichmäßig und attraktiv. Seine große Gestalt mit den breiten Schultern füllt den Türrahmen fast aus, und unwillkürlich durchfährt mich ein Schauder. Er runzelt leicht die Stirn.

Dann tritt er wortlos einen Schritt zurück und fordert mich mit einer kleinen Kopfbewegung auf einzutreten. Ich tue es, bleibe aber direkt hinter der Tür stehen und schaue mich in seinem spärlich möblierten Wohnzimmer um. Eine olivgrüne Couch, ein passender Sessel, ein Couchtisch und ein großer Fernseher, der an der gegenüberliegenden Wand angebracht ist. Eine offene Küche. An einer Wand stapeln sich ein paar Kartons, aber sie können unmöglich genug enthalten, um die Leere dieses Hauses zu füllen.

»Noch nicht ganz angekommen?«

»Ich reise gerne mit leichtem Gepäck.«

Er schließt die Tür, dann baut er sich, die Arme vor der Brust verschränkt, vor mir auf. »So sehr mir deine Sorge über meinen Einzugsfortschritt schmeichelt, bezweifle ich doch, dass du aus diesem Grund hergekommen bist.«

Ich lache verlegen. »Nein, sicher nicht. Ich, ähm, wollte mich nur vergewissern, dass es dir gut geht.«

Wieder runzelt er die Stirn. »Klar. Warum denn nicht?«

Ich zucke halb die Schulter. »Da ich dich nicht gesehen habe, als ich heute Morgen von Lance weggefahren bin, dachte ich, du hättest vielleicht Ärger bekommen, weil du mir nicht gefolgt bist.«

»Wieso sollte ich Ärger kriegen, wenn du abgehauen bist?«

Wieder zucke ich die Achseln. »Lance ist unberechenbar.«

»Ich habe dir doch schon gesagt, dass du dir um mich keine Sorgen machen musst.«

»Ja, ja, ich weiß.« Ich betrachte den schäbigen beigefarbenen Teppich und bohre die Spitze meines ebenso schäbigen Sneakers hinein. »Mir wäre es auch lieber, wenn ich mich nicht um dich sorgen würde.«

Große Stiefel erscheinen in meinem Sichtfeld, dann legt sich ein Finger unter mein Kinn und hebt meinen Kopf an, bis ich ihm in die Augen sehe. Noch immer kann ich eine gewisse Verärgerung darin erkennen, doch nun vor allem Zärtlichkeit, Verlangen und … eine auf mich gerichtete Besitzgier, die mir den Atem raubt.

»Klingt sadistisch, aber irgendwie gefällt es mir, dass du dich sorgst.« Ein Mundwinkel hebt sich zu einem schiefen Grinsen. »Wenn du bloß nicht so verdammt aalglatt wärst.«

»Aalglatt?«

»Ja. Du entwischst mir ständig. Ich weiß bei dir einfach nicht, wo ich anpacken soll.«

»Ach, komm, du weißt doch, dass jede Frau ein kleines Geheimnis braucht«, sage ich nonchalant.

»Mag sein, aber ich will wissen, was in diesen wunderschönen Augen und dem schönen Kopf vor sich geht.« Seine

Stimme ist sanft, fast nur noch ein Flüstern. Hauchzart streicht er mir mit den Fingerknöcheln den Kiefer entlang.

»Nein, das willst du nicht, glaub mir.«

»Oh, doch, und ob ich es wissen will. Ich will dich kennenlernen.«

»Ich habe dir schon gesagt –«

»Ich weiß, was du mir gesagt hast. Ich habe mir jedes Wort davon gemerkt. Es ändert bloß nichts daran, Tommi. Mir ist es nicht egal, was mit dir ist oder mit dir geschieht. Ich mache mir Gedanken über dich. Ich stelle fest, dass du nicht viel lachst. Ich merke, dass du eine schwere Last auf deinen Schultern trägst, aber du sagst mir nicht, warum das so ist, und du lässt mich dir nicht helfen. Mir ist es nicht egal, dass du dich aus Gründen, die ich nicht verstehe, in üblen Dreck reinziehen lässt. Denn ich weiß ganz genau, dass dir Tonin im Grunde überhaupt nichts bedeutet.«

»Das ist nicht wahr«, werfe ich hastig ein. Ich muss ihn unbedingt von seinen nur allzu richtigen Beobachtungen abbringen. »Ich …«

»Ach, hör doch auf«, unterbricht er mich, aber nicht unfreundlich, sondern eher so, als sei er meiner Lügen ebenso überdrüssig wie ich selbst. »Du musst dir für mich keine Geschichten ausdenken. Dann antworte nicht. Wenn du doch nur lügst, sag lieber nichts.«

Ich sehe ihm prüfend in die Augen. Ich weiß nicht, was ich darin finden will, aber er wirkt vor allem aufrichtig. »Na schön. Keine Lügen mehr.«

»Gut«, sagt er und stößt den Atem aus. »Das ist schon mal ein Anfang. Wenn ich jetzt bloß noch auf anderen Gebieten Fortschritte machen könnte.« Er verdreht die Augen und seufzt übertrieben.

Ich muss mir ein Lächeln verkneifen. »Und wo zum Beispiel?« Aus irgendeinem Grund fühle ich mich in seiner Nähe entspannter als sonst. Glücklicher. Unbeschwert. Nur bin ich das nicht. Ich könnte nicht weniger unbeschwert sein.

»Zum Beispiel darin, dein Vertrauen zu gewinnen. Damit du mir gegenüber etwas offener wirst.«

»Ich habe dir doch gesagt …«

»Ich weiß, ich weiß. Aber ich glaube, du kapitulierst langsam.«

»Tatsächlich? Wie kommst du denn darauf?«

»Tja, mal sehen. Du bist hier in meinem Haus, obwohl dir niemand eine Pistole an den Schädel hält.«

Jetzt muss ich doch lächeln. »Soweit ich mich erinnern kann, bin ich auch noch nicht hier gewesen, *weil* mir jemand eine Pistole an den Schädel gehalten hat.«

»Siehst du? Du knickst ein. Ich mache Fortschritte.«

Er kommt einen Schritt auf mich zu und legt seine Hand sanft auf meine linke Schulter, die durch den Stretch-Ausschnitt meines T-Shirts entblößt ist. Er schiebt seinen Finger unter den Stoff und fährt damit über meine Schulter und den Ausschnitt über meinen Brüsten entlang. Mir stockt der Atem. Ich weiß, dass ich eigentlich zurückweichen müsste. Ich sollte überhaupt nicht hier sein. Aber ich kann nicht gehen. Noch nicht wenigstens. »Außerdem verrät mir deine Kleidung, dass deine Haltung mir gegenüber offener wird.«

»Meine Kleidung? Wie das?«

»Na ja, du trägst endlich mal was, das nicht in eine New Yorker Vorstandsetage gehört. Oder in einen Club. Was mir extrem gut gefällt.«

Sein Blick fällt wieder auf meinen Ausschnitt, in dem noch immer sein Finger steckt. Mir wird so warm, als wollte er mich brandmarken.

»Du magst meine Kleidung nicht?«, frage ich und verfluche mich dafür, dass ich so atemlos klinge.

»Du würdest auch in einem Müllsack großartig aussehen, aber ich habe eben so meine Vorlieben.«

Seine Augen leuchten wie glühende Kohlen. Ich kann die Hitze spüren. Gott, und wie ich sie spüren kann! »Und was genau sind deine Vorlieben?«

Ich hätte nicht fragen sollen. Ich weiß, dass ich nicht hätte fragen sollen, ich spiele mit dem Feuer. Doch das einzige Brennen, auf das ich mich im Augenblick konzentrieren kann, ist das in mir, das sich nach Sig verzehrt.

»Abgeschnittene Jeansshorts, die jeden Zentimeter deiner langen Beine zeigen. Die sich so makellos an deinen Hintern schmiegen, als würde ich ihn umfassen.« Sig schlingt mir einen Arm um die Taille und legt seine Hand auf meinen unteren Rücken, wo T-Shirt auf Hosenbund trifft. Er bewegt die Hand suchend, dann spüre ich die Wärme seiner Finger direkt an meiner Haut, als er sie unter den Stoff schiebt. »Aber es gibt etwas, das ich noch lieber habe.«

Sein Gesicht kommt näher. Nicht weil er sich zu mir beugen würde, sondern weil es ist, als würde uns das Universum langsam, aber unaufhaltsam aufeinander zuschieben.

»Und was ist das?«, frage ich leise. Sein Mund ist nun so nah an meinem, dass ich seine Wärme an meinen Lippen spüren kann.

»Das Kostüm, das du auf der Galerie im Club getragen hast.«

Seine Nähe lenkt mich so stark ab, dass ich einen Moment

lang verwirrt bin. »Aber ich hatte doch gar kein Kostüm an.«

»Genau«, erwidert er heiser.

Und dann küsst er mich.

Seine Lippen erobern meine in einer langsamen, genüsslichen Attacke, die die Wirkung einer Droge auf mich hat und alles um mich herum ausblendet außer Sig. Seine Gegenwart, seine Nähe, seine Berührung. Nichts anderes existiert mehr. Und ich bin nicht besonders scharf auf den Moment, wenn sich die Realität zurückmeldet.

Er legt eine Hand in meinen Nacken, schiebt die Finger in mein Haar und nestelt darin herum, aber ich weiß nicht, was er vorhat, bis die Wellen auf meine Schultern fallen. Er zieht sich ein Stück zurück, um mich zu betrachten, und fährt bewundernd mit den Fingern durch die dicken Strähnen. »Gott, mit offenem Haar siehst du atemberaubend aus. Das ist dein wahres Ich, oder?«

Ich nicke. Weil ich ihm versprochen habe, nicht mehr zu lügen. Falls ich ihm also antworte, sage ich die Wahrheit. Zumindest so weit ich es kann.

»Und *das* ist die Person, die ich sehe, wann immer ich dich anschaue – wie sehr du dich auch für Tonin stylen magst. Ich sehe *das hier*. Ich sehe *dich*!«

Seine Hände, seine Worte, seine Augen … ich kann nicht mehr denken. Mein Ziel, meine Absicht, mein Plan sind vergessen – verschwunden in einem dichten Dunst, in dem ich nur noch ihn sehe. Und höre. Und fühle. Als sei ich in einem Vakuum gefangen, das nur noch Sig enthält.

»Und ich kann gar nicht genug davon bekommen«, sagt er heiser, ehe er wieder seine Lippen auf meine presst und seinen Körper an meinen schmiegt.

Sig hebt mich hoch, und ich schlinge meine Arme um seinen Hals, um mich festzuhalten. Ich fühle mich schwerelos, als er mich durch sein Haus trägt und irgendwohin bettet. Und dann spüre ich wieder nur noch ihn, sein Gewicht, seine Wärme, seine Berührung.

Trunken von dem Geschmack seiner Zunge, merke ich kaum, was er tut, bis plötzlich kühle Luft über meine Haut streicht. Einen kurzen Moment löst er seine Lippen von meinen, dann wird die Kühle durch Glut ersetzt, als er sich der Länge nach auf mich legt.

Rastlos streichen seine Hände an meinen Seiten auf und ab, und sein Knie schiebt behutsam meine Beine auseinander. Ohne nachzudenken, öffne ich mich für ihn, und ich stöhne in die Höhlung seines Mundes, als seine harte Erektion gegen mein Geschlecht stößt.

Ungeduldig hebe ich die Hüften an. Mit rotierenden Bewegungen hält er dagegen und erzeugt eine köstliche Reibung dort, wo ich es am meisten brauche. Sein Mund löst sich von meinem und wandert über meinen Hals abwärts bis zu der pulsierenden Spitze einer Brust. Keuchend hält er darüber inne, als wolle er mich mit seinem heißen Atem noch ein paar Sekunden quälen, ehe er mir endlich gibt, was ich will.

Und dann tut er es. Er schließt seine nassen Lippen über einen Nippel und beginnt zu saugen. Ich fahre hoch, wühle meine Hände in sein Haar und ziehe daran, bis er mit einem leichten Biss reagiert.

»Ja, genau so, Baby«, stöhnt er an meiner Brust.

Seine Hände, seine Finger liebkosen meine Brüste, streichen über meinen Bauch, packen meinen Hintern, und seine Lippen, seine Zunge necken meine Nippel, tauchen in meinen Nabel, fahren über meine Oberschenkel. Hände, Lippen, Zunge, Finger – er ist überall, und überall kann ich ihn spüren.

Ich habe keine Ahnung, wann er mich ausgezogen hat, aber zwischen uns ist nichts mehr außer Hitze und Lust. Er hat mir meine Gedanken geraubt und sie mit der Droge namens Begierde ersetzt. Ich bin berauscht von ihm, ich bin high.

Als sein Haar meinen Bauch kitzelt, erbebe ich. Sinnlich schaben seine Bartstoppel über meinen inneren Oberschenkel, und ich keuche auf, als ich seinen Mund an meiner Scham spüre.

Er fragt nicht um Erlaubnis. Er nimmt sich, was er will, und ich denke nicht daran, es ihm zu versagen.

Beim ersten nassen Streichen seiner Zunge bäume ich mich auf. Das Gefühl ist von fast quälender Wonne. »O Gott, Sig!«

»Sprich mit mir, Tommi«, sagt er, ohne den Kopf zu heben, und seine Lippen streichen über meine Klitoris. »Sag mir, was du magst.«

Doch er wartet nicht auf eine Antwort, sondern setzt seinen Angriff so methodisch fort, als nähere er sich der Front des Feindes, den er mit Feuer besiegen will. Gleißende Flammen züngeln über jeden Millimeter meiner Haut.

»Magst du es mit den Lippen?«, fragt er und küsst mich, verschlingt mich mit dem Mund, öffnet und schließt ihn, öffnet und schließt. »Oder lieber die Zunge?« Wie eine Schlange stößt er nach der empfindlichen Knospe, um sie dann wie entschuldigend mit breiten Strichen abzulecken, und ich beginne, mich unter ihm zu winden, werfe den Kopf, keuche und ringe nach Luft. Ich kann nicht mehr antworten. Ich kann nur fühlen, kann nur empfinden, genau wie er es gefordert hat. »Oder magst du vielleicht sogar die Zähne?«, flüstert er und fährt sehr behutsam mit den Zähnen über meinen Kitzler, knabbert daran und nimmt ihn in den Mund. »Sag's mir«, flüstert er, seine Stimme so verboten samtig wie seine Liebkosung.

»Bitte, Sig«, ist alles, was ich hervorbringe. Ich weiß nicht, was ich will. Ich will ihn. Ihn und alles, was dazugehört.

Fast schreie ich auf, als sein Mund verschwindet und durch einen einzelnen forschenden Finger ersetzt wird, der mich zu massieren beginnt. Sein Mund wandert wieder aufwärts, verweilt kurz an meinen Brüsten und kehrt dann zu meinen Lippen zurück, um mit der Zunge die Konturen nachzuzeichnen.

»Oder willst du vielleicht sogar mehr. Etwas Großes, das tief in dich eindringt? Etwas, das du noch morgen spürst, als wäre ich noch immer in dir?«

Sein Finger verschwindet, und an seiner Stelle spüre ich etwas Warmes, Massives. Sig lehnt sich zurück und schaut zwischen uns, und unwillkürlich folge ich seinem Blick. Er reibt die breite Spitze seines Schafts zwischen meine Schamlippen, massiert sie kreisend und fährt dann abwärts zu meiner Öffnung. Er hält inne, zieht sich leicht zurück und reibt mit dem Daumen über die glänzende Spitze. »Das ist alles von dir, Baby. Du bist nass. Für mich. Für meinen Schwanz.«

Als er mich erneut damit berührt, lasse ich den Kopf nach hinten fallen. Automatisch bewegen sich meine Hüften, und sein wilder Blick voller Leidenschaft fängt meinen ein. »Am liebsten würde ich jetzt sofort kommen, hier auf deiner süßen kleinen Muschi, bis du nass und glitschig von mir bist. Nur von mir.«

Mein Atem kommt immer schneller. Das Bild, das er heraufbeschwört, der Film im Kopf, den seine Worte erzeugen, jagt grelle Stromstöße durch meinen Körper. Ich ringe nach Luft und bekämpfe und begrüße zugleich die Spannung, die sich unausweichlich aufbaut, sich rasant wie ein Flächenbrand in mir ausbreitet und auf ihrem Weg alles – Vernunft und Verstand eingeschlossen – versengt.

»Gefällt dir der Gedanke?«, fragt er und taucht seine Zunge in meinen Mund, sodass ich mich selbst schmecken kann. Seine Schwanzspitze drückt sich in mich, nur ein Stückchen, zieht sich wieder zurück, quält mich gnadenlos, und meine inneren Muskeln krampfen sich zusammen, versuchen ihn zu halten und flehen ihn an, mir doch endlich zu geben, was ich so dringend brauche.

Ich kneife die Augen zusammen und ringe um Beherrschung, obwohl ich längst keine Kontrolle mehr habe. Sig bringt mich an den Abgrund, spielt mit mir und neckt mich, und jedes Mal, wenn ich glaube, Erlösung zu finden, holt er mich zurück, um mich noch ein kleines Stückchen weiterzutreiben, um mich langsam in den Wahnsinn zu treiben.

Und dann klopft es an der Tür. Sig erstarrt, regt keinen Muskel, schweigt. Unsere Blicke begegnen sich, und ich weiß, dass meine Augen schreckgeweitet sind, doch er wirkt nur verärgert. Dass er das hier offenbar nicht ernst nimmt – dass er *Lance* offenbar nicht ernst nimmt –, steigert mein Entsetzen noch. Hat er denn gar keine Angst um sich?

Mein Herz pocht so hart, dass sogar mein Sichtfeld zu pulsieren scheint. Sig legt mir einen Finger auf die Lippen und schüttelt den Kopf. Dabei hat er nichts zu befürchten. Meine Stimmbänder sind wie gelähmt.

Lautlos schiebt er sich von mir, nimmt meine Sachen vom

Boden – ich weiß nicht einmal, wie sie dorthin gekommen sind – und reicht sie mir, als habe er alle Zeit der Welt. Er beugt sich über mich und küsst meinen Bauch, meine Brüste und meine Lippen, bevor er nach seiner Jeans greift und sie sich über die schmalen Hüften zieht.

Er macht den Reißverschluss zu, fährt sich mit der Hand durchs Haar und grinst mir zu. In mir sträubt sich alles, denn ich habe fürchterliche Angst. Allerdings nicht so viel Angst, dass mir entgehen könnte, was für ein Prachtexemplar von einem Mann dort vor mir steht.

Seine Schultern sind ungeheuer breit, seine Brust ist leicht mit dunklem Haar überzogen. Die Arme sind trainiert und ausdefiniert, als hätte ein Michelangelo sie kunstvoll aus makellosem Granit gehauen. Sein Bauch ist das perfekte Sixpack, seine Hüften sind schlank und schmal, und seine Beine, lieber Gott, diese langen, starken Beine! Und noch immer zeichnet sich in der Jeans seine massive Erektion ab.

»Wenn du mich noch länger so anstarrst, hau ich den, der da draußen steht und geklopft hat, auf der Stelle um.«

Er klingt amüsiert, aber meine Panik kehrt mit Macht zurück.

»Und wenn es Lance ist? Oder Barber?« Ich stelle mich aufs Bett und ziehe Höschen und Jeans an. Sig beobachtet mich in aller Seelenruhe, und der hungrige Blick seiner dunklen Augen glüht wie Feuer auf meiner Haut. »Lass das«, fahre ich ihn an. »Wir müssen nachdenken.«

Er besitzt die Frechheit, erneut zu grinsen. »Reg dich ab. Wenn es tatsächlich einer von beiden ist, sage ich einfach, dass ich zu dir rübergegangen bin, um nach dir zu sehen, und du darauf bestanden hast, dass ich mit deinem Wagen zurückfahre. Ich finde, das klingt nach dir.«

Meine Brust hebt und senkt sich, während ich über diese Lösung nachdenke. Dann erkenne ich, dass er recht hat. Das hier muss keine Katastrophe werden.

»Okay«, murmele ich. »Klingt vernünftig. Mach das.«

Er lacht leise, greift nach mir und zieht mich an sich, um mich zu küssen. Als er mich wieder loslässt, bin ich mehr als nur ein bisschen benebelt. »Hm. Mal sehen.«

Ich sehe ihm nach und bewundere seine selbstbewusste Haltung und den appetitlichen Hintern. Dann schüttele ich den Kopf, um mich von seinem Anblick loszureißen, und ziehe mich an, doch meine Hände zittern noch immer.

Als ich leise Stimmen höre, schleiche ich zum Fenster und schiebe eine Fingerspitze in die Jalousie, um hinauszuspähen. Ein Kerl, den ich noch nie gesehen habe, steht auf dem Gehweg und redet mit Sig, der noch immer kein Hemd trägt. Doch erst als der Fremde plötzlich lächelt, fällt ein wenig Spannung von mir ab, und ich setze mich aufs Bett, um auf Sigs Rückkehr zu warten.

22. Kapitel

SIG

Obwohl Finchs Timing zu wünschen übrig lässt, passt es mir recht gut, dass wir uns draußen unterhalten können.

»Wie läuft's?«, fragt er.

»Bis du aufgetaucht bist, lief es blendend.«

Finch grinst und zieht eine rötliche Augenbraue hoch, während er seine Hand schützend an den Mund legt, um sich eine Zigarette anzuzünden. Er pafft ein paarmal, bis die Zigarette glüht. »Ich hoffe bloß, dass du weißt, was du tust.«

»Keine Sorge, ich habe alles im Griff. Und wie läuft es bei dir?«

Er zuckt mit den Achseln und wendet sich halb um, sodass er Schulter an Schulter neben mir steht. Wie beiläufig blickt er die Straße auf und ab, pflückt sich einen Tabakkrümel aus dem Mundwinkel und schnippt ihn zu Boden. »Ich hoffe, dass sich irgendwas ergibt. Ehrlich gesagt, mache ich keine besonderen Fortschritte. Tonin hat seine Jungs, denen er vertraut, und wir anderen kriegen nichts mit. Man sagt uns nur das Nötigste.«

»Was war denn das mit dem Lagerhaus?«

Finch schüttelt seinen Kahlkopf. »Angeblich will er das Ding in ein paar Apartments umwandeln. Bullshit, wenn du mich fragst, aber … na ja. Ich behalte es jedenfalls im Auge.«

»Ich werde auf meiner Seite schon was rausfinden, verlass dich drauf.«

Finch mustert meinen nackten Oberkörper. »Ja, wie mir scheint, gibt es ›auf deiner Seite‹ ein paar spannende Dinge zu erledigen.«

Ich kann das breite Grinsen nicht zurückhalten. Ehe Finch auftauchte, war ich sehr, sehr glücklich mit dem Fortschritt, den ich »auf meiner Seite« gemacht habe.

»Nichts steht zwischen einem Locke und seinem Job.«

»Ah, meinst du nicht vielleicht seinem ›Blow Job‹?«

Ich tue so, als würde ich ihn in den Magen schlagen, und er reagiert, indem er den Bauch einzieht. »Oho. Du wirst langsam, alter Mann.«

»Von wegen, Grünschnabel.« Er schnippt die halb gerauchte Zigarette ins Gras, wendet sich ab und stößt die Rauchwolke aus. »Vergiss nicht, deine Nachrichten abzurufen, Kumpel. Ich habe die Akte, die du angefordert hast, als Kopie gekriegt, und es ist einiges Interessantes dabei. Dein sexy ›Kontakt‹ hat jedenfalls keine blütenreine Weste.«

Ich ziehe die Brauen zusammen. »Aber ich habe mir ihr Vorstrafenregister angesehen. Da ist nichts.«

Finch verengt die Augen. »In ihrem vielleicht nicht. Aber es gibt noch eine nicht öffentliche, versiegelte Akte.«

»Hmm«, ist alles, was ich dazu sage.

»Pass auf dich auf, Mann.« Finch hebt eine Faust, und ich stoße meine dagegen. »Muss jetzt los. Riesenparty heute Abend mit jeder Menge Schurkenprominenz.«

»Ich bleibe an meiner Sache dran«, erwidere ich.

Finch nickt, wendet sich zum Gehen, dreht sich aber noch

einmal um. »Hey, Mann, im Ernst jetzt, lies deine Mails, bevor du dich zu sehr in diese Geschichte reinkniest, okay?« Und damit steigt er in seinen Wagen und fährt davon.

Was, zum Teufel, hat er in der verdammten Akte gelesen?

Ich kehre ins Haus zurück und schließe die Tür von innen ab. Ich brenne darauf, mich wieder zu meiner Spielgefährtin zu gesellen. Aber als ich ins Schlafzimmer komme und sehe, dass Tommi angezogen auf der Bettkante hockt und nervös an ihren Fingernägeln knabbert, wird mir klar, dass die Spielstunde vorbei ist.

Ich gebe ihr keine Chance, sich über das, was eben fast geschehen ist, aufzuregen, sondern gehe ohne Umschweife zu ihr, hebe sie hoch und lasse mich mit ihr auf dem Schoß wieder fallen. »Draußen scheint die Sonne, und es ist höllisch heiß. Wie wär's, wenn wir zu dir gehen, du dich umziehst und wir zusammen Travis abholen? Ich hätte da eine großartige Idee, was wir am Nachmittag anstellen könnten.«

»Lieber nicht«, antwortet sie und weicht meinem Blick aus. Sie ist steif wie ein Brett in meinen Armen. »Ich habe Lance gesagt, dass es mir nicht gut geht. Wenn er herausfindet …«

»Und wie sollte er das tun? Hast du vergessen, dass ich dein Babysitter bin?«

»Ja, schon, aber …«

»Kein Aber. Entweder das oder ich bearbeite dich, bis du dich so gut fühlst wie eben, und das nutze ich dann gnadenlos aus.«

Ihre großen grünen Augen richten sich blitzschnell auf mich. Panik steht darin. Verdammt. »*Nein*. Das darf nicht passieren. Das eben hätte auch nicht passieren dürfen. Sig, als ich vorhin nach Hause kam, war mir klar, dass du aus meinem Leben verschwinden musst.«

»Was? Wieso denn das?«

»Weil du für mich alles schlimmer machst. Du verkomplizierst Dinge, die ohnehin schon kompliziert genug sind.«

»Dann lass mich dir helfen, sie etwas einfacher zu machen.«

Sie drückt gegen meine Brust, um aufzustehen. Ich lasse sie gehen.

»Ich brauche keine Hilfe. Ich weiß, was ich tun muss.«

»Und das wäre?«

»Mich von dir fernhalten.«

»Das ist Unsinn.« Ich erhebe mich und greife nach ihren Händen. »Dass du und ich zusammen das Haus rocken würden, steht außer Frage. Und wenn du mir weismachen willst, dass du das nicht spürst, dann belügst du mich und dich auch.«

Sie seufzt. »Ich habe dir versprochen, nicht zu lügen, und daran halte ich mich. Aber das hier« – sie entzieht mir ihre Hand und deutet zwischen uns hin und her – »*wir* … wir sind das Problem.«

»Nur wenn wir es zu einem machen. Also tun wir es einfach nicht. Wir sind vorsichtig.«

»Es geht nicht nur darum. Sondern auch … um alles andere. Ich denke viel zu viel an dich. Ich wäre lieber mit dir zusammen als mit Lance. Du bist der Grund, warum ich nur noch widerwillig zu ihm gehe, und das ist nicht gut. So kann ich nicht leben.«

Ein Lächeln breitet sich auf meinem Gesicht aus. »Ich kann daran einfach nichts Schlechtes erkennen. Denn ich will *unbedingt* mehr Zeit mit dir verbringen.«

Sie stöhnt frustriert auf. »Ich wusste doch, dass du es nicht verstehen würdest. Für dich ist das alles ein großer Spaß, aber nicht für mich. Für mich ist es eine Qual. Mir geht es damit überhaupt nicht gut. Und das kann ich mir nicht erlauben. Ich kann mir einfach nicht erlauben, die ganze Sache zu verderben.«

Ich blicke in ihr wunderschönes, nun gerötetes Gesicht und lege ihr eine Hand an die Wange. »Warum denn nicht? Was gibt er dir? Was tut er für dich, das ich nicht tun kann?«

Sie schließt die Augen. »Ich habe dir zwar versprochen, dass ich dich nicht anlügen will, aber es gibt ein paar Dinge, die ich dir nicht erzählen kann.«

»Tommi, ich habe dir doch gesagt, dass du mir vertrauen kannst. Glaub mir doch einfach.«

»Und *ich* habe dir gesagt, dass ich niemandem traue.«

»Auch nicht Lance?«

»Am wenigsten Lance.«

»Warum dann, Tommi? Warum bist du mit ihm zusammen?«

»Ich wünschte, ich könnte es dir sagen.« Ihre Miene ist reuevoll. »Wirklich. Aber ich kann nicht.«

Ich glaube ihr. »Dann warte ich eben. Bis du es kannst.«

»Das wird nichts, Sig. So will ich nicht leben.«

»Tja, aber mich von dir fernzuhalten ist keine Option für *mich*, also müssen wir uns wohl auf einen Kompromiss einigen.« Sie setzt zum Protest an, aber ich lege ihr meine Hand über den Mund. »Warte, lass mich erst ausreden. Es ist mein Job, auf dich aufzupassen. Ich will meinen Job nicht verlieren. Und du willst nicht, dass jemand diesen Job übernimmt, dem du überhaupt nicht vertrauen kannst, stimmt's? Das würde für dich alles noch komplizierter machen, wenn ich es richtig sehe. Im Grunde genommen befinden wir uns beide gerade in einem Idealzustand, warum also etwas daran ändern? Hör zu, ich mache dir einen Vorschlag: Ich passe weiterhin auf dich auf, fasse dich aber nicht mehr an. Du erlaubst mir, unter dem Deckmäntelchen meiner Aufgabe Zeit mit dir zu verbringen, und alle sind glücklich. Ich mache es nicht noch schwerer für dich, und irgendwann siehst du ein, dass du mir vertrauen kannst. Einverstanden?«

»Aber es geht doch gar nicht darum, ob du versuchst, es mir nicht schwerer zu machen. Allein in deiner Nähe zu sein *macht* es schwerer.«

Ich lege ihr die Hände um die Taille, küsse sie auf die Stirn und schenke ihr ein strahlendes Lächeln. »Was kann ich denn dafür, dass ich unwiderstehlich bin? Das ist eine Tatsache, an der sich nichts ändern lässt. Aber wenn du magst, kann ich dir ein paar Atemübungen zeigen, mit denen du vielleicht in der Lage bist, dich gegen mein Charisma zu stählen.« Endlich zucken ihre Lippen ein wenig. »Bitte ... tu nichts Übereiltes, was wir beide später bitter bereuen würden. Versuchen wir einfach, das Beste draus zu machen, okay? Es täte mir sehr leid für dich, wenn du dir Zeit mit mir entgehen lassen müsstest.«

»Gott bewahre! Wie sollte ich das überleben?«

»Nicht wahr? Es sind schon ganz andere Frauen an Entzugserscheinungen gestorben. Es ist keine schöne Art dahinzugehen. Sehr einsam. Sehr ... trocken«, füge ich mit einem Augenzwinkern hinzu.

Sie bedenkt mich mit einem bösen Blick. »Sig! Lass es, okay?«

»Was – ich darf nicht einmal flirten? Frau, du bist wirklich hart zu mir. Na gut, ich gebe mir von nun an alle Mühe, nicht so charmant zu sein, aber versprechen kann ich nichts.«

»Und ich werde mir Mühe geben, stark zu sein«, erwidert sie sarkastisch.

Ich senke den Kopf, um meine Lippen an ihren schönen Hals zu legen, und ehe sie es selbst merkt, reckt sie ihn mir entgegen. Selbstverständlich nutze ich die Situation voll aus.

»Hmmm. Meinst du, wir könnten unsere Abmachung erst in einer Stunde beginnen?«

»Mehr Zeit würdest du dir nicht nehmen? Nur eine Stunde?«, murmelt sie. »Wie enttäuschend.«

Ich fahre auf. »Also wirklich. Wenn du weiterhin solche Gemeinheiten von dir gibst, ziehe ich die Samthandschuhe aus. Und dein Höschen auch.«

Sie hebt abwehrend die Hände. »Schon gut, schon gut. Mir war nicht bewusst, dass ein Kommentar zu deiner Männlichkeit in den Verlust meiner Kleidung münden würde. Ich ziehe meine Bemerkung zurück.«

»Das solltest du unbedingt. Andernfalls sähe ich mich gezwungen, dir sofort zu beweisen, dass von ›enttäuschend‹ keine Rede sein kann.«

»Ach, ich schätze, ich kann's mir schon vorstellen, aber danke.«

Ich seufze und küsse sie noch einmal, bevor sie sich losmachen kann. »Tja, nun, da mein Schwanz unsere Abmachung noch nicht ganz bestätigen will« – ich rotiere mit den Hüften, damit sie spürt, dass ich schon wieder hart werde –, »was hältst du von meinem ursprünglichen Vorschlag? Du ziehst dich um, und wir holen Travis ab und machen etwas Nettes.«

Sie holt tief Luft. »Wenn du darauf bestehst.«

»Das tue ich.«

Ihre Miene ist nicht mehr ganz so angespannt. Sie wirkt noch immer besorgt, aber nicht mehr so, als würde sie jeden Moment Reißaus nehmen wollen. Ich beschließe, das als Fortschritt zu betrachten.

Krise abgewehrt.

»Ähm, da ich mit dem Auto gekommen bin, könnte ich doch rasch nach Hause fahren. Dann holst du mich in etwa zehn Minuten ab, okay?«

Ich halte inne, doch nur einen Sekundenbruchteil. Ich bin sicher, dass es mit der Frau im hinteren Zimmer zu tun hat. Also zucke ich nonchalant die Achseln. »Klar. So machen wir's.«

Wir sehen uns einen Moment lang stumm an. Schließlich räuspert sie sich und setzt sich in Bewegung. Als sie an mir vorbeigeht, mache ich ihr Platz. Wenn sie es so haben will, dann soll sie es so bekommen. Bis sie mich anbettelt, ihr wieder näherzukommen. Und das wird sie, das weiß ich genau. Es ist nur eine Frage der Zeit.

Schon jetzt flackert ihr Blick immer wieder zu meinem Mund. Sie erinnert sich an vorhin. Wie es war, von mir geküsst zu werden, wie es sich anfühlte, als ich auf ihr lag und sie liebkoste. Ihr Verstand behauptet, es dürfe nicht sein, aber jede Faser ihres Körpers will es anders. Und genau das ist meine Chance.

Ich schenke ihr ein schiefes Lächeln und bringe sie zur Tür. »Bis gleich.«

Dann lehne ich mich an den Türrahmen und beobachte, wie ihr hübscher Hintern schwingt, als sie zu ihrem Auto geht. Verdammt noch mal, sie ist so scharf! In jeder Hinsicht nahezu perfekt. Mit Ausnahme ihrer Verbindungen zur

Verbrecherwelt. Und ihrer Neigung, mir Geschichten aufzutischen. Zum Glück ist sie selbst nicht kriminell, denn das hätte problematisch werden können. Aber mit dieser Sache kann ich schon irgendwie umgehen.

Zögernd, als wisse sie, dass sie nicht zurücksehen sollte, blickt sie kurz über ihre Schulter. Ich winke und zwinkere ihr zu, und zu meinem Vergnügen wendet sie sich hastig wieder ab. Es macht keinen Spaß, sich gegen die eigenen Bedürfnisse zur Wehr setzen zu müssen. Deswegen versuche ich ihnen nachzukommen, wann immer es möglich ist. Alles andere kostet nur Kraft und führt meistens zu nichts.

»Zieh dich so an, dass du dich auch schmutzig machen kannst«, rufe ich ihr nach, als sie gerade einsteigen will. Sie nickt und zieht die Tür zu.

Ich warte, bis sie auf der Straße davonfährt, ehe ich ins Haus zurückkehre und mich ebenfalls umziehe. Ich suche mir ein altes blaues Muscle-Shirt, eine Shorts und abgewetzte Sneakers heraus und schnappe mir in einem Impuls noch eine Kappe.

Als ich eine Viertelstunde später vor Tommis Tür anhalte, dämmert mir, dass vielleicht doch nicht nur sie die Leidtragende dieses Arrangements ist. Wie damals auf dem Highway trägt sie eine abgeschnittene Jeans, nur das diese noch knapper sitzt und ein Riss auf der rechten Pobacke prangt. *Heilige Scheiße!* Die blaukarierte Bluse ist über dem Nabel geknotet und lässt den Bauch frei, und sie hat ihr dickes, welliges Haar zu einem hoch angesetzten Pferdeschwanz zusammengefasst, der beim Gehen hin und her schwingt.

Vielleicht ist das hier doch keine so gute Idee, denke ich und rutsche auf dem Fahrersitz herum, damit mein halbsteifer Schwanz etwas mehr Platz bekommt. *Dumm gelaufen.*

Ich steige aus und mache ihr die Tür auf. Als sie einsteigt, bewundere ich die Muskelarbeit ihrer Beine. Ich muss mich zurückhalten, um nicht meine Hand an ihren Hintern zu legen und ihr mit einem Schubs hineinzuhelfen.

Als sie sich niederlässt, liegt ein winziges Grinsen auf ihren Lippen. Sie weiß ganz genau, welche Wirkung sie auf mich hat. Und das kostet sie voll aus.

»Du bist ein echtes Biest, weißt du das?«, sage ich anklagend.

Sie blickt mich mit großen unschuldigen Augen an. »Was denn? Du hast gesagt, ich soll mich so anziehen, dass ich mich schmutzig machen kann. Stimmt etwas mit meinem Outfit nicht?«

»Kommt drauf an, welche Assoziation du bei dem Wort ›schmutzig‹ gehabt hast.«

»Du hast versprochen, brav zu sein«, sagt sie und wedelt mahnend mit dem Zeigefinger. »Egal was ich anhabe – nur gucken, nicht anfassen!«

»Ich glaube, von Letzterem haben wir nicht gesprochen, aber ich halte immer mein Wort, also hast du nichts zu befürchten. Und ausgerechnet heute wird es bei dem, was wir vorhaben, vielleicht nicht ganz einfach sein, die Hände komplett von dir zu lassen, aber mach dir keine Sorgen. Wenn ich dich anfasse, dann nur so, dass es unter keinen Umständen in einen sexuellen Kontext gebracht werden kann. Na – was sagst du?«

Wieder mustert sie mich aus misstrauisch verengten Augen, doch dann nickt sie widerstrebend. »Okay. Aber wehe, du benimmst dich nicht.«

»Oh, ich benehme mich bestimmt. Du bist diejenige, um die ich mir Sorgen mache.«

Ich werfe die Tür zu, bevor sie darauf antworten kann. Indigniert sieht sie mich an, als ich hinter das Steuer klettere. »Und was soll das schon wieder heißen?«

»Du tust die ganze Zeit, als sei es ein Kinderspiel für dich, die Hände von *mir* zu lassen. Aber ich bin mir sicher, dass es für uns beide die reine Hölle werden wird. Ich meine, kennst du mich eigentlich schon richtig? Ich bin so was von unwiderstehlich!«

Ich schenke ihr mein schönstes, breitestes Lächeln und starte den Motor, um im Keim zu ersticken, was immer ihr auf der Zunge gelegen haben mag.

Verdammt, diese Frau macht einfach Spaß.

Nur das Radio läuft leise, während wir in einträchtigem Schweigen zu Travis' Schule fahren.

Als wir ankommen, ist Travis noch nicht in Sicht. Ich schiebe den Schalthebel auf Leerlauf, aber wir müssen nicht lange warten, bis er durch die Doppeltür hinaustritt und wie immer mit gesenktem Kopf die Treppe hinunterschlurft. Doch plötzlich fährt er auf und wendet sich um. Ein Kerl kommt ihm nach. Er hat etwas in der Hand, das wie Travis' Rucksack aussieht. Er hält auf der Stufe über Travis an, reicht ihm die Tasche und sagt etwas, das offenbar vertraulich sein soll, denn die Lippen bewegen sich kaum und seine Miene ist ausdruckslos. Travis nickt. Der Kerl klopft ihm jovial auf die Schulter, dann wendet er sich um und verschwindet wieder in der Schule.

»Wer war das?«, frage ich Tommi, ohne Travis aus den Augen zu lassen. Ich kann sein Gesicht nicht sehen, da er den Kopf wieder gesenkt hat, aber seine Haltung wirkt steif. Steifer als üblich.

»Der für Travis zuständige Sonderpädagoge, Mr. Chaps.

Auch sein Klassenlehrer, den er in der ersten und letzten Stunde hat.«

Travis nähert sich, und ich lehne mich aus dem Fenster und rufe ihm zu. »Travis, hierher.«

Er hebt den Kopf gerade weit genug, um mein Auto erkennen zu können, dann lässt er ihn wieder sinken und schlurft auf uns zu. »Ist er immer so?«

»Meistens. Manche Tage sind schlimmer als andere.«

Tommi steigt aus und macht Travis die Tür auf. Er klettert ohne ein Wort ins Auto, wirft den Rucksack neben sich auf die Bank und sackt in sich zusammen, bis sein Kinn fast auf der Brust liegt.

»Wie war dein Tag?«

»Beschissen.«

»Anscheinend. Du hast noch nie deinen Rucksack vergessen. Normalerweise lässt du das Ding doch nicht aus den Augen.« Travis grunzt. Ich betrachte den fraglichen Rucksack und bemerke die blauen Reißverschlüsse.

»Ist das überhaupt deiner? Ich dachte, an deinem wären die Reißverschlüsse grün.«

»Was weißt du denn schon, Spaßvogel? Natürlich ist das meiner. Glaubst du, ich bin zu blöd, um meinen Rucksack zu erkennen?«

Ich nehme die Hände beschwichtigend hoch und drehe mich wieder nach vorn. »Reg dich ab. Kumpel. Ich wollte nur helfen.«

Travis blickt düster aus dem Fenster, und ich schiebe den Hebel auf Drive, sobald Tommi angeschnallt ist.

Nachdem wir uns ein Stück von der Schule entfernt haben, versuche ich es erneut. »Ich dachte, wir drei fahren ein Stück raus und machen ein Spielchen. Was sagst du?«

»Ich will nach Hause.«

»Komm schon, Travis. Das macht bestimmt Spaß«, fügt Tommi mit aufgesetzter Begeisterung hinzu.

»Ich sagte, ich will nach Hause, verdammt.«

»Hey. Achte auf deine Ausdrucksweise«, ermahnt Tommi ihn sanft.

»Lass gut sein, Tommi. Ich gehe davon aus, dass er ohnehin nicht in der Stimmung ist, sich ne Klatsche abzuholen.« Wenn auch nur ein Bruchteil des üblichen Teenie-Testosterons durch seine Adern strömt, sollte ihn das schneller wachrütteln als zwei Stunden Bettelei und Bestechung.

»Was soll das heißen?«, fährt er mich an, und sein zorniger Blick begegnet meinem im Rückspiegel.

»Ich habe einen Football und ein schlammiges Feld als Ausrede dafür, dir den Hintern zu versohlen. Aber wenn du nicht Manns genug bist, dich der Herausforderung zu stellen …«

»Ich bin stärker, als du denkst, du Flachpfeife.«

»Tatsächlich? Lust, es mir zu beweisen?«

»Von mir aus«, brummt er widerwillig.

Aus dem Augenwinkel sehe ich, wie Tommi sich wieder nach vorne wendet und ihre Brust sich in einem tiefen Seufzer hebt und senkt. Vermutlich vor Erleichterung. »Du kannst ja deine Sportsachen anziehen, okay?«

Travis zuckt die Achseln.

Während ich zu dem Platz fahre, auf dem meine Brüder und ich früher oft Touch Football gespielt haben, fällt mein Blick erneut auf Travis' Rucksack. Ich bin hundertprozentig sicher, dass die Reißverschlüsse heute Morgen grün waren; ich habe beobachtet, wie er mit einem davon spielte. Aber vor ein paar Tagen hat er mit einem blauen gespielt, dessen bin ich mir ebenfalls sicher. Außerdem ist es verdächtig, dass er so schnell aus der Haut gefahren ist. Und wieso lässt er die Tasche, wie Tommi sagt, normalerweise nicht aus den Augen?

Mein Instinkt warnt mich, dass da etwas nicht stimmt. Um was geht es hier? Um dubiose Geschäfte? Um Tonins Geschäfte? Hat der Lehrer etwas damit zu tun? Und Travis selbst? Das könnte erklären, warum Tommi bei Tonin bleibt. Und das würde auch erklären, warum es so schwer ist herauszufinden, wieso wir Tonins Transportwege noch immer nicht aufdecken konnten.

Mein Verstand setzt mögliche Teile eines Puzzles zusammen, das ein plausibles Bild ergibt. Plausibel, ja, aber plausibel bedeutet nichts, wenn wir es nicht beweisen können.

Sobald wir den Platz erreicht haben, schalte ich den Motor ab und wende mich Tommi zu. »Der Ball ist hinten. Ich schreibe Barber schnell eine SMS. Ich sag ihm, dass du dich hingelegt hast, sodass er das an Tonin weitergeben kann.«

Sie nickt und steigt aus, öffnet für Travis die Tür und geht nach hinten, um den Ball zu holen. Wieder betrachte ich den Rucksack. Was mag außer Büchern und Schulkram noch darin sein? Nicht dass es im Augenblick wichtig wäre. Ich kann ohnehin nicht nachsehen, ohne dass ich auffliege, aber ich kann meinen Leuten eine SMS schicken, um den Lehrer überprüfen und vielleicht beschatten zu lassen. Also tue ich genau das.

Tommi und Travis warten vor dem Truck darauf, dass ich aussteige. Ich nehme Tommi den Ball aus den Händen und nicke Travis zu. »Du kannst dich im Truck umziehen, wenn du willst.« Mit einem Blick zu Tommi füge ich hinzu: »Du sagtest doch, er hätte Sportsachen dabei, oder?«

Sie nickt, und Travis wendet sich ohne Begeisterung dem Truck zu.

»Das wird ihm bestimmt guttun«, bemerke ich, werfe den Ball in die Luft und fange ihn wieder auf.

»Und wie soll das funktionieren – zu dritt?«

»Ihr zwei gegen mich.«

»Das ist doch nicht fair.«

»Du bist ein Mädchen. Und er noch ein Kind.«

»Und?«

»Und ich bin ich.«

»Oh, Gott«, schnaubt sie und verdreht die Augen.

Ich lache. Ich tue mein Bestes, um die Atmosphäre aufzulockern. »Gib's zu, du willst bloß eine Ausrede haben, um dich auf mich zu werfen.«

»Ganz sicher nicht.«

»Ach, verflixt. Das war doch eigentlich der Hauptgrund für meinen Vorschlag.«

»Tut mir echt leid.«

Ich schaue ihr in die Augen und wünschte mir, ich könnte sie hier und jetzt küssen. Sie drüben aufs Feld tragen und ihr die Klamotten ausziehen. Sie in den Matsch werfen und mich mit schlammigen Fingern über sie hermachen, sodass jeder sehen kann, dass sie mir gehört. *Oh, verflucht!*

Dummerweise ist ihr Bruder hier. Das turnt mich deutlich ab.

Als er in Sportshorts, die ihm bis auf die Knie hängen, und einem weiten, fast genauso langem T-Shirt zu uns zurückschlurft, werfe ich ihm den Ball in die Magengrube. Er muss dreimal nachgreifen, bis er ihn hält.

»Kein besonders vielversprechender Start, aber ich bin gewillt, dir noch eine Chance zu geben«, necke ich ihn. »Wer von euch hat schon mal Touch Football gespielt?« Beide starren mich nur an. »Okay, das sollte lustig werden.«

Ich erkläre ihnen rasch die Grundlagen, während wir zum Feld hinübergehen. Die vielen spielenden Kinder haben dem Gras längst den Garaus gemacht. Das Entwässerungssystem versagt hier mit schöner Regelmäßigkeit, und der Regen der vergangenen Wochen hat den Boden ordentlich aufgeweicht. Das Ergebnis ist die ideale Oberfläche für eine Partie Schlammfootball.

Wir stellen uns in Position, und Tommi rennt an einer Seite um mich herum, während Travis sich rückwärts bewegt und versucht, ihr den Ball zuzuwerfen. Ich renne auf ihn zu, und verpasse ihm einen Klatscher auf den Bauch, während ich an ihm vorbeirenne. »Du bringst es nicht, Quarterback.«

»Das Spiel ist doch total bescheuert. Und warum müssen wir in diesem Dreck spielen?«

Ich bücke mich, nehme eine Handvoll Matsch und schmiere sie ihm ins Gesicht. »Reicht dir das als Antwort?«

»Was soll das denn?«, faucht er und wischt sich das Zeug ab.

»Wirst du noch früh genug merken, Nervensäge.«

Ein Kind, das sich nicht gerne schmutzig macht? Ich wusste gar nicht, dass es so was gibt.

Sie versuchen dieselbe Strategie noch zwei weitere Male. Beide Male erwischt Tommi den Ball nicht. »Ich bin dran«, brülle ich.

Ich nehme Travis den Ball ab, kehre auf meine Seite zurück, beuge mich vor und beäuge meine zwei Gegner. »Und? Kann einer von euch beiden mich fangen?«

Tommi und Travis sehen einander an, und ich stiebe los und bringe den Ball mit Leichtigkeit hinter die Linie.

»Unfair!«, schreit Tommi.

»Wie bitte? Ihr seid zwei gegen einen.«

»Aber ich wusste nicht genau, auf was ich mich einlasse. Gib mir den Ball.«

Ich werfe ihn ihr zu. »Da. Ihr seid sowieso dran. Sieben zu Null.«

Travis nimmt wieder den Ball und flüstert Tommi etwas zu, bevor sie wieder in Position gehen. Jetzt grinsen sie beide, und beide haben dasselbe teuflische Funkeln in ihren grünen Augen. Vielleicht kriegen sie ja endlich Spaß an dem Spiel.

Plötzlich rennt Tommi um mich herum, und Travis lässt sich erneut zurückfallen, um ihr den Ball zuzuwerfen. Doch bevor ich mich noch umdrehen kann, springt Tommi auf meinen Rücken und brüllt: »Lauf, Travis, lauf!«

Und Travis läuft. Ich nehme die Verfolgung auf, aber Tommi klammert sich auf meinem Rücken fest wie ein Äffchen. Ich könnte mich auf Travis stürzen und ihn zu Boden reißen, aber ich habe Angst, Tommi dabei wehzutun, also lass ich ihn rennen.

Er punktet, indem er den Ball durch seine Beine wirft, wie manche Profis es machen. Wenigstens hat der Bursche schon mal Football *gesehen*.

»Das war mies«, sage ich, als er an mir vorbeigeht und diesmal mir den Ball in den Magen wirft.

»Ich dachte, darum geht es dabei«, bemerkt Tommi, die noch immer auf meinem Rücken hängt. Ich wende den Kopf. Ihr Mund ist auf gleicher Höhe wie meiner. Ihre Lippen öffnen sich, als wüsste sie, was in meinem Kopf vorgeht, aber irgendwie gelingt es mir, dem Drang, sie zu küssen, zu widerstehen. Stattdessen beiße ich ihr ins Kinn.

»Wie du willst, kleine Lady. Wie. Du. Willst.«

Ich greife nach ihr, ziehe sie von meinem Rücken und lasse sie in den Matsch fallen. Ihre Lippen bilden ein O, ihre Augen sind weit aufgerissen, und ich gehe rasch in die Hocke und schmiere ihr eine Handvoll von der Pampe aufs Bein.

Dann schlendere ich davon, um meine Position einzunehmen, und übertöne ihr indigniertes Gestammel, indem ich ein kleines Lied pfeife. Travis grinst noch immer, als er sich erwartungsvoll vorbeugt.

Ich schnappe mir den Ball, täusche links an, täusche rechts an, dann renne ich zurück und sause um Tommi herum, die nach mir zu greifen versucht, mich aber nicht erwischt. Travis ist aber nicht so leicht abzuschütteln. Plötzlich taucht er von rechts auf und stürzt sich auf mich. Ich könnte aufrecht stehen bleiben, lasse mich aber bewusst hintenüberfallen, und wir beide schliddern ein Stück durch den Matsch. Als wir zum Halten kommen, ist Travis unter meinem Rücken eingeklemmt und ringt nach Luft.

»Da! Das ist für dich, du Mistkerl«, ächzt er und versucht, mich von sich zu stoßen.

»Du nennst mich Mistkerl, kleiner Mann?«, frage ich, stemme mich in den Boden und drücke mit mehr Gewicht gegen ihn. Gemeinsam rutschen wir noch ein Stück durch den Matsch.

»Geh runter, Mann!«

Tommi schlendert lächelnd heran und schaut kopfschüttelnd auf uns herunter. »Ihr seht saumäßig aus.«

Ich stemme mich ein Stück hoch und schaue über die

Schulter zu Travis, der mich frech angrinst. Wir beide nicken uns in stummem Einverständnis zu, und ich erhebe mich und strecke ihm meine Hand entgegen, um ihm aufzuhelfen.

Ich bekomme den Ball noch zwei weitere Male und gebe Tommi und ihrem Bruder jede Chance, mich zu hetzen, mich zu jagen, mich anzurempeln und sich an mich zu klammern, während ich mich halbherzig auf unsere behelfsmäßige Ziellinie zubewege. Als ich meinen letzten Angriff durchführe, schleife ich Tommi (die an meinem Arm hängt) und Travis (der mein Bein umklammert) mit in die Endzone.

»Ihr könnt mich nicht aufhalten«, verkünde ich, als ich den Ball in die Luft werfe und wieder fange.

»Hey, du hast noch nicht gewonnen«, sagt Tommi entschlossen. Sie legt Travis einen Arm um die Schulter und flüstert ihm etwas ins Ohr, während beide Seite an Seite zur Linie gehen.

Sie starten mit derselben Strategie wie vorher – Travis hat den Ball, Tommi soll fangen. Sobald Tommi losrennt, trabe ich in gemäßigtem Tempo hinter ihr her. Travis spielt ihr den Ball mit einem gar nicht mal üblen Wurf zu, und Tommi fängt ihn mit einem Jubelschrei.

»Ich hab ihn! Ich hab ihn!«

Travis rennt hinter mir her, um mich aufzuhalten. »Renn los, du blöde Kuh!«, brüllt er sie an. »Steh doch nicht einfach da rum.«

Schock zeichnet sich in Tommis Miene ab, dann kommt Leben in sie. Sie dreht sich um und stiebt davon, doch ich hole sie ohne Schwierigkeiten ein. Ich packe sie, reiße sie von den Füßen und werfe sie in den Schlamm. Nicht mit Wucht, sondern gerade schwungvoll genug, um ihr zu zeigen, dass sie geschlagen ist.

Ich lasse mich über sie fallen, entwinde ihr den Ball, den sie im Klammergriff hält, und tippe ihr damit auf die Nasenspitze. »Noch immer keinen Punkt, Herzchen.«

Ihre Brust hebt sich schwer, und ihre Smaragdaugen sprühen vor einer Leidenschaft, die sie kaum unterdrücken kann. Auch ich muss kämpfen. Ich blicke in ihr Gesicht herab, und das Verlangen schießt zwischen uns hin und her wie elektrische Entladungen mit Funkenflug.

Ich kippe meine Hüfte ganz leicht nach vorne und werde mit einem leisen Stöhnen belohnt. Gerade fahre ich mir mit der Zunge über die Lippen, um dem Bedürfnis nachzugeben und sie endlich zu küssen, als etwas schwer auf meinen Rücken rummst.

»Ach, so läuft das hier also, ja?«, sage ich zu Travis, zwinkere aber Tommi zu, die mich noch immer wie in Trance anstarrt. »Wie nennt man das noch? Unangemessene Grobheit auf dem Platz?«

Ich werfe mich mit Travis auf dem Rücken zurück und halte ihn mit meinem Gewicht unten, bis ich mich herumwinden und ihn festhalten kann. Ich stemme mich kurz hoch, werfe ihn auf den Bauch und drücke sein Gesicht in den Schlamm. »Du Arschloch«, brüllt er erstickt, aber seine Stimme ist mit Gelächter durchzogen.

»Na, wie gefällt dir das, du Held?«

Er zappelt wild, und ich lasse locker, damit er sich unter mir herauswinden kann, und greife blitzschnell nach Tommi, bevor sie abhaut. Ich ziehe sie in meine Arme und kitzele sie gnadenlos. Sie quiekt und strampelt, und als sie nur noch keuchend um Atem ringt, lasse ich sie endlich von meinem Schoß rutschen. Aber noch bin ich nicht fertig. Ich nehme zwei Hände voll Matsch und ziele eine auf ihre Körpermitte, die andere auf Travis, der auf die Füße gekommen ist und uns zusieht. Travis weicht aus, bückt sich und holt sich ebenfalls Munition.

Und so wird aus unserer Football-Partie eine alberne Schlammschlacht mit viel Gequieke und Gelächter. Irgendwann setze ich mich einfach auf meine Fersen zurück und beobachte Travis und Tommi, die sich vergnügt mit dicken Matschklumpen beschmieren.

Als praktisch kein Fleckchen saubere Haut mehr in ihren Gesichtern und auf Armen und Beinen zu sehen ist, wenden sich beide keuchend und erschöpft zu mir um. »Und jetzt?«

»Ich würde ja sagen, dass ihr zwei genug habt, aber es liegt an euch – noch eine Runde Football oder eine heiße Dusche?«

Travis und Tommi sehen einander an und grinsen. »Heiße Dusche«, sagen beide gleichzeitig.

Tommi betrachtet ihren Bruder einen Moment lang kopfschüttelnd. »Du siehst grausig aus. Am besten ziehst du dich wieder um, sodass zumindest die Rückbank nicht völlig dreckig wird.« Als Travis loszieht, ruft sie ihm hinterher: »Und zieh die Schuhe aus, bevor du einsteigst.«

Noch immer liegt ein kleines Lächeln auf ihrem Gesicht, als sie sich wieder mir zuwendet. Und es ist dieser Augenblick, der mich trifft wie ein Hieb in die Magengrube. Ich könnte jetzt und hier einfach stehen bleiben und sie ansehen und mich stundenlang an ihrer Unbeschwertheit erfreuen. Vielleicht sogar tagelang. Aber natürlich kann ich das nicht. Können *wir* das nicht. Also pule ich ihr stattdessen angetrockneten Matsch von der Nasenspitze. »Hat's Spaß gemacht?«

»Und ob. Danke. Das hat ihm so gutgetan!«

»Und dir.«

»Und mir auch«, gibt sie zu.

»In meiner Gegenwart darfst du du sein, wann immer du willst. Ich sag's auch niemandem.«

»Du magst das hier also lieber?« Sie deutet auf sich.

»Oh, aber unbedingt! Für mich muss es nicht glamourös sein. Oder anständig.«

»Ich bin nicht anständig.«

»Ich weiß. Du vergisst, dass ich damals am Straßenrand deine … fantasievolle Ausdrucksweise *gehört* habe, und sie hat kein ›Verflixt‹ oder ›Herrje‹ beinhaltet. Seitdem ist dir jedoch zumindest in meiner Gegenwart kein einziger Kraftausdruck mehr entwischt.«

»Laut Lance haben wahre Damen der Gesellschaft nicht so zu reden.«

»Ich will keine Dame. Ich will eine Frau. Eine, die weiß, was sie will. Eine, die trägt, worin sie sich wohlfühlt. Die sagt, was sie denkt.« Ich trete einen Schritt auf sie zu. Ich kann nicht anders. Ihr Duft zieht mich an wie ein Magnet. Selbst von Kopf bis Fuß mit Matsch verklebt, riecht sie noch nach Sonne. »Ich will eine Frau, die küsst, als stünde sie in Flammen, und mir das Gefühl gibt, als sei ich der Einzige, der den Brand löschen kann.«

»Sig …«, beginnt sie.

Ich unterbreche sie. Ich kenne ihre Einwände. Und ich will sie jetzt nicht hören. »Ich bin bloß ehrlich. Und schau, ich fasse dich nicht mal an.«

Ihre Augen sind unbeirrbar auf mich gerichtet, und eine fast unwiderstehliche Kraft zieht uns aufeinander zu. »Das kannst du im Augenblick ja sowieso nicht. Wir befinden uns in der Öffentlichkeit. Und das mit meinem kleinen Bruder. Wo solltest du schon anfassen?«

Ich bücke mich und stecke meine Hand in den Schlamm. Ich sehe ihr in die Augen, als ich mich wieder aufrichte und meine Hand zwischen uns über ihr Herz auf ihre Brust lege. »Da. Das würde ich berühren wollen.«

Ein paar Herzschläge lang ist ihr Blick fragend, aber dann versteht sie. Die klaren grünen Augen schimmern plötzlich heller, doch rasch kneift sie sie zu, als täte es ihr weh, mich noch länger anzusehen. Anstatt sie anderswo anzufassen, was ich gerne tun würde, oder das auszusprechen, was mir auf der Zunge liegt, lasse ich meine Handfläche auf ihrer Brust liegen und fühle das gleichmäßige Pochen ihres Herzens.

Es verstreicht fast eine volle Minute, bis ich meine Hand wegnehme und nach ihrer greife. »Komm. Ich habe Handtücher im Truck«, sage ich und ziehe sie hinter mir her.

23. Kapitel

TOMMI

Sig setzt uns zu Hause ab. Ich sehe dem Truck nach, bis er um die Ecke verschwunden ist. Ich will nicht, dass Sig geht. Aber bleiben kann er nicht.

Ich unterdrücke ein Seufzen, als ich mich zur Haustür umdrehe und aufschließe. Travis steuert direkt auf das Bad zu, um zu duschen, danach wird er vermutlich in sein Zimmer gehen, um bis auf eine kurze Unterbrechung zum Abendessen bis morgen früh dort zu bleiben. Ich kann nicht sagen, was typisch Teenager und was typisch Asperger oder was untypisch für beides ist und mir Sorgen bereiten sollte. Das Problem liegt darin, dass Travis im Grunde in keiner Hinsicht typisch ist, wodurch ich mir ständig Gedanken mache, aber auch ständig daran arbeite, es nicht zu tun – und vermutlich in all dem Durcheinander jede Menge Fehler begehe.

»Wie wär's mit Pizza zum Abendessen?«, rufe ich in den Flur. »Ich habe bisher nichts anderes geplant.«

Weil ich zu sehr damit beschäftigt war, Lance etwas vorzulügen.

Und lügen muss ich, weil ich Sig einfach nicht aus meinem Kopf verbannen kann. Oder aus meinem Blut. Es kommt mir vor, als habe er die sorgsam geschützte Festung meiner

Seele gestürmt und eingenommen. Und als sei das allein nicht schon schlimm genug, fange ich an, etwas zu empfinden, das über reine Begierde hinausgeht. Was leider unweigerlich in Schwierigkeiten mündet, auf die ich dankend verzichten kann.

Sagt mir zumindest mein Verstand. Körper und Herz bringen ganz andere Argumente an. Wie zum Beispiel, dass ich so bisher noch nie in meinem Leben empfunden habe. Oder dass jeder Mensch ein bisschen Spaß braucht und Geborgenheit und Trost und … ein bisschen *Substanz* eben. Etwas, das über Verpflichtung und Verantwortung hinausgeht. Nicht wahr?

Ich habe mich eigentlich noch nie wirklich nach der Berührung eines anderen Menschen gesehnt. Mein Leben veränderte sich radikal, als ich dreizehn war, und seitdem hatte ich keine Zeit mehr für simple Freuden wie Lachen, Flirten oder Liebeleien. Doch die Sehnsucht danach wird immer stärker, und gerade jetzt könnte ich ein bisschen Freude gut gebrauchen. Freude und Sig. Nicht seine Hilfe oder seinen Schutz, nur seine Anwesenheit. Ich bin gerne mit ihm zusammen. Sehr gerne sogar. Und eine sehr deutliche Stimme in mir behauptet, dass er das Risiko wert ist.

Aber ich kann nicht. Ich darf nicht. Die ganze Sache kann entsetzlich schiefgehen.

Oder es kann funktionieren, argumentiert die andere Stimme. *Es könnte sogar ganz wunderbar funktionieren*.

Und dann? Wie soll es dann weitergehen?

Der Punkt ist, dass es nicht weitergehen *kann*. Zwischen uns wird es nie mehr als eine Liebelei geben, auch wenn ich es mir noch so sehr wünsche. Dazu sind unsere Lebenswege zu verschieden.

Aber vielleicht reicht das ja. Vielleicht ist ein prickelndes Abenteuer genug.

Eine einmalige Geschichte. Damit die Sehnsucht aufhört und ich wieder klar denken kann, damit der untrügliche Hunger gestillt wird. Nur einmal, nur eine Nacht, danach nie wieder. Und anschließend kehren wir zum Status quo zurück: nur gucken, nicht anfassen, alles ganz professionell.

Aber wir hätten das eine Mal gehabt.

Und das Beste daraus gemacht.

Ich bestelle die Pizza, und während ich darauf warte, räume ich die Spülmaschine ein und wäge das Für und Wider ab. Ich lasse meine widerstreitenden Stimmen zu Wort kommen und betrachte die Situation von allen möglichen Seiten. Und am Ende gewinnt eine Partei mit eindeutiger Mehrheit. *Nur das eine Mal.*

Wir sind beide erwachsen. Wir können mit einem One-Night-Stand umgehen. Wir haben so was schon mal gemacht. Na ja, ich zumindest. Es ist zwar schon viele Jahre her, aber dennoch. Und Sig bestimmt auch. Ich meine, ein Kerl, der so aussieht und flirtet wie er … Bestimmt hat er schon viele One-Night-Stands gehabt.

Ich erstarre mitten in der Bewegung und stehe mit dem Teller in der Hand da. Obwohl ich mir den One-Night-Stand eigentlich als ideale Option meiner Argumentation herangezogen habe, durchfährt mich bei dem Gedanken von Sig mit einer anderen Frau heftige Eifersucht. Sie tut fast weh in ihrer Intensität, doch gerade diese Intensität bestärkt mich in meinem Entschluss, mir diese eine Nacht zu gönnen.

Wenn es möglich wäre, die Erinnerung an andere Frauen mit einer einzigen Nacht aus dem Verstand eines Mannes zu löschen, dann würde ich mir das unbedingt wünschen. Allein der Gedanke, ich könnte die einzige Person sein, an die er denkt, ist ungemein tröstend und macht mich froh. Natürlich ist das vollkommen verrückt, denn so funktioniert das Leben ja nicht. Aber wünschen kann man es sich ja.

Travis und ich essen schweigend. Er wirkt heute Abend besonders mürrisch, was mich eigentlich erstaunt.

»Fandst du den Ausflug heute nicht schön?«, frage ich.

»Doch«, antwortet er düster.

»Was ist dann los?«

Mit einem Mal schiebt er seinen Teller von sich und steht so abrupt auf, dass der Stuhl hintenüberkippt. »Wir können doch nie so leben. So normal.«

Damit stakst er den Flur hinunter und verschwindet wieder in seinem Zimmer. Ich bleibe allein zurück und starre ihm mit offenem Mund nach.

Nachdem ich mich ein wenig gefasst habe, stehe ich auf und gehe ihm hinterher.

Ich klopfe leise, öffne die Tür einen Spalt und spähe hinein. »Travis, daran arbeite ich ja schon. Es braucht nur etwas Zeit.«

Er liegt auf dem Bett, das Kinn auf der Brust, die Kapuze wie immer tief ins Gesicht gezogen. Diese blöde Kapuze!

»Na und? Trotzdem werden wir nie so leben.«

»Wer sagt denn das?« Ich kann nur hoffen, dass ich ihm irgendwann all das bieten kann, was er bisher missen musste. »Ich habe noch ein paar Tricks auf Lager.«

Travis sieht mich verächtlich an. »Wir brauchen keine Tricks, wir brauchen ein Wunder.«

Dann steckt er sich die Kopfhörer in die Ohren und scrollt durch seine Playlist auf dem Handy. Ganz offensichtlich ist dieses Gespräch beendet. Und wahrscheinlich ist das auch gut so. Ich wüsste nicht, was ich im Augenblick noch sagen sollte. Ein Wunder kann ich ihm nicht versprechen. Ich kann ihm eigentlich überhaupt nicht viel versprechen, außer dass ich mit aller Kraft und von ganzem Herzen versuche, uns beiden ein besseres Dasein zu verschaffen. Ich will es für ihn. Aber auch für mich. Es *muss* mehr geben.

Nachdem ich die Küche aufgeräumt und Mom gefüttert habe, mache ich gerade ihr Bett, als Travis den Kopf hereinsteckt. »Du bleibst heute Abend zu Hause?«

»Ja. Hier mit dir. Hast du Lust auf einen Film oder so?«

Er runzelt die Stirn, als hätte ich ihn gefragt, ob ich eine seiner Nieren haben dürfte. »Nein, hab ich nicht. Ich gehe zu Trip. Ich mach bei ihm die Hausaufgaben.«

»Ist das dein Ernst?« Ich lasse die Arme sinken. »Was ist los mit dir? Jedes Mal, wenn ich vorhabe, den Abend mit dir zu Hause zu verbringen, kneifst du. Bist du irgendwie allergisch gegen mich oder was?«

»Das geht dich nichts an«, erwidert er mürrisch.

Ich beiße mir auf die Zunge. Ich will nicht meckern. Oder Streit anfangen. Oder ihn wie ein Kind behandeln. Oder als sei er anders. Oder einen von Millionen Patzern begehen, die ihn aus der Bahn werfen. Travis braucht viel Ruhe. Regelmäßigkeit. Aber er braucht auch ein gesellschaftliches Leben und Freunde, und offensichtlich findet er das bei Trip. Also halte ich auch jetzt den Mund und bete, dass er nicht in Schwierigkeiten gerät. Und ihm nichts zustößt.

Er steht noch immer unschlüssig in der Tür. Ich weiß nicht, ob er noch etwas sagen will oder darauf wartet, dass *ich* noch etwas sage, doch keiner von uns ergreift noch einmal das Wort. Nach einer Weile macht er kehrt. Einen Moment später höre ich die Tür seines Zimmers zufallen.

Eine halbe Stunde später bin ich gerade mit der Waschmaschine beschäftigt, als die Haustür geöffnet und wieder geschlossen wird. Ich renne hinaus auf die Veranda, ehe Travis noch auf der Straße angekommen ist. »Komm nicht so spät wieder«, rufe ich ihm nach. Ohne sich umzudrehen, hebt er eine Hand und geht, den Rucksack über eine Schulter geschlungen, davon.

Ich kehre ins Haus zurück, wandere von Zimmer zu Zimmer und räume das wenige auf, das aufgeräumt werden muss. Anschließend lackiere ich mir die Fußnägel. Dann trage ich eine Schlammmaske auf mein Gesicht auf und denke die ganze Zeit über an Sig und seinen schlammigen Handabdruck auf meiner Brust. Als Nächstes lasse ich mir ein Bad einlaufen und rasiere mich von den Fußgelenken bis zu den Achseln. In der Wanne driften meine Gedanken erneut ab. Und sie driften zielsicher zu Sig, zu seiner Berührung, zu seinem Kuss. Zu dem, was heute beinahe geschehen wäre.

Mein Körper schmerzt vor Sehnsucht nach ihm.

Ich schließe die Augen und beschwöre mühelos Sigs schokobraune Augen herauf, seinen wunderschön geschwungenen Mund, seine großen, leicht rauhen Hände. *Himmel*!

Fast eigenständig streichen meine Hände über meine Brüste und halten inne, um die pochenden Nippel zu liebkosen, wie Sig es tun würde. Wie Sig es getan hat. Ich erinnere mich genau an das Gefühl, als sich sein heißer Mund darüberlegte und mich in einen Rausch aus Lust und Begierde versetzte. Mein Inneres reagiert auf meine Gedanken und jagt mir einen Hitzeschub zwischen die Beine. Meine

Hände wandern abwärts und weiter auf die Stelle zu, an der ich am meisten brenne, an der sich die Leere am größten anfühlt.

Ich lege eine Hand auf mein Geschlecht und spüre Sigs Finger, spüre seine Lippen, seine Zunge, die in mich taucht – die in mich dringt, ohne mich auszufüllen, die mir gibt, wonach ich mich sehne, doch nicht genug, um mich zu befriedigen. Er hat mich gelockt, mich gereizt, mit mir gespielt, denn er wusste, dass ich mehr brauchte, und er wollte es auskosten, bis er sich endlich in mich treiben und den Hunger in mir stillen würde.

Aber mich selbst zu berühren kann Sig nicht ersetzen. So fest ich auch die Augen zukneife und sosehr ich mich auch konzentriere und mir wünsche, er wäre hier – er ist es nicht. Es sind nicht seine Hände, nicht seine Lippen. Es ist nicht sein Kuss oder sein Duft, sein Lachen oder sein Stöhnen. Ich bin in meinem Bad, bei mir zu Hause. Ich bin allein. Und gerade jetzt will ich genau das nicht sein.

Frustriert ziehe ich den Stöpsel aus der Wanne, steige aus und trockne mich ab. In der Wärme des Bads lasse ich das Handtuch fallen und gebe duftende Bodylotion auf meine hypersensible Haut. Die ungestillte Sehnsucht entlockt mir ein tiefes Stöhnen.

Ich wische über den beschlagenen Spiegel und blicke in meine geweiteten Augen. Meine Wangen sind rot, und das Verlangen steht mir so deutlich ins Gesicht geschrieben, dass es mich beinahe erschreckt.

Ich werde es nicht schaffen, der Versuchung zu widerstehen. Das weiß ich jetzt mit absoluter Gewissheit. Sig ist wie eine Droge, die sich in mir festgesetzt hat und zur Sucht geworden ist, ohne dass ich es bemerkt habe. Ich bin klug genug, um mir einzugestehen, dass ich diese Schlacht nicht gewinnen kann. Ich bin auch klug genug, um zu wissen, dass wir diese Quälerei durchaus beenden können, wenn wir nur vorsichtig genug vorgehen. Nur einmal. Nur einmal wird es passieren. Dann ist es aus und vorbei. So und nicht anders muss es laufen.

Genieße die Nacht, morgen ist alles vorbei.

Aber heute Nacht gehört uns.

Für Sig und mich.

Und alles, was zwischen uns besteht.

Nur diese eine Nacht.

Noch immer blicke ich in mein Gesicht, doch es hat sich inzwischen verändert. Meine Augen leuchten hell vor Entschlossenheit, meine Lippen zittern vor Erwartung.

Und nun, da ich weiß, was ich tun will, habe ich es plötzlich eilig. Ich streife mir Shorts und T-Shirt über – irgendwas, da ich ohnehin nicht vorhabe, es lange am Leib zu behalten – und schreibe hastig eine Nachricht für Travis, er solle nicht auf mich warten, wenn er nach Hause kommt, und mich im Notfall anrufen. Er wird annehmen, dass ich bei Lance bin.

Ich mache mir nicht einmal die Mühe, mein Haar zu lösen, das ich am Oberkopf locker zu einem Knoten zusammengefasst habe. Ich schnappe mir nur meine Tasche, schließe die Tür ab und laufe zum Auto. Plötzlich kann ich nicht schnell genug zu ihm kommen.

Ich bin außer Atem, als ich endlich auf seiner Schwelle stehe und mit all der Dringlichkeit, die ich empfinde, gegen seine Tür hämmere. Als Sig ein paar Sekunden später, die mir wie eine Ewigkeit erscheinen, die Tür aufmacht, ist sein Blick wild, als erwarte er etwas anderes. Ärger vielleicht?

Wir stehen einander schweigend und reglos gegenüber. Er runzelt leicht die Stirn und betrachtet mich prüfend. Sein Blick streicht über meine geröteten Wangen und meine leicht geöffneten Lippen abwärts zu meiner Brust, die sich noch immer schwer hebt und senkt. Und dann, als hätte er begriffen, was mein Körper ihm sagen will, sieht er mir plötzlich direkt in die Augen.

Tausend Dinge rasen durch meinen Verstand. Zweifel ist da, Unentschlossenheit, auch ein Hauch Angst. In diesem Augenblick wird mir auch klar, was für einen gewaltigen Fehler ich begehen könnte.

In seiner Miene dagegen steht nur eines zu lesen. Eine Frage. So deutlich, als hätte er sie ausgesprochen.

Kann ich jetzt noch gehen?

Kann ich wirklich jetzt noch gehen?

Mein Herz hämmert wild und urtümlich, so fest, dass ich es an den Rippen spüre. Ich schwelge in der Tiefe seiner Augen, in der Schönheit seines Gesichts und weiß, dass ich meine Wahl getroffen habe. Direkt vor mir steht alles, was ich mir wünschen könnte. Jemand, der nur mich will, der mir Gutes tun, der mit mir eins werden will. Nichts sonst.

Und deshalb kann ich nicht gehen. Nicht jetzt. Noch nicht.

Ich gebe alles, um Sigs Frage ohne Worte zu beantworten. Ich stehe still da, weiche nicht zurück, schaue ihn unverwandt an.

Die Zeit kommt zum Halten. Die Luft ist aufgeladen. Ich höre nichts außer Sigs schwerem Atem und dem Rauschen des Bluts in meinen Ohren. Und dann nichts mehr. Mein Herz, mein Verstand, meine Seele – alles ist nur noch auf den Mann vor mir ausgerichtet und auf das, was ich fühle.

Mit einer Bewegung, die so blitzschnell ist, dass sie nicht in diesen verlangsamten Moment zu passen scheint, schießt Sigs Hand vor, legt sich in meinen Nacken und zieht mich zu sich. Seine Lippen landen hart auf meinen. Und nun ist kein Raum mehr für Zweifel, für Fragen oder für Sanftheit. Nun gibt es nur noch Verlangen. Und Leidenschaft. Und eine Sehnsucht, die sich nicht in Worte fassen lässt.

Ich öffne mich, und er stürzt sich in einen Kuss, den ich bis in mein Innerstes spüre. Jede Bewegung seiner Zunge schrammt süß über meine Nervenenden, und seine Fingerspitzen sind wie glättendes Sandpapier auf meiner Seele.

Er zieht mich ins Haus und wirft die Tür zu, schlingt seine Arme um mich, hebt mich von den Füßen und trägt mich in sein Schlafzimmer. Direkt hinter der Tür bleiben wir stehen. Es ist dunkel hier und still, und unser hastiger Atem und die Glut des Verlangens verdichten die Luft, sodass kaum Raum zum Atmen bleibt.

Schon jetzt bin ich so gierig, so verzweifelt, so ungeduldig wie heute Nachmittag. Nach nur einem Kuss will ich nichts anderes mehr, als dass er in mich eindringt, mich ausfüllt, mich besitzt.

Sig lässt gerade lang genug von meinen Lippen ab, um mir das Top über den Kopf zu ziehen. Mit wenigen effizienten Handgriffen zieht er mich aus, bis ich mich splitternackt an ihn schmiege.

Während eine Hand an seinem Reißverschluss nestelt, hebt er mich ein kleines Stückchen hoch. Seine Lippen umschließen meine Brustspitze, und er beginnt zu saugen. Fest. So fest, dass ich den Kopf zurückwerfe und mit beiden Händen in sein Haar greife, damit er sich nicht zurückziehen kann.

Es gelingt ihm, sich zu befreien, und kurz lässt er von meiner geschwollenen Brust ab. In meiner Gier schlinge ich meine Beine um seine Hüften. Ich brauche ihn so unbedingt, dass ich an nichts anderes mehr denken kann, als ihn in mir zu spüren. Ich höre ein Knistern von Folie, dann wendet er sich wieder mir zu, und fast rasend rammt er mich mit dem Rücken gegen die Wand und treibt sich in mich.

Mir stockt der Atem, mein Kopf schlägt gegen die Wand zurück. Ein paar Sekunden lang kann ich keine Luft holen, nichts mehr tun, nur noch fühlen. Mein ganzer Körper vibriert, jeder Nerv ist hellwach. Er ist so groß und so tief in mir, dass mein Körper Mühe hat, ihn aufzunehmen, und mein Verstand damit ringt, die Mischung aus Schmerz und Genuss zusammenzufügen.

Sig verharrt absolut still. Er atmet schwer an meinem Ohr, doch dann höre ich ihn sanft knurren: »Tue ich dir weh?«

Schon beginnt er, sich aus mir herauszuziehen, und ich atme aus. »Nein. Bitte«, presse ich hervor. Zu mehr bin ich nicht fähig.

Sigs Zunge fährt in meinen offenen Mund, als er mich ein Stück herablässt, doch ehe ich mich versehe, kippt er die Hüften nach vorn, stößt sogar noch tiefer in mich und raubt mir erneut den Atem.

Ich brenne. Ich bin nur Empfindung. Meine Lippen, meine Nippel, meine Beine, mein Geschlecht. Meine Haut. Mein Innerstes. Ich spüre Sig überall, in jeder Faser, in jedem Nerv, und es ist, als sei ein Blitz von seinem in meinen Körper übergegangen, wo er nun von Nerv zu Nerv springt, Synapsen entzündet und auch in den allerletzten Winkel schießt. Mit jeder Sekunde, die sein Schwanz in mir steckt, explodieren Geysiren gleich Empfindungen in mir, und das weiße Feuer, das auf mich niedergeht, bringt mein Blut zum Brodeln.

Sig drückt meinen Rücken fester gegen die Wand, schiebt seine Hände unter mich und tastet zwischen uns. Er platziert seine Finger links und rechts von meiner bereits bis zum Äußersten gedehnten Spalte und öffnet mich vorsichtig noch weiter. Mit einer rotierenden Bewegung stößt er aufwärts in mich, sodass die Reibung an meinen weit gespreizten Schamlippen jeden einzelnen Nerv stimuliert. Und das ist mein Untergang. Ich explodiere, berste und steige auf wie ein Atompilz, während die Welt um mich herum rasant auf die heiße, nasse Stelle, an der wir vereint sind, zusammenschrumpft. Ich bestehe nur noch aus Orgasmus, kann weder denken noch sprechen.

»Gott, ja!«, knurrt er, als die ersten Spasmen meiner Muskeln ihn umfassen. Ich beiße mir auf die Lippen, um nicht seinen Namen herauszuschreien. Immer wieder ziehe ich mich um ihn zusammen, und die Schwellung seines Schafts scheint jede Welle noch zu verstärken. Sein Knurren geht in ein Stöhnen über, und sein heißer Atem streicht über mein Ohr. »Genau so will ich es, genau so. Ich will fühlen, wie du für mich kommst. Nur für mich.« Und langsam, rhythmisch, sanft bewegt er sich weiter in mir, um meine Ekstase zu verlängern, bis ich in mich zusammenfalle und schlaff an die Wand zurücksinke.

Als das Gefühl in meine Glieder zurückkehrt, zieht Sig mich fest an sich und bewegt uns beide von der Wand weg. Ohne sich aus mir herauszuziehen, kniet er sich vor sein Bett und legt mich behutsam darauf ab.

Meine Beine umklammern ihn noch immer, und meine

Hüften hängen in der Luft, als er sich neu in mir positioniert. Mein Körper reagiert sofort, und ich schaudere.

»Bleib bei mir«, sagt er leise, legt seine Hand auf meinen Schamhügel und streichelt mich bis hinauf zu meinem Kinn. Als seine Hand wieder abwärts wandert, dringt er langsam tiefer in mich ein, und mein kehliges Wonnestöhnen hört sich ganz genau so an, wie ich es empfinde.

»Ja. Ein Weilchen wenigstens«, erwidere ich und schlage die Augen auf.

Er sieht mich an. Seine Augen sind schwarz im dämmrigen Licht.

»Bis ich genug von dir habe?«

»Ja. Bis wir genug haben.«

Er löst sich von mir. Seine Hände streichen an meinen Seiten abwärts und schieben sich unter meinen Hintern. Er rutscht zurück auf seine Knie am Fuß des Bettes und fährt mit der Zunge von meiner Spalte bis zu meiner Klitoris, um sie in den Mund zu nehmen und sanft daran zu saugen.

Mit behutsamen Fingerspitzen, weichen Lippen und dem Kitzeln seiner Zunge holt Sig mich ins Leben zurück. Das Wonnegefühl meines Höhepunkts verlagert sich und verschmilzt mit einer neu aufsteigenden Empfindung, wie ich sie noch nicht erlebt habe. Methodisch zieht Sig mich in seinen Bann, reizt und neckt mich unaufhörlich, zieht mich auf wie eine Sprungfeder, bis ich die Spannung kaum noch aushalten kann. Ohne Steigerung, ohne Veränderung, doch stetig und unaufhaltsam fährt er fort, und es dauert nicht lange, bis ich unter ihm ungeduldig zapple und ihn anflehe, mir doch mehr zu geben. Mich zu nehmen. Mich endlich zu erlösen.

»Du schmeckst genau so, wie ich es mir vorgestellt habe«,

murmelt er an meinem Geschlecht, und seine Bartstoppeln kratzen über meine empfindliche Haut. »Aufregend. Sündig. Köstlich. Ich könnte dich die ganze Nacht nur lecken.«

Lecken, streicheln, saugen, knabbern, er hört nicht auf. Währenddessen dringt ein Finger langsam in mich ein und zieht sich wieder zurück, bis sich meine Hüften aus eigenem Antrieb gegen seine Hand pressen und zu rotieren beginnen. Bald winde ich mich unter ihm, und das Sehnen wird zu einem Pochen, das Pochen zu fast unwiderstehlichem Verlangen. Ein frustriertes Stöhnen entwischt mir, und Sig lacht leise. »Geduld«, flüstert er und streicht mit den Lippen zart über meine geschwollenen Schamlippen.

Ich keuche jetzt, und meine Ungeduld macht mich aggressiv. »Ich will dich in mir«, sage ich flehend.

»Tatsächlich?«, fragt er mit einem Lächeln in der Stimme.

»Sig, *bitte*!«

»Geduld«, sagt er erneut.

Er steigert den Druck seiner Lippen, doch nicht den seines Fingers. Noch immer bewegt er ihn genüsslich langsam, und als ich mich gegen sein Gesicht, seine Hand presse, zieht er sich augenblicklich zurück, nicht gewillt, sich drängen zu lassen und dieses Spiel vorzeitig zu beenden. Ich beiße frustriert die Zähne zusammen, und mein Bauch zuckt und zittert.

Die süße Qual setzt sich fort, und ich spüre, wie sich ein Schluchzen in meiner Brust aufbaut. Verzweifelt greife ich mit einer Hand in Sigs kurzes Haar und ziehe seinen Kopf fester zu mir, als ihm angenehm sein kann, aber wenigstens kann der Druck das Pulsieren ein wenig lindern.

Plötzlich lässt Sig mich los. Ohne Vorwarnung kommt er hoch, schiebt einen Arm in meine Kniekehle und drückt meine Hüften hoch. Und dann ist er mit einem geschmeidigen Stoß tief in mir. Mein erschrecktes Keuchen verwandelt sich in einen Aufschrei, als er beginnt, in mich zu stoßen, als er sich immer härter und tiefer, härter und tiefer in mich rammt. Die Lust, die sich in mir aufbaut, ist anders als alles, was ich je zuvor gespürt habe. Ich kneife die Augen zusammen, als flüssige Hitze durch jeden Muskel strömt und die Erlösung über mir zusammenschlägt.

Noch immer rollen die Wellen durch mich hindurch, doch ich schaffe es, die Augen zu öffnen. Sig starrt mit wildem Blick auf mich herab, doch als habe er auf diesen Moment gewartet, damit wir es gemeinsam beenden können, spannt sein Körper sich plötzlich an. Seine Miene ist eindringlich, sein Gesicht atemberaubend in seiner Lust, und ich könnte nicht wegsehen, selbst wenn ich es wollte. Und so genieße ich den Anblick, schwelge in dem, was er empfindet, und staune, was ich in seinem Körper bewirke. Und er in meinem. Was wir einander Schönes tun.

Sig richtet sich auf, biegt den Rücken durch und schiebt sich mit rotierenden Hüften in mich, und ob ich will oder nicht, er reißt mich mit. Stoß um Stoß bin ich Sklavin meines eigenen Vergnügens, bis Sig erstarrt, ein letztes Mal tief in mich dringt und sich schließlich erschöpft und schweißnass über mich fallen lässt.

* * *

Sekunden oder Minuten oder Stunden später, als unsere Atmung sich beruhigt hat und zu tiefen zufriedenen Zügen geworden ist, hebt Sig den Kopf und sieht auf mich herab. Seine schokobraunen Augen sind hell, fast wie Karamell. »Ich bin froh, dass du hergekommen bist.«

»Ich konnte gar nicht anders.«

»Dann bin ich bloß froh, dass du dich nicht dagegen gewehrt hast«, sagt er grinsend.

Ich spüre, wie die Wolken aufziehen, wie sich ein Nebel über die saftig grüne Wiese der Zufriedenheit senken will. »Sig, ich …«

Er legt mir einen Finger auf die Lippen. »Die Nacht ist noch lang. Mach sie nicht kaputt.«

»Aber …«

»Kein Aber. Diese Nacht ist nur für animalischen Sex und gute Gedanken. Nichts sonst, okay?«

Ich grinse. Ich kann nicht anders. »Okay.«

Mit einem harten Kuss zieht Sig sich aus mir heraus, wälzt sich auf die Seite und holt mich halb auf seine Brust heran. Ich lege meinen Kopf auf sein Herz und lausche dem tröstenden Wummern.

Träge male ich Kreise um seine Brustwarze. »Erzähl mir was von deiner Familie. Bist du ein Einzelkind?«

»O Gott, nein. Früher habe ich mir das manchmal gewünscht, aber ich bin alles andere als ein Einzelkind. Ich habe zwei Brüder und eine Schwester – Vollidioten allesamt.«

Ich versetze ihm einen Klaps auf die Rippen. »So was sagt man nicht. Das ist deine Familie.«

»Na und? Auch die Familie kann aus Vollidioten bestehen.«

»Mag sein, aber man sagt es trotzdem nicht.«

»Na gut«, gibt er mit einem gespielten Seufzen nach. »Sie sind keine Vollidioten. Oder sagen wir – nicht immer.« Sein leises Lachen rumpelt in seiner Brust und kitzelt meine Wange. »Na ja, eigentlich sind sie sogar ziemlich okay. Mein ältester Bruder kann manchmal etwas rechthaberisch sein, er ist ein echter Kontrollfreak. Aber er meint es nur gut.«

»Stehst du ihm besonders nah?«

»Nein, eigentlich stehe ich meiner kleinen Schwester besonders nah. Ich würde es ihr zwar niemals sagen, aber sie ist ziemlich großartig. Für ein Mädchen jedenfalls.« Er drückt meine Schulter, um seine Worte zu unterstreichen, und ich verdrehe ihm die Brustwarze. »Autsch! Verdammt, das tut weh!«, ruft er, packt meinen Hintern und drückt fest zu. »Mach das ja nicht noch mal.« Aber ich kann das Lachen in seiner Stimme hören.

»Du bist schrecklich!«

»Wenn das eine andere Bezeichnung für eine rattenscharfe Sexmaschine mit blitzgescheitem Intellekt ist, dann muss ich dir vollkommen Recht geben.«

Ich stöhne und verdrehe die Augen, auch wenn er es genauso wenig sehen kann wie mein Lächeln. »Dein großer Bruder ist also rechthaberisch und deine kleine Schwester großartig. Und deine Eltern?«

»Mein Vater ist cool. Und zum Glück noch quicklebendig. Meine Mama ist gestorben, als ich sieben war.« Die Leichtigkeit ist aus seiner Stimme verschwunden. »Sie war krank. Krebs. Es hieß, dass es schon wieder werden würde. Aber dem war nicht so. Das war eine harte Zeit, und es hätte meinen Dad fast umgebracht. Gott, er hat sie geliebt. Vielleicht zu sehr.«

Ich hebe den Kopf, um ihm in die Augen zu sehen. »Zu sehr? Kann man jemanden zu sehr lieben?«

»Ich denke schon. Ich will jedenfalls niemanden so sehr lieben, dass allein sein Fehlen mich unglücklich macht. Es gibt noch so vieles anderes im Leben.«

Ich lasse den Kopf wieder sinken. Er soll nicht sehen, wie sehr mich seine Worte treffen. »Ich wünsche mir nichts mehr als das – nämlich jemanden sosehr zu lieben. Und von ihm sosehr geliebt zu werden«, sage ich leise. Mit einem Mal wird mir bewusst, dass ich diesen Gedanken noch nie ausgesprochen habe.

»Warum? Warum willst du jemanden so lieben, dass es dir ohne ihn schlecht geht?«

»Ich glaube kaum, dass man von vornherein davon ausgehen sollte, geliebte Menschen zu verlieren. Das ist nicht unbedingt die übliche Einstellung.«

»Aber warum das Risiko eingehen? Wieso sich auf ein solches Elend einlassen?«

»Man lässt sich darauf ein, weil man hofft, dass es zu keiner Katastrophe kommt. Das Risiko ist es einfach wert.«

»Selbst wenn es wehtut? Ich meine, jeder muss irgendwann sterben.«

Ich lächle an seiner Brust. »Vor allem wenn es wehtut.«

»He, das bezog sich auf etwas ganz anderes, das weißt du. Ich meinte, dass man etwas tut, was man nicht tun will, das am Ende aber irgendwie dann doch die Mühe wert ist.«

»Und das ist absolut dasselbe. Schmerz erinnert uns daran, dass wir am Leben sind. Und kämpfen müssen. Ohne Schmerz lassen wir uns vielleicht einfach nur durchs Leben treiben.«

»Und wofür kämpfst du?«, fragt er ruhig.

»Für Travis.« Ich zögere nicht einmal. Er ist der Grund für … alles. Seit Jahren.

»Und nichts sonst ist es wert, dafür zu kämpfen?«

»Nichts mehr als er.«

Sig packt meine Oberarme und zieht mich ganz auf sich,

bis unsere Augen auf gleicher Höhe sind. »Und ich helfe dir dabei. Für Travis zu kämpfen. Denn darum geht es bei allem, was du tust, hab ich recht? Um Travis.«

»Das habe ich doch eben gesagt …«, beginne ich und will mich losmachen, aber er hält mich fest.

»Ich weiß, was du gesagt hast. Und ich antworte dasselbe: Du kannst mir vertrauen, Tommi.« Er zieht mich zu sich, bis unsere Nasen sich berühren und seine Lippen über meine streichen, als er wieder spricht. »Du kannst mir vertrauen.«

Stumm und unnachgiebig starren wir einander an. Ich bin fest entschlossen, ihm nicht zu vertrauen, niemand anderem die Kontrolle zu überlassen, und er, mich umzustimmen, mich auf seine Seite zu bringen. Als ich mich erneut losmachen will, packt Sig mein Gesicht und hält mich fest, als könne sein eindringlicher Blick allein mich dazu zwingen, ihm zu glauben.

Und dann liegen seine Lippen wieder auf meinen, hart und verlangend, heiß und herausfordernd. Wir sind wie zwei entgegengesetzte Pole. Wir sind dazu bestimmt, aneinanderzugeraten, miteinander zu ringen, uns zu messen. Aber im Augenblick ist die Begegnung in der Mitte unvermeidlich. *Wir* sind unvermeidlich. Wir sind Rauch und Feuer, Glut und Verlangen, wir sind ein nicht zu löschender Durst.

Ich strecke meine Beine an seinen Seiten aus, meine Knie berühren die Matratze, und dann stürze ich mich kopfüber in den Kuss. Es ist, als sei das Tier in mir erwacht. Unsere Hände grabschen und greifen. Unsere Zähne schnappen und beißen. Unsere Münder verschlingen einander.

Ich spüre, wie er unter mir wächst. Seine Erektion drängt sich an meine warme Pforte, und sofort werde ich nass. Ohne von meinen Lippen abzulassen, tastet er auf dem

Nachttisch nach einem weiteren Kondom. Schnell und geschickt reißt er eines auf und streift es sich über, dann packt er meine Hüften, positioniert sich unter mir und zieht mich auf sich.

Gleichzeitig drückt er seine Hüften nach vorne, sodass er sich tief in mir vergräbt, und in Ekstase schreie ich auf. Wieder brauche ich einen Moment, um mich an seine unglaubliche Größe zu gewöhnen. Ich spüre die Penetration in meinem ganzen Körper, von vorne nach hinten, tief hinein bis in meinen Bauch, und sie raubt mir den Atem.

Ich stemme mich gegen seine Brust, um mich aufzurichten und besser Luft zu bekommen, aber dadurch dringt er noch tiefer in mich ein. Ich lasse den Kopf zurückfallen, versuche, mich zu entspannen, und gebe mich dem Vergnügen hin, das sich wie Donnergrollen in mir aufbaut. Und Sig scheint genau zu wissen, was ich brauche, denn er packt meine Hüften fest, knetet sie und reibt meine Scham gegen sein Geschlecht, sodass mir Stromstöße durch die Nervenbahnen jagen.

Als ich endlich wieder ohne bewusste Anstrengung atmen kann, stöhne ich tief, und die Laute feuern Sig nur noch an. Er setzt sich ebenfalls auf, legt seine Lippen um einen meiner Nippel und saugt, während sich seine Hand zielsicher zwischen uns schiebt und meine Schamlippen auseinanderzieht. Er findet meine Klitoris und drückt sie behutsam zwischen Daumen und Zeigefinger, sodass sich das Donnergrollen in mir in ein regelrechtes Blitzgewitter verwandelt. Ehe ich mich versehe, bewege ich mich auf ihm auf und ab und rase auf den nächsten Orgasmus zu.

Rastlos treibt Sig mich an, bis die Ekstase über mir zusammenschlägt, mir die Sicht raubt und meinen Verstand vernebelt. Einen Moment lang bin ich desorientiert und schwanke auf ihm wie eine Kompassnadel, die sich nicht einnorden kann, und Sig zieht mich an sich und hält mich fest, bis ich wieder in der Wirklichkeit ankomme.

Als ich die Augen aufschlage, erstarre ich unter dem Blick seiner sattbraunen Iris. Die Pupillen sind riesig, tintenschwarz und wild, als sei der Teufel hinter ihm her. Wieder hat er mir zugesehen, wie die Lust mich fortgerissen hat, und wieder hat er nur darauf gewartet, um sich ebenfalls gehen zu lassen.

Seine Hände packen meine Taille, sein Blick hält meinen fest. Er legt sich zurück, stemmt die Füße aufs Bett, hebt die Hüften und rammt seinen Schwanz immer wieder in mich, bis ich erneut die Erlösung finde, die ich kurz zuvor bereits gehabt zu haben glaubte.

Und endlich stößt er ein Knurren aus, ein Grollen eher, das mir verrät, wie nah er seinem Ziel ist. Ich halte mich an ihm fest und sehe ihm zu, bewundere, wie seine Bauchmuskeln unter der Anstrengung hervortreten. Doch ehe ich mich versehe, packt er mich um die Hüfte, wirft mich auf den Bauch, drückt mir die Beine mit einem Knie auseinander und stößt von hinten in mich, sodass eine neue, frische Woge der Lust durch meine Adern jagt.

Sigs Hüften klatschen mit solch einer Wucht gegen mich, dass ich die Zähne zusammenbeißen muss. Doch er tut mir nicht weh. Sinnlich-aggressiv ist der Ansturm, und wieder durchzuckt mich die Wonne wie Stromstöße. Ich kann nur staunen, dass er nicht müde wird. Doch sein Liebesspiel ist genauso so kraftvoll und selbstsicher wie der Mann selbst.

Als er kommt, kann ich es spüren. Es ist, als sei nichts zwischen uns. Er pumpt sich in mich, erstarrt und lässt sich über mich sinken, um sich schwer atmend mit einer Hand auf dem Bett abzustützen.

Einen kurzen Moment später zieht er sich aus mir heraus, dreht mich vorsichtig auf den Rücken und lässt sich neben mich fallen. Wir keuchen wie Marathonläufer. Ich drehe den Kopf und grinse ihn an. »Als du von animalischem Sex geredet hast, hast du wirklich nicht übertrieben.«

Er lacht, legt sich einen Arm über die Augen und wälzt sich auf den Rücken. »Tja, tut mir leid. Offenbar bringst du die urtümlichsten Instinkte in mir hervor. Beschützen. Besitzen. Verschlingen.«

Seine Worte verursachen mir eine Gänsehaut. Aber ich sage nichts. Ich wüsste nicht, was ich dazu sagen soll.

Nach ein paar Augenblicken der Stille rollt sich Sig auf die Seite und stützt sich auf einem Ellenbogen ab. Beinahe ehrfürchtig blickt er auf mich herab. »Hab ich dir wehgetan?«

»Nein.«

»Dir Angst gemacht?«

»Gott, nein!«

»Dir Lust bereitet?« Seine Stimme ist ruhig und weich wie schwarzer Samt.

»O ja, das hast du. Und wie.«

Als er die Augen schließt, liegt ein breites, glückliches, jungenhaftes Grinsen auf seinem Gesicht.

24. Kapitel

SIG

Zwei Stunden später schwirrt mir der Schädel. Meine Fingerspitzen pochen. Meine Augen fallen zu. Verdammt! Nichts kann sich mit diesem Gefühl messen – Erlösung. Ich wollte Tommi, seit ich sie zum ersten Mal am Straßenrand gesehen habe, aber das hier habe ich nicht erwartet. Himmel! Der Abend heute ist mehr, als ich je zu hoffen gewagt habe. Kraftvoller. Eindringlicher. Befriedigender.

Als ich meinen Kopf wieder heben kann, schaue ich auf Tommi herab. Ihre schläfrigen Augen sind auf mich gerichtet. Ich küsse ihre Nasenspitze. »Kannst du die ganze Nacht bleiben?«, frage ich. Sie hebt die Hand und streicht mir zögernd mit den Fingern über die Wange. Es ist eine fast andächtige Geste, und mir wird bewusst, was für ein Risiko sie für mich eingegangen ist. Ein gewaltiges in ihren Augen. Und schon jetzt kann ich sehen, dass sich das Gefühl der Sättigung verflüchtigt und sich die Angst vor den Konsequenzen breitmacht. »Das würde ich sehr gerne, aber ich muss zu Hause sein, wenn Travis aufsteht.«

»Wir könnten ja zusammen dort sein. Du könntest mich zum Frühstück einladen, und wir fahren Travis zusammen zur Schule. Dann kommen wir zum Nachtisch hierher zurück.«

»Zum Frühstück gibt es keinen Nachtisch.«

»Und ob es den gibt. Du hast nur noch nicht mit mir gefrühstückt.«

Ihr Lächeln ist klein und unsicher. »Das Risiko gehe ich lieber nicht ein.«

»Welches Risiko? Travis kennt mich. Er mag mich sogar. Ich bin doch sonst auch immer da, wenn er zur Schule geht. Dieses Mal eben einfach ein wenig früher.«

»Es geht nicht nur darum allein. Ich meine … ich halte das einfach für keine gute Idee.«

»Liegt es an der Dame im hinteren Zimmer?«

Jedes bisschen Farbe weicht aus Tommis Gesicht. »Ich weiß nicht, wovon du redest«, sagt sie prompt. Doch dann erkennt sie anscheinend, wie albern das reflexartige Leugnen ist, und setzt neu an. »Woher weißt du davon?«

»Ich bin neulich spätabends vorbeigekommen und habe mich in euren Garten geschlichen. Ich sah das Licht im Zimmer und dich, wie du dich um die Frau gekümmert hast. Wer ist sie?«

Tommi schluckt. Ich kann die Panik, die in ihr aufsteigt, fast in der Luft spüren. Aber warum? Wovor sich fürchten? Wo liegt das Problem?

»Meine Mutter.«

»Aber warum erweckst du den Anschein, als würdest du gleich in Ohnmacht fallen? Es ist doch nichts Schlimmes dabei, seine kranke Mutter zu pflegen. Im Gegenteil – ich finde das ziemlich anständig von dir.«

Ihr Lächeln ist nervös, halbherzig. »Danke. Ich, ähm … ihr ist … ihr war ihre Privatsphäre immer besonders wichtig. Und da Travis auch noch da ist … na ja, ich versuche bloß, alles so routinemäßig und normal zu halten, wie es eben geht.«

»Okay, das kann ich verstehen«, sage ich. »Und ich bitte dich ja auch nicht, sie mir vorzustellen. Ich wollte dir nur klarmachen, dass du sie nicht vor mir verstecken musst.«

Ihre weit aufgerissenen smaragdgrünen Augen flackern, dann, endlich, kehrt das Lächeln auf ihre Lippen zurück. Ein kleines Lächeln nur, aber wenigstens wirkt sie nicht mehr, als hätte ich ihr eine Pistole vor die Nase gehalten. »Danke. Das weiß ich zu schätzen.«

»Und was ist mit ihr geschehen? Ist sie krank?«

»Sie, ähm, hatte vor ein paar Jahren einen Unfall. Davon hat sie sich nie ganz erholt. Selbst *wenn* ich dich ihr vorstellen würde, würde sie wahrscheinlich nicht einmal bemerken, dass du im selben Raum bist wie sie.«

Ich nehme ihre Hand, die angespannt auf meiner Brust liegt, und küsse ihre Fingerspitzen. »Das tut mir furchtbar leid für dich.«

»Sie ist ja nicht gestorben.«

»Ich weiß, aber zusehen zu müssen, wie jemand derart abbaut, ist manchmal noch grausamer.«

»Ist deine Mutter so gestorben? Langsam, meine ich?«

»Nicht *so* langsam wie deine Mutter anscheinend, aber langsam genug. Es war schlimm. Jeden Tag mussten wir uns fragen, ob wir sie vielleicht zum letzten Mal sehen.«

Tommi starrt auf ihre Hand, die ich festhalte. Sie beginnt, jeden meiner Finger methodisch von der Wurzel bis zur Spitze zu streicheln und scheint sich dessen kaum bewusst zu sein. »Manchmal denke ich, dass es für Travis so am besten ist. Immerhin ist sie noch bei uns, und das tröstet ihn ein bisschen.«

»Dich auch?«

»Ja, ich denke schon. Es ist schwer loszulassen«, fügt sie

verzagt hinzu, und ihre Stimme droht einen Moment lang zu kippen.

»Und das ist es, was Liebe dir antut«, greife ich auf meinen Standpunkt von vorher zurück.

»Dennoch möchte ich nicht missen, sie gekannt und geliebt zu haben. Ich *will* daran glauben, dass es eine ›gute Liebe‹ gibt, eine selbstlose Liebe, die der Grund ist, warum man jeden Morgen aufsteht.«

»Du meinst eine Liebe, wie du sie für Travis empfindest?«

Fast unhörbar seufzt sie. Ich spüre es eher, als dass ich es höre. »Ja, so ungefähr, nur … irgendwie anders.«

»Die Liebe, die einem begegnet.«

Ihr Blick hält meinen fest. »Was meinst du damit?«

Ich zucke die Achseln. »Ich weiß nicht. Ein Familienmitglied zu lieben ist ja fast schon zwingend. Jedenfalls für halbwegs normale Menschen. Wahrscheinlich wird uns diese Art von Gefühl bei der Geburt mitgegeben. Aber was du ansprichst, klingt wie eine Liebe, die man findet. Oder die dich findet. Die Märchen-Liebe, die dir das Herz herausreißt und darauf rumtrampelt.«

Lachfältchen erscheinen in ihren Augenwinkeln. »Ja, so ähnlich, nur ohne das Rumtrampeln. Ich will die Art von Liebe, die bleibt. Die man mir entgegenbringt, weil ich bin, wer ich bin, nicht weil ich etwas Besonderes tue oder zu sein vorgebe. Liebe, die einfach bei dir bleibt, egal was geschieht. Diese Art von Liebe will ich.«

»Du wirst sie finden, dessen bin ich mir sicher. Ich hoffe bloß, dass sie dir nicht das Herz rausreißt und darauf rumtrampelt. Ich möchte nur ungern Tränen auf diesem wunderschönen Gesicht sehen.« Ich fahre ihr mit der Fingerspitze vom Augenwinkel bis zum Mundwinkel. Ein Grübchen erscheint in ihrer Wange, als sie mir ein halbes Grinsen schenkt.

»Das hoffe ich auch.« Sie wendet den Blick ab und betrachtet eingehend einen meiner Fingerknöchel, als stünde darauf die Formel für den Sinn des Lebens. »Könntest du bitte für dich behalten, dass du von Momma weißt? Ich will nicht … ich meine … es ist meine Sache. Ich möchte nicht, dass Lance' Leute allzu viel über mich wissen, verstehst du?«

Oh, und ob ich das verstehe. Sie sagt mir mehr, als sie sich bewusst ist. Und wahrscheinlich auch mehr, als sie mir sagen *will.*

»Ich verrate nichts«, versichere ich ihr ernst. »Und danke, dass du es mir erzählt hast. Für dein Vertrauen.«

Sie schnaubt. »Was heißt hier Vertrauen? Du wusstest es doch schon.«

»Nein. Eigentlich nicht. Du hättest mich auch belügen können. Du hättest dir etwas ausdenken können. Aber das hast du nicht.«

Verlegen sieht sie zur Seite und zuckt halb mit der Schulter. »Ich habe dir doch versprochen, nicht zu lügen.«

»Vielleicht habe ich dir nicht hundertprozentig geglaubt.«

Ihr Blick kehrt zu meinem zurück. »Und ich schätze, das kann ich dir nicht verübeln. Vertrauen beruht auf Gegenseitigkeit.«

»Ich vertraue dir bereits. Also los, du bist dran. Keine Verzögerungstaktik mehr.«

Diesmal ist ihr Grinsen breiter. »Verzögerungstaktik? Lieber Himmel, ich doch nicht, niemals.«

Ich verenge die Augen. »Du machst dich über mich lustig.«

»Das würde ich nie wagen.«

Ihre Augen funkeln spitzbübisch, und ich bin mir ziemlich sicher, dass ich noch nie etwas Anziehenderes gesehen habe. Nun, außer ihrem Gesichtsausdruck, wenn sie kommt. Der ist nicht zu toppen.

»Habe ich dir schon gesagt, wie ich Leute bestrafe, die sich über mich lustig machen?«, frage ich sie, während ich mich unter ihr hervorschiebe.

Sie verschränkt die Arme schützend vor der Brust. »Neiiiin, ich denke nicht.«

»Nun, dann zeige ich es dir am besten.«

Das Letzte, was sie von sich gibt, bevor mein Kuss ihren Protest erstickt, ist ein entzückendes Quieken.

* * *

Ich erwache schlagartig, als ich das charakteristische Zischen einer gesendeten SMS höre. Tommi steht an der Tür, in der einen Hand ihre Jeans, in der anderen ihr Handy.

»Was machst du?«, frage ich schlaftrunken.

»Lance schreiben.«

Unbehagen setzt sich in meiner Brust fest. Ein Hauch Eifersucht. Verärgert verdränge ich die Regung. Es gibt nichts, weswegen ich eifersüchtig sein müsste. Lance ist für sie eine Verpflichtung, ein Mittel zu einem Zweck, über den ich nichts Genaueres weiß. Sie ist hier und jetzt bei mir, weil sie es selbst wollte, weil sie *mich* wollte.

Dennoch gefällt es mir nicht, wenn sie von Lance spricht. Oder an ihn denkt. Nein, das gefällt mir überhaupt nicht.

»Ich hatte ihm gesagt, dass ich morgen um zehn bei ihm bin, sofern es mir wieder gut genug geht.«

»Und was hast du ihm jetzt geschrieben?«

»Dass ich morgen um zehn bei ihm bin.«

Wieder ein Stich. Diesmal Ärger. Gemischt mit Eifersucht. Verdammt.

»Warum hast du ihm denn nicht gesagt, dass du noch einen Tag brauchst? Dann hätten wir die Zeit für uns gehabt.«

»Ich will aber nicht, dass er misstrauisch wird.«

Sie geht damit um wie mit einem Geschäftstermin. Ich meine, wer weiß denn, was der Kerl vorhat? Vielleicht steht morgen eine Orgie an, und ich muss sie auch noch hinfahren!

Sie kommt zum Bett zurück und setzt sich, schlüpft aber nicht hinein, vielmehr so, als sei sie auf dem Sprung. Ich will aber nicht, dass sie schon geht. Ich habe das völlig irre Bedürfnis, sie hierzubehalten, bis ich die einzige Sorge bin, die sie umtreibt, bis ich der einzige Mensch bin, an den sie denken kann. Als könnte ich sie brandmarken und gleichzeitig für alle anderen blenden.

Blitzartig packe ich ihre Fußknöchel und ziehe mit einem Ruck, sodass sie plötzlich neben mir liegt. Sie ist noch immer splitterfasernackt. Ihr entfährt ein überraschter Aufschrei.

»Dabei muss ich dir unbedingt noch ein Geheimnis verraten«, sage ich.

»Aha? Musst du das?«

»Ja, muss ich«, sage ich, strecke ihre Arme aus und halte sie fest. »Ich habe dir noch nicht gesagt, dass es noch mehr gibt.« Ich reibe meine Nase an der empfindlichen Stelle unter ihrem Ohr.

»Mehr? Mehr von was?«

»Mehr von mir. Mehr als nur den animalischen Teil.«

»Tatsächlich?«, fragt sie verträumt und reckt mir den Hals entgegen.

»Hmja, viel mehr. Wusstest du schon, dass ich auch ganz sanft sein kann?« Mein Flüstern ist genauso Liebkosung wie der Hauch meiner Lippen an ihrer Wange. »Unglaublich sanft.« Um es zu unterstreichen, flattern meine Finger über ihre Haut abwärts bis zu ihrer Brust und umkreisen federleicht ihre Nippel. Sie schaudert, als ihr Körper sofort auf meine Berührung reagiert. »Und ich kann auch langsam machen. Wirklich langsam.«

Ich neige den Kopf und widme mich mit meiner Zunge so ausgiebig ihren verhärteten Brustwarzen wie eine Katze, die sich putzt. »Ich kann deinem Körper huldigen, wie es noch niemand zuvor getan hat. Nichts entgeht meiner Beachtung. Keine Erhebung …«, ich platziere Schmetterlingsküsse auf ihren Bauch und ihre Taille, »… und keine Niederung.« Ich stecke meine Zunge in ihren Nabel, und sie biegt den Rücken durch. Beinahe spüre ich, wie ihre Muskeln meinen Finger umklammern würden, wenn ich ihn in sie stecken würde, aber alles zu seiner Zeit. Und nun ist die Zeit für Langsamkeit. »Und keine heiße, nasse Spalte«, fahre ich fort und dränge mich zwischen ihre Beine. Ich ziehe ihre Muschi auseinander und bringe meinen Mund nah heran, ohne sie direkt zu berühren, sodass sie nur meinen heißen Atem und das Kitzeln meiner Lippen spüren kann. »Darf ich es dir zeigen?«, frage ich und erfreue mich daran, wie sich ihre Hüften mir entgegenrecken.

Ihr atemloses Stöhnen ist alles, was ich als Antwort brauche.

* * *

Mein Schlafrhythmus ist durch die vielen unterschiedlichen Zeiten, zu denen ich arbeite, ziemlich durcheinandergeraten.

Mein Körper hat sich inzwischen angewöhnt, mit den wenigen Stunden, die ich habe, zurechtzukommen und herauszuholen, was immer geht, bis ich wieder einsatzbereit sein muss. In dieser Nacht kommt mir das nur entgegen.

Kurz vor Tagesanbruch schlage ich die Augen auf. Ich betrachte die schlafende Frau neben mir und werde schon wieder hart. Herrgott noch mal, ich hätte nie gedacht, dass ich im reifen Alter von fünfundzwanzig Jahren noch mal so rattenscharf sein könnte wie als Teenie, aber verdammt! Tommi lässt mein bestes Stück zu ungeahnter Hochform auflaufen.

So behutsam, wie ich kann, lege ich meinen Arm um Tommis Taille und ziehe sie mit dem Rücken an mich. Das Gefühl ihres hübschen kleinen Hinterns an meinem Schwanz weckt meine Lebensgeister vollends, und ich vergrabe mein Gesicht in ihrem Nacken, um ihren Duft einzuatmen. Hmmm. Ich muss sie unbedingt fragen, was für ein Parfüm sie benutzt.

Sie regt sich, was mir gut zupasskommt, da sie sich an mich schmiegt und meine Erektion quasi anfleht, sich zwischen ihre Backen zu schieben. Ich strecke den Arm aus, umfasse ihr Knie und hebe ihr Bein über meins. Dann streiche ich mit den Fingern an der Innenseite ihres Oberschenkels bis zu ihren Schamlippen, die gerade weit genug geöffnet sind, um mir zu zeigen, wie heiß und nass sie für mich ist.

»O Gott«, stöhne ich, schiebe meinen Finger in die Nässe und reibe sie über ihre Klitoris. »Bist du eigentlich immer so bereit, wenn du aufwachst?«

»Keine Ahnung«, sagt sie heiser und packt meinen Unterarm. »Ich wache immer allein auf.«

Ich presse die Kiefer zusammen. Eine bessere Antwort hätte sie mir nicht geben können. Das hier ist ganz allein für mich. Nichts, was eine Erinnerung an jemand anderen auslösen könnte, nichts, was Erwartungen schürt. Alles für mich.

»Tja, ich würde die ganze Pracht nur ungern verschwenden. Das wäre doch eine echte Schande.«

Ich reibe über die Knospe, ehe ich einen Finger in sie stecke. Sofort zieht sie sich um mich zusammen. »Du machst süchtig, wusstest du das?«, flüstert sie.

»Lustig«, sage ich und drehe sie auf den Rücken. »Ich wollte dasselbe gerade von dir sagen.«

* * *

Eine Stunde später verlässt Tommi mein Haus, startet ihren Wagen und fährt davon. Wieder anderthalb Stunden später halte ich gegenüber von ihrem Haus und kann es kaum erwarten, sie wiederzusehen.

Wie üblich ist es Travis, der zuerst das Haus verlässt, und wie üblich hat er die Kapuze tief ins Gesicht gezogen. Tommi folgt ihm ein paar Sekunden später, schließt die Tür ab und überprüft den Türknauf. Ich bin mehr als nur ein bisschen überrascht von ihrer Kleiderwahl: Sie trägt eine ausgeblichene enge Jeans und eine Sweatshirtjacke, unter der sich ihre so schönen, vollen und sensiblen Brüste verbergen. Ihre Haare sind zu einem wirren Knoten aufgesteckt, und sie sieht aus, als sei sie gerade erst aus meinem Bett gefallen. Was ja im Grunde auch stimmt. Ihr Anblick reicht, um meinen ganzen Körper in Fahrt zu bringen. Ich stöhne auf. Ich hätte keine Erinnerung an die vergangene Nacht gebraucht. Die vergesse ich bestimmt nicht so schnell.

Sie wendet sich zu mir um und begegnet meinem Blick. Ein kontrolliertes Lächeln erscheint auf ihren Lippen, und ich schätze, sie würde offener lächeln, wenn wir zwei nicht ein süßes Geheimnis teilen würden. Als sie auf mich zukommt, lasse ich sie nicht aus den Augen.

»Na, wie läuft's, kleiner Mann?«, frage ich Travis, als er auf die Rückbank klettert. Er brummelt etwas, das ich nicht verstehe, aber ich hake nicht nach. Plötzlich kann ich mich nur noch auf die schöne Frau konzentrieren, die nun neben mir einsteigt. »Morgen.«

»Guten Morgen«, gibt sie etwas formell zurück und greift nach dem Gurt. »Du brauchst mich heute nicht zu Lance zu bringen. Er musste weg und ist erst am Sonntag wieder in der Stadt.«

Lance ist weg! Bis Sonntag. Heute ist Freitag. Zwei volle Tage. Und zwei lange Nächte.

Nachdem sie sich angeschnallt hat, begegnet sie wieder meinem Blick. Das schelmische Funkeln in ihren Augen weckt in mir den Wunsch, Travis ein Taxi zu rufen und Tommis hübschen kleinen Hintern zu mir nach Hause zu schaffen. Und zwar sofort.

»Ich habe mich schon gefragt, warum du heute so rumläufst«, meldet sich Travis von der Rückbank zu Wort.

»Ist die Katze aus dem Haus, tanzen die Mäuse auf dem Tisch«, scherze ich.

Tommis Wangen färben sich rosa, und ihre Antwort kommt so leise, dass wohl nur ich sie hören kann. »O ja, das werden sie.«

Als Sohn eines Polizisten, der selbst Polizist geworden ist, halte ich mich normalerweise brav an die Geschwindigkeitsbegrenzung. Heute jedoch übertrete ich sie in meiner Hast, Travis an seiner Schule abzusetzen, mindestens dreimal. Tommi ist einen Strafzettel wert. Auch mehrere.

25. Kapitel

TOMMI

Ich fühle mich wie ein Häftling, der auf Bewährung entlassen wurde. Nach Lance' Anruf heute Morgen war mir sofort klar, wie ich die Atempause nutzen würde. Daran bestand kein Zweifel.

Ja, ich weiß, eigentlich sollte die vergangene Nacht eine einmalige Sache bleiben, aber schon gestern war mir klar, dass ich noch mehr von ihm will. Nun bekomme ich noch einmal etwas Zeit, und diesmal ist das Risiko viel geringer.

Sig sagt kein Wort, als Travis die Tür zuwirft und die Betonstufen zur Schule hinauftrottet. Schweigend legt er den Gang ein, macht kehrt und gibt Gas, und kurz darauf halten wir wieder vor seinem Haus.

Sobald er die Tür hinter uns zugezogen hat, fallen wir beide so ausgehungert übereinander her, als hätten wir nicht die ganze vergangene Nacht Sex miteinander gehabt. Wir sind so begierig darauf, einander zu berühren und zu erforschen, als sei es das allererste Mal.

Verschwitzt und erschöpft legen wir um die Mittagszeit eine Pause ein, und Sig fährt mich zu mir nach Hause, damit ich mich um Momma kümmern kann. In dem Wissen, dass Sig im Wohnzimmer auf mich wartet, erledige ich meine tägliche Routine mit einem gut gelaunten Summen.

Seltsam, dass eine kleine Veränderung einen derart großen Unterschied machen kann. Zum ersten Mal seit vielen Jahren habe ich das Gefühl, dass vielleicht doch noch alles irgendwie in Ordnung kommen könnte. Nicht, weil ich Lösungen hätte, die ich gestern noch nicht gehabt habe, oder weil sich mein Plan geändert hat. Ich glaube, die Sache mit Sig ruft mir einfach in Erinnerung, wofür ich tatsächlich kämpfe – zumindest im weiteren Sinn.

Sig fährt mich wieder zu sich und zieht mich direkt hinter seiner Haustür aus. Mit einem Eifer, der nie nachzulassen scheint, streift er sich ein Kondom über, drückt mich gegen das kühle Holz und entlockt mir erneut wolllüstige Schreie, Seufzer und noch mehr Lustschreie.

Als ich erschlafft in mich zusammenfalle und nur die Tür in meinem Rücken und Sigs Arme mich aufrecht halten, flüstert er mir ins Ohr: »Glaubst du, du hättest noch einen für mich übrig, bevor wir Travis abholen?«

Lieber Gott, dieser Mann ist kein Tier – er ist eine Maschine!

»Sosehr ich es mir wünschte, ich glaube, ich kann nicht mehr.« Ich bin ziemlich sicher, dass ein menschlicher Körper in vierundzwanzig Stunden nur eine bestimmte Anzahl an Orgasmen erreichen kann, und ich habe diese Anzahl garantiert schon überschritten.

»Du solltest mich nicht unterschätzen«, flüstert er, hebt mich hoch und trägt mich so vorsichtig durch den Flur, als sei ich aus Glas. Er drückt die Tür zum Badezimmer auf und stellt mich auf dem Klodeckel ab. »Ich hätte da immer noch ein paar Dinge auf Lager, die ich dir unbedingt zeigen muss. Meinst du, du hättest noch einen Augenblick Zeit für mich?«

»Ich denke schon«, sage ich in atemloser Erwartung.

Sigs Lächeln ist regelrecht teuflisch. »Dann erzähle ich dir mal eine kleine Geschichte.«

Und das tut er. Und als ich nach ungefähr einer Stunde kaum noch meine Glieder spüren kann, weil sich mein Körper nach dem letzten Orgasmus in einem seligen Nirwana befindet, wird mir klar, dass Sig recht gehabt hat. Man sollte ihn niemals unterschätzen.

* * *

Dieser Tag ist in keiner Hinsicht wie jeder andere. Nachdem ich den ganzen Morgen, Mittag und Nachmittag in Sigs Armen verbracht habe, holen wir Travis ab, und Sig macht den Vorschlag, zu dritt etwas essen zu gehen und uns danach einen Film anzuschauen.

Normalerweise würde ich derartige Vorschläge direkt im Keim ersticken, hätte Travis nicht den Eindruck erweckt, als hätte ihm die Footballpartie im Schlamm viel Spaß gemacht. Ich weiß, dass er Freunde und eine männliche Identifikationsfigur braucht, aber Menschen mit Asperger vertragen Neuerungen, die die alltägliche Routine stören, normalerweise nicht besonders gut. Aber als Travis auf Sigs Idee mit sichtbarer Begeisterung reagiert – für Travis ein Riesenschritt, da er normalerweise jede Regung unter der Kapuze verbirgt – und mich fast eifrig »Können wir das machen?« fragt, kann ich kaum Nein sagen. Zumal ich langsam damit aufhören sollte, wie eine Glucke über ihn zu wachen. Schließlich *wird* er langsam erwachsen, und diese Art von Normalität ist es doch, die ich mir für ihn am meisten wünsche. Also willige ich ein und freue mich insgeheim, dass auch ich dadurch noch ein Weilchen länger mit Sig zusammen sein kann.

»Okay.«

Travis lehnt sich auf seinem Sitz zurück und hat Mühe, sein freudiges Grinsen zu unterdrücken.

Und so ist es beschlossen. Sig setzt uns zu Hause ab – er weiß ja, dass ich mich um meine Mutter kümmern muss – und verspricht, gegen fünf zurück zu sein, damit wir vor dem Sieben-Uhr-Film noch etwas essen können.

Der Abend verläuft reibungslos. Travis benimmt sich in Sigs Gegenwart so entspannt, dass ich mich beinahe schäme, ihn bisher derart überbehütet zu haben. Ich kann nur hoffen, dass ich ihm damit nicht geschadet habe. Aber ich kann einfach nicht vergessen, wie stark sich sein Zustand – emotional, mental und körperlich – verschlechtert hatte, nachdem er monatelang weg gewesen war.

Vielleicht ist es noch nicht zu spät, sage ich mir, als wir das Kino verlassen. Travis und Sig werfen sich einen Ball aus zerknüllten Servietten zu und stellen sich gegenseitig Quizfragen zu Harry Potter.

»Woher weißt du überhaupt so viel darüber?«, fordert Travis Sig heraus. »Bist du nicht ein bisschen zu alt für so einen Müll?«

»Man ist nie zu alt für Harry Potter. Und wag es ja nicht noch mal, die Filme als ›Müll‹ zu bezeichnen, sonst mach ich dich platt, kleiner Mann.«

»Trau dich doch, Conan«, erwidert Travis auf typische Jungs-Art.

Sig legt ihm die Hände an die Schläfen und tut so, als würde er fest zudrücken. »Ich zerquetsch dich«, sagt er mit einer tiefen, kratzigen Stimme, die vermutlich irgendeinen Filmschurken nachahmt. Davon habe ich keine Ahnung. Ich hatte nie genug Zeit oder Muße, um mich mit Filmen oder normalem Teeniekram zu beschäftigen. Umso froher bin ich, dass es bei Travis anders ist.

Der Gedanke erfüllt mich plötzlich mit einem tiefen Frieden. Vielleicht hat das, was ich getan habe, ihm ja doch geholfen. Ein wenig zumindest. Denn letztendlich ist das doch der Beweggrund für alles gewesen – Travis eine so normale Jugend zu verschaffen, wie es irgend möglich war.

Sig und er kabbeln sich den ganzen Heimweg über. Hin und wieder wirft mir Sig einen Blick zu und schenkt mir ein warmes Lächeln oder ein Augenzwinkern, damit ich weiß, dass er über all den Spaß mit Travis nicht vergessen hat, wie es ist, mich zu küssen. Und jedes Mal, wenn er das tut, rinnt mir ein wohliger Schauder das Rückgrat hinab.

Als wir vor unserem Haus halten, fragt Travis, ob Sig mit hineinkommen kann, um noch eine Runde zu spielen. Und obwohl ich normalerweise Nein gesagt hätte, nicke ich, als Sig mich fragend ansieht.

»Na gut«, sagt er an Travis gewandt. »Wenn du unbedingt verlieren willst …«

»Das sehen wir noch, du Vollpfosten.«

Kopfschüttelnd folge ich den beiden hinein, wo sie in Travis' Zimmer verschwinden.

Ich sehe nach Momma und mache sie für die Nacht fertig. Obwohl wir nicht darüber gesprochen haben, gehe ich davon aus, dass ich irgendwann heute Abend zu Sig schleiche und am frühen Morgen heimlich wieder zurückkehre. Allerdings werde ich nicht allzu früh zurückmüssen; Travis schläft am Wochenende mindestens bis zwölf Uhr.

Einige Zeit später schüttelt mich eine Hand sanft an der Schulter, und ich schrecke auf. Verwirrt sehe ich mich nach der Uhr an der Wand um. Fünf Minuten vor Mitternacht.

»Tut mir leid«, sage ich und strecke mich, um wieder wach zu werden.

»Unsinn«, flüstert er, legt mir einen Arm um die Schultern, schiebt den anderen unter meine Kniekehlen und hebt mich hoch. »Ich entführe dich einfach.«

Ich lächle. Das wäre so wunderschön.

»Und Travis?«

»Ist in seinem Sessel eingeschlafen. Ich habe ihn ins Bett gepackt. Ihm geht's gut.«

Ich lege meinen Kopf an seine Schulter und bin so zufrieden, dass ich fast ein schlechtes Gewissen habe. Womit habe ich nur so viel Gutes verdient? »Dann steht einer Entführung nichts im Weg. Solange du mich morgen früh wieder freilässt.«

»Wie Ihr wünscht, holde Maid«, murmelt er und trägt mich zur Tür hinaus.

* * *

Die Stunden fließen zusammen wie Farben in einem abstrakten Gemälde. Die Zeit existiert für mich nicht mehr. Statt wie sonst den Morgen zu fürchten, an dem ich zu Lance zurückkehren muss, oder die Minuten zu zählen, bis ich endlich wieder gehen und mich zu Hause verkriechen kann, lasse ich mich treiben und genieße den Luxus, einfach da zu sein.

Wann immer Sig und ich allein sind, sind seine Hände überall. Sein Mund, sein Körper, seine Aufmerksamkeit – all das gehört allein mir. Und ich gehöre ihm. Und wenn wir nicht allein sind, scheint zwischen uns ein Band zu bestehen, das uns eint, was immer wir tun. Ob er sich nun mit Travis unterhält oder mit ihm im Park Frisbee spielt oder ob wir drei zusammen auf dem sonst selten benutzten Grill in meinem Garten Hot Dogs zubereiten, stets sind wir uns des anderen überdeutlich bewusst. Manchmal, wenn ich ihn beobachte, wirft er mir einen raschen Blick zu, als könne er es fühlen. Und manchmal, wenn er sich mit Travis unterhält, wendet er sich mitten im Satz zu mir um und zwinkert mir zu, ohne auch nur zu stocken. Was immer um uns herum geschieht, der andere steht in unserem Bewusstsein stets an erster Stelle.

Nachdem wir gegessen haben, mache ich Popcorn, und wir lassen uns vor dem Fernseher nieder, um uns *Anchorman eins* und *zwei* anzusehen. Laut Travis und Sig ist die Tatsache, dass ich weder den einen noch den anderen Film kenne, ein Versäumnis epischen Ausmaßes, das sofort behoben werden muss. Und obwohl es tatsächlich in den Filmen ein paar lustige Gags gibt, lache ich weit mehr über meine beiden Männer, die ganze Szenen mitsprechen, Sprüche zitieren oder Ereignisse kommentieren. Ich möchte nicht wissen, wie oft sie die Filme jeweils bereits gesehen haben.

Als sich Travis in Richtung Bett bewegt, bleibt Sig neben mir auf der Couch sitzen und zieht mit den Fingern träge Kreise auf meinem Oberschenkel, bis man Travis' leises Schnarchen vernehmen kann. Und obwohl ich durch den Schlafmangel erschöpft sein müsste, bin ich augenblicklich wieder hellwach vor Aufregung und lasse mich von ihm erneut mitreißen.

Doch als wir an seinem Haus ankommen, hält er nicht an, sondern fährt weiter bis zum Park, in dem wir ein paar Stunden zuvor mit Travis gewesen sind. »Was hast du vor?«, frage ich ungeduldig. Ich bin so begierig darauf, seine Haut auf meiner zu spüren, dass ich mich nur schwer für etwas begeistern kann, das eine Verzögerung bedeutet.

»Du wirst schon sehen.«

Sig nimmt mich an die Hand und führt mich zu der Bank, auf der ich gesessen habe, als die beiden Frisbee gespielt haben. Nun bescheint der Mond die Bank, die in ihrer Einsamkeit seltsam verloren und schön aussieht.

Als Sig vor der Bank stehen bleibt, blicke ich fragend zu ihm auf. Er setzt sich, spreizt die Beine ein wenig und zieht mich dazwischen, sodass ich direkt vor ihm stehe.

»Jedes Mal, wenn ich dich heute angeschaut habe, habe ich vor mir gesehen, wie du, das Gesicht der Sonne entgegengereckt, goldenes Licht auf deinen Brüsten, nackt auf mir sitzt, und mich reitest, bis du auf mir kommst. Und ich in dir kommen darf.« Er schiebt seine Hände unter meinen kurzen, verknitterten Rock und zieht mir das Höschen herab. »Sag mal, Einfach-Tommi, nimmst du die Pille?«

Seine Hände streichen wieder aufwärts über meine Beine, und instinktiv stelle ich mich breitbeiniger hin. »Du musst keine Sorge haben, dass ich schwanger werden könnte, wenn du das meinst.«

»Hmm«, sagt er, als seine Finger meine Öffnung ertasten. »Das dachte ich mir. Und du hast dich sicher testen lassen, oder?«

»Ja«, flüstere ich. Mein Atem beschleunigt sich bereits. »Das tue ich regelmäßig. Und du?«

»Auch. Nichts, worüber du dich sorgen müsstest. Also, wie wär's damit …« Er steckt zwei Finger in mich. »Wie wär's, wenn wir uns im Mondlicht lieben?« Er zieht die Finger aus mir heraus und schiebt mich mit der anderen Hand auf sich zu, bis ich auf die Bank klettere und mich rittlings auf ihn setze. Er öffnet seine Jeans, dann zieht er an den Bändern, die meine Bluse vorne zusammenhalten, und löst sie gerade so weit, dass er den Stoff von meinen Schultern schieben kann. Als Nächstes hakt er meinen Spitzen-BH auf. »Verdammt, du bist noch viel schöner, als ich es mir je hätte vorstellen können. Deine Haut ist wie Seide.« Er umfasst beide Brüste, streichelt sie und neckt die Spitzen, bis sie pochend hervorstehen. »Deine Nippel sind wie Bonbons.« Er nimmt einen in den Mund, während er mit einer Hand seinen Schwanz an meine Öffnung dirigiert. Alles in mir zieht sich in Erwartung zusammen. »Und eine Pussy wie deine hatte ich noch nie.«

Bei den letzten Worten zieht er mich auf seinen Schwanz. Glatt wie Glas gleitet er in mich, und das Gefühl ist unbeschreiblich.

»Gott, das ist so gut. So gut, wie nur du dich anfühlen kannst.«

Behutsam führt er mich auf und ab, und er tut es langsam, so unglaublich langsam, dass ich bald glaube, wahnsinnig werden zu müssen. Als ich versuche, das Tempo zu steigern, hält er mich fest. Als ich versuche, mich heftiger auf ihn zu pfählen, hält er mich fest. Was immer ich tue, er hält meine Hüften und bewegt mich gemächlich und zum Verzweifeln stetig auf die Erlösung zu.

Und immer wieder beugt er sich vor, widmet sich meinen Nippeln, meinem Hals, meiner Armbeuge, als bekäme er einfach nicht genug von mir. Und unablässig murmelt er, wie schön ich sei, wie köstlich ich schmecke, wie wunderbar ich mich anfühle und wie unbedingt er wieder in mir sein will.

Als der Orgasmus mich überwältigt, reißt er ihn mit. Wir bewegen uns in einem Rhythmus, der sich nicht ändert, doch immer intensiver wird und mir den Atem raubt, bis ich wieder und wieder seinen Namen ausstoße und er sich in ekstatischen Spasmen in mich ergießt.

Regungslos sitzen wir eine lange Weile da und lassen Woge um Woge abebben. Sig hält mich fest umklammert, ohne seinen Griff zu lockern, aber das ist mir nur recht. Instinktiv weiß ich, dass ich mich bis in alle Ewigkeit an diese Nacht erinnern werde. Eine Stimme aus meinem Unterbewusstsein murmelt, dass ich wohl keinen einzigen Augenblick meiner Zeit mit ihm vergessen werde, aber ich bin mir bewusst, dass dieser Moment etwas Besonderes ist, den ich von nun an immer in meinem Herzen tragen werde.

26. Kapitel

SIG

Es ist Sonntag, und obwohl Tommi die meiste Zeit lächelt, weiß ich, dass sie Tonins Rückkehr genauso wenig verdrängen kann wie ich. Die Tatsache, dass wir keine genaue Zeit kennen, schwebt wie ein Damoklesschwert über uns. Es ist, als würden wir nur darauf warten, dass es auf uns herabsaust.

Auch Travis hat dieses Wochenende ganz eindeutig gutgetan, und auch er freut sich vermutlich nicht auf Tonins Rückkehr. Und das macht mich erst recht wütend. Nicht nur Tommi hat unter Tonin zu leiden, ein unschuldiges Kind ebenfalls.

Nach einem Frühstück mit Pfannkuchen setzen wir uns ins Auto und fahren zum Bootsverleih. Ich habe Travis versprochen, heute mit ihm auf dem Chattahoochee zu fahren. Wir sind fast da, als Tommis Telefon klingelt. Drückende Stille breitet sich im Truck aus, und ich habe keinen Zweifel, dass wir alle dasselbe denken. Und obwohl Travis nicht genau weiß, was eigentlich läuft, ist er klug genug, um sich zusammenzureimen, dass die Unbeschwertheit dieses Wochenendes mit Tonins Rückkehr endet.

Tommi sieht aufs Display, dann zu mir. Ihr Blick ist fast panisch.

Dann wendet sie sich leicht von mir ab, räuspert sich, stopft sich einen Finger ins Ohr und nimmt den Anruf an. »Bist du zurück?«, fragt sie, und die Hoffnung in ihrer Stimme klingt so überzeugend, dass ich mich am liebsten übergeben möchte.

Ich gebe mir keine Mühe, über ihr »Ja«, »Hmmm« und »Du hast mir auch gefehlt« hinwegzuhören, doch als sie »Heute?« fragt, balle ich unwillkürlich die Faust.

Dann beendet sie das Gespräch, holt tief Luft und wendet sich zu Travis um. »Wir müssen das Bootfahren auf ein andermal verschieben, Trav. Lance ist wieder da und will mich sehen.«

»Ach ja? Fragt er auch mal, was du willst?«, faucht er.

»Travis, du weißt, dass ich …«

»Lass gut sein. Fahrt mich einfach nach Hause. Ich geh zu Trip.«

»Travis, wir zwei können doch trotzdem fahren«, schlage ich vor.

»Vergiss es. Ich will nach Hause.«

Also wende ich. Die Stimmung im Auto auf der Rückfahrt steht im krassen Gegensatz zur Atmosphäre nur fünf Minuten zuvor. Ich koche innerlich, aber Tommi sitzt ruhig auf ihrem Platz und blickt hinaus, als sei alles in Ordnung.

Keiner von uns spricht mehr, bis wir bei ihnen zu Hause ankommen. Travis steigt aus, und Tommi wirft mir einen kurzen Blick zu. »Ich bin gleich wieder da.«

Stocksteif geht sie zur Haustür und schließt auf. Genauso stocksteif kehrt sie eine Viertelstunde später zu meinem Truck zurück. Ihr Haar ergießt sich offen und glänzend über ihre Schultern, und sie trägt ein hübsches, knielanges Kleid mit tief ausgeschnittenem Rücken.

Ich bin so wütend, dass ich keinen Laut von mir gebe, bis wir in die Garage fahren. Ich würge den Motor ab, und wir sitzen in angespanntem Schweigen da, bis Tommi endlich das Wort ergreift.

»Ich muss los.«

»Du musst gar nichts.«

»Doch. Du wusstest, dass es so kommen würde. Du wusstest, dass es nicht von Dauer sein konnte.«

»Das ist deine Entscheidung, nicht meine.«

»Wenn ich eine andere treffen könnte, würde ich das tun, aber das geht nicht.«

»Und warum nicht?«, presse ich zornig hervor. »Sag's mir.«

Sie kaut auf ihrer Unterlippe. »Das kann ich nicht, das weißt du.«

»Und noch mal: Du *kannst* schon, du *willst* nur nicht.«

»Sig, für mich ist können und wollen in diesem Fall dasselbe. Die Gründe, warum ich es nicht tun will, sind dieselben, weswegen ich nicht kann. Mir sind die Hände gebunden.«

»Das glaube ich nicht.« Ich könnte sie erwürgen. Oder Tonin. Irgendwen. Ich platze gleich.

Allerdings nur, bis Tränen in ihre Augen treten. »Ich wusste doch, dass es ein Fehler ist«, presst sie erstickt hervor.

Ich kämpfe meinen Zorn nieder. Das Arschloch zu geben bringt mich nicht weiter. Also atme ich kontrolliert aus und nehme ihre Hand. »Verzeih mir. Das ... das war nicht fair. Es ist ja nur, weil ... Gott, ich hasse das!« Ich lege den Kopf zurück und streiche mit meinem Daumen über ihre Handfläche.

»Ich wünschte, es wäre anders, aber so ist es nicht.«

Als ich mich ihr wieder zuwende, rinnen ihr Tränen über die Wangen, und ihr Kinn bebt. Sie bleibt stumm.

Ich lege ihr die Hand in den Nacken und ziehe sie zu mir, bis ihre Stirn meine berührt. »Ich ändere für dich, was du willst, wenn du mich nur lässt.«

»Das kannst du nicht«, schluchzt sie. »Das kann niemand.«

Ich hebe den Kopf, bis meine Lippen ihre Stirn berühren. »Das ist nicht wahr. Denn jetzt bin ich ja da. Ich kann dir helfen, Tommi, das verspreche ich dir. Du musst mir nur vertrauen.«

Sie schmiegt ihr Gesicht in meine Halsbeuge. »Vielleicht irgendwann. Vielleicht tue ich das ja irgendwann.«

Ich schlinge meine Arme um sie und halte sie fest, bis ihr Zittern nachlässt. »Denk immer an das, was ich dir gesagt habe«, flüstere ich.

Sie zieht den Kopf zurück, um mich mit großen, glasigen Augen anzusehen. »Und was?«

»Denk an mich. Egal was geschieht, denk an mich.« Und dann küsse ich sie in der Absicht, mich tief in ihr Wesen einzubrennen und alles zu durchdringen, wovor sie Angst hat, doch ich fürchte, dass die Glut auch mich versengt. Eins steht jedenfalls fest: Es macht es mir noch schwerer, sie aussteigen zu lassen, sie hinaufzubegleiten und sie den Armen eines anderen zu übergeben. Und das war schon zuvor hart genug.

»Vielleicht solltest du nicht mit hochkommen«, sagt sie zögernd und macht sich von mir los. Sie weicht meinem Blick aus.

»Und warum nicht?«

Ihre Stimme klingt brüchig. »Weil ich nicht weiß, ob ich das dann durchziehen kann.«

»Dann tu es nicht! Ich habe dir schon gesagt, dass –«

»Ich weiß, was du mir gesagt hast. Und du weißt, was ich geantwortet habe. So kommen wir nicht weiter. Und das war mir von vornherein klar.« Nun ist sie es, die den Kopf zurücklegt und kontrolliert ausatmet. Sie schließt einen Moment lang die Augen, und als sie sie wieder öffnet, setzt sie sich aufrecht hin und strafft entschlossen die Schultern. »Und dennoch muss ich es tun. Du … brauchst nicht auf mich zu warten.« Ihre Augen blicken stur geradeaus durch die Windschutzscheibe.

»Hey.« Ich drücke ihre Hand, bis sie mich wieder ansieht. »Ich gehe nirgendwohin.«

Ihr Lächeln ist klein, aber erleichtert. »Ich fahre allein hoch. Es gibt keinen Grund, das Ganze noch schlimmer zu machen, als es ohnehin schon ist.«

»Aber ich will dich hochbringen.«

»Es ging mir nicht um dich.«

Was soll ich dazu sagen? Natürlich will ich es auch für sie nicht noch schwerer machen, also werde ich weder mit hinaufgehen noch deswegen mit ihr streiten. So schwer es ist, hier untätig herumzusitzen und sie ziehen zu lassen, ich weiß ja, dass ich im Augenblick nicht dagegen ankomme. Solange sie mir nicht sagt, was, zum Teufel, hier eigentlich gespielt wird, kann ich ihr nicht helfen.

»Ich bin hier. Und warte auf dich.«

Sie dreht sich zur Tür, zögert, lässt dann den Griff wieder los, wirft sich mir in die Arme und küsst mich mit aller Leidenschaft, zu der sie fähig ist. »Ich bleibe nicht lange.«

Darauf antworte ich nicht, denn wir wissen beide, dass sie ein solches Versprechen gar nicht geben kann.

Ich sehe ihr nach, bis sie hinter der Tür verschwunden ist.

Was soll ich tun? Das einzig Konstruktive, was mir zur Ablenkung einfällt, ist die Durchsicht der Dateien, die Finch erwähnt hat. Vielleicht finde ich darin etwas, das mir einen Hinweis gibt, aus welchen Beweggründen Tommi handelt und wie ich ihr helfen kann.

Ich logge mich über die verschlüsselte Verbindung ein und browse durch die Seiten. Mir springt jedoch nichts wirklich Bemerkenswertes ins Auge.

Bis ich auf Tommis Jugendstrafakte stoße. Dass man sie einmal wegen einer kleinen Diebstahlsache, ein andermal wegen Drogen festgenommen hat, wirft mich nicht völlig aus der Bahn. Was mich allerdings mehr als nur ein bisschen überrascht, ist das Aufnahmeformular auf der versiegelten Akte. Ein paar Sekunden lang starre ich auf die Daten und bin mir sicher, dass mir meine Augen einen Streich spielen. Dass mir etwas entgeht oder ich die Informationen falsch zusammensetze. Aber je länger ich hinsehe, umso klarer wird es.

Name: Tommy Lawrence

Alter: 16

Geschlecht: M

Geschlecht männlich.

Mein Puls rast. Ich kann meinen Blick nicht vom Display meines Smartphones abwenden. Was zum Henker kapiere ich hier nicht? Soll das ein Witz sein? Ich meine, ich weiß doch, dass es nicht stimmen kann. Ich habe in den vergangenen zwei Tagen so oft mit Tommi geschlafen, ich sollte doch wohl wissen, wenn sie ein Er wäre.

Oder?

Meine Handflächen werden feucht, als mir wieder einfällt, was ich in Talkshows von Leuten gehört habe, die eine

Geschlechtsumwandlung hinter sich hatten. Von den Hormonen, die sie einnehmen mussten, um bestimmte Merkmale hervorzuheben und andere zu unterdrücken, von der plastischen Chirurgie, bei der der Penis entfernt und eine Vagina modelliert wurde …

Ich wische mir den Schweiß von der Stirn und rufe mich barsch zur Ordnung. *Denk nach! Kein Grund zur Panik.* Es muss eine rationale Erklärung dafür geben. Absolut rational. Ich meine, kein Arzt der Welt könnte eine Pussy modellieren, die derart perfekt wie Tommis ist – rosig und nass und süß und glatt. Die rasierte Scham. Eine Klitoris, die auf die kleinste Berührung reagiert. Muskeln, die sich so fest um meinen Schwanz zusammenziehen, dass ich schreien könnte. Nur Gott kann einen solchen Körper erschaffen!

Ich atme ein paarmal tief durch. Natürlich ist die Vorstellung absurd. Einerseits geht es mir schon wieder etwas besser. Andererseits bin ich noch angespannter als zuvor.

Ich wusste ja, dass Tommi etwas zu verbergen versucht. Aber anscheinend verbirgt sie mehr, als ich mir je ausmalen könnte. Dass sie nicht Tommi Lawrence ist, dürfte klar sein. Aber wer ist sie dann? Und wo ist der echte Tommy Lawrence?

Bevor ich noch überlegen kann, was zu tun ist, höre ich, wie eine Tür aufgerissen wird. Und zwar mit so viel Schwung, dass sie gegen den Stopper an der Betonwand prallt. Tommi rennt förmlich auf mein Auto zu. Etwas ist geschehen!

Mein Herz hüpft mir in die Kehle. Meine Brust wird eng, der Atem stockt, und meine Pupillen weiten sich – ich bin kampfbereit!

Ich stoße meine Tür auf, springe aus dem Truck und

fange sie vor der Motorhaube ab. Ich packe ihre Oberarme und sehe ihr in die Augen. »Was ist los? Hat er dir was getan? Ich schwöre bei Gott, wenn er …«

»Nein!«, stößt sie keuchend hervor. »Travis! O mein Gott, Sig, sie haben Travis. Dieser Mistkerl hat meinen Bruder entführt!«

ZWEITER TEIL

26. Kapitel – Fortsetzung

SIG

Ohne dass ich darüber nachdenken muss, übernimmt der Cop in mir. Ich drücke Tommis Arm. »Beruhig dich, und erzähl mir, was passiert ist. Was hat er gesagt?«

»Er … er …« Sie keucht und schnappt nach Luft, verschluckt sich beinahe in ihrer Panik.

»Tommi, komm runter. Beruhige dich, okay? Ich weiß, dass es schwer ist, aber du hilfst ihm nicht, wenn du nicht vernünftig denken kannst.«

Mit weit aufgerissenen Augen, die selbst in ihrem Kummer noch wunderschön sind, schaut sie zu mir auf. Sie ringt sichtlich um Beherrschung und atmet tief ein und aus, bis sie etwas zur Ruhe kommt. »Lance. Er sagt, dass er keine Verräter in seiner Nähe duldet und dass Travis bei einem gewissen Drake ist.«

»Moment, Moment. Wer ist Drake?«, frage ich. Ich kann mich nicht erinnern, den Namen schon einmal gehört zu haben.

»Keine Ahnung, aber Sig – ich kenne Lance. Ich habe schon oft genug mitbekommen, was er und seine Leute alles anstellen, um Antworten zu bekommen. Ich kann nicht … ich darf nicht zulassen … O mein Gott – *Travis*!«

Tommi schlägt die Hände vors Gesicht und krümmt sich

zusammen, und ich gehe rasch in die Hocke, hebe sie auf meine Arme und trage sie zur Beifahrerseite des Trucks. Bis ich sie endlich angeschnallt habe, schluchzt sie hemmungslos.

»Hey«, sage ich und ziehe ihr die Hände vom Gesicht, bis sie mich ansieht. »Ich sorge dafür, dass deinem Bruder nichts geschieht, versprochen. Ich habe dir gesagt, dass du mir vertrauen kannst, weißt du noch? Du kannst mir alles erzählen – alles. Und was immer es ist, es ändert nichts an meinen Gefühlen zu dir. Auch das verspreche ich dir.«

Schweigend sieht sie mich an. Ich halte ihrem Blick stand und wünsche mir, ich könnte ihr meine Worte irgendwie ins Bewusstsein brennen, sodass sie sie glaubt. Aber ich weiß, dass es so nicht funktioniert. Ich kann nur versuchen, es ihr zu beweisen. Wieder und wieder, bis sie nicht mehr anders kann, als mir zu vertrauen. »Hast du Travis schon angerufen? Hast du es auf seinem Handy probiert?«

Sie nickt. »Im Fahrstuhl auf dem Weg in die Garage. Er geht nicht ran.« Wieder beginnt sie zu weinen. »Sig, er geht sonst *immer* ans Handy!«

»Wir fangen bei euch zu Hause an und suchen von dort aus. Wir finden ihn, Baby, wir finden ihn bestimmt.«

Sobald wir auf der Straße sind, warte ich, bis ihr Schluchzen ein wenig nachgelassen hat, und fange an, sie auszufragen. Zum Glück sind meine Fragen naheliegend und keine, die nur einem Cop einfallen würden.

»Erzähl mir, was Travis mit Lance zu tun hat.«

Tommi wirft mir einen Blick zu und zieht die Brauen zusammen. Ein Hauch Misstrauen stiehlt sich in ihre Augen. »Er ist mein Bruder. Er hat über mich mit Lance zu tun.«

»Und das ist alles? Das ist alles, was du weißt?«

»Das ist alles, was ich weiß. Wieso?«

Ich seufze. »Tommi, wenn Kerle wie Lance das Wort ›Verräter‹ benutzen, dann gewöhnlich deshalb, weil sich jemand, dem sie vertraut haben, in irgendeiner Hinsicht gegen sie gewandt hat. Wie kann das bei deinem Bruder möglich sein? Gibt es da irgendwas, das du mir vorenthältst? Oder das du vielleicht übersehen hast?«

Obwohl ich die Straße kaum aus den Augen lasse, werfe ich ihr immer wieder Seitenblicke zu, und so entgeht mir nicht, dass sie auf ihrer Unterlippe kaut. Sie wirkt plötzlich nervös. Nicht ängstlich, sondern nervös. Und mir fällt nur ein einziger Grund ein, aus dem sie nervös sein könnte.

»Du musst es mir sagen. Du musst mir vertrauen. Ich bin der Einzige, der dir jetzt noch helfen kann. Ich bin sicher, dass du das weißt.«

Sie legt den Kopf zurück an die Lehne und schließt die Augen, und es sieht ganz so aus, als ob sie innerlich mit sich debattiert, was sie mir anvertrauen soll. Ich warte einfach ab. Ich warte darauf, dass sie die richtige Entscheidung trifft. »Travis hat einen Freund – Trip. Ich mochte ihn noch nie, war aber froh, dass Travis sich überhaupt jemandem angeschlossen hat, daher habe ich ihm nicht verboten, zu Trip zu gehen. Allerdings habe ich insgeheim befürchtet, dass es irgendwann deswegen Ärger geben könnte.«

»Warum? Denkst du, er hat einen schlechten Einfluss auf Travis?«

»Ich weiß, dass Trips großer Bruder ein paarmal für Lance gearbeitet hat. Ich hatte wahrscheinlich gehofft … oder gebetet, dass Travis so was niemals machen würde. Vor allem nicht nach …«

Sie bricht ab, als hätte sie zu viel gesagt. Ich lasse ihr ein paar Sekunden Zeit. Vielleicht fährt sie ja doch von allein fort. Als sie stumm bleibt, hake ich nach.

»Nicht nach was? Lass mich nicht hängen, Tommi. Das hier ist zu wichtig.«

Sie sieht mich an, und in ihren Augen erkenne ich Furcht und Trauer.

»Ich hatte noch einen weiteren Bruder. Er … er hat sich mit den falschen Leuten abgegeben. Hatte mit Drogen zu tun. Es ging nicht gut aus.«

Ihr Bruder. Sie hat noch einen Bruder. In ihrer Akte – Tommis Akte – stand etwas von einem Bruder und einer Schwester. Sie ist nicht alt genug, um Travis zur Welt gebracht zu haben, obwohl sie sich manchmal so verhält, als sei er ihr Sohn.

Aber das ist er nicht. Er ist ihr Bruder. Oder?

Verdammt, plötzlich stelle ich alles infrage, was ich über sie weiß. Oder sagen wir besser: Alles, was ich über sie zu wissen geglaubt habe.

»Und mit ›den falschen Leuten‹ meinst du zum Beispiel den Bruder von diesem Trip?«

Sie nickt, senkt den Blick auf ihre Hände und beginnt, an ihren Fingernägeln zu zupfen.

»Glaubst du, dass Trip für Tonin arbeitet? Meinst du, Travis hat es herausgefunden und es jemandem gesagt? Ist es das, was Tonin als Verrat bezeichnet hat?«

»Ich habe ehrlich gesagt, keine Ahnung. Mir ist nichts Merkwürdiges an Travis aufgefallen. Durch sein Asperger ist er sowieso nicht gerade gesellig oder besonders gesprächig, aber er benimmt sich überhaupt nicht so, wie mein anderer Bruder es tat, als er … sich da reinziehen ließ.«

Wir verstummen beide, während ich versuche zu verdauen, was sie gerade gesagt hat. Mir ist nicht entgangen, dass sie von diesem anderen Bruder in der Vergangenheit spricht – ist er weg oder tot? Doch jetzt müssen wir herausfinden, wo sich Travis aufhalten könnte, das hat im Augenblick absolute Priorität.

Noch bevor der Truck gänzlich steht, ist Tommi auch schon ausgestiegen und läuft über den Gehweg auf ihr Haus zu. Ich stelle den Motor ab, werfe die Autotür zu und renne ihr nach. Am liebsten wäre ich zuerst hineingegangen, aber eigentlich glaube ich nicht, dass eine Gefahr für sie besteht. Hätte Tonin ihr etwas antun wollen, hätte er sie gar nicht erst gehen lassen. Ihm geht es hierbei doch bloß um eine Machtdemonstration.

Als ich das Haus betrete, läuft Tommi bereits von Raum zu Raum, ruft Travis' Namen, reißt Zimmer- und sogar Schranktüren auf und schaut unter alle Betten. Sie ist weiß wie ein Gespenst, als sie ins Wohnzimmer zurückkehrt.

»Er ist nicht hier. Er ist wirklich nicht hier.« Wahrscheinlich hat sie die Hoffnung gehegt, dass Tonin ihr nur Angst einjagen wollte, aber Travis ist offenbar tatsächlich entführt worden. Von einem gewissen Drake. Wer immer das ist.

»Weißt du, wo Trip wohnt?«, frage ich.

»Ungefähr. Ich weiß, in welcher Straße, beim Haus bin ich mir nicht ganz sicher.«

»Dann komm.«

Wir fahren die Straße drei Blocks entlang, bis sie mich anweist, das Tempo zu drosseln, und jedes Haus nach etwas Bekanntem absucht. »Da!«, sagt sie schließlich und zeigt auf einen schäbigen Pontiac, der vor einem winzigen Backsteinhaus parkt. »Travis hat mir mal von Trips verbeultem blauem

Pontiac erzählt. So viele wird es davon ja wohl nicht in dieser Straße geben.«

Ich halte am Randstein. »Warte hier«, sage ich.

»Ganz sicher nicht«, erwidert sie und steigt aus, bevor ich mit ihr diskutieren kann. Am liebsten würde ich sie schütteln und gleichzeitig küssen. Eine wütende Tommi ist ein echtes Erlebnis. Sie ist atemberaubend.

Ich folge ihr zur Haustür. Sie hämmert dreimal mit der Faust dagegen. Als nach dreißig Sekunden noch nichts geschehen ist, hämmert sie erneut dreimal. Wieder passiert nichts. Als sie zum dritten Mal ausholt, um die Tür zu bearbeiten, schnappe ich mir ihre erhobene Faust.

»Vielleicht sollten wir es anders probieren. Komm mit.« Ich verschränke meine Finger mit ihren und ziehe sie mit mir um das Haus herum. Das dürre Gras im Garten ist vertrocknet, die Betonfliesen der Terrasse sind aufgeplatzt. Zwischen vier Plastikstühlen steht eine Wasserpfeife auf etwas, das wie eine verrostete Grillabdeckung aussieht. Ich betrete die Terrasse und spähe durch die Glastür, die zum Teil von einem halb heruntergerissenen Vorhang verdeckt wird. Mit dem Rücken zu uns sitzt ein junger Kerl in einem Sessel, raucht einen Joint und schaut sich eine alte Beavis-and-Butthead-Folge an.

Tommi macht Anstalten voranzustürmen, doch ich schiebe sie entschieden hinter mich und lege einen Finger an meine Lippen. Dann packe ich den Griff der Schiebetür und rucke fest. Sie öffnet sich problemlos.

Dem Kerl – Trip, wie ich annehme – klappt die Kinnlade herunter, aber seine Reflexe sind durch die Droge derart verlangsamt, dass es einige Sekunden dauert, bis Bewegung in ihn kommt und er zu fliehen versucht. Doch da bin ich bereits bei ihm, packe ihn am Hemdkragen, stoße ihn zurück in den Sessel und stütze meine Hände links und rechts von seinem Kopf ab.

»Wo ist Travis?«, frage ich ohne Umschweife.

»Wer ist –«

»Spar dir die Spielchen, du kleines Stück Scheiße«, fahre ich ihn an und verpasse ihm eine Ohrfeige, dass sein Kopf zur Seite fliegt.

»Ich spiele –«

Ehe er eine Lüge ausspucken kann, knalle ich ihm wieder eine. »Bist du Trip?«

Keine Antwort.

»Ah, dachte ich's mir doch. Dann hör mir mal zu, Trip. Ich arbeite für Lance Tonin. Hinter mir steht seine Freundin. Wenn er irgendwie rausfinden sollte, dass du uns Hinweise vorenthältst, die zu ihrem Bruder führen, dann, mein Lieber, Gnade Gott deinen Eiern, denn Typen wie er haben viel Fantasie, wenn sie sich revanchieren. Allerdings …« Ich sehe mich um, entdecke ein rotes Feuerzeug auf dem Tisch und nehme es. »… bin ich ja noch vor ihnen dran.« Ich entzünde das Feuerzeug und streiche kurz mit meiner Hand über die Flamme, bevor ich sie an seinen Schritt halte.

Der Junge schlägt erschreckt danach und versucht, im Sessel zurückzuweichen. »Was soll das?«, kreischt er. »Lass m –«

»Ah, endlich verstehst du, wie wichtig das hier ist. Sehr schön. Also, Junge, ich frage dich nur noch ein einziges Mal: Wo. Ist. Travis?«

Er kreischt auf, als ich das Feuerzeug wieder entzünde. »Chaps! Chaps! Chaps ist gekommen und hat ihn geholt.«

Chaps? Der Name kommt mir bekannt vor. Ist das nicht –?

Verdammt. Der Lehrer!

»Chaps ist sein Lehrer, stimmt's?«

Trip nickt.

»Wie heißt der mit Vornamen?«

»D-Drake, glaube ich. Aber ich sag immer nur Chaps. Mein Bruder hat das auch gemacht.«

Gedanken, Theorien und Sorgen stürzen in meinen Verstand wie ein Wasserfall. »Hatte auch dein Bruder Mr. Chaps in irgendeinem Fach?«

Trip nickt wieder.

»Und du?«

Nicken.

Ich blicke zu Tommi. Sie ist sogar noch blasser als zuvor. Ich vermute, dass ihr anderer, älterer Bruder diesen Chaps ebenfalls in der Schule hatte. Von Travis wissen wir es ja.

Sonderpädagoge, denke ich höhnisch. So hat sich Tommi ausgedrückt – »Travis' Sonderpädagoge«. Es fragt sich, ob ein solcher Lehrer nur für Schüler mit mentalen Störungen zuständig ist oder grundsätzlich bei Verhaltensauffälligkeiten zum Einsatz kommt. Haben Unruhestifter und Möchtegern-Kriminelle Anspruch auf einen Sonderpädagogen? Denn möglicherweise haben wir hier die Erklärung, wie Tonin seine Drogen transportiert. Und wie Minderjährige in das miese Geschäft verwickelt werden.

Mir sinkt der Mut.

Ich habe Chaps beschatten lassen. Falls er bemerkt hat, dass er überwacht wird, und irgendwie auf die Idee gekommen ist, dass Travis ihn verraten hat ... dann bin ich vielleicht dafür verantwortlich, falls Tommis Bruder etwas zustößt.

Mein Gott! Das würde Tommi mir nie verzeihen – und ich mir auch nicht.

Ich muss die Neuigkeiten unbedingt an meine Leute weitergeben. Und in Erfahrung bringen, ob man im Präsidium etwas weiß. Wenn Tommi mir nur vertrauen würde! Wenn ich aufrichtig zu ihr sein könnte, wäre es ein Leichtes, sie in Schutzhaft zu nehmen, bis wir uns um alles gekümmert haben. Gott, wenn sie mir doch nur vertrauen würde!

Ich wende mich wieder an Trip. »Wo geht Chaps seinen Geschäften nach? Ist er derjenige, der das Zeug für Tonin verteilt? Durch die Kids an der Schule?«

Trip schweigt. Mit Sicherheit dämmert ihm langsam, dass er sich in weit größere Schwierigkeiten bringt, wenn er aus Tonins Nähkästchen plaudert.

»Los, rede schon!«, presse ich durch die Zähne hervor. Doch er sagt noch immer nichts. »Zwing mich nicht, dir wehzutun, Junge. Ich will eigentlich nicht, aber es würde mich kaum belasten, falls ich es tun müsste.«

Eine Lüge. Hoffentlich überzeugt sie ihn.

Bevor er noch etwas sagen kann, drücke ich mein Knie zwischen seine Beine, beuge mich vor und zünde das Feuerzeug. Dann halte ich ihm die Flamme an den Reißverschluss seiner Jeans. Wenig später wird der Stoff schwarz, und es riecht nach angesengtem Denim. Die Hitze ist noch nicht groß genug, um ihn wirklich zu verbrennen, reicht aber, um ihm eine Höllenangst einzujagen.

Er versucht, aus dem Sessel hochzukommen, aber ich halte ihn mit nur einer Hand an der Schulter fest. Der Bursche ist ein schmales Hemd; ich wiege bestimmt vierzig Kilo mehr.

»Das ist kein Spiel«, knurre ich und drücke ihm sein Handgelenk auf den heißen Stoff, der sich über seinem schlaffen Schwanz spannt. Er heult auf, als würde ich ihm die Hand abtrennen. »Jetzt rede schon!«

»Ihm gehört ein altes Restaurant. Drüben auf der anderen Seite der Stadt. Zumindest war das früher so, als Davey für ihn unterwegs war. Dann haben er und Lance sich zusammengetan. Jetzt parkt er die Lieferungen nur noch für Lance und gibt sie an meinen Bruder Davey weiter.«

»Wie?« Als er nicht prompt reagiert, drücke ich ihm meinen Ellenbogen gegen die Kehle. »*Wie?*«

Er schreit auf, und ich lasse gerade genug locker, dass er atmen und sprechen kann. »Chaps vertauscht die Rucksäcke von Schülern. Er packt das Zeug rein und schickt sie damit nach Hause.«

»Er schickt Kinder mit Drogen in den Taschen nach Hause?« Das klingt für mich vollkommen schwachsinnig.

»Klar, warum nicht? Welche Mutter guckt sich schon ernsthaft an, was das Kind mit sich rumschleppt?«

Anscheinend keine. Denn erwischt worden sind diese Kuriere offenbar noch nicht.

»Und dann?«

»Die Kids stellen den Rucksack nachts raus, und ich sammle das Zeug für Davey ein. Er hat Leute, die es für ihn verkaufen. Er ist aufgestiegen und muss nicht mehr selbst ran. Der macht mich fertig, wenn er rausfindet, was ich euch alles verraten habe. Was Lance macht, weiß kaum einer. Deshalb wird er ja auch nicht erwischt.«

»Und wie kommst ausgerechnet du Flachpfeife an all diese wertvollen Informationen?«

»D… durch Davey. Manchmal penn ich bei ihm. Er gibt mir immer was zu rauchen, wenn er was dahat. Manchmal kriegt man da eben was mit. Aber ich sag nichts. Ich halt die

Klappe. Ich hoffe, dass Davey mir die besseren Jobs gibt, aber im Moment darf ich nur das Zeug aus den Rucksäcken holen.«

Mir fällt wieder Travis' Rucksack ein. Ich *wusste* doch, dass ich zwei verschiedenfarbige Reißverschlüsse gesehen habe. Verdammt, ich bin heilfroh, dass ich auf mein Bauchgefühl gehört und dafür gesorgt habe, dass dieser Lehrer unter Beobachtung gestellt wurde. Vielleicht sind unsere Leute schon auf das Restaurant gestoßen. Vielleicht haben sie ja auch schon was gefunden, womit wir ihn oder Tonin vor Gericht bringen können. Tja – oder auch nicht. Dennoch bin ich dem Ziel, den großen Lance Tonin zur Strecke zu bringen, definitiv einen Schritt näher gekommen. Und das bei meinem ersten Undercover-Einsatz!

Große Zufriedenheit durchströmt mich, und am liebsten würde ich einen lauten Jubelschrei ausstoßen, aber natürlich halte ich die Klappe. Der Augenblick ist dafür denkbar ungeeignet.

Und meine Freude versiegt rasend schnell, als mir wieder einfällt, dass Travis in echten Schwierigkeiten stecken könnte. Und Tommi ebenfalls. Diese Operation ist noch lange nicht beendet, und ich kann mir nicht leisten, jetzt schon aufzufliegen. Oder zu selbstzufrieden zu agieren.

»Travis hat also von der Schule Drogen mitgebracht und sie nachts vor die Tür gestellt, und du bist gekommen und hast sie abgeholt.« Ich werfe Tommi einen Blick zu. »Ist dir etwas aufgefallen?«

Sie hat die Arme um ihre Mitte geschlungen, als sei ihr kalt, und schüttelt nun den Kopf. »Meistens bin ich mit Lance unterwegs. Zumindest einen Teil des Abends. Und wenn ich mal zu Hause bleibe, kommt Travis her.« Sie schließt die Augen. »Jetzt weiß ich, warum. Jetzt weiß ich, warum er nie bleibt, wenn ich zu Hause bin. Er muss dafür sorgen, dass die Drogen hier abgeliefert werden. Ist es das, Trip?« Sie schlägt die Augen wieder auf und starrt ihn eindringlich an.

Er nickt. Sein benommener Blick flickert zwischen ihr und mir hin und her.

»Aber wieso die Rucksäcke austauschen? Warum nicht immer denselben benutzen?«

»Woher wissen Sie davon?«, fragt er. Als ich ihn nur abwartend ansehe, zuckt er die Achseln. »Die Schüler kommen am Morgen als Erstes zu Chaps und laden ihre Rucksäcke in seinem Klassenraum ab. Er hat welche, die genau wie ihre aussehen, und diese ›sauberen‹ schleppen sie den ganzen Tag mit sich rum. Die mit den Drogen bleiben bis zur letzten Stunde im Schrank. Kein Direktor oder Lehrer denkt sich was dabei, wenn im Klassenraum ein paar Rucksäcke rumstehen. Ist doch 'ne Schule, Mann. Wenn die Bullen mit den Hunden kommen, untersuchen die sowieso immer die Spinde, nie die Klassen. Und sollten sie Chaps mal erwischen, wälzt der die Schuld garantiert auf die Kids ab. Er kommt doch mit dem Zeug praktisch nicht in Berührung. Kein schlechtes Alibi, wenn man ihn dranzukriegen versucht.«

In meinen Ohren klingt das nach der dümmsten Operation, von der ich je gehört habe, aber anscheinend ist es so simpel, dass es funktioniert. Auf diese Weise bringt Lance Tonin den Stoff immerhin seit Jahren unter die Leute, ohne dass man ihm je auf die Schliche gekommen ist.

»Warum glaubt Chaps – oder Tonin, was das angeht –, Travis hätte ihn verraten?«

»Weiß der Henker. Damit will ich nichts zu tun haben, Mann. Ich will nur rauchen und nicht in den Knast, das ist alles.«

Die Furcht in seinen glasigen Augen ist so unverkennbar, dass ich ihm glaube. Im Übrigen kann ich mir nicht vorstellen, warum jemand diesem kleinen Spinner mehr anvertrauen sollte als unbedingt nötig.

»Wenn du jemandem sagst, dass wir hier gewesen sind, komme ich zurück, das verspreche ich dir. Und wenn du abhaust, finde ich dich. In keinem Fall wird dir gefallen, was ich mit dir anstelle. Kapiert?«

Er nickt, noch immer darauf bedacht, möglichst viel Abstand zu mir zu halten.

Ich richte mich auf, wende mich um, nehme Tommis Hand und kehre mit ihr zum Truck zurück. Wir steigen ein, und ich starte den Motor, bleibe aber noch einen Moment lang nachdenklich sitzen. Schließlich nehme ich mein Handy und beschließe, das Risiko einzugehen. Ich verfasse eine Nachricht mit allem, was ich erfahren habe, und schicke die SMS an meinen Mittelsmann auf dem Revier. Es ist möglich, dass hier bald alles auffliegt, und dann müssen sie Bescheid wissen, damit sie Leute rausschicken können, die sich im Notfall einmischen. Zwar könnte das bedeuten, dass Tommi erfährt, wer ich wirklich bin, aber auch dieses Risiko muss ich eingehen.

Tommi fragt allerdings nicht einmal nach der SMS. Ihre Gedanken sind offensichtlich woanders. Ich schalte und fahre auf die Hauptstraße. Wir machen uns auf den Weg in das Viertel, in dem dieser Chaps sein Lokal hat und Travis möglicherweise versteckt gehalten wird.

Nach ein paar Minuten greife ich wieder nach Tommis

Hand und drücke sie tröstend, während ich das Gespräch von vorhin wieder aufzunehmen versuche.

»Wo ist dein anderer Bruder jetzt? Vielleicht weiß er etwas, das uns nützlich sein kann, vielleicht kann er uns ja helfen. Hat er noch was mit Tonin zu tun?« Ich schätze, er wird im Gefängnis sitzen. Vielleicht ist er verpfiffen worden, vielleicht hat er sich einfach erwischen lassen. Wie auch immer, damit kann ich arbeiten. Schließlich bin ich ein Cop.

»Nein, er kann uns nicht helfen.«

»Kann nicht oder will nicht?«

Sie legt den Kopf zurück und schließt die Augen. »Er kann nicht.« Behutsam stößt sie den Atem aus. »Er ist tot.«

Ach, Mist.

»Gott, Tommi, das tut mir leid. Ich …«

»Schon gut. Du konntest es ja nicht wissen. Es ist auch schon lange her.«

»Wie ist es passiert? Wie ist er gestorben?«, frage ich.

Sie sieht mich an, und ihr Blick wirkt gleichzeitig resigniert und misstrauisch. Sie gibt mir keine Antwort, was in gewisser Hinsicht auch eine Antwort ist, und langsam werde ich sauer.

»Nach allem, was passiert ist und was wir miteinander erlebt haben, traust du mir also immer noch nicht.«

»Sig, ich …«

»Ist das nicht wirklich zum Kotzen?«, unterbreche ich sie verbittert. Ich bin frustriert und nicht nur ein bisschen gekränkt.

»Ich … ich kann nur nicht …« Ihre Stimme kippt, als würde sie weinen, aber es geschieht nicht. Zumindest sehe ich keine Tränen. Vielleicht weint sie innerlich.

»Bitte, Tommi«, versuche ich es noch einmal. »Ich will dir doch helfen. Aber du musst mir vertrauen.«

Lange schweigt sie. Als sie wieder zu sprechen beginnt, klingt ihre Stimme tonlos und roboterhaft.

27. Kapitel

TOMMI

»Mein Vater verschwand, als Travis erst ein paar Jahre alt war. Mit ihm verschwanden sein Einkommen, die Hälfte der Möbel und das, was man gemeinhin Stabilität nennt. Meine Mutter tat, was sie konnte. Sie räumte in zwei Lokalen die Tische ab und arbeitete zu den unmöglichsten Zeiten, nur um uns Kinder irgendwie durchzubringen. Geld war immer knapp, aber wir kamen über die Runden. Allerdings war meine Mutter durch die Schufterei kaum zu Hause, und meine Brüder und ich erzogen uns praktisch selbst. Unweigerlich gerieten wir alle auf die viel zitierte schiefe Bahn. Ich wollte, wie ich heute glaube, einfach nur flüchten. Bei Travis war wahrscheinlich der größte Teil seines Verhaltens auf seine Störung zurückzuführen. Aber mein großer Bruder … er war einfach wütend. Auf unseren Vater, unsere Mutter, auf die ganze Welt. Ich ahnte damals nicht, wie sehr es in ihm brodelte, das änderte sich erst, als ich dreizehn Jahre alt war. Aber dann hatte meine Mutter den Unfall. Sie verlor beide Jobs, weil sie nicht mehr richtig arbeiten konnte, und bekam schließlich eine Arbeitsunfähigkeitsrente. Wo es vorher knapp war, war jetzt praktisch nichts mehr da, und alles ging den Bach runter. Und zwar rasant. Mein Bruder fing an, Drogen zu nehmen. Vermutlich erst nur, um damit herumzuexperimentieren. Dann begann er zu dealen, um uns etwas mehr Geld reinzubringen. Ein paarmal wurde er erwischt – meistens wegen geringer Vergehen wie Diebstahl, Einbruch, so was eben. Doch einmal haben sie ihn mit so viel Koks geschnappt, dass er ins Gefängnis musste. Ein Jahr Jugendhaft, er war sechzehn. Als er wieder rauskam, war er ein anderer Mensch. Verbittert. Leichtsinnig. Er schaffte nur knapp seinen Schulabschluss. Und dann fing er ernsthaft an zu dealen. Ich meine wirklich professionell. Ich schätze, er hatte irgendwie aufgegeben. Mit neunzehn starb er.«

»Und wie ist er gestorben?«

»Durch einen drogenbedingten Unfall«, antworte ich vage.

Sig schweigt fast zwei Minuten lang. Ich hoffe inständig, dass er endlich aufhört, Fragen zu stellen, und sich lieber darauf konzentriert, Travis zu finden.

Aber natürlich habe ich kein solches Glück.

Das hatte ich noch nie.

»Tommi, hör zu. Ich weiß, dass du weißt, wie die Dinge laufen. In dieser Branche muss man alles geben, um die Oberhand zu behalten und niemals in den Bau zu gehen. Meistens bedeutet das, sich einen korrupten Cop auf die Lohnliste zu setzen. Damit man Augen und Ohren dort hat, wo man sie braucht. Nur weil ich neu bei Lance bin, bin ich noch lange nicht dumm. Oder ahnungslos. Ich habe auch meine Quellen. Jeder hat seine Quellen.«

Ich sehe ihn stirnrunzelnd an. »Worauf willst du hinaus?«

»Ich habe Informationen über jeden, der mit Lance näher zu tun hat. Man sollte immer seine Feinde, aber auch seine Freunde kennen. Als ich erfuhr, dass ich dich beschützen soll, habe ich jemanden gebeten, sich über dich schlauzumachen. Dieser Jemand fand etwas zu Tommy Lawrence. Eine Jugendakte.« Sig verstummt und schweigt so lange, bis ich es fast nicht mehr aushalte. Doch als er weiterspricht, kommt es noch schlimmer. »Wer ist Tommy Lawrence? Der echte Tommy Lawrence?«

Der dumpfe Schmerz der Panik bläht sich in meiner Brust auf und raubt mir den Atem. Mein Herzschlag hämmert in meinem Schädel wie das Wummern von tausend Trommeln in einem finsteren Wald. In meinem Bewusstsein kollidiert das Alte mit dem Neuen, die Vergangenheit mit der Gegenwart, und der Crash ist so gewaltig, dass ich mich fühle, als würde ich jeden Moment in Flammen aufgehen. *O Gott! O Gott!*

»Ich weiß nicht, was du meinst.«

Ich konzentriere mich auf meine Atmung, obwohl meine Lungen vor Entsetzen wie versteinert sind.

»Hör auf, Tommi. Du hast mir versprochen, mich nicht anzulügen. Und in Anbetracht dessen, was dieses Wochenende war, bist du mir zumindest ein bisschen Wahrheit schuldig. Also. Wer ist der echte Tommy?«

Einen Moment lang ist mir, als bewege sich nichts mehr. Nicht Zeit, nicht Raum, nicht Luft oder Erde. Nichts atmet. Alles keucht auf und hält inne. Ich stehe mit dem Rücken zur Wand. Und zum ersten Mal in meinem Leben, zum ersten Mal, seit ich mich erinnern kann, mache ich in einer solchen Situation einen Satz nach vorne. Ich renne nicht weg, ich ducke mich nicht, ich lüge nicht. Ich mache einen Satz nach vorne. Und entscheide mich für Vertrauen.

Ich weiß nicht, warum ich das tue, warum ich Vertrauen wage. Ich weiß nicht, warum es Sig ist, warum es jetzt geschieht. Aber ich weiß, dass ein Teil von mir ihm unbedingt vertrauen will. Unbedingt wieder an die Liebe glauben will. Denn das ist es, was Sig mir vor Augen geführt hat. Wie schön Liebe, Vertrauen, Hoffnung sein kann.

»Mein … mein großer Bruder«, sage ich schließlich. Und sobald ich die Worte ausgesprochen habe, sprudelt der Rest nur so aus mir heraus. Ich spüre, dass mir Tränen über die Wangen strömen, aber sie sind eher wie eine Begleiterscheinung meines Ausbruchs. »Eines Abends kam er nach Hause und war total high – von Badesalz, das er von Lance Tonin bekommen hatte. Er schlug Travis zweimal ins Gesicht, bevor ich überhaupt merkte, dass etwas nicht stimmte. Er war wie ein tollwütiges Tier. Halb wahnsinnig und stärker, als eigentlich möglich war. Ich konnte ihn nicht aufhalten. Ich konnte mich nur vor Travis stellen, und ich war absolut sicher, dass er uns beide umbringen würde. Aber das tat er nicht. Stattdessen machte er kehrt und stürzte sich auf Momma. Vielleicht, weil er ihr insgeheim die Schuld an allem gab – ich weiß es nicht. Jedenfalls ließ er plötzlich von uns ab, und ehe ich mich versah, hörte ich furchtbare Geräusche aus ihrem Zimmer. Er war auf ihr Bett gesprungen und prügelte auf sie ein. Ich versuchte, ihn von ihr zu zerren, aber er war so unfassbar stark. Er schleuderte mich richtiggehend zur Seite, und ich krachte gegen den Nachttisch. Eine Weile war ich groggy. Als ich mich endlich wieder aufgerappelt hatte, schlug er mit dem Lampenfuß auf unsere Mutter ein. Sie war schon längst nicht mehr bei Bewusstsein. Sie lag nur da und gab gurgelnde Geräusche von sich, und ich hörte das Knirschen von Knochen und Tommys angestrengtes Grunzen. Und überall das viele Blut! Ich wusste nicht, was ich tun sollte, also packte ich den Baseballschläger, den Momma unter ihrem Bett liegen hatte, und schlug ihm damit auf den Schädel. Er sackte auf ihr zusammen. Ich stand minutenlang da und wartete darauf, dass er sich regte. Ich konnte nicht abhauen. Ich konnte ihn nicht mit Travis und Momma allein lassen, also stand ich nur da, starrte ihn an und wusste nicht, was ich machen sollte. Travis kam rein, sah die beiden und drehte durch. Er war erst zehn. Er weinte zwei volle Tage. Riss sich die Haare aus. Machte nachts wieder ins Bett.«

Obwohl mich der Schrecken jener Zeit, die ich so unbedingt vergessen wollte, wieder einholt, bin ich mir Sigs Schweigen absolut bewusst. Er hat noch kein einziges Wort geäußert.

Bisher habe ich es noch nicht gewagt ihn anzusehen; ich fürchte mich vor dem, was ich in seiner Miene entdecken könnte. Natürlich ist es ohnehin zu spät, einen Rückzieher zu machen. Ich habe bereits zu viel gesagt.

Also kann ich nur fortfahren. Und genau das tue ich.

»Ich habe Tommy umgebracht. Ich habe meinen eigenen Bruder umgebracht. Es war nicht geplant und nicht gewollt, aber ich hab's getan. Und ich geriet in Panik. Niemand durfte davon wissen. Sie hätten mich eingesperrt, und was wäre dann aus Travis geworden? Er wäre in staatliche Obhut gekommen. Hätte bei Fremden leben müssen oder wäre im schlimmsten Fall in irgendein Heim gekommen. Er war ein Kind mit Asperger – ich durfte mir das gar nicht vorstellen! Die Familie war alles, was er hatte, und nun war es an mir, auf ihn aufzupassen – zumindest bis er achtzehn war. Er war meine Verantwortung, meine Aufgabe, meine *Pflicht.* Daher steckte ich Tommy fürs Erste in die Kühltruhe, die bei uns hinten auf der Veranda stand, bis mir etwas einfallen würde, wie ich die Leiche loswerden konnte.«

Ich schlucke. Mein Mund ist staubtrocken. »Momma war schwer verletzt. Lange Zeit befürchtete ich, dass sie sterben würde. Das ist, wie du weißt, nicht passiert, aber sie ist seit diesem Tag auch nicht mehr wirklich zu sich gekommen. Ich kümmerte mich um sie, pflegte sie und tat, was ich konnte, damit man sie nicht entdeckte, mich wegsperrte und uns trennte. Alles, was ich tat, hatte den Zweck, Travis bei mir zu behalten und zu vertuschen, was wirklich geschehen war. Die ersten Tage danach ging ich nicht zur Schule. Ich träufelte Momma Wasser in den Mund, damit sie nicht verdurstete, bis ihr Gesicht so weit abgeschwollen war, dass sie Wasser durch einen Strohhalm zu sich nehmen konnte. Einige Zähne waren abgebrochen, also zerdrückte ich Spaghetti und fütterte sie damit, und irgendwann war ihre Pflege für mich zur alltäglichen Pflicht geworden.

Und ein paar Monate lang arrangierten Travis und ich uns in dieser bizarren Routine, die uns fast so etwas wie Normalität bot. Wir gingen zur Schule, kamen nach Hause, erledigten die Hausaufgaben, ich machte Essen. Zuerst meistens Tütensuppen, doch dann fand ich Geld in Tommys Zimmer und fuhr mit dem Bus zum Supermarkt. Das Geld hielt nicht lange, also fing ich an, Mommas Unterschrift zu fälschen, und hob das Geld ihrer Berufsunfähigkeitsrente ab. Erstaunlicherweise bemerkte kein Mensch, dass es unsere Familie gar nicht mehr gab. So ist das wohl mit armen Kindern. Die Gesellschaft vergisst dich, und du sorgst eben irgendwie für dich selbst. Was bleibt dir auch anderes übrig? Und eine Weile lief es tatsächlich gar nicht so schlecht. Doch dann, es war im Herbst, geriet Travis in der Schule in eine Prügelei. Er drehte total durch und schlug den anderen Jungen krankenhausreif, und zwar so schlimm, dass er von der

Taille abwärts gelähmt war. Die Eltern gingen vor Gericht. Travis war sieben Monate lang in Jugendhaft. Und ich konnte nichts tun.«

Ich bin erschöpft. Noch nie habe ich jemandem die ganze Geschichte erzählt. Und obwohl ich im Geist natürlich immer wieder durchlebe, was damals geschehen ist, versuche ich meistens, die Gedanken rasch wieder zu verdrängen, weil sie nur kontraproduktive Gefühle wecken. Ich habe schon vor lange Zeit gelernt, dass Selbstmitleid mir überhaupt nichts nützt. Deshalb konzentriere ich mich darauf, Pläne zu schmieden – Pläne für eine Flucht aus unserem Dilemma, Pläne für ein besseres Leben, Pläne, die Travis Sicherheit verschaffen. Ich plane immer. Das ist das Einzige, was mich am Leben hält. Ein Plan.

»Wie ging's weiter?«, fragt Sig leise. Ich wage noch immer nicht, ihn anzusehen. Ich glaube nicht, dass ich es ertragen könnte.

Meine Gesichtshaut spannt und ist nass von Tränen. Ich habe ewig nicht mehr so viel geweint; ich konnte es mir in den vergangenen Jahren schlicht nicht erlauben. Auch jetzt habe ich nicht das Gefühl, als hätte ich bewusst losgelassen: Es ließ sich vielmehr nicht mehr beherrschen. Im Grunde meiner Seele habe ich wohl mein halbes Leben darauf gewartet, dass mir jemand wie Sig begegnet – jemand, dem ich wichtig genug bin, dass er nachfragt, jemand, der die Tür in meinem Inneren aufschließt, sodass alles hinausströmen kann.

»Während Travis in Haft saß, begriff ich, wie angreifbar wir ohne legalen Vormund waren. Wenn ich doch nur schon volljährig wäre. Ich war mir sicher, dass damit all unsere Probleme gelöst werden konnten. Ich hatte also schon eine

Weile darüber nachgedacht, wie ich es anstellen würde, als Travis wieder nach Hause kam. Ich war entsetzt. Mein Bruder war nicht mehr derselbe. Man hatte ihn sexuell missbraucht und völlig fertiggemacht. Ich hörte ihn im Schlaf reden und weinen, und er fing wieder an, ins Bett zu machen. Eine Weile konnte ich mir nicht vorstellen, dass er überhaupt wieder halbwegs in Ordnung kommen würde. Und mir war klar, dass ich jetzt handeln *musste*. Von nun an würde ich mich als achtzehn ausgeben, komme was da wolle. Ich musste Auto fahren und brauchte einen Job, wenn ich Travis bei mir behalten wollte. Falls jemand nach Momma fragte, würden wir sagen, sie wäre abgehauen – wie Dad. Und ich würde das Sorgerecht für Travis beantragen, aber nur, falls es absolut notwendig werden würde. Ich weiß nicht, ob es tatsächlich funktioniert hätte, aber damals klammerte ich mich an den Gedanken. Aus purer Verzweiflung nahm ich mir also Tommys Sozialversicherungskarte und besorgte mir eine Fahrerlaubnis. Darauf befand sich sein Name, sein Geburtsdatum, aber mein Foto. Für die meisten nur ein unwichtiges kleines Kärtchen, aber für mich war es der Schlüssel zum Überleben. Damit erkaufte ich uns Zeit, bis Travis achtzehn wurde, bis wir abhauen und irgendwo noch einmal neu anfangen konnten. Zumindest war das mein ursprünglicher Plan. Dann traf ich Lance Tonin.«

»Und wie ist er ins Spiel gekommen?«, fragt Sig.

»Er hatte nach Tommy gesucht. Wahrscheinlich glaubte er, Tommy sei mit seinem Geld und den Drogen abgehauen. Eines Tages erwischte er mich, als ich gerade draußen Wäsche aufhängte, und fragte nach ihm. Ich behauptete, ich wüsste nicht, wo er sei, aber er glaubte mir nicht und verschaffte sich nicht gerade zimperlich Zugang zum Haus. Er hatte uns wohl lange genug beobachtet, um zu meinen, dass außer Travis und mir keiner hier wohnte – womit er ja eigentlich recht hatte.« Ich seufze müde. »Jedenfalls durchsuchte er das Haus nach Tommy, dem Geld und den Drogen, deren Erlös mein Bruder ihm nie gegeben hatte. Und dummerweise fand er Tommy auch. In der Tiefkühltruhe. Und begriff ziemlich schnell, dass sich ihm hier eine einmalige Gelegenheit bot. Also erpresste er mich.«

»Aber warum bist du nicht …«

»Oh, wenn es hier nur um mich gegangen wäre, dann hätte ich ihn zum Teufel gejagt. Ich wäre lieber in den Knast gewandert, als auch nur eine Stunde lang nett zu Lance Tonin zu sein, aber es ging eben nicht nur um mich. Travis war auch noch da. Er hatte nur noch mich, und ich war der einzige Mensch, der sich um ihn kümmerte, der ihm niemals Böses antun würde und der auf ihn aufpasste. Also schloss ich einen Pakt mit dem Teufel, um dafür zu sorgen, dass mein Bruder sein Zuhause und das, was von seiner Familie geblieben war, behalten konnte. Und um dafür zu sorgen, dass unsere Geheimnisse gewahrt blieben, bis mir etwas einfallen würde, wie wir verschwinden könnten. An jenem Tag ging ich ins Gefängnis. Und dazu musste ich nicht einmal vor die Tür.«

Nicht zum ersten Mal spüre ich den furchtbaren Schmerz der Reue. Und den innigen Wunsch, noch einmal neu anfangen zu dürfen. Für mich, für Travis, für unsere ganze Familie. Manchmal denke ich, ich würde *alles* – wirklich alles, was möglich ist – geben, wenn ich zurückkehren und es anders machen könnte. Wenn ich Dad dazu bringen könnte, bei uns zu bleiben. Wenn ich bessere Entscheidungen treffen könnte. Aber natürlich ist das Unsinn. Man kann nie zurück.

»Wer bist du also wirklich?«

Es kommt mir merkwürdig vor, über mein wahres Ich zu reden. Manchmal ist mir, als sei es damals mit Tommy gestorben. Aber es ist auch eine Erleichterung, denn es ruft mir in Erinnerung, dass mein Plan noch immer durchführbar ist. Und dass es noch Hoffnung gibt. Und vielleicht – nur vielleicht – sogar jemanden, dem ich mich anvertrauen kann.

Dennoch spüre ich auch ungeheure Verbitterung. Wenn ich daran denke, was aus mir geworden ist und was hätte sein können, wenn nur …

Wenn nur …

»Tia Lawrence«, sage ich steif. »Ich heiße Tia Lawrence, bin einundzwanzig Jahre alt und Lance Tonins Hure, weil es das Beste war, was ich aus der Situation machen konnte – und kann. Zumindest bis Travis achtzehn ist und der Staat ihn mir nicht mehr abnehmen kann. Und an diesem Tag – um Mitternacht, wenn der Tag offiziell beginnt –, werden wir fort sein. Weit weg an einem Ort, an dem uns niemand mehr etwas tun kann. Nicht einmal Lance Tonin.«

»Hast du keine Angst, dass er der Polizei von deinem Bruder erzählt? Wie willst du jemals von ihm freikommen?«

»Oh, kann sein, dass er das tut. Er hat Tommys Leiche mitgenommen. Keine Ahnung, was er damit angestellt hat. Er behauptet, er hätte sie sicher verwahrt, um sich nicht um meine Loyalität sorgen zu müssen. Lance weiß, warum ich Tommys Identität angenommen habe. In gewisser Hinsicht *bin* ich für alle Beteiligten Tommi. Niemand hat mich mehr Tia genannt, seit ich mit meinem Führerschein nach Hause gekommen bin. Anders ging es nicht. Tia Lawrence ist verschwunden und kommt auch nicht zurück. Sie gerät in Vergessenheit, und das ist gut so, denn dadurch vergisst Lance, sie im Auge zu behalten. Er glaubt, er hätte mich in der Hand. Aber das ist nicht wahr. Tia hat nicht nur ihren Schulabschluss online gemacht. Sie steht kurz vor einem Collegeabschluss in Psychologie. Und wenn es so weit ist, werden sie und ihr Bruder in ein Land auswandern, das nicht ausliefert, und sie wird sich einen Job suchen, bei dem sie Kindern wie Travis helfen kann. Dann sind wir frei von Lance Tonin. Frei von unserer Vergangenheit. Niemand kann uns mehr etwas antun. Und niemand wird uns mehr trennen können.«

Er seufzt, und es klingt erleichtert. »Das also tust du, wenn du dich heimlich irgendwo mit deinem Laptop hinsetzt. Du studierst.«

Ich nicke. »Ja.«

Wie immer, wenn ich an meinen Plan denke und mir vorstelle, wie unser Leben aussehen wird, wenn Travis erst einmal achtzehn ist und wir anderswo einen neuen Anfang wagen können, muss ich unwillkürlich lächeln. Das mentale Bild allein bewirkt, dass die Last, die Angst, meine Trauer und die Scham vorübergehend verblassen, wenn auch nur für ein paar Sekunden.

Doch wie immer kehrt die Realität nur allzu schnell zurück. Und diesmal in Gestalt einer Emotion, die so stark ist, dass sie alle anderen ausblendet.

Angst. Angst um meinen Bruder. Wenn ihm etwas zustößt, war alles, was ich auf mich genommen habe, umsonst. Wenn ihm etwas zustößt, habe ich letztlich versagt. Ich bin mir nicht sicher, dass ich damit leben könnte. Ich bin mir nicht einmal sicher, dass ich das wollte.

Und nachdem ich mich zum ersten Mal einem Menschen anvertraut habe, der mir außer meinem Bruder und meiner Mutter tatsächlich etwas bedeutet, wende ich mich endlich zu Sig um. Ich warte, bis er mich ansieht, suche seinen Blick und pfeife auf meine Würde. Hemmungslos fange ich an zu betteln.

»Bitte! Bitte hilf mir, Travis zu finden. Hilf mir, ihn zu retten. *Bitte*!«

28. Kapitel

SIG

»Wir finden ihn«, antworte ich. »Und wenn wir die ganze Stadt auseinandernehmen müssen.«

Sie verstummt und überlässt mich dem Chaos meiner Gedanken, während ich versuche, mich wenigstens halbwegs auf den Verkehr zu konzentrieren. Was soll ich bloß tun? Ich bin ein Cop, Herrgott noch mal. Die Frau, in die ich mich immer mehr zu verlieben beginne, ist nicht nur die Freundin eines Dealers, sie hat auch gemordet und nebenbei eine endlos lange Liste weiterer Straftaten begangen. Und das auch noch unter falschem Namen.

Heilige Scheiße. Ich weiß nicht mal, wo ich anfangen soll!

Ich weiß gar nichts mehr. Was auch immer vor uns liegt, es sieht nicht gut aus. *Kann* eine solche Sache überhaupt gut ausgehen? Wie soll ich sie vor dem Debakel retten, in das sie sich manövriert hat? Die Antwort ist simpel: gar nicht. Wenn ich nicht alles verraten will, an das ich immer geglaubt habe – alles, was mich ausmacht –, dann kann ich sie einfach nicht retten. Wie man es auch dreht und wendet.

Aber ich kann doch auch nicht nichts tun! Und damit auch jemand sein, der sie enttäuscht. Da flehe ich sie seit Wochen an, mir zu vertrauen, und wenn sie es endlich tut, zucke ich hilflos die Achseln?

Aber vielleicht finde ich eine Möglichkeit, ihr zu helfen, mit der wir beide leben können. Ich kann mit meinem Captain, mit dem Staatsanwalt, mit jedem reden, der Einfluss hat, um mildernde Umstände für sie zu erwirken. Immerhin war sie noch minderjährig, als sie ihren Bruder umgebracht hat. Und es war ein Versehen. Man könnte sogar auf Notwehr plädieren. Sie wollte ihre Mutter schützen, und wenn er seinen Zorn gegen sie gerichtet hätte …

Dann die Schecks, deren Unterschriften sie ebenfalls gefälscht hat, während sie noch minderjährig war. Allerdings hat sie nicht erwähnt, ob sie damit aufgehört hat, seit sie mit Tonin zusammen ist. Das wäre allerdings nicht schlau, denn das würde nur Misstrauen erregen und Fragen zum Wohlergehen ihrer Mutter aufwerfen.

Oh, Mist!

Dann hätten wir noch eine eventuelle Beteiligung an Tonins schmutzigen Geschäften, zumindest aber eine Mitwisserschaft. Oh, Herrgott im Himmel! Sie steckt bis zum Hals in Schwierigkeiten, wenn das hier rauskommt.

Und von mir hängt es ab.

Wenn ich nichts sage und Tonin sie aus irgendeinem Grund nicht verpfeift … könnte ich mit dem Wissen, was sie getan hat, einfach weiterleben? Könnte ich mich danach noch im Spiegel ansehen? Aber umgekehrt – was wäre, wenn ich sie verpfeife? Könnte ich mit dem Wissen leben, dass ich nicht alle Hebel in Bewegung gesetzt habe, um ihr zu helfen?

Ich weiß nicht, wie ich diese Fragen beantworten soll. Ich weiß es einfach nicht. Ich kann nur hoffen, dass mir irgendetwas einfällt, bevor alles den Bach runtergeht.

Ich werfe Tommi einen verstohlenen Seitenblick zu. Was

sie auch getan hat, sie wird immer meine Tommi bleiben. Die Frau, die mich in meiner Seele berührt, wie noch keine zuvor. Sie ist ein guter Mensch. In ihrem Wesen ist sie gut, daran besteht kein Zweifel. Und was immer von nun an geschehen mag, ich werde mit allem, was mir zur Verfügung steht, für sie und ihr Leben kämpfen. Ich habe sie gebeten, mir zu vertrauen, und das hat sie getan. Obwohl ich von vornherein wusste, dass ich ihr Vertrauen an einem gewissen Punkt missbrauchen muss, hatte ich keine Ahnung, was ich tatsächlich von ihr verlangte. Sie hat mir vertraut, obwohl sie wusste, dass sie mir Informationen geben würde, mit denen ich ihr Leben zerstören kann, und sie hat sie mir in dem Wissen gegeben, dass ich von nun an die absolute Macht über sie und Travis haben würde. Weil sie mir vertraut. *Mir* und niemand anderem. Sie hat *mich* ausgesucht.

Mein Entschluss steht fest. Ich werde sie nicht hängen lassen. Ich muss tun, was immer ich kann. Was immer es ist. Ich muss einfach. Und ich schwöre bei Gott, dass sie es nicht bereuen wird, mir vertraut zu haben. Niemand hat es mehr verdient als sie. Nach allem, was sie durchgemacht hat, hat sie jemanden verdient, der sich mit allem, was er hat, für sie einsetzt.

Wahrscheinlich sollte ich ihr sagen, dass ich ein Cop bin, aber es wäre extrem dumm, die Operation in diesem Stadium zu gefährden. Wenn ich Tonin festnageln kann, ist ein großer Teil ihrer Sorgen vorbei. Also werde ich um ihret- und meiner Karriere willen den Mund noch ein Weilchen länger halten.

Als das alte Restaurant in Sicht kommt, fahre ich daran vorbei und biege einen Block weiter in eine Seitenstraße ein, sodass wir uns dem Gebäude von hinten nähern. Es muss ja nicht sein, dass man uns frühzeitig sieht.

Ich stelle den Motor ab und wende mich Tommi zu. Sie sieht so erschöpft aus, als würde sie jeden Moment zusammenbrechen. »Bleib hier. Ich werde …«

»Was immer du sagen willst – spar es dir. Ich komme mit. Mein Bruder ist da drin. Oder zumindest hoffe ich das.«

»Tommi, ich …«

»Falls du nicht vorhast, mich niederzuschlagen oder auf dem Dach deiner Kiste festzubinden, komme ich mit. Wir vergeuden hier nur Zeit.«

Ihr Gesicht ist blass, ihre Miene jedoch entschlossen. Und ich kann es ihr nicht verdenken. Wenn es sich um eins meiner Geschwister handeln würde, würde ich mich genauso verhalten.

»Bleib hinter mir, egal was geschieht. Hast du verstanden?«

Sie nickt. »Ja. Ich bleibe hinter dir, egal was passiert.«

Ich greife quer über sie und öffne das Handschuhfach. Darin befindet sich die »illegale« Waffe, die man mir für diesen Undercover-Einsatz gegeben hat. Im Augenblick ist mir vollkommen gleich, ob sie legal oder illegal ist – Hauptsache sie schießt!

Wir steigen beide aus und gehen zur Heckklappe. Ich stecke die Waffe in meinen Hosenbund und nehme Tommis Hand. Zusammen bewegen wir uns rasch auf das Restaurant zu. Tausend Dinge sind unausgesprochen geblieben; ein ganzes Leben voller Fragen und nicht einmal Minuten, um sie zu stellen.

Meine Instinkte schalten auf Alarmbereitschaft, als wir nah genug sind, um festzustellen, dass die Hintertür offen steht. Genau wie die Tür des Lagergebäudes auf der anderen Seite einer schmalen Gasse. Ich bleibe stehen, Tommi tut es mir nach. Aber bevor ich entscheiden kann, was zu tun ist, taucht Barber, Tonins rechte Hand, im Eingang des kleineren Gebäudes auf. In mir schrillen alle Warnsignale auf einmal los. Mein Bauchgefühl sagt mir, dass das hier nur unschön werden kann.

Barber lächelt, und wenn eine Ratte lächeln könnte, sähe sie genauso aus wie er. »Gerade rechtzeitig. Kommt rein.«

Er verschwindet im Inneren, und ich drehe mich zu Tommi um. »Bitte. Geh zum Auto zurück. Halt dich hier raus. *Bitte*!«

Sie sieht mir direkt in die Augen, und in ihrem schönen Gesicht steht Entschlossenheit. »Er ist mein Bruder. Und ich kann nicht zulassen, dass du wieder geradebiegst, was ich verbockt habe.«

Tja, vielleicht könnte der Zeitpunkt nicht schlechter gewählt sein, aber das ist mir so was von egal! Wir stehen vor einschneidenden Ereignissen, und vermutlich wird morgen, wenn die Sonne aufgeht, die Welt für uns komplett anders aussehen. Also muss ich den Augenblick nutzen.

Ich lege meine Hände an ihre Wangen und blicke ihr in die smaragdgrünen Augen, die ich vermutlich nie wieder vergessen kann, was immer auch geschehen wird. »Ich würde für dich durchs Feuer gehen. Für dich und für jeden, der dir am Herzen liegt. Du musst das hier nicht mehr allein machen. Du hast jetzt mich.«

Tränen treten in ihre Augen und verwandeln ihre Iris in glitzernde Seen. Ihr Kinn zittert ganz leicht, und sie legt ihre Finger um meine Handgelenke und hält sie fest. »Was immer heute oder morgen oder nächsten Monat sein wird, ich werde das mit dir niemals bereuen. Ob du es weißt oder nicht, du hast mich gerettet.«

Gott, wie sehr ich es mir wünsche! Wie sehr ich sie jetzt einfach in meine Arme reißen und mit ihr davonrennen würde. Aber das kann ich nicht. Aus hundert verschiedenen Gründen kann ich das nicht. Und ich tue es nicht. Ich bin niemand, der einfach wegrennt, und diese Situation ist keine Ausnahme. Wir stellen uns der Sache gemeinsam, was immer am Ende dabei rauskommt.

Mein Mund erobert ihren in einem Kuss, der eigentlich dazu gedacht war, ihr Zuversicht zu vermitteln. Doch die Dringlichkeit der Situation, die Unsicherheit dessen, was morgen sein wird, überfällt uns beide, und wir klammern uns einander und küssen uns wild, grob und ungehemmt. Als wir uns voneinander lösen, ringen wir beide nach Luft. Der Augenblick ist intensiv und real und so aufrichtig, wie ein Augenblick nur sein kann.

Und ich weiß, dass Tommi es genauso empfindet. Ich kann es in ihrer Miene erkennen, in ihrem Blick, der plötzlich weicher wird.

»Sig, ich … ich …«

Meine Brust wird mir eng. Ich weiß, was sie sagen will. Ob es der Wahrheit entspricht oder nur an der extremen Situation liegt, die uns beide im Innersten aufwühlt, aber im Augenblick liebt sie mich. Und in gewisser Hinsicht hoffe ich inständig, dass sie den Satz nicht beendet, dass sie es nicht ausspricht.

Denn ich will es hören. Ja, der Gedanke versetzt mich ein klein wenig in Panik, aber ich will hören, wie diese appetitlichen Lippen die Worte formulieren. Aber nicht jetzt. Nicht so. Und offenbar scheint sie das auch zu begreifen, denn plötzlich weicht sie einen Schritt zurück und bringt etwas komplett anderes hervor. »Ich … würde sagen, lass uns reingehen und meinen Bruder holen.«

Sie verschränkt ihre Finger mit meinen, und wir wenden uns zusammen dem Eingang zu. Doch bevor wir ihn erreichen, schiebe ich mich vor sie. Ich weiß nicht, was ich erwarte, aber es ist mir lieber, dass Tommi nicht direkt in der Schusslinie steht, wenn wir eintreten.

Der Raum, in den wir kommen, ist fast leer. An einer Wand stehen ein paar Kisten, an einer anderen zwei alte Herde, wahrscheinlich noch aus dem Restaurant. In der Mitte befindet sich ein klobiger Holztisch mit vier Stühlen, die gerade noch im Lichtkreis einer leicht schwingenden Hängeleuchte stehen. Alles in allem ein furchtbar klischeehaftes Szenario – fehlt nur noch der blutende, an den Stuhl gefesselte Gefangene.

Tatsächlich sitzt Travis am Tisch; der Junge spielt mit seinem Handy. Chaps sitzt auf der einen Seite, Barber auf der anderen. Eine Sekunde lang frage ich mich, wieso sie Travis das Handy nicht abgenommen haben. Wieso er nicht reagiert hat, als Tommi ihn zu erreichen versuchte. Oder warum er nicht irgendwen angerufen hat, verdammt noch mal!

»Vergiss es«, sagt Barber, als könne er meine Gedanken lesen. »Hier drinnen hast du keinen Empfang.« Er hat die Fußknöchel übereinandergeschlagen, löst sie jetzt und kreuzt sie wieder. Seine gesamte Haltung drückt tödliche Langeweile aus. »Wir haben schon dafür gesorgt, dass du deine Kumpels nicht anrufen kannst.«

Ich betrachte ihn stirnrunzelnd. »Meine Kumpels?«

»Ja, deine Cop-Freunde.«

Mein Puls flattert kurz auf, aber nur leicht. Ich konzentriere mich darauf, mir nichts anmerken zu lassen. »Ich habe keine Cop-Freunde.«

Barber lächelt wieder. Vollkommen humorlos allerdings. Fast selbstzufrieden sogar, als hätte er mich genau dort, wo er mich haben wollte. »Nun, als Krimineller nicht viele Cop-Freunde zu haben erscheint mir ganz normal, aber du bist kein Krimineller, nicht wahr, Sig? Du *bist* ein Cop. Und jetzt überlegen wir doch mal, was das über dich aussagt – ein Cop ohne Cop-Freunde! Spielst du vielleicht unsauber?«

Mein Blut gefriert zu Eis, doch ich bleibe äußerlich ruhig. »Keine Ahnung, wovon du redest. Für mich hört es sich an, als hättest du dir was von dem guten Zeug gegönnt. Was ist los, Barber? Zweigst du dir was ab? Bist du schon paranoid geworden?«

Er lacht. »Immer ganz der Klugscheißer. Nützt dir allerdings nichts. Du bist aufgeflogen, wir wissen Bescheid. Du kannst also aufhören, so zu tun als ob. Oder versuchst du wegen der Kleinen, dein Gesicht zu wahren?« Sein scharfer Blick schießt zu Tommi. »Weiß sie, wer du wirklich bist?«

In der nachfolgenden Stille höre ich, wie Tommis Atem hinter mir stockt, dann stoßweise wieder einsetzt. Ihre Finger, die sich in mein Hemd krallen, verkrampfen sich so sehr, dass ich das Zittern spüren kann. Ich versuche, ihre Reaktion aus meinem Kopf zu verbannen, aber das Schuldgefühl schnürt mir fast die Kehle zu. Abgesehen davon, dass sie mir gerade Dinge von sich erzählt hat, die sie vermutlich jedem anderen auf der ganzen Welt lieber erzählt hätte als mir – einem Cop.

»Du musst mich mit jemandem verwechseln, Barber.«

»Oh, ich denke nicht – Sigmond Locke. Hast du wirklich gedacht, dass Lance das nicht herausfinden würde?«

Denk nach!

»Wenn du einen Sündenbock brauchst, dann such dir lieber einen von deinen Dumpfbacken. Der kapiert vielleicht nicht, was du hier abzuziehen versuchst.«

»Ich hab schon den richtigen Mann, vertrau mir.«

Ich knicke nicht ein, so schnell nicht. Ich rede weiter, während ich mich sehr langsam vorwärtsbewege, um ihn nicht aufzuscheuchen. »Hast du dir deswegen Travis geschnappt? Willst du mich loswerden? Mir das in die Schuhe schieben?«

»Ich muss dir nichts in die Schuhe schieben, auch wenn du weiterhin leugnest. Das ändert nichts. Aber – ja, wir haben ihn uns geholt, damit du hier aufkreuzt, und zwar so schnell wie möglich und ohne, dass dir Zeit bleibt, über alles nachzudenken. Oder deine Leute zu informieren. Und schau nur, wie gut es funktioniert hat! Als hätten wir dich hergezaubert. Du bist hier und das allein.«

Plötzlich gibt Travis einen seltsamen Laut von sich. Er beginnt, sich vor und zurück zu wiegen und klopft sich mit der Faust gegen die Schläfe. Alle Blicke richten sich auf ihn. Tommi keucht auf und reißt sich von mir los.

»Travis!«

Ehe ich ihren Arm packen kann, ist sie schon an mir vorbei, stürzt zu ihrem Bruder und geht neben ihm in die Hocke. Barber regt sich nicht, er beachtet Tommi nicht einmal. Sein Blick ist unverwandt auf mich gerichtet.

»Eine Schande, dass du das Mädchen und ihren Bruder mit reinziehen musstest, Locke. Jetzt müsst ihr leider alle sterben. Ich hasse es, mich an Kindern zu vergreifen – das macht mir immer äußerst schlechte Laune. Und deswegen kommst du als Letzter dran. Wenn jemand für meine miese Laune büßen sollte, dann du!«

»Warum Tommi oder Travis? Sie haben doch nichts getan.«

»Tja, Lance sieht das anders. Als er rausfand, dass du seine Muschi vögelst, hat er sich mal eingehender mit deiner Herkunft beschäftigt. Ich meine, wie dämlich muss einer sein, um sich an Lance Tonins Freundin ranzumachen? Da bleibt ja fast nur einer. Jedenfalls haben wir Erstaunliches über dich herausgefunden. Die Information war nicht ganz billig, aber es hat sich gelohnt. Also haben wir das ganze Wochenende damit verbracht, hier alles leerzuräumen und zu schrubben, nur für den Fall, dass du der Kleinen doch ein paar wesentliche Einzelheiten aus dem Kreuz leierst. Dummerweise bedeutet das auch, dass mein Freund hier«, er deutet mit dem Kopf auf Chaps, der noch keinen Ton gesagt hat, seit wir angekommen sind, »die Stadt verlassen muss. Es ist zu riskant, das Geschäft laufen zu lassen wie bisher. Wir wissen leider nicht, wie viel du schon weitergegeben hast. Ärgerlich, nach so langer Zeit alles wieder umzubauen, aber es dürfte die Mühe lohnen. Wenigstens seid ihr Vollidioten dann noch ein Weilchen beschäftigt und tut etwas für eure Kohle.«

Ich blicke verstohlen zu Tommi, die ihre Arme um Travis geschlungen hat, ihn streichelt und wiegt und ihm etwas ins Ohr flüstert. Als ihr Blick meinem begegnet, steht der Schmerz über meinen Verrat so deutlich darin, dass es mich bis ins Mark trifft.

So habe ich mir mein Geständnis ganz und gar nicht vorgestellt, aber darüber darf ich jetzt nicht nachdenken. Ich muss uns hier rausschaffen. Und zwar lebend.

So schnell, wie mein Hirn nur arbeiten kann, denke ich verschiedene Szenarien durch. Vor allem muss ich mir Zeit verschaffen. Ich habe meinem Mittelsmann Bescheid gegeben, dass dieser Laden hier der Ort ist, wo das Zeug gelagert wird, und ich kann nur darum beten, dass jemand kommt, um es zu überprüfen, denn ich fürchte, ich habe keine Wahl, als zuzugeben, wer ich wirklich bin. Und daraus ergibt sich eine einzige Chance. Ein Bluff. Und zwar ein gewaltiger!

Ich verschränke die Arme vor der Brust und setze ein lässiges Lächeln auf. »Das ist also eure Lösung? Uns loszuwerden? Eine Frau, ein Kind und einen Cop zu töten? Glaubst du wirklich, damit würde der Laden wieder laufen?« Ich lache so großkotzig, wie ich kann. »Dabei vergisst du allerdings, dass euer Geschäft am Ende ist, du kleines Arschloch. Ihr seid aufgeflogen. Es ist nur eine Frage der Zeit. Klar, eigentlich hatten wir das Ganze etwas ordentlicher und effektiver geplant, aber im Grunde ist es egal. Das Ergebnis zählt. Ihr seid am Ende und wandert in den Knast, und zwar für eine lange, lange Zeit. Sicher, man kann die Situation auch komplizierter machen, wenn man will. Indem man noch Mord hinzufügt. Dreifachen Mord zum Beispiel. Wenn du meinst, dass es so sein muss, nur zu, Mann! Tu dir keinen Zwang an.«

Barbers Grinsen macht mir Sorgen. Er sieht nicht einmal annähernd nervös aus. »Und was genau wollt ihr uns vorwerfen? Drogen werdet ihr keine finden. Ihr habt keinerlei Beweise, dass wir je etwas Ungesetzliches getan haben. Travis hier könnte Chaps verraten, aber er wäre tot, bevor seine Schwester noch zu Boden sinkt. Womit willst du mir also drohen? Vielleicht weißt du ja etwas, das sich meiner Kenntnis entzieht, aber wir sind sauber!« Er kommt einen Schritt auf mich zu, und in seinen Augen blitzt etwas auf. Endlich eine andere Reaktion als nur Selbstzufriedenheit. »Wir sind sauber.«

Mir bleibt nichts anderes übrig, als weiterzubluffen und mehr Zeit zu schinden, bis mir etwas einfällt, wie wir hier wieder rauskommen. Ich lächle – lange und breit genug, dass er verunsichert die Brauen zusammenzieht. »Na, wenn du so denkst, dann habe ich dich vielleicht überschätzt. Wir werden sehen. Aber ich kann dir sagen, was *nicht* passieren wird. Ich werde nicht offenlegen, was wir planen, und falls es das ist, was du zu bewirken versuchst, dann bist du blöder, als ich dachte. Jedenfalls seid ihr am Ende, was auch immer mir oder den beiden da zustößt.«

Barber mustert mich schweigend und debattiert offenbar mit sich, ob er uns einfach kaltmachen soll oder doch besser versucht herauszufinden, was ich wirklich weiß – was *wir* wirklich wissen. »Du würdest ihr Leben riskieren, damit deine Cop-Freunde uns hopsnehmen können?«

»Hör zu, Mann, was mit mir geschieht, ist mir scheißegal, aber die zwei da, die bedeuten mir was. Ich freu mich drauf, dabei zu sein, wenn du das kriegst, was du verdienst, aber ich schwöre dir bei Gott, wenn du einem von ihnen auch nur ein Haar krümmst, dann wirst du dir wünschen, dass ich dich stattdessen umgebracht hätte. Das kann ich dir versprechen.« Ich mache eine Pause, um meine Worte wirken zu lassen, dann fahre ich fort. »Du bist am Ende, so oder so. Wie *tief* dein Fall wird, hängt allein von dir ab.«

»Wie wichtig ist sie dir?«, fragt Barber mit einer leichten Kopfbewegung zu Tommi.

Ich verenge die Augen. »Sehr wichtig. Aber das sollte ich doch gerade schon klargemacht haben.«

»Ja, hast du. Aber du vergisst, dass wir ihr ziemlich böse schaden können, auch ohne ihr ein Haar zu krümmen.«

»Ist das so?« Wieder verschränke ich die Arme vor meiner Brust. »Erzähl doch mal.«

»In Lance' Kühlhaus befindet sich ein gewisser toter Bruder. Selbst wenn Lance die Kleine am Leben lassen wollte, würde sie für ewig im Knast sitzen und hätte *zwei* Brüder zu betrauern. Sie wird niemals frei sein, wenn er es nicht gestattet. Die dumme Schlampe wusste ja nicht, auf wen sie sich …«

Ich unterbreche mit einem verächtlichen Schnauben. »Och, komm schon. Glaubst du wirklich, darüber würde sie sich Sorgen machen? Ich kenne die Geschichte schon. Dafür geht sie nicht in den Bau. Und glaub mir, ich weiß es – ich bin schließlich Cop, nicht wahr? Wenn jemand das Gesetz kennt, dann ich. Hätte sie es mir eher erzählt, hätte ich ihr sogar schon längst geholfen, von Tonin loszukommen. Sie musste mir aber erst genügend vertrauen.« Endlich wage ich es, Tommi anzusehen, doch ihr Blick ist noch immer so verletzt, dass sich alles in mir zusammenkrampft.

Nein, so hätte das alles verdammt noch mal nicht laufen sollen.

Leider hat auch Barber ihren Blick gesehen – und richtig interpretiert. »Sieht nicht so aus, als würde sie dir je wieder vertrauen, Bulle«, sagt er. »Viel Zeit hat sie dafür sowieso nicht mehr.«

Barber strafft den Rücken und zieht eine Waffe aus seinem Hosenbund. Er drückt eine Kugel in die Kammer und richtet den Lauf der Glock auf mich. Okay, jetzt kommen wir zur Sache. Er scheint sich entschieden zu haben, und ich muss handeln. Und ich habe nur eine Chance, Tommi, Travis und mich zu retten. Entweder es klappt, oder das war's für uns.

Ich setze mich in Bewegung, breite die Arme aus und gehe so rotzfrech und cool, wie es mir gerade noch gelingt, auf Barber zu. »Na dann los, großer Mann. Mach schon! Wenigstens sterbe ich lachend, weil ich mir vorstellen darf, wie du und Tonin euch in den nächsten fünfundzwanzig Jahren unter der Knastdusche fürchten müsst.«

Er presst die Lippen zusammen, und ein ganz leichtes Beben geht durch die Hand mit der Waffe. Und das reicht mir. Ich habe ihn verunsichert. Das ist der Hebel, den ich brauche.

Ich bewege mich nicht schneller. Ich versuche nur, ihn durch meine aufgesetzte Frechheit weiter aus dem Gleichgewicht zu bringen. »Was ist denn jetzt? Ich hab nicht den ganzen Tag Zeit!«

Barber streckt den Arm, als wolle er die Entschlusskraft finden, mich endlich abzuknallen, statt auf meine Worte zu hören, und ich nutze diesen Sekundenbruchteil, um zu handeln.

Geduckt stürze ich mich auf Barbers Mitte. Ich höre, wie er den Hahn durchzieht, greife blind nach der Hand mit der Waffe und zerre sie mit aller Kraft zu Boden. Ich spüre das kalte Metall des Griffs, als wir über den Tisch stürzen, fallen und über den glatten Betonboden rutschen.

Ich drücke mein ganzes Gewicht auf Barbers Brust, ramme ein Knie auf seinen Arm und zwinge sein Handgelenk nach hinten, sodass der Lauf der Waffe an die gegenüberliegende Wand zeigt. Als ich spüre, dass er leicht nachgibt, lasse ich meinen Ellenbogen in sein Gesicht krachen. Mit einer weiteren Bewegung greife ich nach hinten, ziehe meine Waffe aus dem Hosenbund und richte sie auf Chaps, der seine Pistole noch nicht einmal richtig gezogen hat. Bevor er sie noch auf Tommi richten kann, ziehe ich den Hahn nach hinten. Das deutlich vernehmbare Klicken klingt laut wie ein Kanonenschlag. Er hält inne.

»Lass es, Chaps. Ein Versuch, und du bist tot!«

Seine Augen sind weit aufgerissen, und Schweiß tritt auf seine Stirn. Seine Miene verrät Unentschlossenheit, und ich rede weiter. »Du glaubst mir nicht? Dann versuch es doch, versuch es, du Arschloch. Zeig mit der Waffe auf Tommi, und ich knall dich ab. Du bist es nicht wert zu leben, und ich werde Gott danken, wenn er mir einen Grund gibt, dich zur Hölle zu schicken.«

Ein Herzschlag. Zwei. Bevor der dritte in meiner Brust vibriert, ist seine Unentschlossenheit zu Furcht geworden. Sein Blick wird glasig, seine Hand beginnt zu zittern. Hätte er mehr Zeit zum Nachdenken, würde er vielleicht zu einem anderen Schluss kommen, aber er hat sie nicht. Er gibt auf.

Wahrscheinlich ist er sich in gewisser Hinsicht bewusst, dass seine Chancen nicht allzu schlecht stehen. Lance Tonin ist der Mann, den wir wollen. Wenn Chaps redet, kann er vielleicht einen Deal mit uns machen, und ich denke, darauf wird es hinauslaufen. Zumindest solange es uns gelingt, ihn bis dahin vor Tonin zu schützen. Es ist nicht leicht, sich vor jemandem wie Lance Tonin zu verstecken – am wenigsten in einem Backsteingebäude voller Verbrecher, aus dem man nicht entfliehen kann.

»Sei clever, Mann«, sage ich noch einmal.

Chaps lockert den Griff, sodass die Pistole herabfällt und harmlos an seinem Abzugsfinger baumelt. Lautlos stoße ich den Atem aus.

Ich nicke ihm zu, und er erbleicht, als kapiere er erst jetzt, was er getan hat. Er hat seinen einzigen echten Vorteil – Tommi und Travis als Druckmittel – aufgegeben. Jetzt sitze ich am längeren Hebel.

»Wirf mir die Waffe rüber. Auf den Boden und Hände hinter den Kopf!«

Resigniert gehorcht er. Unter mir regt sich Barber wieder. Ich ramme ihm das Knie in die Rippen, sodass er sich zusammenkrümmt, und schlage ihm erneut den Ellenbogen ins Gesicht. Blut sprudelt aus seiner Nase, und sein Kopf rollt zur Seite.

»Tommi«, sage ich, während ich Barber auf den Bauch wälze. »Nimm die Waffe. Travis, such was, mit dem ich die zwei zusammenschnüren kann.«

Doch bevor einer von beiden reagieren kann, höre ich ein Krachen, als eine Tür aufgestoßen wird. Schritte, dann ein Ruf. »Waffen runter!«

Ich muss mich nicht einmal umdrehen, um zu wissen, dass die Verstärkung angekommen ist. Es gibt keinen Gauner in der Geschichte des Verbrechens, der einen solchen Befehl so selbstsicher aussprechen kann wie ein Cop.

»Nicht schießen! Ich bin Polizist.« Ich hebe die Hände und lasse meinen Revolver am Abzugsfinger baumeln wie Chaps eben. Langsam richte ich mich auf und drehe mich um. An der Tür lauern zwei Polizisten, die Sturmgewehre im Anschlag. Ihre Kevlarwesten, die schwarze Uniform und das Visier verraten mir, dass sie aufgrund meiner SMS losgeschickt wurden. Hinter ihnen sehe ich vier weitere, und vermutlich sind draußen um das Haus noch mehr Uniformierte postiert. »Verdammt, tut das gut, euch zu sehen, Jungs.«

»Runter auf die Knie.«

Ich tue, was man mir sagt. Ich weiß, dass man uns festnehmen muss, solange die Identitäten nicht verifiziert sind. Ich lächle, als einer der Männer rasch zu mir tritt und die Waffe aus meiner Reichweite kickt. All das ändert nichts daran, dass ich auf der Zielgeraden bin.

Doch als man mich an den Handschellen um meine Handgelenke hochzieht und mir bewusst wird, dass in diesem Gebäude nichts mehr zu finden ist, verspüre ich einen leichten Zweifel.

Verdammt! Hoffentlich war nicht alles umsonst.

29. Kapitel

TOMMI

Ich habe in meinem Leben schon viele albtraumhafte Momente erlebt. Ich habe Gewalt und Tod, Blut und Verbrechen, Verluste und Trauer erlebt, aber irgendwie habe ich alles überstanden. Noch nie war mir, als könnte Sterben eine Erleichterung sein.

Bis heute.

Noch nie habe ich mich so kurz nacheinander derart befreit und derart verraten gefühlt. Heute habe ich die Liebe erfahren, die ich mir immer erträumt habe, und den grausamsten Schmerz, den man sich denken kann. Ich habe Wahrheit und Lügen, Aufopferung und Selbstsucht, Glück und Verzweiflung erfahren – alles zugleich, in nur kurzer Zeit, und es zerreißt mich schier.

Sig. Ich hatte seine Liebe, sein Vertrauen, sein Verständnis, und ein paar Augenblicke hatte ich Hoffnung. Echte Hoffnung. Doch kurz darauf hat man sie mir brutal aus meinem Herzen gerissen, und nun liegt mein bisheriges Leben in Trümmern vor mir, und die Zukunft, die mich erwartet, scheint nur Leid für mich bereitzuhalten. Viel Leid.

Während ich auf der Polizeistation im Verhörraum sitze und mich frage, wo Travis jetzt sein mag, gelingt es mir kaum, meine Tränen niederzukämpfen. Ich gestatte mir selten, zu weinen oder in Selbstmitleid zu versinken, aber jetzt bin ich nicht mehr länger fähig, auch nur eines davon zu unterdrücken. Alles, was ich getan habe, um meinen Bruder bei mir zu behalten, alles, was ich tat, um uns den Weg in ein besseres Leben zu ebnen, war umsonst. Verschwendete Zeit und Energie. Man hat mich verhaftet und mir Travis weggenommen, obwohl ich doch alles gegeben habe, um gerade das zu verhindern. Das Schlimmste, was geschehen konnte, ist geschehen. Und nur, weil ich wider besseres Wissen jemandem vertraut habe. Nun zahle ich dafür. Genau wie ich es befürchtet habe.

Der Gedanke an Sig, an seinen Verrat, verschlägt mir den Atem. Meine Brust tut mir plötzlich so weh, dass ich mich vorbeuge, meine Stirn auf die kühle Kante des Metalltischs lege und dumpf bete, dass der Schmerz nachlässt. Wenn ich daran denke, dass ich ihm vorhin beinahe meine Liebe gestanden hätte! Das wäre das abschließende Sahnehäubchen auf einem ohnehin schon desaströsen Tag gewesen.

Aber ich habe es nicht getan, ich habe mir meinen Stolz bewahrt – ein wenig davon zumindest. Das wird mir sicher ein großartiger Trost sein, wenn ich irgendwo in einer winzigen Zelle hocke. Ein schaler Trost!

Die Tür öffnet sich, und ich setze mich ruckartig auf. Mein Herz hüpft und zerspringt gleichzeitig, als ich Sig sehe, der die Tür hinter sich schließt. Er sieht mich an. Sieht mich mit jenen schokobraunen Augen an, von denen ich mich habe täuschen lasse. Ich, ein gewieftes Mädchen, das schon viel gesehen hat, lässt sich von einem Cop reinlegen. Durch schokobraune Augen. Und dieses Lächeln.

»Ich hoffe, du bist stolz auf dich«, spucke ich verbittert

aus. Ich hasse mich dafür, dass meine Stimme bebt, hasse mich für den Kloß in meiner Kehle.

Sig versucht nicht zu verbergen, wie sehr ihn meine Verachtung trifft. Oder er tut nur so. Ja, er ist ein verdammt guter Schauspieler, das sollte ich inzwischen wissen. Warum er mir jetzt überhaupt noch etwas vorspielen sollte, übersteigt zwar mein Verständnis, aber ich denke ja gar nicht daran, ihm noch einmal zu vertrauen. Nie und nimmer.

»Wie kannst du so was denken? Ich wollte nicht, dass es so endet. Du glaubst doch wohl nicht, dass ich das hier so geplant habe.«

»Natürlich glaube ich das. Du bist ein Cop, Herrgott. Du lügst, weil du Leute wie mich einkassieren willst.«

»Es ging hierbei doch nicht um dich. Wir waren von Anfang an hinter Tonin her. Was dich betrifft, so wollte ich bloß, dass du dich endlich von ihm befreien kannst.«

»Na, herzlichen Glückwunsch, das hast du ja geschafft. Tonin sind wir los, und ich darf die nächsten Jahre im Knast verbringen, während Travis in irgendeiner Anstalt dahinvegetiert.«

Sig tritt an den Tisch und setzt sich auf den Stuhl mir gegenüber. Er streckt die Hand aus und legt sie über meine geballte Faust. Seine Berührung tut mir gut, und die Erkenntnis trifft mich wie eine Ohrfeige. Ich fahre zurück und entreiße ihm meine Hand. Er wird mich nicht noch einmal einlullen – ganz bestimmt nicht!

Er wirkt verletzt, sagt jedoch nichts. Er zieht seine Hand zurück und verschränkt sie mit der anderen. »Das lasse ich nicht zu, das weißt du genau.«

»Das lässt du nicht zu? Wie willst du es denn verhindern? Es ist vorbei, Sig«, fahre ich ihn an. Ich stemme die Hände auf den Tisch und komme halb hoch. »Die Katze ist aus dem Sack, und keiner von uns beiden kann sie da wieder reinstopfen!«

Meine Brust hebt und senkt sich schwer, doch Sig sieht mich nur an. »Glaubst du wirklich, dass ich tatenlos zusehe, wie dir so was angetan wird?«

Resigniert lasse ich mich auf den Stuhl zurückfallen. »Du kannst es aber nicht ändern. Du bist ein Cop. Die Bösen wegzusperren ist dein Job. Im Übrigen ist das eine Nummer zu groß für dich, da bin ich mir sicher. Lance hat verdammt viel Einfluss, und er wird tun, was er muss, um mich zum Schweigen zu bringen und sich an mir zu rächen. Nein, glaub mir, es gibt niemanden, der mich noch retten kann.« Ich blicke auf meine Hände herab. An einem Finger habe ich mir das Nagelbett wund gezupft. Der Zorn, der mich bis zu diesem Moment angetrieben hat, erstirbt, und plötzlich empfinde ich nur noch Trauer und Hoffnungslosigkeit und eine seltsame Leere. »Insgeheim habe ich mich immer gefragt, ob ich mit dem, was ich getan habe, wirklich ungestraft davonkommen würde. Wahrscheinlich habe ich es nach so langer Zeit einfach angenommen. Aber so läuft das eben nicht im Leben. Jeder muss für das, was er getan hat, zahlen. Und nun bin ich eben an der Reihe.«

Ich blicke zu Sig auf und sehe ihn einen kurzen Moment lang so, wie er für mich gestern noch gewesen ist. Ich sehe den Mann, der mich mit seinem Körper geliebt hat, der mir mit Händen, Mund und Blicken gezeigt hat, was er für mich empfindet.

Ich sehe den Mann, in den ich mich verliebt habe.

Und dann, als hätte man einen Schalter umgelegt, sehe ich ihn, wie er tatsächlich ist. Ein Mann, der mich verraten hat, als ich am verwundbarsten war, der mich im Stich gelassen hat, als ich ihn am meisten brauchte.

Und nun kommen die Tränen erneut mit aller Macht, und eine Weile kriege ich kein Wort heraus. »Versprich mir, dass du nach Travis siehst«, schluchze ich schließlich. »Er hat immer nur getan, was ich ihm gesagt habe. Er trägt keine Schuld. Alle haben ihn ausgenutzt. Wir alle haben ihn nur ausgenutzt. Ich wusste, dass er alles tun würde, was ich verlange. Ich wusste, dass er alles tut, solange wir nur zusammen bleiben können und er nicht wieder in Jugendhaft muss. Nicht, nachdem diese Schweine ihm das angetan haben.«

Mein Weinen und Schluchzen wird so schlimm, dass ich zu würgen anfange, deshalb schiebe ich mich vom Tisch weg und beuge mich so weit mit dem Oberkörper vor, dass mein Gesicht meine Schenkel berührt. O Gott, wie konnte es nur so weit kommen? Wie konnten wir nur hier landen? Hier, wo ich nichts mehr unter Kontrolle habe? Wo Travis in den Händen von Leuten ist, die ihn nicht verstehen? Die ihm nur wehtun werden? Mein Gott, wie konnte ich das nur zulassen?

»Bitte, Sig, bitte, bitte«, flehe ich. Die Tränen tropfen mir von der Nase zu Boden. »Du musst auf ihn aufpassen. Wenn du je etwas für mich empfunden hast, dann musst du dich um ihn kümmern …«

Ich verstumme abrupt, als starke Hände meine Oberarme umfassen und mich auf die Füße zerren, bis meine Zehen kaum noch den Boden berühren. Und dann befinde ich mich Nase an Nase mit einem wütenden Sig, den ich durch den Tränenschleier kaum erkennen kann.

»Niemand tut dir oder Travis etwas an, dafür werde ich

sorgen! Wag es ja nicht aufzugeben. Das hier ist noch nicht vorbei. Ich habe dir versprochen, dass du mir vertrauen kannst, und das kannst du. Vielleicht glaubst du mir nicht, aber es ist so.«

Ich blinzle, um die Tränen zu vertreiben. Meine Hysterie lässt ein wenig nach, und ich konzentriere mich auf das attraktive Gesicht des Mannes, der mich verraten hat. Mein Lachen klingt so verbittert und trocken, wie es in meiner ausgedörrten Seele aussieht. »Ich *habe* dir geglaubt. Und was hat mir das gebracht?«

Sig schüttelt mich. Nicht zu fest, aber genug, dass meine Zähne aufeinanderschlagen. »Hör auf! Ich wollte das alles nicht, und ganz sicher lasse ich nicht zu, dass es so endet. Ich hole dich hier raus und bring dich zu Travis, und wenn es das Letzte ist, was ich tue.«

»Warum?«, bricht es aus mir heraus. »Warum willst du irgendein Risiko für uns eingehen?«

»Darum.«

»Das ist keine Antwort.«

»Weil … weil ich glaube, dass ich mich in dich verliebt habe, verdammt noch mal. Und ich werde dich bestimmt nicht im Knast verrotten lassen.«

Hör nicht hin, hör nicht hin!, befehle ich mir scharf, aber etwas in mir – etwas, das ich fast vollkommen unterdrückt habe und das sich immer danach gesehnt hat, diese Worte zu hören –, klammert sich an seine Behauptung und saugt sie auf wie ein paar Tröpfchen Regen nach einer endlosen Dürre.

»Nein.« Ich schließe die Augen, hasse mich für meine Schwäche und schüttele den Kopf. »Nein. Ich glaube dir kein Wort.«

»Dann werde ich's dir beweisen«, zischt er. »Bis du keine andere Wahl mehr hast. Denn es ist die Wahrheit, Tommi. Alles, was ich dir über uns gesagt habe, ist wahr. Dass du mir nicht glaubst, ändert nichts daran. Ich beweise es dir. Versprochen.«

Der letzte Satz klingt so aufrichtig, so entschlossen, dass ich die Augen wieder aufschlage. Gott, im Grunde will ich ihm ja glauben, will ich, dass er es mir beweist. Mehr, als ich mir jemals etwas gewünscht habe.

»Du kannst dich gar nicht in mich verlieben. Liebe ist schön, nicht hässlich.« Plötzlich weicht aller Trotz, alle Kampfeslust aus mir und mehrt den See aus Tränen zu meinen Füßen. »Aber ich bin hässlich.«

»Du irrst dich. Liebe kann ebenfalls hässlich sein. Und nicht alle schönen Dinge sind liebenswert. Du aber … du bist nicht nur hübsch. Du bist wunderschön. Du bist das schönste Wesen, das mir jemals begegnet ist – innerlich und äußerlich. Du hast alles für deinen Bruder getan. Du hast mit aller Kraft für ihn gekämpft, obwohl du damals selbst noch ein Kind warst. Und damit hast du die beste und großartigste Art von Liebe verdient. Nämlich die, die bedingungslos ist. Liebe, die dich niemals im Stich lässt, selbst wenn du glaubst, dich mit Händen und Füßen dagegen wehren zu müssen. Liebe, die immer einen Weg findet. Du hast diese Liebe verdient. Sogar mehr noch. Du verdienst mehr, als ich dir geben kann, du verdienst einen Mann, der besser ist als ich. Aber vielleicht werde ich ja eines Tages, wenn das hier alles vorbei ist, *deiner* Liebe wert sein.«

Ich versinke in dem Blick der warmen sattbraunen Augen, die mich willkommen heißen wie ein behagliches Kaminfeuer in einer kalten Nacht. Einerseits möchte ich ihm sagen, dass ich schon angekommen bin, weswegen sein Verrat mir so wehgetan hat. Andererseits gibt es einen Grund, warum ich bisher überlebt habe, obwohl ich Dinge getan habe, die keine Frau mit einem Funken Selbstachtung tun würde, und aus diesem Grund schweige ich auch jetzt. Der Preis für diese Worte ist zu hoch, und mir fehlt die Kraft.

Sig scheint zu spüren, dass er im Augenblick keine Reaktion von mir bekommen wird. Er drückt mir einen Kuss auf die Stirn, dann zieht er mich an seine Brust und hält mich einen Moment fest. »Sei beruhigt. Ich kümmere mich um Travis. Was immer geschieht, bitte vergiss nie, dass du nicht mehr allein bist. Ich biege das wieder hin. Das verspreche ich.«

Er lässt mich los, dreht sich um und verlässt den Raum, ohne sich noch einmal zu mir umzusehen. Und als er die Tür leise hinter sich zuzieht, fühle ich mich trotz seiner Worte einsamer als je zuvor.

30. Kapitel

SIG

Manchmal muss man sich an bestimmte Regeln halten. Manchmal muss man Vorgesetzten schmeicheln und Egos streicheln. Aber manchmal muss man auch genau das Gegenteil tun und der Etikette einen Tritt in den Hintern verpassen. Und dies ist so ein Moment. Aber zuerst muss ich nach jemandem sehen.

Ich stecke den Kopf in den Aufenthaltsraum, wo Travis bei Dorothy, der Kinderpsychologin aus dem County-Krankenhaus, wartet. Travis hockt an einem Ende der Couch. Wie immer hat er die Kapuze so tief ins Gesicht gezogen, dass ich seine Augen nicht sehen kann. Die zusammengepressten Lippen und die fahle Haut sehe ich dagegen sehr gut.

Ich klopfe an den Türrahmen, um auf mich aufmerksam zu machen. Travis fährt auf, sodass ich einen kurzen Moment seine Miene erkennen kann. Er ist ungeheuer wütend, ganz klar, aber ich glaube, auch Erleichterung zu erkennen. Wahrscheinlich gehöre ich augenblicklich nicht gerade zu seinen Favoriten, aber mein Gesicht ist ihm wenigstens vertraut. »Darf ich kurz?«, frage ich Dorothy.

Sie lächelt, und Grübchen erscheinen in ihrem prallen Puppengesicht. »Na klar«, sagt sie freundlich und zwinkert mir zu, als sie in einer Wolke süßen Parfüms an mir vorbeigeht. »Lassen Sie sich ruhig Zeit. Ich warte im Korridor.«

Ich schließe die Tür hinter ihr und schiebe die Hände in die Hosentasche, um möglichst wenig bedrohlich zu wirken. Dann schlendere ich zu dem Stuhl, auf dem Dorothy gesessen hat. Ich warte einen Moment, bis ich zu reden beginne.

»Wie geht's dir, kleiner Mann?«

Er zuckt die Achseln.

»Brauchst du was?«

Gute zwei Minuten schweigt Travis und starrt durch mich hindurch. Wenn Hass Hände hätte, würde er mich jetzt wahrscheinlich erwürgen. Ich lasse es über mich ergehen. Vermutlich ist das seine einzige Möglichkeit, wenigstens etwas herauszulassen.

»Ja, ich brauche was. Meine Schwester. Bring sie her, und lass uns gehen.«

War ja klar, dass er das sagen würde.

Ich seufze. »Du weißt, dass ich das nicht machen kann.«

»Du kannst es. Du willst nur nicht. Das ist ein Unterschied.«

Unwillkürlich muss ich lächeln. Dasselbe Gespräch hatte ich vor gar nicht allzu langer Zeit mit seiner Schwester.

»Du hast recht. Das ist ein Unterschied. Und in diesem Fall kann ich nicht und will auch nicht. Ich bin Polizist, Travis. Ich kann diese Sache nur auf legale Art laufen lassen.« Er springt auf und stampft zur gegenüberliegenden Wand, wo er mit dem Rücken zu mir stehen bleibt und mit der Schuhspitze gegen die Gummifußleiste tritt.

»Immer ist irgendwas wichtiger als wir«, murmelt er wütend.

»Ich habe nicht gesagt, dass es wichtiger ist. Aber ich halte es aus zwei Gründen für das Beste. Erstens hat deine Schwester getan, was sie tun musste, und ich weiß, dass der Staatsanwalt das auch so sehen wird. Sie war damals noch ein Kind, und dein und ihr Leben war in Gefahr. Und zweitens ist der legale Weg die einzige Möglichkeit, dass du und sie tatsächlich irgendwann ein ganz normales angstfreies Leben führen könnt.«

»Aber sie hatte einen Plan«, setzt er düster hinzu.

»Und ihr beide habt sicher geglaubt, dass es die Lösung ist, in ein Land auszuwandern, das nicht an die USA ausliefert, aber das ist es nicht. Ihr könntet niemals zurückkommen. Und ihr müsstet immer auf der Hut vor der Polizei und Lance' Leuten sein. Ihr wärt bis zu eurem Lebensende auf der Flucht.« Sanfter fahre ich fort. »So kann man auf Dauer nicht leben, Travis. Aber ich schwöre dir, dass ich das hier mache, weil es für euch das Beste ist, nicht für mich.« Die Erinnerung durchfährt mich wie ein Stich. »Meinst du, es war leicht für mich, als man deine Schwester in Handschellen abführte? Sie in den Verhörraum brachte? Glaubst du wirklich, ich finde es lustig, sie mir in einer kalten, engen Zelle vorzustellen? Ganz allein?« Meine Worte und die Bilder, die sie heraufbeschwören, lasten mir plötzlich so schwer auf der Brust, dass ich aufstehen muss, um Luft zu bekommen. Ich fahre mir mit der Hand durchs Haar. »Himmel, ich würde alles geben, damit es anders wäre. Aber so ist es nicht. Also tue ich das, was für dich und Tommi das Beste ist.«

»Tia«, verbessert er mich trotzig.

»Tia.« Ich trete hinter ihn, lege ihm vorsichtig eine Hand auf die Schulter und drehe ihn zu mir um. »Schau, Kumpel, ich weiß, dass du sauer bist. Und Angst hast. Wahrscheinlich bist du verletzt, und das kann ich verstehen. All das verstehe ich. Du hast nur allzu recht, und es wäre nicht menschlich, wenn du nicht so fühlen würdest. Und jetzt bitte ich dich um etwas, das sich vielleicht noch schlimmer anfühlt. Das du nicht tun willst und wahrscheinlich für falsch hältst. Dennoch bitte ich dich, mir zu vertrauen.« Travis steht mit gesenktem Kopf vor mir und kaut an seiner Unterlippe, wie seine Schwester es manchmal tut. Ich streife ihm die Kapuze ab und gehe etwas in die Knie, um ihm in die Augen zu sehen. »Ihr seid mir wichtig, ihr beide. Wäre das nicht so, wäre ich jetzt nicht hier, sondern würde einfach abwarten, was geschieht. Aber das tue ich nicht. Ich kämpfe für euch. Ich stehe auf eurer Seite. Das schwöre ich.« Seine smaragdgrünen Augen, die denen seiner Schwester so ähnlich sind, brennen sich in meine, und ich halte seinem Blick stand. Schließlich nickt er. Ein einziges Mal. Fast unmerklich. Und vermutlich weil er keine große Wahl hat. Im Augenblick bin ich die einzige Person, die ihm nützen kann.

Der Gedanke dringt mir direkt ins Herz. Was wird mit diesem Jungen geschehen, wenn ich den Staatsanwalt nicht von meiner Sicht der Dinge überzeugen kann? Dann hat er alles verloren. Seine Eltern, seine Geschwister, seine Kindheit. Seine Unschuld.

Der Gedanke hat denselben Effekt wie Feuer auf Eisen. Es stärkt mich und stählt meine Entschlusskraft bis zur Unnachgiebigkeit.

»Hör zu, Dorothy muss gleich in Anwesenheit eines Detectives mit dir reden. Das muss sein, bevor man dich zu deiner Schwester lässt. Ich muss jetzt etwas Wichtiges erledigen. Aber wenn ich fertig bin, komme ich zurück, bringe dich zu Tommi und dann nach Hause. Wir sorgen dafür, dass deine Mom die richtige Pflege bekommt, und vielleicht spielen wir dann eine Runde – was meinst du? Ein paar Superschurken niederzumetzeln wird uns heute wahrscheinlich beiden ganz guttun.«

Fast scheint mir, als würde ein Mundwinkel ganz leicht in die Höhe gehen. Ich werte das als positives Zeichen und beschließe, es im Augenblick dabei zu belassen. Also gehe ich raus und hole Dorothy.

»Er gehört Ihnen. Ich bin in ungefähr einer Stunde zurück. Dann kann er seine Schwester sehen und anschließend mit mir nach Hause fahren.«

Sie nickt. »Bis dahin sollten wir eigentlich fertig sein.«

Als ich das Gebäude verlasse, rufe ich zuerst meinen Vater an.

* * *

Weniger als eine Stunde später steige ich die großzügige Treppe zur Veranda von Bill Lemmons Haus hinauf. Lemmon ist Bezirksstaatsanwalt. Er arbeitet schon seit vielen Jahren mit meinem Vater zusammen, und ich bin ihm schon ein paarmal begegnet. Ich hätte meinen Vater niemals angerufen, um ihn um einen Gefallen zu bitten, wenn dies hier nicht so wichtig wäre. Doch hier stehe ich nun an einem Sonntagabend vor dem Haus der vielleicht einzigen Person, die Tommi genauso dringend glauben muss, wie ich es tue.

Lemmon öffnet mir die Tür, bevor ich noch die Hand heben und klingeln kann. »Mr. Locke. Freut mich«, sagt er steif und streckt mir die Hand hin, bevor er zur Seite tritt, um mich einzulassen.

»Danke, dass Sie sich die Zeit für mich nehmen. Ich weiß, es ist schon spät, aber …«

Er spießt mich mit dem Blick aus seinen scharfen blauen Augen auf und nickt knapp. Wortlos wendet er sich um und führt mich zu seinem Arbeitszimmer. Es ist in denselben Braun- und Rottönen eingerichtet wie das Büro in der Stadt, wenn ich mich recht entsinne, und ich finde das zwar etwas merkwürdig, aber was soll's. Jeder so, wie es ihm gefällt.

Er setzt sich hinter seinen breiten Schreibtisch, und ich lasse mich auf einem Stuhl davor nieder. Obwohl wir bei ihm zu Hause sind, benimmt er sich ausgesprochen förmlich. Ja, es ist definitiv fast so, als befänden wir uns in seinem offiziellen Büro in der Stadt.

»Also. Was kann ich für Sie tun?«

»Haben Sie die Datei bekommen?«

»Ja. Ich habe mir die Berichte angesehen. Und mit Ihrem Captain gesprochen.«

»Dann wissen Sie, worum es geht. Ich bin gekommen, um mit Ihnen über ihre Optionen zu sprechen.« Ich beuge mich vor und stütze die Ellenbogen auf meine Beine. »Sie war dreizehn, als ihr großer Bruder auf den jüngeren Bruder und die Mutter losging. Er stand unter Drogen – Badesalz. Erst hat er den Kleinen rumgeschubst, dann hat er die Mutter zusammengeschlagen, und zwar so, dass sie sich nie wieder davon erholt hat. Das Mädchen, Tia, hat versucht, ihn aufzuhalten, wusste sich nicht zu helfen und griff nach einem Baseballschläger. Sie tötete ihn mit einem einzigen Schlag, aber nicht vorsätzlich. Sie fürchtete um ihr Leben und das ihres Bruders und ihrer Mutter. Danach gab es praktisch nur noch sie und ihren Bruder. Sie hat sich aufopferungsvoll um ihn und um ihre Mutter gekümmert. Ihr Bruder hat Asperger und ist entsprechend verhaltensauffällig. Er ist ein netter Bursche und recht gut integriert, aber ich kann verstehen, dass sie glaubt, auf ihn aufpassen zu müssen. Er braucht Sicherheit und einen festen Tagesablauf, was, wie ich bei meiner Recherche herausgefunden habe, sehr typisch für diese Störung ist. Doch um alles noch schlimmer zu machen, hat Lance Tonin sie sich durch Erpressung gefügig gemacht. Der Junge fing an, für ihn Drogen zu transportieren, weil er Angst hatte, dass seiner Schwester etwas passieren würde, wenn er sich weigerte. Die ganze Geschichte ist fürchterlich verfahren, doch entscheidend ist in meinen Augen, dass alle Straftaten unter das Jugendstrafrecht fallen.«

Mehr habe ich nicht zu sagen, jetzt lasse ich meine Worte wirken. Die Minderjährigkeit ist Dreh- und Angelpunkt meines kleinen Plädoyers, und ich kann nur hoffen, dass der Bezirksstaatsanwalt das genauso sieht.

»Was wollen Sie also von mir?«

»Ich weiß, dass der Staat Georgia fahrlässige Tötung in manchen Fällen als minderschweres Vergehen behandelt. Das Mädchen, Tia heißt sie, hat ihre Hochschulreife nachgeholt und studiert, sodass sie eines Tages vernünftig und legal für sich und ihren Bruder sorgen kann. Sie wollte nur warten, bis er achtzehn geworden ist, damit der Staat ihn ihr nicht abnehmen und in ein Heim oder in Pflege geben kann. Seit Jahren ist keiner von beiden straffällig geworden. Alle Jugenddelikte werden an der Wahrscheinlichkeit der Legalbewährung gemessen. Tia und ihr Bruder können voll rehabilitiert werden. Ja, verdammt, sie *sind* voll rehabilitiert. Sie könnten einen neuen Anfang wagen, wenn es ihnen gelingt, das alles hinter sich zu bringen. Aber falls Tia vorbestraft wäre, würde sie, wie Sie genau wissen, keine vernünftige Stelle mehr bekommen. Damit wäre ihr Leben im Grunde vorbei.«

Lemmon lehnt sich auf seinem Stuhl zurück, legt die Fingerspitzen aneinander und blickt mich prüfend an. »Ein minderschweres Vergehen also?«

»Ja, Sir. Sie war zu dem Zeitpunkt erst dreizehn. Durch die unbeabsichtigte Tötung ihres Bruders, der ihre Mutter ins Koma geprügelt hat, war sie plötzlich allein mit ihrem kleinen Bruder, um den sie sich in der Folge aufopfernd kümmerte. Seither hat sie fast nur noch die richtigen Entscheidungen getroffen.«

»Wollen Sie Lance Tonin als richtige Entscheidung bezeichnen?«

»Lance Tonin war keine Entscheidung – sie hatte keine Wahl. Er hat sie erpresst und sie ausgenutzt, und sie hat aus Angst getan, was er wollte. Aber weder hat sie für ihn Verbrechen begangen noch Straftaten vertuscht. Sie hat schlicht das gehorsame Mädchen gespielt, das er in ihr sehen wollte. Weil sie glaubte, dass sie keine andere Wahl hätte.«

Er nickt, und seine Augen verengen sich zu Schlitzen. »Und was ist mit diesem Jungen? Travis, sagten Sie?«

Ich nicke. »Er war ein Kurier. Allerdings ohne es wirklich wahrzuhaben. Ein Lehrer, der für ihn eine Vorbildfunktion hatte, hat ihm suggeriert, dass er es zum Wohl seiner Schwester tun müsse. Ich finde allerdings, dass sein Strafregister allein durch das Gewicht seiner Aussage gelöscht werden müsste. Wenn Travis gegen Chaps, den Lehrer, aussagt, wird dieser gegen Tonin aussagen, um seine eigene Haut zu retten. Und dessen Aussage wiederum könnte ausschlaggebend dafür sein, dass Tonin wirklich für eine sehr lange Zeit hinter Gittern verschwindet. Aber bei dem Jungen müssen wir ansetzen. Wir brauchen ihn.«

»Sie wollen also, dass beide mit einem Klaps auf die Finger davonkommen, statt wegen mehrfacher Verbrechen vor Gericht gestellt zu werden.«

Mir sinkt der Mut. Dass er es so darstellt, klingt nicht gut. »Nein, Sir. Sie sind nicht davongekommen. Sie haben einen hohen Preis bezahlt. Seit ihr Bruder vor acht Jahren zu Tode gekommen ist, sind sie nicht mehr frei gewesen, und meiner Meinung nach haben sie lange genug gelitten. Sie sind längst bestraft worden – in vieler Hinsicht viel härter, als das Gesetz es getan hätte. Das Leben war nicht gut zu ihnen, aber sie haben daraus gelernt. Beide wünschen sich nichts anderes, als ein ehrliches, gutes Leben zu führen.«

»Und wie können Sie sich dessen so sicher sein?«

Ich weiß sehr gut, worauf er hinauswill. »Ich kenne sie jetzt seit einigen Monaten. Sie wussten nicht, dass ich Polizist bin, und hatten keinerlei Grund, sich mir gegenüber nicht so zu geben, wie sie wirklich sind. Ich bin mir dessen so sicher, dass ich meine gesamte Karriere darauf setzen würde.«

»Ist das so?«, fragt er und zieht eine Braue hoch.

»Ich sage für beide als Leumundszeuge aus, wenn Sie meinen, dass das etwas bewirken könnte. Was mich zu einer weiteren Bitte bringt.«

Er lacht, aber wirklich fröhlich hört es sich nicht an. »Eine weitere Bitte? Sagen Sie bloß.«

»Ich würde den Jungen gerne in meine Obhut nehmen, bis entschieden ist, was mit seiner Schwester geschieht. Er braucht eine stabile, familienähnliche Umgebung. Und er kennt mich. Daher meine ich, dass es das Beste für ihn wäre.«

»Ich soll also im Falle von Bruder und Schwester auf minderschweres Vergehen plädieren. Und wenn ich keinen Richter finde, der sich darauf einlässt?«

»Das überlege ich mir, wenn es so weit kommen sollte.«

Ich schlucke. Schwer. »Heißt das, Sie werden es wenigstens versuchen?«

Eine lange, lange Weile sagt er nichts. Ich sehe mich schon über den Tisch auf ihn zustürzen, ihn würgen und mit Tommi und Travis davonlaufen.

»Ich will zuerst mit dem Mädchen reden. Und mit ihrem Bruder auch. Danach entscheide ich, was ich tue, aber versprechen werde ich nichts.«

»Gut. Sie sagen mir, wann, okay?«

»Sie müssen nicht dabei sein.«

»Nein, ich weiß, aber ich –«

»Mir wäre es sogar lieber, wenn Sie nicht dabei sind.«

Ich presse die Kiefer aufeinander. Wie gerne würde ich Einwände erheben, aber ich verkneife sie mir. Damit tue ich Tommi und Travis keinen Gefallen, das weiß ich sehr gut. »Okay. Wenn Sie das so wollen.«

Er nickt. »Wenn Sie also keine weiteren Bitten an mich haben …« Er legt die Hände flach auf den Tisch, als wolle er sich erheben.

Ich stehe auf. »Nein. Und vielen Dank, dass Sie sich die Zeit für mich genommen haben.«

»Dafür können Sie Ihrem Vater danken.«

»Oh, der treibt seine Schulden immer ein, machen Sie sich da mal keine Sorgen.«

Zum ersten Mal erscheint ein echtes Lächeln auf Lemmons Gesicht. »Ja, das kann ich mir vorstellen.«

Ich strecke ihm meine Hand hin, und er drückt sie.

»Ich finde selbst hinaus. Noch mal danke.«

Und damit wende ich mich um und gehe beschwingter davon, als ich hergekommen bin.

31. Kapitel

TOMMI

Es ist über zwei Stunden her, dass Sig gegangen ist. Mir ist kalt, und ich kann nicht mehr sitzen. Ich habe seit dem Frühstück nichts mehr gegessen, und man hat mir so viele Fragen gestellt, dass mir der Kopf wehtut. Immer wieder verlange ich Travis zu sehen, aber ich höre immer nur »Bald« als Antwort.

Als der Türgriff rappelt, blicke ich misstrauisch auf. Ich traue mich kaum, auf etwas anderes zu hoffen als den nächsten Inquisitor. Daher schnürt es mir die Kehle zu, als ich Sig im Türrahmen sehe, und als er zur Seite tritt und Travis erscheint, brennen Tränen in meinen Augen.

Ich springe auf und schlinge die Arme um Travis. Er steht nur da und lässt es über sich ergehen, aber dass er sich an mich lehnt, verrät mir, dass er genauso froh ist, mich zu sehen wie ich ihn.

Ich brauche einen Moment, bis ich sicher bin, dass meine Stimme und meine Gesichtszüge mir gehorchen. Dann mache ich mich behutsam von ihm los, um ihn anzusehen. »Wie fühlst du dich?«

Er zuckt die Achseln, blickt zu Boden. »Okay.«

»Hast du was gegessen?«

»Eine Frau hat mir was gebracht.«

Ich blicke zu Sig auf. Er beobachtet mich mit einem traurigen Lächeln. »Ich bringe ihn nach Hause und sorge dafür, dass er isst. Und deine Mutter auch.«

Lieber Gott im Himmel, meine Mutter habe ich ganz vergessen. Ich war so sehr mit meiner eigenen Misere beschäftigt, dass ich meine Mutter vergessen habe.

Aber Sig nicht.

Meine Kehle wird noch enger.

Gott, ich will ihn nicht lieben!

Ich beiße mir fest auf die Lippe, damit mein Kinn nicht zittert, aber ich weiß, dass es zu spät ist – das Zittern zu verhindern und mich davon abzuhalten, Sig zu lieben. Ich glaube, ich liebe ihn schon eine ganze Weile. Sosehr ich mich auch dagegen zu wehren versucht habe, es war wohl unvermeidlich.

Ich schenke ihm ein bebendes Lächeln. »Danke.«

Er reagiert mit dem schiefen Grinsen, das meinen Magen zum Flattern bringt. »Kein Problem. Meine Schwester kommt vorbei.«

Leichte Panik durchfährt mich. »Das, ähm, ist, glaube ich, keine so gute Idee. Travis –«

»Wird sie lieben, glaub mir. Und ich denke, er freut sich schon drauf. Ich habe ihm gesagt, dass die meisten Kerle sie rattenscharf finden, ich ihm aber in den Hintern trete, wenn er mit ihr zu flirten versucht. Er neigt ja zur Kühnheit.«

Travis schnaubt. »Arschloch.«

Eine Beleidigung, ich weiß, aber so wie mein Bruder sie gerade ausgesprochen hat, hörte es sich eher nach einem Kosenamen an.

»Na ja, jedenfalls nur für den Fall, dass deine Mutter etwas braucht, das ich nicht machen kann … oder sollte … na ja, du weißt schon.«

Daran habe ich gar nicht gedacht. Himmel, mein Kopf ist

wirklich … anderswo. »Danke, dass du sie nicht vergessen hast. Ich weiß gar nicht, was ich sonst getan hätte. Mir ist nicht einmal in den Sinn gekommen, dass sie …«

Meine Stimme bricht. Das Leben scheint immer wieder gerne darauf zu verweisen, dass ich auf ganzer Linie versagt habe.

Sig tritt einen Schritt näher und ragt wie ein riesiger Schatten hinter Travis auf. »Hör auf damit. Fang gar nicht erst an.« Hart starrt er auf mich herab.

Ich hebe das Kinn und ignoriere das Brennen in meinen Augen. »Danke. Mehr wollte ich nicht sagen.«

Seine entschlossene Miene wird sanfter. »Gern geschehen. Ich habe dir versprochen, dass ich mich um alles kümmere. Und das Versprechen halte ich.«

Ich wende mich wieder Travis zu, der mich endlich ansieht. Ein Mundwinkel verzieht sich zu einem angedeuteten Lächeln, und er nickt, wie um mir zu sagen, dass er klarkommt. Dass alles gut wird. Und innerlich sacke ich erleichtert zusammen. Solange es ihm gut geht, kann ich das, was auf mich zukommt, schon irgendwie durchstehen.

Bevor noch jemand etwas sagen kann, taucht hinter Sig eine zierliche dunkelhäutige Frau auf. »Wir nehmen sie jetzt mit«, sagt sie bestimmt und deutet mit dem Kopf in meine Richtung.

Sie tritt zur Seite, sodass Sig und Travis in den Flur zurückkehren können, und nimmt dann meinen Arm, um mich ebenfalls hinauszuführen. Dumm, wie ich bin, blicke ich zurück zu meinem Bruder, der neben dem Mann steht, den ich liebe – und der mich verraten hat. Sie sind frei und können nach Hause gehen. Ich gehe in eine Zelle.

Mein Herz wird schwer wie Blei.

32. Kapitel

SIG

Travis und ich sitzen am winzigen Küchentisch und essen Chicken Nuggets, als es an der Tür klopft. Ich werfe Travis einen Blick zu, ehe ich mich erhebe, um aufzumachen. Er versinkt auf seinem Stuhl, blickt mich aber aufgeregt an. Ich schüttele nur den Kopf. *Teenies und ihre Vorliebe für ältere Frauen*!

Meine Schwester steht, wieder in Topform, auf der Schwelle und grinst mich breit an.

»Was ist denn so lustig?«

»Dad hat mir alles erzählt. Ist doch wohl klar, dass ich es zum Piepen finde. Ich dachte, du kennst mich.«

»Anscheinend nicht«, murmele ich, als sie an mir vorbeirauscht. Ich mache die Tür zu und zeige ihr den Weg zur Küche. »Sloane, das ist Travis. Travis, meine kleine Schwester Sloane.«

Travis senkt den Kopf, um sein Gesicht zu verbergen, versucht aber gleichzeitig, meine Schwester anzuglotzen, was höchst interessant anzuschauen ist.

»Hey, Travis, freut mich. Wie bist du denn ausgerechnet an den Heini gekommen?«, sagt sie mit einer Kopfbewegung zu mir.

Travis grinst. »Persönliches Pech wahrscheinlich.«

»So kann man's sehen. Hat er dir erzählt, dass ich ein Baby habe?«

»Nein.«

»Na, jetzt weißt du's. Der Punkt ist, dass ich die Kleine füttere, sauber mache, umziehe und so weiter und ziemlich viel Übung darin habe, und das würde ich für deine Mom auch tun, wenn du einverstanden bist. Ich meine, nachdem ich fast mein ganzes Leben mit Sig verbracht habe, ist es ein echtes Kinderspiel, mich um ein Baby oder um jemand anderen zu kümmern.«

Ich schiebe meine Hand unter das dicke dunkle Haar meiner Schwester und kneife sie ins Ohr, sodass sie quiekt. »Was hast du gesagt? Ich habe das gerade nicht verstanden.«

»Siehst du, was ich meine?«, sagt sie zu Travis.

Travis grinst noch immer. Ich bin so stolz, als hätte ich ein Wunder bewirkt.

»Travis, willst du sie eben deiner Mutter vorstellen? Nicht, dass die arme Frau meint, da wäre eine aus der Gruft gekrochen, um sie zu holen.«

Sloane boxt mich auf den Arm. »Hey, pass auf, was du sagst. Du bist schließlich älter als ich.«

»Ja, ich weiß. Aber du siehst älter aus.«

Sloane bleibt der Mund offen stehen, und sie wirft Travis einen Blick zu. »Und du lässt einfach zu, dass er mich derart beleidigt?«

Travis zuckt die Achseln. Ich glaube, er weiß nicht genau, in welchem Licht er unser Geplänkel betrachten soll. »Keine Ahnung. Soll ich ihm einen Tritt verpassen?«

»Das würde ich wirklich nur allzu gerne erleben, aber vielleicht tobt ihr euch erst mal am PC aus.«

»Kein Problem.«

»Na klar. Verschwört euch doch gegen mich. Das macht es nur schöner, wenn ich gewinne. Was natürlich passieren wird.«

»Träum weiter«, sagt Travis, der sich anscheinend langsam auf unseren Ton einstimmt.

»Warte ab, kleiner Mann, warte ab.« Ich stelle fest, dass sein Teller noch nicht leer ist. »Iss auf. Ich helfe Sloane, das Essen für deine Mutter vorzubereiten.«

Travis setzt sich wieder und nimmt sich lustlos einen Chicken Nugget, während er aus dem Augenwinkel Sloane beobachtet. Sie folgt mir an die Küchentheke, auf der ich die Tüte aus dem Imbiss abgestellt habe.

»Ich habe Hühnerfrikassee gekauft, weil das Zeug doch meistens fast zu Brei verkocht ist. Ich dachte, das lässt sich vielleicht besser füttern.«

Sloane nimmt die Plastikschale aus der Tüte und pikst mit der Gabel in die Pampe, um die Konsistenz zu prüfen. »Ja, das wird gehen. Und es ist nahrhaft – Huhn, Gemüse, ein paar Kohlehydrate.«

»Im Kühlschrank stehen außerdem Eiweißdrinks.« Ich hole ihr einen heraus und stelle eine Flasche Wasser dazu.

Sloane nickt. »Okay. Zeig mir, wo das Bad ist.« Ich bringe sie hin, und sie nimmt Handtuch, Waschlappen und eine kleine Plastikwanne, in der sich Hygieneartikel befinden. Ich glaube, ich habe Tommi bereits mit dieser Wanne hantieren sehen.

Bevor wir das Bad wieder verlassen können, taucht Travis im Türrahmen auf. »Ich bin fertig.«

Meine Schwester schenkt ihm ein Lächeln. Travis wird feuerrot, und ich verdrehe die Augen. Herrgott, Sloane wird mindestens ein Jahr lang damit angeben. »Dann sagen wir Mom mal Hallo.«

Der Abend verläuft erstaunlich gut. Sloane hat mit Tommis Mutter keine Probleme, und Travis wirkt so gelassen, wie es unter den Umständen wohl möglich ist. Ich weiß, dass Tommi froh darüber wäre, und was Tommi froh macht, macht auch mich froh. Und obwohl ich vor nicht allzu langer Zeit gesagt habe, dass ich genau das nicht will – mein Glück nämlich von dem eines anderen Menschen abhängig machen –, ist es nun so gekommen. Und wenn ich ehrlich bin, fühlt es sich gar nicht so schlimm an, wie ich befürchtet habe.

Sloane bleibt länger bei uns als erwartet. Sie macht die Wäsche, räumt die Küche auf und bereitet Travis etwas zu essen für den morgigen Schultag zu.

»Das heißt, ich muss morgen in die Schule gehen?«

»Ja. Im Augenblick ist es besser, keine schlafenden Hunde zu wecken«, antworte ich. »Das verstehst du, oder? Du weißt, warum du gerade jetzt ein Musterschüler und braver Bürger sein musst?« Er wirkt zwar nicht glücklich, diskutiert aber nicht mit mir. »Wie wär's, wenn du dir schon mal die Zähne putzt, während ich Sloane zur Tür bringe.«

Er brummt etwas und schiebt sich missmutig an mir vorbei, aber das ist in Ordnung. Wenigstens rebelliert er nicht wegen jeder Kleinigkeit.

Ich helfe Sloane mit dem Geschirr und schaue dann rasch in Travis' Zimmer. Er liegt voll angezogen schräg auf dem Bett und schläft tief und fest.

Ich ziehe die Tür leise zu, damit wir ihn nicht wecken, und bringe Sloane hinaus.

Auf der Schwelle bleibt sie stehen und sieht mich an. »Diese Frau, um die es hier geht …«

»Ja? Was ist mit ihr.«

»Du liebst sie also?« Sie grinst nicht, sie macht sich nicht über mich lustig, und sie will mich nicht aufziehen. Ihr Blick ist aufrichtig und direkt. Und vielleicht ein ganz klein wenig besorgt.

»Und was wäre, wenn?«

Sie nickt und presst die Lippen zusammen, als müsse sie sich eine Antwort verkneifen. »Ich … ich wünschte bloß …«

Als ihre Pause kein Ende nimmt, seufze ich. »Herrgott, spuck's schon aus, Schwesterherz.«

»Ich kenne dich doch, Sig. Ich weiß, dass du niemals jemanden lieben wolltest, jedenfalls nicht *so*.«

»Wieso? Ich liebe euch Spinner doch auch«, antworte ich grinsend. »Und das, obwohl ich mit euch verwandt bin.«

»Das meine ich nicht, und das weißt du genau. Es ist ja nur, dass … Ach, verdammt, ich finde es einfach nur schrecklich, dass es zwar endlich eine Frau gibt, der du dein Herz schenken willst, doch dann ist sie eine Kriminelle mit so viel Ballast, dass …«

»Stopp! Hör sofort auf damit!«, unterbreche ich sie wütend. »Sie ist keine Kriminelle. Und sie schleppt weniger Ballast rum als ich. Eine kranke Mutter und einen Bruder. Mehr nicht, aber die meisten Leute wären damit schon vollkommen überfordert.« Ich hole tief Luft, um mich zu beruhigen. »Hör zu, du kennst sie nicht mal, und ich wäre froh, wenn du solche Bemerkungen für dich behalten würdest, bis du dir wirklich ein Urteil über sie bilden kannst.«

Während meiner kleinen Rede sind ihre Augen immer größer, immer runder geworden, und sie hebt abwehrend die Hände. »Okay, okay, ich wollte dir nicht auf die Zehen treten. Ich dachte bloß …«

»Dann lass es. Hör auf zu denken. Du hast keine Ahnung, was läuft. Und Dad weiß auch nur, was ich ihm erzählt habe.«

Diesmal lächelt sie. »Vielleicht weiß Dad mehr, als du denkst.«

»Und was zum Beispiel?«

»Er glaubt, dass du sie liebst.«

»Und wenn es so wäre?«

»Nichts weiter. Na ja … eigentlich nicht. Wir alle wünschen uns das für dich.«

»Danke, aber eure Erlaubnis brauche ich dazu nicht.«

»Klar. Hör mal, jetzt werd nicht gleich so trotzig. Ich habe mir bloß Sorgen um dich gemacht.«

»Unnötig. Ich weiß, was ich tue.«

»Sig, du hast so etwas nie gewollt. Eine Beziehung, in der Liebe im Spiel ist. Und ich mache mir ja nur Sorgen, dass du dich da Hals über Kopf –«

»Ich tue nichts Hals über Kopf.«

»Okay, okay!« Wieder hebt sie die Hände. »Vergiss es. Vergiss einfach, was ich gesagt habe.«

Sofort meldet sich mein schlechtes Gewissen. Ich fahre mir mit der Hand durchs Haar. »Wirklich, es ist lieb von dir, dass du dir Sorgen machst, aber ich weiß schon, was ich tue. Vertrau mir.«

»Das tue ich, Sig. Ich fürchte mich nur ein bisschen vor dem, was geschieht, wenn das hier nicht so läuft, wie du denkst. Du hast immer gesagt, du wolltest dich nicht verlieben, du wolltest nie das Risiko eingehen, jemanden verlieren zu müssen, wie wir Mom verloren haben. Und nun gehst du das Wagnis bei einer Frau ein, die …«

»Irgendwie wird es sich schon finden. Ich habe ihr versprochen, mich zu kümmern, und ich habe die Absicht, mein Wort zu halten.«

Einen Moment lang denkt Sloane über meine Worte nach, dann verengt sie plötzlich die Augen. »Du hast doch nicht vor, irgendeine Dummheit zu begehen?«

»Was meinst du damit?«

Sie beugt sich vor, als könne sie die Antwort erkennen, wenn sie mich nur eindringlich genug ansieht. »Na ja, etwas Dummes eben.«

»Keine Ahnung, wovon du redest. Ich habe mit dem Bezirksstaatsanwalt gesprochen. Es wird schon alles laufen.«

»Und wenn nicht?«

»Es wird!«

»Aber wenn nicht?« Ihre Stimme klingt nun lauter, schriller. »Sig, versprich mir, dass du nicht irgendwas total Bescheuertes machst und dein Leben für dieses Mädchen wegwirfst.«

»Ich habe nicht vor …«

»Sig, versprich es mir!«

Ich schaue in die Augen meiner Schwester, die so viel weiser wirken, als ich es ihr je zugetraut hätte. Vielleicht hat sie in der Beziehung mit ihrem Tätowierer innerhalb kurzer Zeit viel Lebenserfahrung gesammelt.

»Ich kann dir gar nichts versprechen«, sage ich leise.

Sloane schnappt entsetzt nach Luft. Sie weiß, was das für jemanden wie mich bedeutet. Für jemanden aus einer Polizistenfamilie, in der man in Uniform zur Welt kommt und sich niemals gegen das Gesetz wendet. »Das würdest du tun? Für sie?«

Ich weiß, was sie meint. Sie fragt mich, ob ich meine Karriere als Polizist für Tommi aufgeben würde. Ob ich meine

Familie für sie aufgeben würde. Mein Leben und alles, wofür ich gearbeitet, woran ich bisher geglaubt habe.

Ob ich all das für diese eine Frau aufgeben würde.

Und die Antwort lautet: Ja. Weil mein Dasein ohne sie nichts mehr wert ist.

Ich verschränke die Arme vor der Brust. »Ich würde alles für sie tun. Ich hoffe nur, dass ich es nicht muss.«

Mit offenem Mund starrt Sloane mich eine Weile an, ehe sie endlich wieder zu sprechen ansetzt. »Und ich hoffe bloß, dass sie es wert ist.«

»Das ist sie. Das ist sie, glaub mir.«

Meine Schwester stellt sich auf die Zehenspitzen und beugt sich vor, um mich auf die Wange zu küssen. »Ich hab dich lieb, großer Bruder.«

»Ich dich auch, kleine Nervensäge.«

Sie schenkt mir ein winziges Lächeln, dann dreht sie sich um und geht die Auffahrt hinunter.

33. Kapitel

TOMMI

Ich habe die ganze Nacht kein Auge zugetan. Ich habe geweint, bis mir vom Magen bis zur Schädeldecke alles wehtut, und doch bin ich nicht müde. Nicht wirklich. Ich bin erschöpft und ausgelaugt, aber nicht müde. Mein Verstand fährt nie lange genug herunter, als dass sich Müdigkeit einstellen könnte.

Den größten Teil der Nacht habe ich zusammengerollt auf meiner Pritsche verbracht. Mitten in der Nacht – keine Ahnung, wie spät es war – hörte ich Schritte im Flur, die sich meiner Tür näherten. Ich regte mich nicht, tat, als würde ich schlafen, und wartete. In meiner Zelle war es dunkel, im Flur recht hell. Ich öffnete die Augen einen winzigen Spalt, als ein Schatten über mich fiel. Doch ich brauchte keine Einzelheiten der Gestalt zu erkennen, um zu wissen, dass Sig dort draußen stand. Ich konnte ihn riechen, spüren, fühlen. Ich weiß nicht, warum ich weiterhin zu schlafen vorgab, aber ich tat es.

Eine ganze Weile stand er dort und beobachtete mich, es mochte eine gute Viertelstunde gewesen sein. Einmal legte er seine Stirn gegen die Gitterstäbe und seufzte so tief, dass ich glaubte, seinen Atem spüren zu können. Doch er sagte kein Wort. Und auch ich schwieg. Was soll man auch dem

Mann sagen, den man liebt, wenn er derjenige war, der einen ins Gefängnis gebracht hat?

Eben.

Zuerst wollte ich ihn nach Travis fragen, aber ich fürchtete mich davor. Natürlich wünschte ich mir, dass es ihm gut ginge, aber gleichzeitig war mir der Gedanke, dass er ohne mich bestens zurechtkam, unerträglich. Dort, in dieser winzigen Zelle, war mir plötzlich, als würde ich nicht mehr gebraucht. Als würde Travis die Lüge, die ich gelebt habe, abschütteln und sein Leben einfach weiterführen. Dabei sollte ich mir doch genau das wünschen! Was ich doch auch tue. Es fällt mir nur gerade schwer, es mitanzusehen, nun da ich eingesperrt bin, während alle anderen frei sind.

Nach dieser Nacht brachte auch das kalte Licht des Tages keine Erleichterung. Ich war mit meinen Gedanken allein, sodass meine Zweifel, meine Ängste, meine Reue mich bedrängen, mich attackieren, tief in mich dringen konnten. Erbarmungslos und unaufhaltsam wie ein Geschwür breiteten sie sich in meiner Seele aus.

Irgendwann – es muss um die Mittagszeit gewesen sein – kam der Bezirksstaatsanwalt, um mit mir zu reden. Er erzählte mir, dass man bei Tonin den gefrorenen Leichnam meines Bruders gefunden hatte und die Gerichtsmedizin gerade bei der Autopsie wäre. Er fragte mich, was man herausfinden würde, und ich erzählte es ihm.

Anschließend stellte er mir weitere Fragen und gab mir die Möglichkeit, meine Sicht der Dinge darzulegen. Ich weiß, dass ich kaum Gefühle zeigte, und vielleicht wird das gegen mich sprechen. Aber mir war furchtbar kalt, ich fühlte mich wie betäubt. Als hätte ich so viel geweint, dass sich in mir nur noch eine große Leere befände.

Als er ging, brachte man mich in die Zelle zurück. Um zu warten, nehme ich an. Die Minuten dehnten sich wie Stunden, und es kam mir vor, als würden Hände nach mir greifen, die mich unaufhaltsam in die Tiefe zogen.

Inzwischen ist es Nachmittag. Obwohl die Sonne durch das kleine Fenster am Ende des Korridors dringt, wird die Welt für mich immer finsterer. Ich spüre, wie ich in eine Art Dämmerzustand versinke, und der Wunsch, dagegen anzukämpfen, wird mit jeder Sekunde geringer.

Einige Zeit darauf – ob Minuten oder Stunden später, kann ich nicht sagen – kommt Sig. Ich erhebe mich nicht, denn ich kann nicht. Arme, Beine, Kopf, alles fühlt sich zu schwer an. Viel zu schwer.

Schweigend betritt er meine kleine private Hölle. Schweigend liege ich da. Er betrachtet mich eine Weile, dann hebt er sanft meine Füße an, setzt sich auf das Ende der schmalen Pritsche und legt sie sich auf den Schoß. Seine Körperwärme dringt durch meinen Overall, als sei er die einzige Wärmequelle in einem Umkreis von tausend Meilen. Eine Ewigkeit berührt er mich nicht, als fürchte er sich davor. Doch dann lehnt er sich an den kalten Beton der Wand zurück, lässt seine Hand auf mein Bein sinken und zeichnet imaginäre Muster auf meinen Knöchel.

In der Nacht kommt er zurück. Ich tue, als ob ich schlafe. Genau wie in der Nacht zuvor, steht er dort und beobachtet mich, ohne einen Laut von sich zu geben.

Am Tag darauf erscheint wieder der Staatsanwalt. Er hält mir eine Unmenge an Papieren vor die Nase und verliest diverse Rechte und Gesetze.

Grundsätzlich entspricht das, was der Gerichtsmediziner herausgefunden hat, meiner Geschichte. Mein Bruder wurde durch einen einzigen Hieb auf den Schädel getötet. Er war augenblicklich tot. Seltsamerweise tröstet mich das. Ich kneife die Augen zusammen, um die nächste Tränenflut abzuwehren. Es überrascht mich, dass ich das Brennen überhaupt spüre, denn nichts sonst ist durch den Dunst der letzten Tage gedrungen. Doch die Regung hält nicht lange. Fast apathisch höre ich zu, als der Staatsanwalt über ein Geständnis und die möglichen Folgen spricht und mir einen Deal nahelegt, der – wie er *hofft*, nicht, wie er *verspricht* – für mich die beste Lösung zu sein scheint.

Doch trotz aller Fachbegriffe und Fremdwörter, die die ganze Geschichte so klingen lassen, als sei ich eine freie Frau, wenn alles klappt, wie es soll, behandelt er mich dennoch wie eine Kriminelle, und wenn er mich ansieht, verzieht er jedes Mal verächtlich die Lippen.

Eigentlich kann ich es ihm nicht verübeln. Wenn man es genau nimmt, *bin* ich eine Kriminelle. Kein Richter wird es schaffen, mich von diesem Makel reinzuwaschen, wie auch immer das Urteil ausfallen wird. Als Kriminelle wird man mich wahrnehmen. Travis wird es tun und Sig auch und ich selbst ebenfalls. Ich werde immer eine Mörderin bleiben. Ein Mädchen, das ihre Seele an den Teufel verkauft hat. Eine Frau, die für die Menschen, die sie umgeben, eher eine Bürde ist denn eine Hilfe. Alles, was geschehen ist, nun ins Licht zu zerren macht die Ereignisse irgendwie realer. Hässlicher. Unvermeidlicher. Ich werde die Vergangenheit niemals ablegen können. Denn ich bin Vergangenheit. Jetzt bin ich der dunkle Fleck in unserer Lebensgeschichte.

Und immer wieder kommt mir der Gedanke, dass die beste Lösung für alle vielleicht eine Hinrichtung wäre. Den Menschen, die ich liebe, würde es ohne mich besser gehen.

Ich kann ihrem Dasein nichts Gutes hinzufügen, denn ich *bin* nicht gut für sie.

Ohne mich dagegen können sie nach vorne sehen und neu beginnen. Sig wird sich um Travis kümmern, dessen bin ich mir hundertprozentig sicher. Und Momma wird in ein Pflegeheim kommen, wo sie besser und fachgerechter versorgt wird, als ich es je tun konnte. Und wenn die Sorge um diese beiden Menschen wegfällt, dann hält mich nichts mehr hier. Ich bin eine Schande für sie, ich kann ihnen nur schaden, ich darf nicht bleiben und ihnen zur Last fallen.

Ich schlinge die Arme um meine Taille, ziehe die Knie an und vergrabe das Gesicht in dem muffigen Kissen. Dieser Schmerz, dieser furchtbare Schmerz, der mein Innerstes zerfrisst – ich weiß nicht, ob ich ihn noch lange ertragen kann. Ich will dieses Elend nur noch beenden. Und wenn der Staat Georgia es nicht tut, dann muss ich wohl selbst den Mut dazu aufbringen.

34. Kapitel

SIG

Acht Tage. Solange braucht das Gericht, um zu prüfen, zu erkennen und zu dem Schluss zu kommen, was ich schon längst wusste: Tommi ist keine Verbrecherin. Sie ist eine Frau, die als Jugendliche aus Angst um ihre Familie und ihr eigenes Leben das Einzige getan hat, was ihr möglich erschien. So einfach ist das.

Der Richter hat sich in beiden Fällen auf eine Verurteilung wegen minderschwerer Vergehen eingelassen. Für die Unterschriftenfälschung auf den Beihilfeschecks brummte er Tommi nur Sozialstunden auf, weil ihre Mutter noch am Leben war und tatsächlich Geld und Pflege brauchte. Wäre sie tot gewesen, wäre das Urteil vermutlich weniger mild ausgefallen. Was den Tod ihres älteren Bruders angeht, entschied das Gericht nach Sichtung aller vorhandenen Fakten und Beweise, zu denen ebenfalls der Autopsiebericht und Travis' beeidigte Aussage gehörten, die Anklage fallen zu lassen.

Travis' Situation zu klären wird länger dauern, aber ich bin zuversichtlich. Rechtlich gesehen sind seine Voraussetzungen besser, als es Tommis waren. Dass er gegen Chaps aussagen wird, wird ihm Pluspunkte einbringen, und weil keine Fluchtgefahr besteht – unter anderem weil ich persönlich auf ihn aufpasse –, darf er auf freiem Fuß bleiben.

Alles in allem hat es sich so entwickelt, wie ich es gehofft habe. Tommi kann als Tia Lawrence noch einmal neu beginnen, da ihre versiegelte Jugendakte nichts enthält, was einer verantwortungsvollen Stelle mit vernünftigem Gehalt im Wege stünde. Travis kann weiterhin zur Schule gehen. Alle sollten glücklich und zufrieden sein.

Aber so fühlt es sich nicht an. Über allem scheint eine düstere Wolke zu hängen, aber ich habe keine Ahnung, wieso es so ist.

Travis und ich sind vor ungefähr fünfzehn Minuten am Gefängnis eingetroffen, um Tommi abzuholen. Wir haben ihr saubere Kleider mitgebracht, damit sie nicht das Zeug anziehen muss, in dem sie verhaftet wurde. Die Sachen wird sie vermutlich verbrennen, sobald sie die Möglichkeit hat, und das kann ich verstehen. Ich jedenfalls hätte es so gemacht.

Tommi hat die Klamotten mit einem nichtssagenden Lächeln entgegengenommen und sich umgezogen, anschließend hat man ihr ihre Habe zurückgegeben und die Entlassungspapiere zur Unterschrift vorgelegt. Nun ist sie eine freie Frau. Aber auch eine veränderte.

Im Truck wende ich mich ihr zu. »Hast du Hunger?«

»Lass uns Pizza essen. Hatten wir schon länger nicht«, sagt Travis und lächelt mich im Rückspiegel an.

Ich muss lachen. »Klar. In acht Tagen bloß zweimal zum Abendessen und einmal am Mittag.«

Ich werfe Tommi einen Blick zu. Sie starrt durch die Windschutzscheibe, die Mundwinkel traurig herabgezogen, der Blick leer. »Vielleicht können wir ja Pizza holen. Ihr zwei setzt mich einfach zu Hause ab und fahrt dann rasch noch los. Ich bin etwas müde und könnte ein Weilchen für mich gebrauchen, wenn es euch nichts ausmacht.«

Ich möchte Einwände vorbringen. Ich möchte sie fragen, was mit ihr los ist. Ich möchte sie zum Lächeln bringen, möchte, dass sie sich über ihre zweite Chance freut. Aber ich halte den Mund. Bestimmt braucht sie bloß Zeit. Die letzten Tage müssen traumatisch gewesen sein, und ich kenne sie nicht lange genug, um einschätzen zu können, wie sich die Erlebnisse auf sie ausgewirkt haben.

»Klar, so machen wir das.« Ich blicke in den Rückspiegel. »Oder, Travis?«

Er nickt und lässt sich auf seinen Sitz zurückfallen.

Als wir vor ihrem Haus ankommen, bringe ich sie zur Tür. Sie kommt mir ungeheuer fragil vor. »Bist du sicher, dass du allein zurechtkommst?«

Sie will sich zu einem zuversichtlichen Lächeln zwingen, scheitert aber kläglich. »Ja. Ich brauche wirklich nur ein bisschen Zeit für mich. Allein.«

Ich nicke. Ich kann sie verstehen.

Aber es gefällt mir nicht. »Na gut. Wir werden nicht lange brauchen. Und dann feiern wir, okay? Auf italienische Art.«

Sie nickt wieder. Lächelt wieder. Sie ist wie ein schwacher Abklatsch der Person, die ich vor etwas über einer Woche noch so innig geküsst habe – nicht ganz real und sehr zerbrechlich.

Ich stoße die Tür auf, doch bevor sie eintritt, halte ich sie am Arm fest. Sie blickt zu mir auf, und ihre großen glänzenden Augen sind so traurig, so leer, dass es mir tief in der Seele wehtut.

Langsam, um sie nicht zu erschrecken, beuge ich mich vor und küsse sie sanft auf die Wange. Ihre Haut ist kalt und klamm. »Ich bin gleich zurück.«

Wieder nickt sie, macht sich behutsam von mir los und schließt die Tür, noch bevor ich auf der Treppe bin.

Ich versuche, mir Travis gegenüber nichts von meiner Sorge anmerken zu lassen, aber auch ihm ist natürlich nicht entgangen, wie seltsam distanziert sie sich gibt. Ich nehme an, er hat genau wie ich gedacht, dass sie vor Freude, so glimpflich davongekommen zu sein, komplett aus dem Häuschen sein müsste. Nur ist das Gegenteil der Fall. Vielmehr macht sie den Eindruck, als sei sie überhaupt nicht davongekommen.

Auf der Fahrt rufe ich beim Italiener an und bestelle. Wir holen die Pizza plus Getränke und Grissini ab und fahren sofort wieder zurück.

Wir parken den Wagen, und Travis geht vor, während ich das Essen hineintrage. Als ich gerade alles auf den Küchentisch ablade, höre ich Travis' schrillen Schrei. »Sig!«

Ich weiß nicht, warum allein mein Name mich derart alarmieren kann. Warum mir plötzlich ist, als hätte mir jemand durch die Brust gestoßen und mein Herz herausgerissen. Ich weiß nicht, warum ich plötzlich das Gefühl habe, als stünde mein ganzes Leben auf der Kippe oder als würde die Sonne nie mehr scheinen – aber genauso ergeht es mir. Und alles durch ein einziges Wort.

Mir rauscht das Blut im Schädel, während ich losrenne. Travis steht in der offenen Badezimmertür und sinkt in die Knie. Mein Magen scheint sich nach außen zu stülpen, und bittere Galle steigt mir in die Kehle, bevor ich noch einen Blick ins Bad werfen kann. Aber im Grunde weiß ich bereits, was ich vorfinden werde.

Und dass ich es nicht ertragen kann.

35. Kapitel

TOMMI

Die Kälte, die ich empfinde, steht im seltsamen Kontrast zur sickernden Wärme an meinen Handgelenken, aber das nehme ich nur vage und irgendwie beiläufig wahr, wie man das ferne Brummen eines Rasenmähers wahrnimmt, während man Wäsche aufhängt.

Ich lasse meinen Verstand in diese Richtung wandern und erinnere mich an ein paar schöne Augenblicke, als Travis noch jünger war und ich im Garten mit ihm Federball gespielt habe. Ich habe für ihn getan, was ich konnte. Ich habe alles getan, was ich konnte.

Und wie durch Magie kann ich ihn plötzlich hören. Ja, er ist es. Seine Stimme ist unverkennbar. Aber er klingt so anders. So panisch.

Mit der Erkenntnis kehrt die Wirklichkeit zurück, und mit einem Mal verspüre ich einen ersten Stich der Reue, als ich mir klarmache, was ich getan habe. Ich war so sehr in mein eigenes Elend versunken, so überzeugt, dass Travis ohne mich die besseren Chancen haben würde, dass ich nicht daran gedacht habe, wie er meinen Tod aufnehmen würde. Aber ist es wirklich besser, gar keine Familie zu haben, statt einer gestörten? Und was, wenn ich den Albträumen, die ihn schon jetzt nachts heimsuchen, einen weiteren Schrecken hinzufüge?

Ich schnappe keuchend nach Luft. Und in diesem Moment nehme ich einen vertrauten Geruch wahr.

Sig.

Er riecht nach Seife und Leder. Immer. Ich weiß nicht, warum, denn ich habe ihn noch nie in Leder gesehen, aber das ist es, was mir bei seinem Duft stets in den Sinn kommt.

Wieder durchströmen mich Trauer und Reue und sickern mit den roten Rinnsalen durch die Schnitte in meinen Handgelenken.

Ich spüre, wie sich starke Arme unter meine Kniekehlen und meinen Rücken schieben, mich hochheben und mich an eine harte Brust ziehen. Ich seufze erleichtert. Ich wüsste nicht, wo ich lieber sein würde, bis ich schließlich … gar nicht mehr bin. Bis ich tot bin. Fort.

Sigs tiefe Stimme dringt nur gedämpft zu mir durch. Er gibt knappe barsche Befehle. *Hol Handtücher. Weißt du, wo das Verbandszeug ist? Hol, was immer du findest. Ruf den Notarzt*!

Er murmelt etwas, und seine Stimme zittert, und das wilde Hämmern seines Herzens scheint nicht zu der verlässlichen, tröstlichen Kraft seines Körpers zu passen.

»Bitte verlass mich nicht, Tommi. Bitte geh nicht.«

Seine Worte wärmen mich, und ich wünschte, ich hätte ihm gesagt, was ich empfinde, bevor ich das hier tat. Aber dann hätte er es gewusst. Und wenn er es gewusst hätte, dann hätte er versucht, mich aufzuhalten.

Ich spüre etwas. Druck auf meine Handgelenke. Hände packen mich, halten mich, noch mehr Druck. Finger an meinem Hals. Leichtes Pochen an meinem Puls.

»Travis, kannst du rausgehen und nach dem Notarzt Ausschau halten?«

Er antwortet nicht, aber nach ein paar Sekunden spüre ich, dass mein Bruder nicht mehr in meiner Nähe ist.

Und dann reißt Sig mich in seine starken Arme und umklammert mich. Sein Gesicht wühlt sich in mein Haar, und sein Atem ist feucht an meiner Haut. »Tommi, bitte geh nicht! *Bitte!* Ich wollte dich niemals sosehr lieben, aber es ist geschehen. Nur darfst du mich doch nicht wieder verlassen! Nimm mir nicht alles, was gut und schön ist, denn dann bleibt mir nichts mehr zum Leben. Ich habe alles getan, damit du frei und glücklich bist, damit wir beide zusammen sein können. Bitte lass mich nicht im Stich. O Gott, bitte nicht!«

Mir fällt wieder ein, wie er mir erzählte, er wolle niemanden so sehr lieben, dass das Leben ohne diesen Menschen nicht mehr lebenswert erschien. Und doch liebt er mich. Und doch hat er sich für mich seiner schlimmsten Angst gestellt. Weil er mich liebt.

Er weint. Sein Körper bebt, und ich möchte ihn fest an mich ziehen, ihn trösten und ihm sagen, dass ich nirgendwo hingehe, dass ich ihn nie im Leben im Stich lassen würde, aber ich weiß, dass es vermutlich zu spät dafür ist.

»Ich liebe dich«, flüstert er. Ich spüre Nässe an meinem Ohr. »Ich liebe dich mehr als alles auf der Welt. Was soll ich denn ohne dich machen? Du kannst mich doch nicht einfach jetzt schon verlassen! Nicht so. Bitte, Tommi, bitte, bitte, bitte. Ich liebe dich. Tia, ich liebe dich.«

Tia, ich liebe dich.

Tia. Das bin ich. Mein wahres Ich. Das Mädchen, das versehentlich ihren Bruder ermordet hat. Das Mädchen, das Unterschriften gefälscht und sich für jemand anderen ausgegeben hat. Das Mädchen, das ihren Körper und ihre Seele verkauft hat, um ihren Bruder zu retten.

Und dieser Mann, dieser starke, großartige, witzige, fürsorgliche Mann liebt mich!

Ich habe mein ganzes Leben, mein ganzes katastrophales Leben auf ihn und seine Worte gewartet. Und jetzt gehe ich. Dieser kurze Moment, dieser kurze Blick auf das, was hätte sein können, ist alles, was ich haben darf.

Warum? Warum habe ich das getan? Warum habe ich einfach aufgegeben? Warum bin ich abgehauen, anstatt zu kämpfen? Ich bin doch so weit gekommen – wie konnte ich bloß kurz vor dem Ziel kneifen?

Gedanken toben. Kräfte kollidieren. Etwas stirbt in mir. Und etwas Neues kommt hervor.

Als geschähe es wirklich stofflich und körperlich, spüre ich, wie die Vergangenheit mit all ihrer Traurigkeit aus mir heraussickert und meinen Körper mit dem Blut verlässt. Doch in der entstandenen Leere wallen in mir plötzlich Liebe und Hoffnung und Entschlossenheit auf, und es ist wie eine sprudelnde Quelle in meiner Brust, die mich mit Wärme und Entschlossenheit erfüllt.

Ich sammle jedes bisschen Kraft, das mir geblieben ist, und zwinge meine Augen, sich zu öffnen. Der Raum schwankt und verschwimmt um mich herum, aber ich blinzele und versuche, mich zu konzentrieren.

»Sig«, murmele ich. Mein Mund ist trocken, meine Zunge geschwollen.

Stille. Keine Regung.

»Sig«, sage ich wieder, so laut, wie ich es fertigbringe, doch ich fühle mich so schwach.

Langsam, ganz behutsam, als könne ich zerbrechen, senkt Sig mich gerade weit genug ab, um mir ins Gesicht sehen zu können. Seine Augen sind nass und verweint, die

Wimpern verklebt, und eine einzelne Träne rinnt ihm die Wange herab. »Tommi?«

»Es … es tut mir so leid. Ich hätte nicht … ich bereue, dass ich …« Das Sprechen fällt mir schwer. Ich bin so ungeheuer müde, und der Drang, die Augen wieder zu schließen, ist stark. »Ich b-bin durchgedreht. Hab mich geschämt. Und die Schuld … A-aber ich hätte euch das nicht antun d-dürfen. Dir und Travis. Ich liebe … liebe dich. So sehr.«

Er kneift die Augen zu und presst seine Lippen auf meine. »Bitte sei stark. Sei stark für mich. Hilfe ist unterwegs. Bleib einfach bei mir, bis sie hier sind. Okay?« Wieder blickt er auf mich herab. »Versprich mir, dass du bei mir bleibst. Versprich mir, dass du kämpfst.«

»V-versprochen.«

Und dann zieht er mich wieder an seine Brust und hält mich fest, als würde er mich nie wieder loslassen, und wenn ich nur noch einen einzigen Wunsch hätte, nur noch ein Gebet sprechen könnte, dann würde ich Gott bitten, mich noch verweilen zu lassen.

36. Kapitel

SIG

Zwei Monate später

»Und wann kriegen wir Sloane endlich zu sehen?«, fragt Travis nun mindestens schon zum fünften Mal.

»Sie heiratet, du Vollpfosten.« Seine Miene besagt, dass ihm das vollkommen egal ist. »Langsam bereue ich es, dass ich dich mitgenommen habe.«

Er lässt sich im Sitz zurückfallen und hebt in einer beschwichtigenden Geste die Hände, aber er muss sich das Grinsen verbeißen. Das gefällt mir. Ich hatte befürchtet, dass der Junge eine lange, lange Zeit nicht mehr lachen würde.

»Was soll ich überhaupt die ganze Zeit machen, wenn du da vorne rumstehst?«, fragt er, als ich den Wagen auf dem Parkplatz vor der Kirche abstelle und den Motor ausmache.

»Den Mund halten, was für dich Schmollbacke ja kein Problem sein dürfte. Du sitzt in der ersten Reihe und bist still, bis meine Brüder eintrudeln.«

»Welche waren das noch mal?«

»Steven und Scout.«

»Und Hemi und Reese und wie hieß der andere noch?«

»Leif. Aber das sind Angeheiratete. Hemi ist Sloanes Verlobter, Reese und Leif sind seine Brüder.«

»Und Reese ist verheiratet mit …«

»Kennedy.«

»Die ist auch ziemlich scharf.«

»Ja, das ist sie.« Es hat eine Zeit gegeben, da fand ich sie mehr als nur ziemlich scharf, aber das war vor Tommi. Tia. Sie hat meine Vorstellung von Schönheit für immer verändert. Sie hat *mich* für immer verändert. Meine Brust verengt sich, als ich an sie denke, wie jedes Mal in den vergangenen zwei Monaten. Seit jenem Abend, an dem sie …

»Aber nicht so scharf wie Sloane«, brummelt Travis.

»Sie ist meine Schwester, du Pfeife. Und behalte solche Bemerkungen bloß für dich. Hemi tritt dir kräftig in den Hintern, wenn du nicht aufpasst.«

»Purer Neid«, murmelt Travis trocken.

Ich muss lachen. Ich kann nicht anders. Der Junge macht mir gute Laune.

Und es tut so gut zu lachen. Auch ich war mir nicht sicher, ob ich es je wieder unbelastet tun würde.

Wir steigen aus, und ich rücke Travis' Krawatte gerade. Dann richte ich meine eigene und ziehe meine Smokingjacke straff. »Und? Seh ich gut aus?«

»So weit ein großer, ungelenker Mistkerl wie du gut aussehen kann, ja.«

Ich boxe ihn leicht gegen die Schulter. Er lehnt sich weit zur Seite und tut, als würde er zurückpendeln wie eine Boxbirne auf einem Ständer. Er rächt sich nicht, aber seine Lippen zucken ein bisschen, und das reicht mir. Wir machen Fortschritte.

Wir sind früh dran. Die Kirche füllt sich erst langsam. Ich begleite Travis zur ersten Reihe und gehe dann um die Kanzel herum nach hinten, wo der Bräutigam wartet. Die

Stimmung ist heiter und gelöst. Hemi kann das Grinsen nicht lassen, seine Brüder können die dummen Sprüche nicht lassen. Hier scheint die Welt total in Ordnung zu sein.

Sarah, die beste Freundin meiner Schwester, hat ihre Mutter Blaire gebeten, während der Zeremonie auf das Baby aufzupassen. Sie klopft an die Tür und tritt dann mit meiner Nichte Eden auf dem Arm ein.

»Sie wurde ein bisschen unruhig, und die Braut hat gerade alle Hände voll zu tun«, sagt sie, als sie die Kleine zu Hemi bringt.

Strahlend nimmt er seine Tochter entgegen und beginnt sofort, in alberner Babysprache auf sie einzuplappern. Sehnsüchtig zieht sich mein Herz zusammen. Hemi macht sich komplett zum Affen, und ich finde es großartig. Ich hätte überhaupt nichts dagegen, mich ebenso zum Affen zu machen.

»Heute wird aus deiner Momma eine ehrbare Frau, ist das nicht toll, meine Süße?«, gurrt er.

»Hat ja lange genug gedauert, Vollpfosten«, werfe ich ein.

Hemi zeigt mir hinter dem Rücken der Kleinen den Mittelfinger. »Vor meiner Tochter wird nicht geflucht, Locke.«

»Tut mir leid«, sage ich und fühle plötzlich mit meinem Vater mit. Wie schwer es für ihn gewesen sein muss, in einem Haus voller fluchender Jungen eine Lady großzuziehen.

Hemi drückt Eden einen Kuss auf den Bauch, der sich prall unter dem rosa Kleidchen hervorwölbt. Ihr Kichern und Quieken wird immer lauter, als der Priester eintritt, um uns zu holen. Hemi reicht Eden an Blaire zurück und wendet sich mit einem breiten Lächeln im Gesicht zu uns.

»Es ist so weit.« Er wirkt überhaupt nicht nervös. Eigentlich sieht er sogar so aus, als habe er gerade im Lotto gewonnen.

»Bist du bereit?«, fragt Reese.

Das ist ja wohl nicht zu übersehen, du Schwachkopf.

»Willst du mich auf den Arm nehmen? Endlich heirate ich die Frau meiner Träume! Auf diesen Tag habe ich mein ganzes Leben gewartet.«

»Tja, das mag so sein. Aber solltest du sie zum Weinen bringen, dann vergiss bloß nicht, dass du für den Rest dieses Lebens auf der Flucht sein wirst«, setze ich hinzu. Nicht, dass ich befürchte, Hemi könnte meiner Schwester etwas antun. Ich habe noch nie ein verliebteres Paar gesehen. Dennoch. Sie ist meine Schwester. Ich habe nur die eine. Und wenn er ihr wehtut, mach ich ihn fertig.

Hemi klopft mir auf die Schulter. Seine Miene ist ernst. »Ich würde mir lieber einen Arm abtrennen, als ihr Kummer zu bereiten. Ich verspreche, dass ich alles tue, um sie zur glücklichsten Frau der Welt zu machen.«

Wir nicken uns zu. Ich glaube, wir beide wissen sehr gut, was Sloane dem jeweils anderen bedeutet. Dann stellen wir uns an der Tür auf. Wir grinsen, albern herum, machen dumme Witze über Hochzeitsnächte und Leute, die unbedingt schon vorher Babys produzieren müssen. Das Geplänkel tut mir gut, lässt mich zur Ruhe kommen und ruft mir in Erinnerung, wie schön das Leben sein kann, wenn man von Menschen umgeben ist, die man liebt. Und wenn man den Menschen findet, mit dem man das alles teilen kann. Ich habe diesen Menschen gefunden. Obwohl ich gar nicht danach gesucht habe, habe ich ihn gefunden. Ich habe *sie* gefunden.

Ich schiebe die Gedanken in den Hintergrund und konzentriere mich, als die Tür aufschwingt. Schweigend treten wir in Formationen in die Kirche. Ich, Leif, Reese und dann Hemi. Sobald wir an unseren Plätzen angekommen sind, nickt der Geistliche dem kleinen Streicherensemble zu, das in etwas Abstand an der Seite wartet, und die Musik setzt ein. Das Lied ist hübsch und zart und keines, das ich kennen würde, aber was erwarte ich: Ich bin ein Kerl, ich habe Eier. Und auf vielen Hochzeiten bin ich auch noch nicht gewesen. Dennoch finde ich, dass die Musik zu einem Tag wie diesem passt.

Erwartungsvoll blicke ich zum Kircheneingang. Mein Herz hämmert so heftig, als sei ich derjenige, der heiraten würde. Wahrscheinlich werde ich mich nie an dieses Gefühl gewöhnen. Aber ist das nicht letztlich auch wunderbar so?

Zwei Kirchendiener ziehen die Türen auf, und dort, einem Engel gleich, steht Tommi. *Tia*, berichtige ich mich.

Tia ist ihr wahrer Name, aber ich denke noch oft an sie als Tommi. Das war zumindest der Name des Mädchens, in das ich mich verliebt habe, bevor ich noch wusste, wer sie wirklich war. Sie ist jedoch noch immer dieselbe, auch wenn sie nun Tia heißt, also ist es nur eine Frage der Gewöhnung. Die Hauptsache aber – das Wichtigste überhaupt – ist doch, dass sie mir gehört. Sie, die Liebe meines Lebens. Alles andere ist mir vollkommen egal.

Ihr Haar ist genau so aufgesteckt, wie ich es liebe. Sie trägt ein Kleid in einem dunklen Rosaton, der ihre Haut wie Seide schimmern lässt, und auf ihrem Gesicht liegt das wunderschöne Lächeln, von dem ich nicht genug bekommen kann. Vor einigen Wochen habe ich mich noch fragen müssen, wann ich es zu sehen bekomme, dieses echte, ehrliche Lächeln, denn als wir uns kennenlernten, ging sie sehr sparsam damit um. Doch seit sie nach ihrem Unfall mit der Rasierklinge im Krankenhaus erwachte, legt sie es kaum noch ab. Und ich habe bestimmt nichts dagegen.

Ich denke daran zurück, wie sie mir nach ihrer Entlassung aus dem Krankenhaus erklärte, warum sie glücklich ist.

Ich hatte sie aus der Klinik abgeholt und nach Hause gefahren. Wir lagen zusammen im Bett, ihr Kopf auf meiner Brust, eines ihrer Beine über meinem, und ihr Finger malte träge Kreise um meinen Nippel. Sie hatte mit mir gewettet, dass sie mich allein dadurch hart machen könne. Ich hatte dagegengehalten. Ich verlor. Aber sie hatte geschummelt.

Jedenfalls sprach sie davon, wie sie sich fühlte. »An dem Abend war mir, als würde ein Teil von mir sterben.«

Mir wurde die Brust eng, und auch jetzt geschieht es wieder. Allein der Gedanke, dass es sie nicht mehr gäbe, dass ich mein Leben ohne sie weiterführen müsste … ich kann es mir nicht einmal vorstellen.

»Als ihr mich gefunden hattet und mir klar wurde, was ich getan habe, flehte ich Gott an, mir noch eine allerletzte Chance zu geben. Ich versprach ihm, jeden Tag so zu leben, als sei es mein letzter. Niemals mehr würde ich zulassen, dass meine Zukunft durch die Vergangenheit getrübt wird. Und dennoch fragte ich mich selbst in diesem Augenblick, wie ich mich je so hatte aufgeben können. Doch als ich dann im Krankenhaus erwachte und dich schlafend auf dem Stuhl neben meinem Bett sah, den Kopf über unseren vereinten Händen auf meiner Matratze, war es, als sei alles, was geschehen war, einfach … einfach verschwunden. Gelöscht. Vielleicht habe ich es ausgeblutet. Vielleicht habe ich all das Schlechte, die Scham und die Bitterkeit, all den Schmerz ausgeblutet. Und die Leere, die zurückblieb, war gar keine Leere. Sondern Fülle, Raum, in dem nur für Gutes Platz war. Für dich, Travis und Momma.«

Ihre großen Augen blickten zu mir auf. Tränen glitzerten darin. »Ich würde noch einmal sterben, wenn es das ist, was es braucht, um ein neues Leben mit dir zu beginnen. Wenn wir nur so zusammen sein könnten. Ich hätte nie geglaubt, so glücklich zu werden. Alles, was wir durchgemacht haben, ist es wert, wenn man ein solches Glück finden darf.«

»Und das höre ich gerne, Baby, aber bitte sprich nicht mehr über den Tod. Du weißt nicht, wie entsetzlich es war, stundenlang neben deinem Bett zu sitzen und nicht zu wissen, ob du wieder aufwachst.«

Sie barg ihr Gesicht an meiner Brust. »Gott, Sig, es tut mir so leid. Verzeih mir.«

»Schon gut. Ich weiß ja, dass du es nicht mit Absicht getan hast. Und als mir der Arzt erklärte, dass du unter einer schweren Depression und posttraumatischem Stress gelitten hast, war mir auch klar, dass es gar nicht darum ging, mich zu verlassen. Du wolltest nur keinen Schmerz mehr empfinden müssen. Und ich bin unglaublich froh, dass der Schmerz weg ist, du jedoch bei mir geblieben bist.« Ich beugte mich vor, um sie auf die Stirn zu küssen.

»Das bin ich auch. Ich will nie wieder von dir getrennt sein. Keinen einzigen Tag.«

»Tja, ich muss aber wohl arbeiten gehen.«

»Dann komme ich mit dir. Mal sehen, was deine Kollegen sagen, wenn eine Kriminelle an deiner Seite arbeitet.«

Ihr Ton war scherzhaft, aber ich war mir ziemlich sicher, dass ihr nicht zum Lachen war. Es gefiel mir nicht, dass sie sich so sah – dass sie zu glauben schien, sie sei vielleicht schlechter als andere.

»Du bist keine Kriminelle. Ein Gericht hat hochoffiziell festgestellt, dass du aus Notwehr gehandelt hast. Du hast das Leben deiner Familie schützen wollen, Punkt. Jeder andere hätte dasselbe getan.« Ich umfasste ihr Kinn und drehte ihr Gesicht zu mir. »Ich würde für dich töten, verstehst du das nicht? Ich würde töten, wenn ich müsste, ich würde für dich sterben. Ich würde alles für dich tun.«

»Hoffen wir, dass es nicht dazu kommt«, antwortete sie leichthin, und ich wusste, dass sie das Thema wechseln wollte. Sie mag nicht zu intensiv über solche Dinge sprechen, und ich bestehe nicht darauf.

Sie fuhr mit der Zunge über meinen Nippel und biss leicht hinein, als er sich aufrichtete. Gleichzeitig wanderte ihre Hand über meinen Bauch abwärts, und ihre Finger umfassten meinen Schwanz, der bereits hart war. »Du schummelst schon wieder«, sagte ich seufzend.

»Was willst du machen, Officer? Mir Handschellen anlegen?«

Anschließend sagte sie eine gute Stunde lang nichts mehr … es sei denn, man zählt Stöhnen und Lustschreie dazu.

Es war eine verdammt gute Stunde.

Und nun sind wir hier und feiern die Hochzeit meiner Schwester. Sloane wollte Tommi unbedingt dabeihaben. Die beiden haben sich verdammt schnell angefreundet. Was mich freut, da sie die beiden wichtigsten Frauen in meinem Leben sind. Allerdings überrascht mich ihre Freundschaft nicht. Ich wusste, dass Sloane Tommi lieben würde, wenn sie sie erst einmal kennengelernt hätte.

Hier sind wir also nun zwei Monate später gesund und munter und umgeben von den Menschen, die uns in unserem Leben am meisten bedeuten. Und während sie auf mich zukommt, wünsche ich mir, wir beide wären es, die unseren Bund heute offiziell besiegeln würden.

Ihre funkelnden grünen Augen begegnen meinen, und sie zwinkert mir zu. Beinahe lache ich laut auf. Sie hat mir verraten, dass es sie wahnsinnig macht, wenn ich ihr zuzwinkere, und jetzt will sie es mir heimzahlen. Mein Herz schwillt plötzlich an vor Glück, und ich weiß, dass es mir immer gut gehen wird, solange ich sie an meiner Seite habe. Gut? Nein, besser als gut.

Wir haben füreinander gekämpft, füreinander geblutet, sind sogar ein wenig füreinander gestorben. Wir haben nicht aufgegeben. Auch nicht, als es wehtat. Und das war es wert.

Ich wusste, dass es so sein würde.

EPILOG

TOMMI

Vier Monate später

Ich taste nach der Binde über meinen Augen. »Wohin fahren wir denn?«

»Du wirst schon sehen«, sagt Sig, und ich höre ihm an, dass er selbstzufrieden grinst.

Ich lehne mich seitlich an die Kopfstütze, um mich Sig zuzuwenden. Selbst mit verbundenen Augen sehe ich sein kräftiges Profil deutlich vor mir. Alles an ihm strahlt Kraft und Stärke aus, und sein Beschützerdrang ist so ausgeprägt wie sein Besitzanspruch. Ich hätte nie gedacht, dass ich nach Lance eine solche Eigenschaft überhaupt ertragen könnte, aber Sig ist schließlich nicht irgendein Mann. Er ist *mein* Mann. Und er will mich besitzen, weil er mich liebt. Das ist ein gewaltiger Unterschied.

Heute ist das Urteil über Lance Tonin gefällt worden. Schuldig in allen Punkten. Durch die Aussagen von Chaps und Trips' Bruder Davey konnte er wegen Drogenhandels belangt werden, aber es kam noch ein ganzer Katalog weiterer Straftaten hinzu – darunter Verabredung und Verschwörung zu einer Mordtat. Für all das wird er für den Rest seines Lebens im Gefängnis sitzen. Zwar wird das

Strafmaß erst nächste Woche verkündet, aber das macht nichts. Als ich den Schuldspruch hörte, war meine Erleichterung so ungeheuer, dass meine Knie beinahe nachgaben. Dann riss Sig mich in seine Arme, und mir wurde bewusst, dass ich endlich frei bin. Ganz und gar. Ich bin frei.

Der Truck drosselt das Tempo und bleibt stehen. Sig stellt den Motor ab. »Ich komme rum«, kündigt er an, und ich höre, wie sich seine Tür öffnet und schließt. Mit einem Lächeln auf den Lippen warte ich, bis er meine Tür aufmacht. »Komm, meine Schöne. Ich muss dir etwas zeigen.«

Er hebt mich aus dem Auto, hält mich fest und trägt mich ein Stück, dann bleibt er stehen, beugt sich leicht vor und tut etwas mit einer Hand. Ich höre, wie er einen Schlüssel ins Schlüsselloch steckt, dann klackt der Türknauf. Ein erwartungsvolles Kribbeln durchfährt mich. Ich kann nur hoffen, dass er mich irgendwo hinbringt, wo wir allein sind. Ganz allein.

Der Geruch von Montageschaum dringt in meine Nase. Sigs Schritte hallen laut, als er weitergeht, aber dann verändert sich die Akustik, als kämen wir aus einem großen, leeren Raum in einen kleineren oder besser möblierten.

Sig stellt mich auf die Füße. Die Absätze meiner Schuhe sinken in einen weichen Teppich. »Wo sind wir?«

»Zu Hause.«

»Zu Hause?«

Sig tritt hinter mich, löst behutsam den Knoten der Augenbinde und nimmt sie mir ab. »Ja, zu Hause«, flüstert er mir ins Ohr.

Meine Augen brauchen einen Moment, um sich an das gedämpfte Licht anzupassen, aber dann bleibt mir der Mund offen stehen. Ich befinde mich in einem großen, wunderschön ausgestatteten Schlafzimmer. Der Teppich ist cremefarben, die Wände sind sandbeige, und auf dem riesigen Bett liegt eine dicke apricotfarbene Daunendecke. Am Kopfende türmen sich Kissen in Farbtönen von Pfirsich über Rostrot bis zu Schokoladenbraun, und über einer Ecke ist ein luxuriöser Nerzüberwurf drapiert worden. An den Fenstern hängen transparente Vorhänge, und auf der Mahagonikommode und der dazu passenden Frisierkommode brennen Kerzen aller Größen und Formen, die den Raum in ein romantisches goldenes Licht tauchen. Über dem Bett hängt das Gemälde einer Frau. Sie sitzt auf einem eleganten Hocker vor einem Spiegel und bürstet sich das goldene Haar. Im Oval des Spiegels ist ihr Gesicht zu sehen. Und es ist meins.

Ich fahre zu Sig herum. »Sloane?«

Er grinst. »Wer sonst. Dass ich das nicht gemalt habe, kannst du dir ja denken. Und Dekorieren ist auch nichts meins.«

»Wunderschön«, hauche ich ehrfürchtig. Ich drehe mich ganz zu ihm um und schlinge meine Arme um seinen Nacken. »Wo sind wir?«, frage ich noch einmal.

»Wie ich dir gesagt habe. Zu Hause. Falls du das willst, heißt das.«

»Hast du das Haus gekauft?«

»Ja. Es ist das in der Nähe meiner Schwester, von dem du gesagt hast, du könntest dir dort spielende Kinder im Garten vorstellen.«

Ich kann mich sehr gut an das Giebeldach und den hübschen weißen Zaun erinnern. »D-du hast es gekauft? Für uns?«

»Für dich.«

»Aber warum? Warum machst du so was? Magst du das Haus überhaupt?«

»Ehrlich gesagt, ist mir das vollkommen egal. Es ist nur ein Haus. Ein Zuhause wird es erst mit dir. Und jetzt, da du hier bist …«, er sieht sich um, bis sein Blick an dem Bild über dem Bett hängen bleibt, »… möchte ich nirgendwo anders sein.«

Ich nage an meiner Unterlippe, versuche zu verstehen und frage mich, ob ich es, wenn ich es richtig verstanden habe, nicht irgendwie vermurkse. Aber dann legt Sig einen Finger an meine Lippe und zupft sie frei. »Was?«, frage ich, als er auf mich herabschaut.

»Hör auf, dir Sorgen zu machen.«

»Tu ich doch gar nicht.«

»Tust du doch.«

Ich seufze. Man kann einem Cop eben nichts verheimlichen. Es geht nicht. »Es ist wunderschön hier. Aber was ist mit … mit …«

Es widerstrebt mir, Sig auf Travis anzusprechen. Es kommt mir vor, als würde ich ihm eine Verantwortung aufhalsen, die er nicht wollen kann. Wenn ich mich in meinem eigenen Haus mit meinem eigenen Geld um meinen Bruder kümmere, dann ist es meine Sache. Aber hier würden wir uns zwangsläufig beide um ihn kümmern.

»Hier gibt es eine Souterrainwohnung. Ganz für Travis. Der feuchte Traum eines spielsüchtigen Teenagers.«

Ein dicker Klumpen drängt sich in meine Kehle. Ich musste nicht einmal fragen. Er hat von vornherein an meinen Bruder gedacht.

»Und von hier ist es auch nicht weit zu deiner Mutter.«

Meine Mama. Mein Bruder. Mein Traumhaus. Sig hat an alles gedacht.

Ich blinzele gegen die Tränen an. »Es ist perfekt, Sig. Einfach perfekt.«

»Na ja, fast.«

Langsam lässt sich Sig vor mir auf ein Knie sinken. Er greift in seine Tasche und zieht ein kleines Samtkästchen heraus, bei dessen Anblick ich das Flattern meines Herzens in meiner Kehle spüre.

»Als meine Mutter gestorben war, wachte ich wochenlang jede Nacht auf, weil ich das Gefühl hatte, keine Luft mehr zu bekommen. Ich fuhr hoch und keuchte, bis ich wieder atmen konnte, dann sank ich weinend ins Bett zurück. Mich von meinem Vater trösten zu lassen kam nicht infrage, weil ich wusste, dass es ihm fast noch schlechter ging als mir. Damals schwor ich mir, mich niemals auf die Liebe einzulassen, niemals jemandem eine solche Macht über mich zu verleihen. Und an dem Abend, als du in meinen Armen lagst und dein Blut über uns beide sickerte, war mir wieder, als bekäme ich keine Luft mehr. Und mir wurde klar, dass du der Grund bist, warum ich atme. Seit dem Tag, an dem wir uns begegnet sind, hattest du die Macht, mir wehzutun, mich zu vernichten, die Welt, in der ich lebe, zu zerstören, wenn du sie verlässt. Aber du warst auch die Luft, die ich zum Leben brauchte.«

»Sig, ich …«

»Tia Lawrence«, unterbricht er, »willst du mich heiraten? Willst du bei mir bleiben, hier in diesem Haus, in meinem Leben, bis ich sterbe? Willst du mir mein Atem sein, bis meine Lungen nicht mehr wollen? Denn ich kann mir nicht mehr vorstellen, dass meine Zukunft ohne dich lebenswert ist.«

»Sig, du …«

»Ich liebe dich. Mehr, als sich durch tausend Worte ausdrücken ließe – ich liebe dich. Bitte sag Ja.«

Ich muss lachen. »Gibst du mir denn eine Chance, dir zu antworten?«

In seinem schiefen, jungenhaften Grinsen steckt alles, was ich an ihm liebe. »Na gut.«

Ich lasse mich vor ihm auf die Knie sinken und schiebe seine Hand mit dem Kästchen zur Seite, sodass ich mich an ihn schmiegen kann. Wir sind nun auf einer Höhe, Auge in Auge, Nase an Nase, Herz an Herz. »Ja! Das ist meine Antwort auf alles, was du mich fragen könntest. Ja, ich will dich heiraten. Ja, ich will dafür sorgen, dass du atmen kannst. Ja, ich will hier mit dir leben. Du bist mein Traum, mein einziger Traum. Deine Liebe, deine Küsse, deine Berührungen – du bist alles, was ich mir wünschen kann, und viel, viel mehr, als ich mir je erhofft habe. Ich folge dir, wohin du auch gehst. Bis unser beider Lungen nicht mehr wollen.«

Eine Weile betrachtet er mich eindringlich. »Ich habe noch eine Frage«, sagt er mit tiefer, plötzlich rauer Stimme.

»Und die lautet?«

»Zart oder hart?«

Ich sehe das schelmische Funkeln in den warmen braunen Augen, die im Kerzenschein wie Gold aussehen. »Zart«, antworte ich und lege meine Lippen auf seine. »Und dann hart.«

Seine Zunge fährt mir über die Unterlippe, als seine Finger sich bereits an den Knöpfen meiner Bluse zu schaffen machen. »Noch eine weitere Frage«, sagt er, während er mir den Stoff von den Schultern streift und am Verschluss meines Rocks zu nesteln beginnt.

»Ja?«, bringe ich hervor und recke den Hals, als sein

Mund meinen Kiefer abwärts wandert. Sig schiebt meinen Rock und mein Höschen bis zu meinen gebeugten Knien, sodass ich nur noch in meinem BH vor ihm knie. Langsam streicht er meine Beine wieder aufwärts und taucht im letzten Moment mit einer Hand zwischen meine Schenkel. Als ein Finger meinen Kitzler findet, stoße ich den Atem aus. »Was wolltest du fragen?«, dränge ich, weil ich weiß, dass ich gleich nicht mehr denken kann.

»Darf ich da ein Baby reintun?«

Sein Finger bewegt sich in mir, und die Lust, die mich durchströmt, mischt sich mit unbändiger Freude. Ein atemloses Lachen entwischt mir.

»Also?«, hakt er nach und leckt meinen Nippel durch die Spitze des BHs.

»Ich dachte, ich hätte dir schon gesagt, dass die Antwort auf alles, was du fragst, Ja lautet.«

Ich spüre an meinen Brüsten, dass sich sein Mund zu einem Lächeln verzieht, und mein Herz schwillt vor Glück.

»Ich hatte gehofft, dass du das sagst.«